김 병 식 일 대 기 1권

백 호 하 얀 호 랑 이

전 국 아 버 지 의 원 수 들 을 갑 는 다,

대한민국 경기도 오산시 고향을 지키는 앞표
지 사진에 김병식대표 오산시 정통으로 가는
시내파 보스 두목 김병식 백호 하얀호랑이
대장 김병식대표 입 니다,

저자; 김병식

이 소설은 앞 사진의 김병식대표 건달액션 실화입니다,

헝거리출판사

- 1 -

지은이; 김병식
1974년 경기도 오산시 누읍동에서 태워나서 출생하여 성장하였다,
부모님으로부터 물려받은 강인한 체력과 순발력으로 어렸을때부터 오산시 누읍동에서 자라오면서 마라톤, 육상, 씨름, 복싱, 격투기, 주짓수, 검도을하여 싸움으로 타고 난 몸으로 대한민국 경기도 오산시을 셔클들 9군데을 백두산 셔클, 서락월 셔클, 시장 셔클, 야생마 셔클, 물래방아 셔클, 티엔티 셔클, 오산셔클, 맥진셔클, 조약돌셔클, 들과 라이온스클럽, 로타리클럽, JC, 등, 오산학교선배들을 정리을 주먹과 발로 다 잡았으며 오산시 주민분들에 타지역 건달들이 40군대가 합쳐서 전국구파로 들어와서 오산시을 괘롭히는 것에 김병식 보스 두목 백호 하얀호랑이 대장이17살 때 1월초부터 별명, 백호 하얀호랑이로 경기도 오산시에서 지켜가며 김병식 보스가 정통으로 가는 한 개에 시내파 건달조직을 혼자서 만들었으며 40명 동생들을 데리고 다니면서 서로 간에 김병식 보스가 동생들끼리 40명들에 말을 놓고서 지내라고 하였다,
돌아가신 친 아버지에 나는 김기동 이다 별명, 백용 백호파 1회 맴버로 대한민국 한 개가 있는 전국구1회 31살1회 맴버 백호파 보스 두목 백호회 회장으로 김병식 대표가 활동하고 앞 표지에 사진이다,
전국국 31살 1회 백호파 맴버로 김병식 보스 두목이 있다,
김병식 보스 두목 대표가 돌아가신 친 아버지 전국구 백호파 로 가지고 있다,
김병식 후계자는 두지 않고 실화 영화 시내파 보스 두목 건달 액션을 만들고 전국구 백호파 로 백호회로 만들고 있다,
현재도 대한민국 경기도 오산시에는 정통으로가는 시내파 한 개가 있으며 김병식 보스 두목 백호 하얀호랑이 대장이 혼자서 이끌고 있는 건달조직이 있다,

시내파에 명칭은 김병식 보스의 별명, 백호 하얀호랑이이다,
이소설은 김병식 대표에 실화이고 대한민국 경기도 오산시 정통으로가는 시내파 보스 두목 김병식 백호 하얀호랑이 대장이 대한민국에서 화려하다고 하며 싸움과 장면들이 더 많고 화려 하다고 하여서 책과 영화을 만들어 보라고 하여서 김병식보스 대표가 자라왔던 것을 만들었다,
대한민국에서 영화을 만든 분 중에 김병식보스 대표가 대한민국에서 판정이 되여 실화 영화을 만들고 있다,
 대한민국에서 김병식 보스 두목 시내파 백호 하얀호랑이 대장만 된다고 하였고 일대기이며 돌아가신 친 아버지 나는 김기동 이다 도 드라마와 김병식보스의 영화을 헝거리연예기획사 김병식 대표로 헝거리출판사 김병식 대표로 작가, 감독으로 직접 지필을 하고 있다,
김병식 시내파 보스 두목 일대기 건달, 액션 실화는 김병식보스가 만드는 만큼 만들고 없셀 것이다,
형님들께서 2011년도 전국에서 김병식 시내파 보스 두목 동생에게 인계식을 해주었고 의리있게 끝마치고 김병식 시내파 보스 두목이 건달, 액션은 없셀 것이다,
김병식 시내파 보스 두목 만큼 대한민국에 자라온분들이 없을 것이다,
또, 다른 평평한 사람들에 실화도 김병식 헝거리연예기획사 와 헝거리출판사에서 만 되고 김병식보스 대표가 직접 지필을하며 만들고 있다,
대한민국 경기도 오산시 누읍동에다 3층짜리 실화 백호하얀호랑이 김병식 극장을 만들 것이다,
김병식일대기2권, 2편영화부터는 김병식보스 극장에서 만들 것이다, 김병식보스대표는 술과 담배도 15년째 먹지않고 마시지도 않는다,
김병식보스는 총각으로 일편단신 여자을 봐라보면서 살아간다,

현재에도 서울과 다니며 헝거리연예기획사 김병식 대표로 헝거리출판사 김병식 대표로 작가, 감독으로 에이전시을 하고 있다,
김병식대표 보스가 직접 출판한 책으로는 실화인, 김병식 일대기1권 백호 하얀호랑이 와 김병식 일대기2권 백호 하얀호랑이, 와 김병식 일대기3권 백호 하얀호랑이,등 등 등 등 등 등 으로 실화인, 나는 김기동 이다 백용 과 방송국아나운서 앵커 여자 실화인,별명, 흑호검은호랑이 와 별명 백조 폴댄스 와 현재에 출판을 하여 김병식 보스 대표가 같고 있으며 헝거리연예기획사, 헝거리출판사에서 김병식 대표가 출판을 하였다,
여자 실화인, 왼손잡이 와 여자 실화인, 오른손잡이 와 손,과 왼손 약지손가락 과 미스코리아와 승무원과 서핑과 필라댄스 와 요가와 무용과 국회의원과 등으로 계속하여 지필을하고 출판을 하고 있다,
실화인, 김병식 일대기1권과 2권 백호 하얀호랑이도 3권 과 4권, 5권, 등, 등, 등, 계속하여 출판을 지필을하고 있다,
실화인, 돌아가신 친 아버지 나는 김기동 이다 백용 도 24살 까지하여 끝마쳤고 한권을 더 만들가 김병식보스대표가 생각을 하고 있다,
김병식 시내파 보스 두목은 고향인 대한민국 경기도 오산시에서 돌아가신 친 아버지 나는 김기동 이다 백용 전국구 백호파 로 백호회 부라더스에 백호파보스 와 시내파보스 두목으로 살아가고 있다, 대한민국에는 한 개에 전국구 백호파 가 있으며 돌아가신 친 아버지 김기동 아버지가 1회 맴버 백호파 보스 이다, 친아들인, 김병식 보스가 31살 1회 맴버로 백호회 백호파도 ,보스,이다, 아들이 같고서 있다,
김병식 일대기 1권 백호 하얀호랑이 와 김병식 일대기2권 백호하얀호랑이 와 등 등 등 영화 2시간짜리을 만들려고 한다,

김 병 식, 일대기 1권

백호 하얀호랑이

김 병 식; 지 음

헝거리출판사

김병식

....

김병식지음
발행처; 헝거리출판사
발행인; 김병식
1판1쇄발행; 2020년9월20일
주소;경기도 오산시 누읍동 이림아파트 103동709호 (발안로 1353-8)
전화; 핸드폰; 010-2660-1237 사무실; 031-376-7812

일러두기; 대한민국 경기도 오산시을 지켜가고 아비숑퍼시팩 "룸"나이트을 김병식 시내파 보스 두목 백호 하얀호랑이 대장이 혼자서 싸움을하여 지켜가며 시내파 보스 두목으로 교도소을 2년 8개월을 살아가고 화려한 건달 시내파 한개의 조직건달로 김병식 보스 일대기 이며 전국 건달 제주도 서귀포 등 서울 종로 명동 동대문 청량리 장안동 이태원 영등포 등 충청도 대전 천안 청주 평택 보은 안성 옥천 등 호남 여수 벌교 전주 영암 광주 순천 목포 고성 경상도 부산 대구 포항 청송 구미 등 강원도 춘천 진천 등 인천 주안 송도 제물포 간석 등 경기도 신갈 화성 성남 안양 부천 시흥 의정부 등 지역들이 합처서 전국구파로 대한민국 경기도 오산시 정통으로가는 시내파 보스 두목 김병식 백호하얀호랑이 대장에게 싸움을 걸어오는 타지역 전국구 건달들과 싸움을하며 이겨내고 김병식 보스 두목이 오산시을 지켜간다,
이 소설에 이름들은 실제 실명들에 이름이 아니고 김병식 시내파 보스 두목 백호 하얀호랑이 대장과 식구들 만 실제 실명들 이름 이다,

차례; 9쪽부터~65쪽까지: 아름다운 만남
차례; 66쪽부터~142쪽까지: 100대1의싸움
차례; 143쪽부터~271쪽까지: 타지역 전국구파들이 결합
하여 들어오는 결투
차례: 272쪽부터~288쪽까지: 아버지 에 장례식
차례;289쪽부터~298쪽까지:김병식 보스 백호 하얀호랑이가
수원여우파 놈과 배신자놈들에 심판
차 례 ; 2 9 9 쪽 부 터 ~ 3 1 0 쪽 까 지 : 강 원 도 펜 션 경 찰 관 들 과
16대1로 싸움
차례; 311쪽부터~334쪽까지: 백호 하얀호랑이 보스 두목에
경찰서
차례:335쪽부터~367쪽까지: 구치소 의 독방

아름다운 만남

대한민국 경기도 오산시을 타지역 무법자 전국구 건달로부터 김병식, 시내파 보스 두목 백호 하얀호랑이 대장이 혼자서 고향인, 오산시을 지켜내고 오산시 모든분들게 사랑을받고 있다,
김병식, 보스 두목 백호 하얀호랑이 대장은 인구가 늘어나가고 오산시가 변화되는 도시을 지켜낸다,
도농복합도시로 오산시는 6,25전쟁이후 도시근교에 미군이 주둔하면서 본격 상업도시로 거듭난다,
극장과 유흥주점, 카바들레가 들어서면서 번창하기 시작한 타지역 전국구 건달들의 쟁탈, 목표가 김병식 시내파 보스 두목 백호 하얀호랑이 대장의 아비송퍼시팩"룸"나이트 1000평되는 운영하는 곳이 였다,
오산시을 선량한 상인들과 김병식,보스의 의형제분들과 의누님들을 괘롭히는 타지역 전국구 건달들을 김병식,보스가 혼자서 헤치웠다,
김병식, 시내파 보스 두목 백호 하얀호랑이 대장은 대한민국 경기도 오산시 누읍동에서 태워나서 토백으로 나의 모토는 내 고향은 내가 지킨다,
호남전국구건달과 경상도전국구건달과 충청도전국구건달과 서울전국구건달과 제주도전국구건달과 인천전국구건달과 강원도전국구건달과 외국건달들과 전국, 건달전국구에서 김병식, 시내파 보스 두목 백호 하얀호랑이 대장을 접수을 못 하고 타지

역 건달들 전국구들이 혼이 나고들 많다,
1990년 전에는 대한민국 경기도 오산시에는 건달, 조직들이 없었다,
1990년도 1월달, 초, 였다,
김병식,보스는 동생들40명들에게 대장일수 사무실을 차려준다,
　17살때였으며, 김병식, 시내파 보스 두목 백호 하얀호랑이 대장은 아비송퍼시팩"룸"나이트을 하기장,형과 동업을하고 있었다,
터미널거리에는 가게집마다 간판속에서 조명들이 "반짝" "반짝" 빛이나고 노래소리가 터미널 문화의거리로 흘러나오고 있었으며 가로등불빛이 환하게 거리을 빛이며 자동차들 소리와(빵,빵,빵,)하고 자전거 소리와(따르릉,따르릉,따르릉,)하고 오토바이 소리와(따,따,따,)하고다니며, 사람들이 연인들끼리 팔짱을 끼고서 다니고 있었다,
김병식,보스에 귀가에 들리고 있었으며 사람들의 연인들끼리 다니는 모습들을 보고는 하였다,
오산극장앞에서는 오범구,형이 구두방, 콘테이너에서 망치로 구두수선을 하면서(탕,탕,탕)하고 있었다,
저녁7시30분이 였다,
김병식, 시내파 보스 두목 백호 하얀호랑이대장은 오른팔, 조모차,동생과 (조모차,는 두팔을 뒤로하고 뒷짐을 짓고서 걸으며) 왼팔, 한다보,동생과 (한다보,는두팔을 뒤로 뒷짐을하고 짖고서 걸음을 걸으며)조모차,동생은 오른쪽에서 한다보,동생은 왼쪽에서 김병식 보스에 뒤에서 오범구,형네로 걷고서 있었다, 하늘은 노을이 빨갛게 짖고서 있었으며 금방이라도 눈이내릴것 같은 하늘이였다,
김병식,보스는 오범구,형네서 걸음을 멈추었다,
　조모차,동생과 한다보,동생도 걸음을 멈추었다,
　김병식,보스는 오범구,형 얼굴을보며 밖에서 의자에 앉으면서

구두을 닥아달라고 하였다,
"형" 날씨가 쌀쌀한것같아?"''''
 대한민국 경기도 오산시 시내파 보스 두목 백호 하얀호랑이 대장, 왔어!", "그래!", 시내파 보스 두목 대장 금방 닥아 줄께!"
조모차,동생과 한다보,동생은 김병식,보스가 앉자,
인사을90도로 동시에 하고 뒤에서 뒷짐을 짖고서 있는두팔을 차렸자세로 하고 인사을하며 두팔을 뒷짐을 짖고서 있는다,
"형님?" "편히쉬십시요!" "형님?"
 "그래!",편히들 있어라?"
"예!" "형님?" 명심하겠습니다, "형님?" 하고 90도로 동시에 인사을하고 뒷짐을 짖는다,
"요즘 장사좀 어때 터미널거리에도 사람들이 많이들 다니고 하는데 잘 되며는 다른 것으로 해봐?"
구두방이 잘 되고 있어!" 김병식, 백호 하얀호랑이 대장 때문에 이곳에도 사람들이 많이들 구두을 닥으로 오고는 해!", 백호 하얀호랑이 때문에 오산시에서 장사을 하는것인데 김병식, 보스 두목 대장에 따라야지, 그런데, 보스, 대장?"
"왜"
오산시에 요즘 타지놈들이 많이들 다니는 것 같아?" 이곳에도 보지 못했던 호남말씨로 쓰며 동생들이 인사을 하는 것을 보았고 경상도 말씨로 하며 동생들이 인사을 하는 것을 보았어, 많이들 구들을 닥으로 와서 말야?"
처음 듣는 소리인데, "형" "그럼!" 그런, 놈들이 타지놈들이 이곳에, 또, 구두을 닥으로 오며는 나한테 전화을해 줘?"
김병식,보스와 오범구,형과 대화을 하고 김병식,보스는 동생들을 봐라 보며 말을 하였으며 동생들은 동시에 90도로 고개을 숙여서 인사을 하고 김병식,보스가 오범구,형에게 말을한다,
오산시에 그런 놈 들이 다니고 있느냐?"

"예!" "형님?" 처음듣습니다, "형님?"
타지 놈 들이 또, 구두을 닥으로 오며는 백호 하얀호랑이 대장 나한테 빨리 연락해 줘?"
백호 하얀호랑이 보스 대장?" 구두 여기있어!", 명심할께!"
왼팔, 한다보,동생이 90도로 고개을 숙여서 인사을하고 김병식,보스에게 구두칼을 전해주며 김병식,보스는 구두칼로 구두을 신고서 하얀 양복 상의에서 지갑을꺼내서 계산을 하며 아비송퍼시팩"룸"나이트로 가려고 하였다,
"형님?" 구두칼 여기에 있습니다, "형님?"
"그래!"
"형" 여기 계산?",,,,,,
김병식, 시내파 보스 두목 대장 이렇게 많이 줘, 잔돈은 가지고 가야지!", 보스?"
"형" 잔돈은 됐어!" 수고해!"
김병식,보스는 오범구,형 네서 계산을 하고 일어 나며 조모차,동생과 한다보,동생에게 말을 하였고 동생들은 동시에 90도로 인사을 하였다,
가자?"
"예!""형님?" 명심하겠습니다, "형님?"
그때, 오범구,형이 김병식,보스가 걸어가는 뒤에 다 말을 하였다,
대한민국 경기도 오산시 시내파 보스 두목 백호 하얀호랑이 대장 들어가?"
"그래!"형"
김병식,보스는 오범구,형네 구두방에서 나와서 오른팔, 조모차,동생과 왼팔, 한다보,동생과 터미널 거리을 걷고서 있었다,
조모차,동생은 항상 뒤에서 걸음을 걷고 있을 때, 오른쪽에서 걸으며 왼팔, 한다보,동생은 항상 왼쪽에서 김병식,보스에 뒤에서 걸음을 걸었다,

터미널거리는 자동차 소리와 오토바이 소리와 자전거 소리들이 김병식 보스의 귀가에 들리고 있었다,
사람들에 연인들은 팔짱을 끼고서 이야기들을 하고서 걷고 있는 모습을 보았고 가게 집 마다 흘러 나오는 노래소리와 간판들에 네온 불빛과 가로등에 불빛을 김병식,보스에 두눈에 들어 오고 있었다,
김병식 보스는 잠시 생각을 하며 걸었다,
경기도 오산시에는 김병식 보스가 혼자서 이끌어가는 정통으로가는 시내파 한 개의 조직,건달이 있고 의형제, 의누님들이 많았다,
 대한민국 경기도 오산시 김병식 시내파 보스 두목 백호 하얀호랑이 대장으로 대한민국 프로1등 시내파 이고 전국에 대한민국 경기도 오산시 김병식, 시내파 보스 두목 백호 하얀호랑이 대장이다,
김병식, 보스가 생각을 하며 시간을 보았다,
저녁8시가 되었으며 오산극장 앞에서 걸음을 멈추었고 조모차, 동생도 한다보,동생도 걸음을 뒤에서 멈추었다, 김병식,보스 두목이 오산극장에서 흘러나오는 노래소리을 듣고서 오산극장 간판을 보며 조모차,동생과 한다보,동생에게 말을 하고 동생들은 동시에 90도로 인사을 고개을 숙여서 하였다,
영화나 한편보고서 가자?"
"예!" "형님?" 명심하겠습니다, "형님?"
김병식,보스가 오산극장 입구로 걸음을 걷고서 있는데, 오산극장 옆에서 호남 전국파 놈들인 것 같았다,
김병식,보스 앞 왼쪽 옆에서 보지 못했던 호남 전국구파 오하지,와 조아하,와 마창고,와 나주아,와 나장수,들이서로 이야기들을 하고 있었다,
하얀호랑이 보스는 호남 전국구파들을 무시하고 오산극장 입구 안으로 들어가려할 때, 오산극장 안에서 일을하는 기나만,

형이 문을열고서 나오는 것이였다,
 김병식,보스는 기나만,형과 대화을 하였다,
"형" 동생들과 영화나 한편보고서 나올께!"
김병식, 보스 백호 하얀호랑이 대장, 왔어!"그렇게해!" 두목
 오산극장 안에 사람들이 많이들 있나봐?" 영화가 끝나는 시간이 몇 시간 남지 않았는데도 극장안에 사람들이 끝나는 시간인데도 많이들 들어가고 많이들 있는것같아?" "형"영화 프로가 뭐야?"
경기도 오산시에 김병식 시내파 보스 두목 백호 하얀호랑이 대장이 있는데 오산극장에서도 사람들이 많이들 있고는 하지!"
영웅본색1탄을 하고서 있을거야?" 백호 하얀호랑이 대장 들어가봐?"
그래!"
김병식, 보스는 기나만,형과 말을 하고 호남 전국구파들을 무시하고 오산극장 안으로 들어가려고 하며 뒤에서 있다,
 조모차,동생이 오산극장 입구1층 문을 열어주는것에 김병식, 보스는 안으로 들어가서 오른쪽에 있는 매표소을 보았다,
매표소에서는 긴 생머리에 단순호치 경국지색 아름다운 여자였고 평범한 여자로 보이지 않았으며 공인으로 보였다,
이름은 김호아,였으며 김병식,보다 2살은 동생이였고 매표소에서 영화표을 사고서 영화관으로 들어가는 모습을 보았으며 매표소 안에서는 이다보,누님께서 표을 사람들에게 주고서 있었다,
여기있습니다, 하고 말을 하고서 있었다,
사람들은 한줄로 세로로 "서" "서" 표을 사고서 있었다,
이다보,누님은 남자분이 교통사고로 세상을 떠나서 혼자서 사시는 분였으며 김병식,보스하고 의누님으로 있었다,
오산극장 1층으로 되있고 오산극장 입구문을 열고서안으로 들어와서 왼쪽옆으로 계단이 있어서 올라가며는 2층은 장미해,누

님께서 경양식 가게집을 하고 있으며 사장 강하만,형 포켓볼 당구장이 3층에 있었다,
김병식,보스는 오산극장 영화관으로 걸어가면서 조모차,동생이 앞으로 나와서 영화관을 문을 열어드리고 김병식, 백호 하얀호랑이 보스는 영화관에 들어가서 맨 끝에 정가운데에 앉았다,
김병식,보스가 앉고서 조모차,동생이 오른쪽에 있으며 한다보,동생이 왼쪽에 있으며 동시에 90도로 고개을 숙여서 인사을 하였다,
"형님?" "편히쉬십시오!" "형님?"
　　그래!" 편히들앉자라?"
"예!" "형님?" 명심하겠습니다, "형님?" 하며 동시에 고개을 숙이고 인사을 90도로 하고 오른쪽에는 조모차,와 왼쪽에는 한다보,가 앉으며 동시에 90도로 인사을 고개을 숙이고 대답을 하며 앉았다,
"형님?" "편히쉬십시오!" "형님?"
오산극장 영화관은 조명들이 꺼지며 어두운 깜깜한 영화관에서 선전이 먼저 나오는 것들을 보고서 있었다,
　몇분이 흘러서 화면에는 영웅본색1탄이 음악과 나오며 시작이 되고 있었다,
김병식,시내파 보스 두목 백호 하얀호랑이 대장은 영웅본색 1탄을 보고서 있었으며 앞에서 김호아,여자가" 낄" "낄" "낄" "히" "히" "히" 되고서 웃고 있는 것을 보았다,
　김호아,는 뒷 모습도 생 머리가 길어서 아름다운 모습이였다,
김병식,보스는 김호아,동생의 뒷 모습을 봐라보면서 조모차,동생과 한다보,동생에게 말을 하였다,
"먹고들 싶은 것들 있느냐?" "마실 것 들 좀 먹을가?"
　조모차,동생과 한다보,동생은 앞자서 무릅에다 양팔을 왼쪽과 오른쪽에 올려서 놓고 동시에 고개을 숙여서 90도로 인사을 하고 영웅본색 1탄을 보며 말을한다,

"예!" "형님?" 괜찮습니다, "형님?"
"그래!" 오산극장에 끝나는 시간인데도 사람들이 많이들있다, 극장 영화관이 앉는 자석이 모두 다 차 있구나?" 오산극장에 영화을 보러 왔을때마다 사람들이 모두 다 차 있어!" 오산극장 보기가 좋구나?"
사람들이 영웅본색을 보며 재밌다고 하며 "웅성" "웅성" 되며 조모차,동생과 한다보,동생은 동시에 고개을 숙여서 90도로 인사을 하고 말을 하며 영웅본색을 봐라본다,
"예!" "형님?" 오산극장에는 항상 사람들이 모두 다 차 있는 것 같습니다,"형님?"
김병식,보스와 조모차,동생과 한다보,동생과 영웅본색 1탄을 끝나는 시간까지 영화관에서 다 보고 오산극장 영화관 안에는 컴컴했던 어두운 조명 불빛이 환하게 극장영화관을 불을 빛혀 주고 있었다,
사람들은 오산극장 영화관에서 일어나서 연인들끼리 빠져들 나가고 있었으며 옆으로 되있는 문 앞문과 뒷문으로 두 개문 으로 빠져들 나가고 있었다,
김호아,여자도 일어나서 오산극장 옆으로 된 문 앞문으로 나가 고 있었고 사람들 컷풀들이 남자들과 여자들이 "웅성" "웅성" 재밌어!" 하고 남자들에게 팔짱을 끼고서 나가고 있었다,
김병식,보스도 일어나면서 조모차,동생과 한다보,동생에게 말을 하고 조모차,동생과 한다보,동생이 동시에고개을 숙이며 일어 나며 90도로 인사을 하며 말을 하였다,
아비숑퍼시팩"룸"나이트로 가자?"
"예!" "형님?" 명심하겠습니다, "형님?"
김병식 시내파 보스 두목 백호 하얀호랑이 대장은 일어나서 영화관 옆으로 왼쪽으로 몸을 돌려서 앞으로 걸어서 왼쪽에서 앉자있던 한다보,동생은 앞으로 나가서 두팔을 뒷짐을 짖고서 있었으며 김병식,보스의 뒤에서 조모차,동생이 뒷짐을 짖고서

뒤을따르고 있었다,
 김병식,보스가 영화관에서 걸으며 뒷문으로 나가려고 할때에 한다보,동생이 앞으로와서 문을 열어드리고 김병식,보스는 영화관에서 나와서 오산극장 안 매점을 보았으며 여자직원은 보이지가 않았다,
 조모차,동생은 오른쪽에서 걸으며 한다보,동생은 왼쪽에서 걸었다,
김병식,보스가 오산극장입구 문을 봐라 보면서 걸음을 걸었다, 김병식 백호 하얀호랑이는 이다보.누님한테 인사을 드리려고 가는데 오산극장 밖에서 김호아,여자의 목소리가 들렸다,
김병식,보스는 빠른걸음으로 밖으로 걸음을걷고서 있었고 조모차,동생과 한다보,동생은 따라오지 못하였으며 기나만,형은 보이지가 않았다,
"왜!" 그러세요!" 누가 좀 도와주시기 바래요!" "놔요!"
호남 전국구파 오하지,는 사람들에 "웅성" "웅성" 하는 것을 무시하고 김호아,에게 말을 하였다,
"가만이 있어라?"
오하지,에게 오른팔을 잡히고 김호아,는 반항을 하였지만, 오하지,오른팔손에 잡힌 팔목이 움직일수 없었다,
조아하,와 마창고,와 나장수,와 나주아,는 뒤에서 사람들에게 이야기을 하였다,
"뭘봐?" 처음 보냐?" 가?"
 그때, 김병식,보스가 오른팔 손으로 입구 문을 밀면서 나와서 호남 전국구파 오하지,에게 말을 하였다,
너희들 어디서 왔느냐?" 경국지색 소녀의 팔을 놓아주어라?"
경기도 오산시에 김병식 시내파 보스 두목 백호 하얀호랑이 대장인가?"
그래!" 내가 대한민국 경기도 오산시 정통으로가는 시내파 김병식 보스 두목 백호 하얀호랑이 대장이다,

조모차,동생과 한다보,동생은 늦게 나와서 조모차,는 오른쪽과 한다보,는 왼쪽에 있으며 앞으로 나가려고 할때에 김병식,보스가 두팔을 못 나오게 막으며 말을 한다,
"가만히 들 있어라?" "형"혼자서도 해도 된다,
"예!" "형님?" 명심하겠습니다, "형님?"
인사을 90도로 동시에 하고 뒤에서 있으며 호남 전국구파 조아하,가 말을 하며 김병식,보스에게 달려오고 오른주먹을 뻣고 있다,
"뭐야?"
김병식,보스는 "덤벼라?" 하고 오른 주먹라이트 훅을 두눈으로 보고 뒤로 몸을 살짝 빼서 피하며 김병식,보스가 오른쪽 다리발로 180도로 회전을 하여 뒤돌려차기로 조아하,의 왼쪽턱을 차버렸다,
"퍽"하며 "욱"하는 소리와 입과 코에서 허공으로 피가튀기며 뒤로 나둥뎅이 치고 "콰당"하며 쓰러졌다,
호남 전국구파 나주아,와나장수,와 마창고,가 김병식,보스에게 달려오면서 발과 주먹으로 뻣고서 있었다,
나장수,가 왼쪽 주목으로 김병식,보스 얼굴에다 가 뻣 었으며 김병식,보스는 날아오는 주먹을 보고 먼저 왼쪽다리발로 낭심을 차버렸다,
"퍽"하고 "욱"하는 소리와 앞으로 꼬꾸라졌다,
김병식,보스는 왼쪽 다리발로 낭심을 차버리고 빠르게 앉자서 오른쪽 다리발로 180도로 회전을 하여 나주아,의 왼쪽발목을 차렸다,
"빡"하고 "욱"하는 소리와 "붕"점프을 하며 한 바퀴덤브링을 하며 왼쪽으로 날아가서 "콰당"하고 쓰러졌다,
김병식,보스는 일어나며 오른 주먹라이트 훅으로 마창고,에 얼굴코을 처버렸다,
"빡"하며 "욱"하는 부러지는 소리을 내며 입과 코에서 사방으

로 피가튀기며 허공으로"붕" 날으며 뒤로 "콰당"하고 날아가 버렸다,
김병식,보스는 오하지,가 오른팔 손으로 김호아,오른팔목을 잡고서 있는 것을 보고 달려가서 김병식,보스에 왼쪽다리발로 호남 전국구파 오하지,왼쪽 무릎곽을 밟고서 "붕"점프을 하여 오른쪽 다리발로 상단차기을 하여 오하지,의 오른쪽 턱을 차버렸다,
"퍽" 하고 "욱"하며 부러지는 소리을 내며 입과 코에서 허공으로 피가튀기며 왼쪽으로 날아가버렸다,
김병식,두목은 착지을 하였으며 그림 같은 광경을 지켜서 보았다 고 조모차,동생과 한다보,동생과 김호아,여자와 사람들은 박수을 치고 영화을 보고서 나온 것 같다하며 광경을 앞에서 보고 있었다, 하고 말을 하였다,
"짝""짝""짝"영화같아?" 잘 싸우신다,
김병식,보스는 김호아,여자에게 말을 하였다,
괜찮아?" 어디에 다 친데는없어!"
"예!" 다친데는 없어요!" 고맙습니다,
이름이 어떻게 되지!" 어디에 살고 있어!"
"예!" 김호아,입니다, 서울에서 서울 방송 연예계학교에 다니고 있어요!" 오산시에는 친척이 있어서 내려와서 놀러왔다가 영화을 보고 싶어서 오산극장에 혼자서 보러왔어요!"
그래!" 오산시에는 오산극장이 한 개가 있어서 영화을 이곳으로 보러왔구나?" 무슨 일 있으며는 전화해!"
김병식,보스는 하얀 양복 상의 주머니에서 지갑을 꺼내서 아비송퍼시팩"룸"나이트 명함을 주고 김호아,는 명함을 받으며 인사을 하고 말을 하였으며 집으로 걸어 가고 있는 뒤에 다 김병식,보스가 말을 하였다,
"예!" 고맙습니다,
밤 늦게 괜찮겠어!" 택시을 잡아 줄가?"

괜찮아요!" 무슨 일있으며는 전화하겠습니다,
그래!" 전화해!" 잘가?"
김병식,보스는 김호아,동생을 보내고 뒤에서 광경을 보고 있던 조모차,동생과 한다보,동생이 김병식,보스에게 동시에 고개을 숙여서 90도로 인사을 하며 말을 하였다, "형님?" 괜찮습니까?" "형님?"
그래!" 괜찮다, 편히들있어라?"
"예!""형님?"명심하겠습니다、"형님?"
조모차,동생과 한다보,동생은 동시에 90도로 고개을 숙여서 인사을 하며두팔을 뒷짐을 짖고서 김병식,보스에 뒤에서 있었다, 김병식 시내파 보스 두목 백호 하얀호랑이 대장은 김호아,동생이 터미널거리로 집으로 같으며 호남 전국구파 오하지,와 나장수,와 나주아,와 마창고,와 조아하,가 정신이 드는지 실음소리을 내고 "으" "으" "으" "으" "으" 일어나서 김병식 시내파 보스 두목 백호 하얀호랑이 대장 앞에서 무릅들을 끌었으며 김병식,보스가 말을 하였다,
너희들 어디서왔느냐?" 이름들은 어떻게 되고 너희들에 대장은 누구냐?"
"예!" "형님?" 호남 전국구파 오하지,입니다,
"그래!" 너희들은 이름들이 어떻게되느냐?" 한명씩 이름들을 되어라?"
"예!" "형님?" 나장수,입니다,
"예!" "형님?" 나주아,입니다,
"예!" "형님?" 조아하,입니다,
"예!" "형님?" 마창고,입니다,
    김병식,보스에 말에 앞에서 오하지,가 무릅을 끌고서 뒤에는 나장수,와 나주아,와 조아하,와 마창고,가 끌고서 말을 할때마다 김병식,보스에게 고개을 90도로 숙여서 인사을 하고 있었다, 김병식,보스가 말을 계속 하였고 오하지,가 대답을 했다,

다시 말을 하겠다, 너희들에 대장은 누구냐?" 너희들 대장에게 전해라?" 대한민국 경기도 오산시에는 김병식 시내파 보스 두목 백호 하얀호랑이 대장이 있다, 오산시에서 주민들 괘롭히지 말고 너희들 지역에 가서 지내라?"
"예!" "형님?" 대장은 아직 보지 못 했습니다, 호남에서 오늘 올라왔습니다, 대장을 보며는 형님의 말씀드리겠습니다,
김병식,보스가 말을 하였다,
그래!" 오늘은 가봐라?"
"예!" "형님?"
 오하지,가 대답을 하고 뒤에서 무릅을 끌고서 있는 호남 전국 구파들에게 두팔로 "툭" "툭" "툭" 치면서 일어나서 "똥" "오줌" 늦는 것처럼 하며 도망을 갔다,
 오산극장안에서 영웅본색 1탄을 보고서 나왔던 사람들이 가지을 않고 김병식,보스을 끝까지 봐라보며 "웅성" "웅성" 되고 "멋있어!" 하며 박수을 "짝" "짝" "짝" 치며 터미널거리로 연인들끼리 팔짱을 끼고서 걸어가고 있었으며 김병식 시내파 보스 두목 백호 하얀호랑이 대장은 하얀 양복 상의 와 하의 와 털고서 하얀 와이셔츠을 입었고 하얀 구두을 신고서 하얀 넥타이 을 차고서 조모차,동생과 한다보,동생에게 이야기을 하였다,
"조금전에 여자에게 전화가와서 만나며는 모두 다 형수님이라고 해라?" 아비송퍼시팩"룸"나이트로 가자?"
 "예!" "형님?" 명심하겠습니다, "형님?"
하고 조모차,동생과 한다보,동생은 두팔을 차렸자세로 하고 90도로 동시에 고개숙여서 인사을 하며 두팔을 뒷짐을 짖고서 걸음을 걷고 있었으며 터미널 문화의 거리는 사람들 연인들끼리 남,여들이 팔짱을 끼고서 다니며 자동차 소리와 "빵" "빵" "빵" 하고 자전거 소리와 "따르릉" "따르릉" "따르릉" 하고 오토바이 소리와 "띠" "띠" "띠" 하며 다니고 있었다,

김병식,보스가 아비숑퍼시팩"룸" 나이트로 걷고서 있는데 코브
라,옷가게에서 이오진,누님과 장고, 옷가게에서 모조용,누남께서
나와서 인사을 하고 말을 하였다,
 김병식 보스 나왔어!" "예!" 이오진,누님?" 장사 좀 되십니
까?"
잘,돼?" 보스,
 "예!"
그때, 장고,옷가게 모조용 누님께서 말을 하였다,
백호 하얀호랑이 김병식 보스 나왔어!"
"예!" "누님?" 장사 잘 되십니까?"
 잘, 되고 있어!"
"예!" 누님들 일수가 필요 하시며는 이자 안 주셔도 되니 동생
들에게 이야기해서 가지고 가시기 바랍니다,
이오진,누님과 모조용,누님께서 동시에 말을 하였다,
 오산시에 김병식,보스야?"
"예!" 누님들 고생들 하시기바랍니다,
그래!" 들어가?" "보스?"
이오진,누님과 모조용,누님과 대화을 하고 김병식,보스는 동생
들 하고 아비숑퍼시팩"룸"나이트로 가고 있었으며 아비숑퍼시
팩"룸"나이트,는 2층으로 되있었다,
 1000평되는 곳이 였으며 1층은 볼링장 이였고 2층으로 올라
가는 계단이 있었다,
아비숑퍼시팩"룸"나이트,가게 입구안에는 대형유리로 되어 있
었으며 나이트 안으로 들어가며는 정면으로 보이는 스테지,가
있었고 가운데에는 디제이들에 음악을 틀어줄 수 있는 디제이
음악 스테지,가 있었다,
 디제이 들도 그곳에서 음악을 틀어주고 춤을 추며 가수들도
와서 그곳에서 노래도 한다,
스테지,위에는 조명들이있어서 "반짝" "반짝" 거리고 레이더,

을 위에서 조명들이 쏴 주고 빛을 내주고 있었으며 김병식,보스에 "룸" 도 있었다,
김병식,보스에 룸 안에서는 스테지,에서 김병식,보스의 룸,을 볼수가 없었고 대형유리로 썬팅이 되어져 있어서 김병식,룸,안에서 스테지을 봐라 볼수가 있었다,
아비숑퍼시팩"룸"나이트 웨이터들은 오른쪽 귀에다 끼고 마이크을 들을 수 있게 무전기을 뒤에 차고 있었다,
 항상 검정 양복을 입고서 조그만 레이더 후라시을 같고다니며 손님들이 테이블에 초등을 올리며는 무전을 쳐서 불을 웨이터들이 붙이고 가서 주문을 받았다,
 김병식 시내파 보스 두목 백호 하얀호랑이 대장은 앞에서 걸으며 오른팔,조모차,동생은 오른쪽 뒤에서 뒷짐을 짖고서 걸으며 왼팔,한다보,동생은 왼쪽 뒤에서 뒷짐을 짖고서 걸으며 아비숑퍼시팩"룸"나이트에 1층 입구에 도착을 하였다,
나이트안에서 틀어주는 신나는 팝송이 1층입구까지 들리고 있었다,
아비숑퍼시팩"룸"나이트 입구에서 김병식 시내파 보스을 보고 웨이터 막내 기복하,가 90도로 고개을 숙이며 인사을 하였다,
사장님?" 편히나오셨습니까?"
그래!" 고생한다,
예!" 사장님?"
막내 기복하,가 고개을 숙여서 90도로 인사을 하고 김병식,보스는 아비숑퍼시팩"룸"나이트 계단으로 올라가며 나이트안에는 대형 유리문이 열어져 있었으며 나이트안에서 웨이터장 장나바,와웨이터 한다마,와 웨이터 조기미,와 웨이터 마하자,가 김병식,두목을 보고서 동시에 90도로 줄을 옆으로 한줄로"서""서" 인사을 하였다,
 사장님?" 편히나오셨습니까?"
그래!" 수고들한다, 나이트안에서 일들없었냐?"

"예!" 사장님?"
동시에 고개을숙여서 90도로 인사을 하였고 김병식,보스는 나이트 스테지을 보았으며 나이트안을 둘러 보았다, 디제이에서 디제이장 육갑자,가 팝송을 틀어주고 있었고 팝송에 맞쳐서 춤을 추고서 있었다,
육갑자,는 아비송퍼시팩"룸"나이트에서 춤을 잘추고 전국에서 춤을 잘 추었으며 스테지에서는 손님들이 팝송에 신나는 음악에 맞쳐서 춤들을 추고서 있었다,
디제이 박스 안에서는 디제이 송덕하,와 지금조,와 디제이 여자 김미조 디제이들이시간에 맞쳐서 음악을 틀어주고 춤을 출수 있게 시간을 기다리며 박스안에서 앉자서 있었고 웨이터들이 지하장,과 장마조,와 정하장,과 정자미,와 김장마,와 조강처,와 양희승,과 양우마,와 마수장,과 마하조,와 조금마,와 금하수,와 오기자,웨이터들이 1000평되는 아비송퍼시팩"룸"나이트안에서 손님들과 "서" "서" 이야기을하는 웨이터들이 있었으며 "서" "서" 있는 웨이터들이 떨어져서 있었다,
김병식,보스는 나이트안을 보고 뒤로 몸을 돌려서 조모차,동생과 한다보,동생이 뒤에서 뒷짐을 짚고서 "서" 있는 것을 보고 걸어서 김병식,보스에 룸 안으로 들어가려고 할때에 한다보,동생이 앞으로 나와서 대형 유리문을 열어 드렸고 김병식,두목은 룸 안으로 들어가서 김병식,보스에 쇼파에 앉잤다,
김병식,보스에 룸은 나이트입구에 옆으로 된 곳에 있었으며 썬팅되여 있어서 밖에서는 스테지에서"룸"안을 볼수가 없었고 김병식,보스에"룸"안에서 만 봐라 볼수 있었다,
김병식,보스가 쇼파에 앉으며 조모차,동생과 한다보,동생이 90도로 고개을숙여서 동시에 인사을 하였다,
"형님?" "편히쉬십시요!" "형님?"
"그래!" 편히들 앉자라?"
김병식,보스에 조모차,동생과 한다보,동생은 뒷짐을 짚고서 있

는 두팔을 차렸자세로 하고 동시에 고개을 숙여서 90도로 인사을 하였다,
"예!" "형님?" 명심하겠습니다, "형님?"
하고 쇼파에 오른쪽에는 조모차,동생이 앉고 왼쪽에 한다보,동생이 앉을때90도로동시에고개을숙이고앉았다
"형님?" "편히쉬십시요!" "형님?"
"그래!"
 김병식 보스 두목 백호 하얀호랑이 대장이 조모차,동생과 한다보,동생에게 말을하려고 할때에 룸 밖에서 웨이터장 장나바,에 노크소리가 들렸다,
 "똑" "똑" "똑"
들어와라?"
장나바,웨이터장은 들어와서 김병식,보스에게 90도로 고개을 숙여서 인사을 하였다,
 "사장님?" 마실 것을 어떤 것으로 같다가 드립니까?"
 그래!"날씨도 쌀쌀한데 따뜻한 흰 우유 한잖과 동생들이 먹고들 싶은 것들 갔다가 줘라?"
"예!" 사장님?" 명심하겠습니다,
하고 90도로 고개을 숙여서 인사을 하며 조모차,와 한다보,에게 장나바,웨이터장이 말을 하였다,
마실 것을 어떤 것으로 갔다가 드립니까?"
오른팔,조모차,가 말을 하였다,
따뜻한 커피을 한잖 갔다가 줘라?"
왼팔,한다보,는 따뜻한 생강차을 갔다가 줘라?"
웨이터장 장나바,는 김병식,보스에게 90도로 고개숙여서 인사을 하고 대답을 "예!" 하며 룸에서 대형유리문을 열고서 나가며 카운터로 가서 여자 오상희,실장에게 말을하였다,
따뜻한 흰 우유 한잖 하구!" 따뜻한 커피한잖과 따뜻한 생강차 한잖 만 타 주시기바랍니다, 사장님과 동생들이 마실것입니다,

"예!"
여자 오상희,실장은 뒤을 돌아보며 과일과 안주가 나오는 문으로 가서 주방장여자 정라다,실장에게 말을 하였다,
따뜻한 흰 우유 한잖과 따뜻한 커피한잖과 따뜻한 생강차 한잖을 타주세요!" 사장님과 동생들 드실거예요!" "예!"
장나바 웨이터장은 카운터에서 "서" "서" 차가 나올때까지 스테지을 봐라보면서 기다리고 있었다, 김병식 시내파 보스 두목 백호 하얀호랑이 대장은 룸 안에 쇼파에 앉자서 썬팅 되어있는 대형유리로 스테지을 봐라보며 언제라도 싸움이 나며는 김병식,보스가 나가서 해결을 하며 아비숑퍼시팩"룸"나이트에 룸은 아가씨 룸도 있었다,
김병식,보스에 대형 CCTV이가 텔래비젼이 있어서 리모컨으로 전원을 키면 아가씨 복도와 카운터을 볼수가 있었다,
김병식,보스,룸,안에는 텔래비젼과 노래방기계가 한 대 있었다, 가끔 김병식,보스는 노래을 하고는 한다,
김병식,보스는 조모차,동생과 한다보,동생에게 말을하였고 동생들은 귀을 기우리며 대답을 할때마다 고개을 숙여서 90도로 인사을 하고 말을 하였다,
요즘 모두 다 별일들 없지!" 모두 동생들 오산쪽에 있으라고 들 해라?"
"예!" "형님?" 모두 오산쪽에 있습니다, "형님?"
동시에 고개숙여서 90도로 인사을 하였다,
"그래!" 모차,와 다보,는 별 문제 같은 것은 없느냐?" 집에도 부모님들은 건강들 하시고 부모님들께 잘 들해라?" "예!" "형님?" 별 문제없습니다, "형님?" "형님?" 부모님들께서도 건강들 하십니다, "형님?"
하며 동시에 무릅에다 왼쪽과 오른쪽에 올려놓고서 있는 것을 앉자서 고개을 숙여서 90도로 인사을 하고 대답을 하였다,
김병식,보스에 말에 조모차,동생과 한다보,동생은 앉자서 무릅

에다 왼쪽과 오른쪽을 올려놓고서 끝날때까지 고개을 숙여서 90도로 인사을 하고 대답을 하며 앉자서 있는다,
"그래!" 어려운 문제 같은 것이 있으며는 즉시 말들을 하여라?"
 "예!" "형님?" 명심하겠습니다, "형님?"
동시에 고개을 숙여서 90도로 앉자서 인사을 하였다,
김병식 시내파 보스 두목 하얀호랑이 대장과 조모차,동생과 한다보,동생이 룸 안에서 말을 하였으며 대형 유리문 밖에서 장나바 웨이터장에 노크소리가 들렸다,
 "똑" "똑" "똑"
그래!" 들어와라?"
장나바 웨이터장은 따뜻한 흰 우유 와 따뜻한 커피와 따뜻한 생강차을 오른쪽 팔 손으로 쟁판에 받치고 룸 안으로 문을열고 들어와서 김병식,보스에게 90도로 고개을 숙여서 인사을 하였다,
사장님?" 차 가지고 왔습니다,
그래!" 이곳에 다 올려놓고서 일봐라?"
"예!" 사장님?"
하고 장나바 웨이터장은 김병식,보스 앞 탁자에 올려놓고서 90도로 고개숙여서 인사을 하였다,
 사장님?" 나가보겠습니다,
말을 하며 인사을90도로 하고 밖으로 문을열고 나같다, 김병식,보스는 오른팔,조모차,동생과 왼팔,한다보,동생에게 말을 하였으며 조모차,동생과 한다보,동생은 앉자서 고개숙여서 90도로 인사을 하였다,
차들을 마셔라?"
"예!" "형님?" 명심하겠습니다, "형님?"
 그래!"
하며 동생들은 입을 옆으로 마실때마다 돌려서 마시고 있는것

에 김병식,보스는 리모컨을 들고서 CCTV이을 켜서 텔래비전으로 아가씨 룸 복도을 보았으며 따뜻한 흰 우유을 마셨다,
룸 안에는 벌써부터 아가씨들을 찾는 손님이 들어와서 양주와 안주들이 들어가고 있었으며 아가씨 실장 이승미,와 미하자,와 지용미,와 지미화,와 룸 안으로 들어가는 것을 김병식,보스가 볼수 있었다,
룸 안에는 이승미 실장과 들어가는 아가씨들의 지명 손님들인 것 같았다,
김병식,보스는 흰 우유을 마시며 스테지도 바라보고 있었고 손님들은 계속하여 춤을 추고서 있었다,
한참 뒤 조모차,동생과 한다보,동생과 대화을 하고 차을 다 마시고 김병식,보스가 말을 하였다,
그래!" 차들 다 마셨으며는 일들 보아라?"
"예!" "형님?" 명심하겠습니다, "형님?"
하고 동시에 90도로 인사을 하고 일어나서 김병식,보스에게 90도로 동시에 고개을 숙여서 인사을 하였다,
"형님?" 들어가 보겠습니다, "형님?"
"그래!"
조모차,동생과 한다보,동생은 룸 안에 있는 문을 열고 나가서 아비숑퍼시팩"룸"나이트을 나같다,
 조모차,동생과 한다보,동생이 나가고 밖에서 노크 소리가 들렸다,
장나바,는 김병식,보스에게 들어와서 90도로 고개숙여서 인사을 하였다,
"똑" "똑" "똑"
 그래!" 들어와라?"
"예!" 사장님?" 치우겠습니다,
 그래!"
쟁판으로 빈잔을 치우고 장나바,는 나가면서 90도로 인사을

"사장님?" "편히쉬십시요!" 하고 나같다,
김병식,보스는 인사을 받았고 그래!" 하며 잠시 일어나서 룸 안을 나와서 아비숑퍼시팩"룸"나이트안을 돌아 보았다,
나이트안을 돌아보고 김병식,보스에 룸 안으로 문을 열고서 들어왔으며 안에는 하기장,형과 조미보,형수가 내려 와서 쇼파에 앉자서 있었다,
하기장,형은 김병식,보스에 쇼파에 앉지 않고 다른 쇼파에 앉자서 조미보,형수하고 꼬옥 붙어 앉는다,
"형" 언제 내려 왔어!"서울에서 내려오는데 길은 막히지가 않았어!"
서울에서 길이 뻥 뚤러 있더라, 차가 많이 다 닐줄 알았느데 놀러들 다 갔나보다,
그래, 그럼!" 다행이구, 서울에 있다가 올라가며는 차도없이 금방 가겠다, 형수는 식사는 하셨습니까?"
"예!" 아직 저녁은 먹지 않았어요!" 김병식 시내파 보스 백호 하얀호랑이 대장님?"
아이, 형수님도
"형" 아직 형수 밥을 안 사주면 어떻게해!" 배골겠다, 하기장,이 말을 하였다,
그러게 시간이 가는 줄을 몰랐네!"
그럼, "형" 잠시 있어봐?" 형수님, 내가 좋은 곳이 있는데, 오리로스 고기 구이는 어때십니까?"
"예!" 좋아합니다,
그럼, 제가 백호 하얀호랑이 보스가 형과 형수님께 한통 내겠습니다,
"예!" 보스님?"
그래, 보스,
김병식,보스는 하기장,형과 조미보,형수가 대답을 하고 동생 한승호에게 전화을 걸었으며 동생에 음악도 팝송이 흘러나오고

있었고 김병식,보스에 전화을 금방 받았다,
"예!" "형님?" 편히쉬셨습니까?" "형님?"
하고 90도로 고개을 숙여서 인사을 하고 받았다,
그래, 지금 아비숑퍼시팩"룸"나이트로 올라와, 있어라?"
"예!" "형님?" 명심하겠습니다, "형님?"
하고 90도로 인사을하며 고개을 숙여서 인사을 하고 끊었고
김병식,보스는 하북 오리로스 구이 고기 가게집 이금신,누님한
테 전화을 걸었다,
김병식,보스에 동생들40명들의 회식을 하는 장소이며 평택과
오산에 중간에 위치해 있어서 경양식집과 차집과 좋은곳들이
많았고 도로 가 옆에 위치가 되 있었다,
전국에서 이곳을 알고 있으며 연인들끼리들 드라이브 코스로
도 많이들 찾아오는 곳이였다,
김병식,보스에 전화을 받았다,
오산시 김병식 시내파 보스 두목 백호 하얀호랑이 대장 식사
해로 오게!"
"예!" 누님?" 금방 아십니다,
 그래!" 시내파 보스 대장인데, 금방 알지!" 밖에다 차려놓을
가?"
"예!" 누님?" 오늘은 저랑 아비숑퍼시팩"룸"나이트을 함께 동
업하는 형과 형수님하고 식사좀 할것입니다, 오리로스 구이 고
기 5인분 만 동생들과 회식 하는곳에 차려 놓으십시오!" 아비
숑퍼시팩"룸"나이트에서 금방 가겠습니다,
그래!" 백호 하얀호랑이 대장?"
김병식,보스와 이금신,누님과 전화을 끊고서 김병식,보스가 일
어나며 말을 하였다,
"가자?" "형" 벤츠 차 타고서 가자?"
그래,
하기장,형과 조미보,형수도 일어나며 룸 안에서 나이트 가게안

으로 나왔고 김병식,보스가 장나바 웨이터장에게 걸으면서 말을하였다,
나이트안에 한승호,동생이 잠간 올라와 있을거다, 동생이 오며는 따뜻한 차 한잔을 주고 무슨일이 있으며는 전화을 줘라?"
"예!"사장님?" 다녀오십시요!"
하고 90도로 고개을 숙여서 인사을 하며 김병식,보스와 하기장,형과 조미보,형수가 1층 입구로 내려왔다,
 막내 기복하,가 김병식,보스을 보고 사장님?"다녀오십시요!"
"그래!" "수고해라?"
"예!"사장님?" 하고 90도로 인사을 하였다,
"형" 벤츠차는 어디에 세워났어!" 1층 주차장에 있어!" 그래, 하며 주차장까지 걸어서 같고 벤추차가 보여서 하기장,형이 운전을 하며 조미보,형수은 옆에 앉았으며 김병식,보스는 뒤에 앉았다,
 김병식,보스는 이금신,누님네 가게 주소을 불러주고서 조미보,형수하고 대화을 하였고 시간이가서 하복 오리로스 구이 고기 가게집에 도착을 하여 1층 도로 옆 주차장에 벤츠차을 세웠다,
 주차장 앞이 가게였고 하기장,형과 조미보,형수가 내렸으며 김병식,보스도 문을열고서 내렸다,
김병식,보스가 야외로안내을 하며 이금신,누님은 김병식,보스에 전화을 받고나서 준비을 벌써 다 해 놓아서 먹을수 있게해 놓았다,하기장,형과 조미보,형수는 자리에 앉았고 김병식,보스는 이금신,누님 가게 1층 문을 열고서 인사을 하러 간다고 하였다,
"형" 잠간만 같다올게,
그래, 보스,
 김병식,보스는 걸으며 문을 열고 이금신누님과 대화을 하였다,
안녕하십니까?" "누님?" 장사잘되십니까?"

김병식,보스 ,대장 왔어!" 밖에다 가 준비을 다 해놓았는데,가 봤어!"
"예" 밖에서 다 보았습니다,
 그래!" 보스, 안에도 손님이 있어서 있다가 나갈께!" "예!" 하고 김병식,보스는 밖으로 나같으며 야외로 가서 앉으려고 하였고 오리로스 구이 고기을 굽는 냄새가 도로까지 났다,
김병식,보스는 하기장,형과 조미보,형수에게 가서 앉았다,
오리로스구이 고기 굽는 냄새가 도로까지 나는데, "형" 맛있는 냄새가 난다,
김병식,보스가 이야기을 하고 하기장,형과 조미보,형수가 득의만만하게 웃었다,
 "하" "하" "하" "하" "하" "하" "하" 고 웃고서 있느데, 이금신,누님께서 와서 김병식,보스에 옆에 앉았다, 김병식,보스, 오늘 좋은일이 있는것같아?"
"예!" "누님?" 그렇게, 보이십니까?"
이금신,누님이 말을 하였고 김병식,보스가 하기장,형과 조미보,형수을 소개을 시켜주었다,
 누님?" 이곳에 있는 분이 이름 있는 가수분입니다,
 그래, 그럼!" 잘됐어, 가수분이 필요하며는 전화을 하며는 되겠어,
예, 누님?"
"명함이 있으며는 한 장만 주세요!",
 예, 여기있습니다, 하고 조미보,는 이금신,에게 명함을 주었다,
이금신,누님은 조미보,형수와 하기장,형과 인사을하고 가게 안이 바쁘다며 가게안으로 들어갔다,
오리로스 구이고기을 먹으며 아비송퍼시팩"룸"나이트에 되하여 일편단심으로 의리있게 가기위해 말들을 하고 있었다,
형, 퍼시팩 아가씨 이승미,실장과 아가씨들, 디제이장 육갑자,

와 디제이들, 웨이터장 장나바,와 웨이터들, 가게에서 하는 것들이 어때!"......모든것들이 잘들 하는 것 같이 보여 못 하는것들 같이 보여!",,,
김병식 보스 백호 하얀호랑이 가 판단을 해서 못 하며는 자르고 잘 하며는 가게에 둬야지!" 김병식,보스가 하는 것인데!""""
그때, 조미보,형수가 말을하였다,
" 오산시에 보스님께서 아비숑퍼시팩"룸"나이트을 하시는 것인데요!",
"예!" "형수님?" 그럼, 아비숑퍼시팩"룸"나이트가 잘 돌아가고 잘들 하는데 가게에 있으라고 해야죠, 형수님은 노래을 신곡을 하나 더 낼 생각은 없습니까?" 현재도 1등으로 가는 가수인데 더 1등으로 가며는 형도 좋지 않습니까?"
예!" 저도 많이 노력을 합니다, 김병식 보스님?"
김병식,보스가 하는 말에 하기장,형과 조미보,형수가 한번더 웃었다,
형수님?" 노래을 한곡 듣고 싶습니다, 노래는 원써머나잇이라고 팝숑입니다,
예!" 오산시에 김병식,보스님 이신데요!" 불러드릴게요!"
하고 노래을 불르며 오리로스구이 고기을 먹으며 밤12시까지 이야기을 하고 있었다,
하북 오리로스구이 고기의 이금신,누님네서 먹고서 일어나며 이금신,누님께 가게 문을열고 인사을하며 하기장,형이 운전을 하고 옆에 조미보,형수가 타고 김병식,보스가 뒤에 탔으며 아비숑퍼시팩"룸"나이트로 벤츠을 타고 올라 같다,
김병식,보스는 뒤에서 하기장,형과 조미보,형수에게 말을 하였다,
형수님?" 오리로스구이 고기가 어땠습니까?" ,맛있었습니까?"
예!" 고기가 서울 보다 맜있었어요!"

예!" 이곳에는 전국에서 먹으로 옵니다,
예!" 가게도 좋고 사장님도 좋아보여요!"
　예!" 형수님?" 시간나며는 저녁 드시지 마시고 오십시요!" 오리탕도 맛있습니다,
예!" 백호 하얀호랑이 대장님?" 하고 말을 하며 같으며 김병식,보스는 이금신,누님가게을 데리고 저녁을 산 것을 안심을 하고 하기장,에 벤츠차는 1층 주차장에 도착을 하였다,
　김병식,보스와 벤츠차에서 내리려고 하는 순간에 조미보,형수에 핸드폰에서 전화가 왔다,
전화에 소리는 형수님에 노래에 소리 였고 방송국에서 새벽3시에 보자는 전화 였다,
　"형" 형수님하고 서울로 올라가 봐?" 늦겠다,
그래, 보스, 대장?" 오늘은 차에서 올라가야 되겠어,
　오산시 시내파 백호 하얀호랑이 보스님?" 오늘 맛있게 먹었어요!"
형수님도 올라 가십시요!"
"형" 전화해, 하고 김병식,보스는 벤츠차 문을 열고서 내렸다,
하기장,형에 벤츠차는 "붕" "붕" "붕" 하며 시동을 내며서울로 올라같다,
　김병식,보스는 하기장,형에 벤츠차가 멀어지는 것을 보고서 뒤을 돌아보고 아비숑퍼시팩"룸"나이트로 올라가려 걸음을 걷고 있었고 1층 입구에서 웨이터 막내 기복하가 90도로 고개을 숙여서 인사을하였다,
사장님?" 다녀오셨습니까?"
"그래!" 아무일 없었냐?"
예!" 사장님?" 하고 90도로 기복하 막내 웨이터가 고개을 숙여서 인사을 하였으며 김병식,보스는 2층으로 계단으로 올라같다,
　장나바 웨이터장이 보고 고개을 숙여서 90도로 인사을 하였

다,
사장님?" 다녀오셨습니까?"
"그래!" 하고 김병식,보스 룸 안으로 문을 열고서 들어 갔다,
김병식,보스을 보고 한승호,동생은 일어나며 90도로 고개을 숙여서 인사을 하였다,
"형님?" 다녀오셨습니까?" "형님?"
"그래!" 같다가 왔다, 하고 김병식,보스는 쇼파에 안잤다,
한승호,동생은 90도로 인사을 고개을 숙여서 하였고 "형님?"
"편히쉬십시요!" "형님?"
"그래!" 편히앉자라?"
"예!" "형님?" 명심하겠습니다, "형님?" 하고 90도로 고개숙이며 인사을 하고 앉았다,
별일없었냐?"
"예!" "형님?" 별일없었습니다, "형님?" 하고 앉자서 90도로 인사을 하였다,
그래, 집안에 일 같은 것들은 없느냐?" 일 같은 것들이 있으며는 이야기을 해라?"
"예!" "형님?" 명심하겠습니다, "형님?" 하고 90도로 인사을 하였고 김병식,보스는 양복 상의 주머니에서 지갑을 꺼내서 천만원짜리 수표 한 장을 주었다,
부모님 같다가 드려라?"
"예!" "형님?" 고맙습니다, "형님?" 한승호,동생은 일어나서 두 손으로 받으며 90도로 고개을 숙여서 인사을 하였다,
그래, 이제 일봐도 된다,
"예!" "형님?" 명심하겠습니다, "형님?" 하고 90도로 인사을 하고 룸 안에서 문을 열고서 아비송퍼시팩"룸"나이트에서 내려같다,
김병식 시내파 보스 두목 백호 하얀호랑이 대장에 말에는 한번 이야기을 하며는 들어야 되고 김병식,보스에 주는것도 한번

에 받아야 된다,
김병식,보스는 두 번은 이야기을 안 한다,
경기도 오산시 의형제 형 들과 의누님들도 의리 와 카리스마 와 김병식 시내파 보스 두목 백호 하얀호랑이 대장이 살아가는 것을 알고 있다,
한승호,동생이 나이트에서 내려가고 새벽4시가 되었는데도 손님들이 다차 있었으며 스테지에서는 남자와 여자들이 엉켜서 춤을추고서 있었으며 CCTV에 텔래비젼에는 아가씨 이승미실장이 룸 안에서 스테지쪽 문으로 걸어서 오며 김병식,보스에 룸으로 오고 있었다,
　룸 밖에서 노크소리가 들리고 있었다,
"똑" "똑" "똑" 사장님?" 이승미 실장은 들어와서 인사을하고 그래, 들어와라?" 사장님?" 어디에 다녀오신것갰습니다,
그래!" 잠간, 나 같다가 왔다, 앉자라?"
"예!" 사장님?" 하고 자리에 앉잤다,
실장 오늘도 손님들하고 술을 많이 마신것같아?" 술 냄새가 풍기네!"
예, 사장님, 조금 마셨어요,
그래, 조금씩 마시고 아가씨들은 별 문제는 없지, 예, 사장님, 아가씨끼리들 잘 다닙니다,
이승미 실장이 나이가 김병식,보스 보다 많지마는 술을 아무리 먹어도 술 버릇같은 것은 김병식,보스 앞에서는 하지 않는다,
의리 와 카리스마로 남자로 살아가는 마음들을 이승미,실장도 알고 있다,
김병식,보스와 이승미,실장과 말을하고 있었으며 밖에서 노크소리가 들리는 것이었다,
"똑" "똑' "똑' 사장님?"
그래, 들어와라?"
기장조,웨이터가 들어와서 90도로 고개을 숙여서 인사을하였

다,
 사장님?" 룸 안에서 이승미,실장님을 찾습니다, 하고 90도로 인사을하고 그래, 일들 보아라?" 김병식,보스에 말에 이승미,실장은 사장님?" 일 보겠습니다, 인사을 하고 기장조 웨이터가 90도로 고개을 숙이고 인사을사장님?" 편히쉬십시요!" 하고 나같다,
아가씨 룸 웨이터들은 기장조,와 오마수,가 있다,
 김병식,보스는 이승미,실장과 기장조 웨이터가 룸 안에서 나가고 하기장,형에게 전화을 걸었으며 신호가 가고 팝송에 노래가 잠시 멈추어서 하기장,형이 전화을 받았다,
백호 하얀호랑이 보스 대장?"
"그래!" 방송국에 도착은 했어,
지금 도착을 했어,
그래!" "형" 그럼, 형수님,과 일 보고 형수님.하고 들어가서 쉬어,
"그래!" 보스,그럼,
김병식,보스와 하기장,형과 통화을 하고 전화을 끊었다, 아비송 퍼시팩"룸"나이트에가게에 시간은 새벽5시가 되어가고 있었으며 김병식,보스는 가게가 조금있으며는 끝나는 시간이였고 일어나서 룸 밖으로 걸어서 나같다,
웨이터장 장나바,가 있어서 장나바 웨이터장에게 말을 하였다,
가게 끝나는 시간에 맞쳐서 오상희,실장과 이승미,실장하고 정리을 하며 퇴근들 해라?"
"예!" "사장님?" 하고 90도로 고개을 숙여서 인사을 하였다, 김병식,보스는 카운터 오상희,실장에게 걸어가고 있었으며 오상희 실장하고 주방 정라다 실장하고 대화을 하고 있었고 동시에 김병식,보스을 보고 인사을 하였다,
"사장님?" 오셨어요!"
그래, 가게에 끝나는 시간에 맞쳐서 장나바 웨이터장 하고 이

승미 실장하고 정리을 하고 퇘근들 해라?"
"예!" 사장님?" 들어가세요!"
하며 동시에 말을하고 인사을 하였으며 김병식,보스는 그래,하고 몸을 뒤로 돌려서 아비숑퍼시팩"룸"나이트 가게에서 내려 오려고 걷고서 있었다,
 장나바 웨이터장과 웨이터들 장마조 와 정하자 와 정자미 와 김장마 와 조강처 가 2층 입구에 있다가 김병식,보스에게 90도로 동시에 고개을 숙여서 인사을 하였다,
"사장님?" 편히들어가십시요!"
그래!" 고생들했다,
"예!" 사장님?" 하고 동시에90도로 고개을 숙여서 인사을 하였다,
김병식,보스는 하얀 양복을 입고서 아비숑퍼시팩"룸"나이트 가게에서 1층으로 내려왔다,
갑자기 하늘에서는 눈이 내리고 있었다,
 김병식,보스을 보고 양희승,과 양우마,와 마수장,과 막내 기복하 가 웨이터들이 90도로 동시에 고개을 숙이고 인사을 하였다,
"사장님?" 편히들어가십시요!"
 그래, 고생들했다,
김병식,보스는 눈을 맞으며 터미널거리로 내려가고 있었으며 형은 오피스텔로 가고 있었다,
 새벽 공기에 눈을 맞는 것이 상쾌 했으며 가게 집마다 간판 네온조명들이 불을 빛이며 아비숑퍼시팩"룸"나이트에서 형은 오피스텔거리는 얼마 떨어지지가 않았다,
 김병식,보스가 터미널거리을 걷고 있을 때 김병식,보스을 보고 김학지동생과 오한지,동생과 장보구,동생과 고승국,동생이 90도로 동시에 고개을 숙여서 인사을 하였다,
"형님?" 편히나오셨습니까?" "형님?"

그래!" 새벽들 늦게까지 있구나?" 무슨일들은 있는것들이 아니지, 밥들은 먹었느냐?"
"예!" "형님?" 아무일없습니다, "형님?" 형님?"식사도 먹었습니다, "형님?" 동시에 말을하고 90도로 고개을 숙여서 인사을 하였다,
그래!"
김병식,보스는 양복 상의 주머니에서 지갑을 꺼내서 백만원짜리을 오한지,동생에게 주며 말을 하였다,
추운데 밥들 사먹고 들어가라?"
"예!" "형님?"고맙습니다, "형님?"
오한지,동생이 두손으로 받으며 동시에 90도로 동생들은 고개을 숙여서 인사을 하고 김병식,보스가 형은 오피스텔로 걸어가는 뒤에 동생들은 인사을 동시에 90도로 고개을 숙여서 하였다,
"형님?" "편히들어가십시요!" "형님?"
그래!" 하고 김병식,보스가 동생들과 멀어지고 걸어갈때에 골목길 가게 옆에서 2명이 사시미칼을 둘고서 나타나는 것이였다,
김병식,보스 보다 한명은10살 많아 보였고 주수만,이 였다,
한명은 7살 많아 보였고 부지원,이 였다,
 김병식,보스는 그놈들을 두눈으로 봐라보고 있었으며 경상도 전국구파 주수만,이 김병식,보스에게 말을하였다, 오산시 시내파 김병식 보스 두목 백호 하얀호랑이냐?"
 너희들 어디서 왔느냐?" 하는 순간에 동생들이 김학지,와 오한지,와 장보구,와 고승국,동생들이 김병식,보스님?" 싸우신다 하며 소리을 내고 달려서 오는 것이 였다,
 동생들은 김병식,보스에게 90도로 인사을 고개을 숙여서 동시에 하였다,
"형님?" "괜찮으십니까?" "형님?"

그래, 너희들은 뒤에서 물러나 있거라?"
"예!" "형님?" 명심하겠습니다, "형님?" 하고 동생들은 동시에 고개을 숙여서 90도로 인사을 하고 뒤로 물러나 있었다,
김병식,보스가 동생들에게 말을 할때에 경상도 전국구파 부지원,에 오른손으로 사시미칼을 둘고서 김병식 보스에 배로 찌르는것에 김병식보스가 오른쪽 다리발로 사시미칼을 차버리고 왼쪽으로 사시미칼이 "빙" "그" "르" "르" "르" 돌면서 쨍하고 떨어지며 김병식 보스가 180도로 몸을 회전을 하여 돌며 경상도 전국구파 부지원을 오른쪽 얼굴턱을 차버렸다,
"퍽"하고 "욱"하는 부러지는 소리을 내고 입과 코에서 허공으로 피가튀기며 뒤로 "콰당"하고 날아가버렸다,
경상도 전국구파 주수만은 벌 벌 떨면서 김병식 보스을 보고 있었으며 김병식 보스는 달려가서 "붕' 허공에서 걸어서 점프을 하며 오른쪽 다리발 무릎으로 주수만의 가운데 턱을 쳐 버렸다,
"퍽"하는 "욱"하며 부러지는 소리을 내고 입에서 허공으로 피가튀기며 뒤로 한바퀴 덤브링하고 넘으며 날아가서 "콰당"하고 쓰렀다,
사시미칼은 앞으로 날아가버렸다,
김병식 시내파 보스 두목 백호 하얀호랑이 대장은 착지을 하고 경상도 전국구파들을 보았다,
주수만,과 부지원,은 정신들이 드는지 일어나서 김병식보스에게 앞에서 무릎을 끌었다,
 주수만 뒤에서 부지원이 끌었으며 김병식 보스가 물었다,
너희들 이름들이 어떻게 되느냐?"
"예!" "형님?" 27살 주수만입니다,"형님?" 고개을 90도로 인사을 고개을 숙여서 하였다,
"그래!" 너는 이름이 뭐냐?"
"예!" 24살 부지원입니다."형님?" 고개을 90도로 인사을 하였

다,
그래, 너희들 대장은 누구냐 ,
"예!" "형님?" 대장은 모르고 경상도에서10명을 데리고와서 오산시에 시내파 보스 두목 백호 하얀호랑이 대장님이 아비송 퍼시팩"룸"나이트에 가며는 있다고 해서 왔습니다, "형님?" 경상도 전국구파 입니다, "형님?'
　주수만이 고개을 숙이고 90도로 인사을 하였다,
　너희들 대장을 만나며는 전해라?" 너희들은 오산시에 있으며는 안된다, 오산시에 있다가 걸리며는 장외로 죽음으로 만들어 버린다, 오늘은 가봐라?"
"예!" "형님?" 고개을 숙이고 90도로 인사을 동시에 하고 주수만이 몸을 치며 부지원을 데리고 바지에 똥오줌을 넣은것처럼 축축하고 하며 도망을 갔다,
김병식,보스에 뒤에서 싸움을 광경을 지켜보던 동생들은 김병식,보스에게 인사을 드렸다,
"형님?""괜찮습니까?" "형님?" 동시에 동생들은 말을하고 고개을 90도로 숙이며 인사을 드렸다,
"그래!"들어들가봐라?"
"예!" "형님?" "명심하겠습니다,"형님?"하고 동생들은 동시에 말을 하고 90도로 인사을 하고 들어가려 할때에 동생들은 동시에 김병식,보스에게 "형님?" 들어가보겠습니다, "형님?" 하고 90도로 고개을 숙여서 인사을 하며 들어갔다,
　그래,
김병식,보스는 걸음을 걸었고 하늘에서는 눈이 계속내리고 있었다,
형은 오피스텔에 도착을 하고 5층으로 되있는 건물이였으며 김병식,보스에 방은 301호 였으며 사장님은 천안이 고향이고 김병식,보스와 의형제 의누님이 였다,
501호는 김명화,형과 오희민,누님께서 함께 살았으며 김병식,

보스는 엘리베이터을 타고 들어가서 301호 3층에서 내렸으며 걸어서 들어가 비밀번호을 눌러서 방을열고 안으로 들어같다, 방은 넓고 살아가는데 큰 오피스텔였다,
김병식,보스는 싸움을 하였던 것이 피곤함을 물려오고 있었다, 시내파 보스 김병식 백호 하얀호랑이 대장은 혼자서 동생들을 40명들을 데리고 다니며 2살많은 조모차,동생과 한다보,동생이 있었으며 나머지 동생들은 1살많은 동생들이 였다,
김병식,보스에게 다 무릎들을 끌고서 말도 평등하게 똑같이 놓고 지내라고 하였다,
김병식,보스는 경기도 오산시에서 셔클들 9군데 백두산 셔클과 조약돌 셔클과 야생마 셔클과 시장 셔클과 오산 셔클과 티앤티 셔클과 맥진 셔클과 서락월 셔클과 물래방아 셔클과 오산시에 JC와 라이온스와 로타리와 중고등학교을 모임들을 헤체을 시키고 마약쟁이와 노름쟁이들을 헤체을 시켰으며 백두산 셔클은 오산시에서 돈을뺏는다는 소리에 전화가 와서 김병식,보스가 혼자가서 주먹과 발로 김병식보다 몇 살 많은 꼬마들을 때려서 없세버렸으며 맥진 셔클도 몇 살많은 꼬마들을 주먹과 발로 때려서 호프집에서 한명을 죽이고 조모차,동생과 한다보동생을 불러서 차을 가지고 오라고 하여서 실어서 바다에 다 던지고 시장 셔클도 몇 살 많은 꼬마들을 주먹과 발로 때려서 무릎을 끌게하고 물래방아 셔클도 몇 살많은 꼬마들을 주목과 발로 때려서 시장통에서 김병식,보스가 무릎을 끌게들 하고 야생마 셔클들도 호프집에서 주목과 발로 김병식,보스가 때려서 무릎을 끌치고 헤체을 시켰으며 서락월 셔클도 몇 살 많은 꼬마들을 시장통에서 주먹과 발로 때려서 무릎을 끌치며 헤체을 시켰으며 조약돌 셔클도 몇 살 많은 꼬마들을 중학교 가서 주목과 발로 때려서 무릎을 끌치고 헤체을 시켰으며 티엔티셔클도 꼬마들을 시장통에가서 주먹과 발로 때려서 무릎을 끌치고 헤체을 시켰으며 오산 셔클도 중학교가서 김병식,

보스가 주먹과 발로 몇 살 많은 꼬마들을 때려서 장외을시 키
고 무릎을 끌치고 외국과 보내고 헤체을 시켜버렸다,
주먹과 발로 무릎을 끌치고 헤체을 시켰으며 오산시에 김병식,
보스가 시내파 보스 두목 백호 하얀호랑이 대장으로 전국에서
소문이 난 것 같았다,
오산에 전국구파 건달들을 상대을 오늘해 주었다,
 김병식,보스는 샤워을 하고 형은 오피스텔에서 잠이 들었다,
하루가 지나 오전10시로 접어들고 있었다,
대장일수 사무실에는 조모차,와 한다보,와 고방식,과 주고용,과
한국지,와 고상국,과 오방자,들이 사무실 문을 열고서 들어같으
며 조모차,와 한다보,는 시장통과 오산지역을 일수 주는 것과
받는 것을 정리을하며 시간과 날짜을 수첩에다 적고서 정리을
하고 주고 있었다,
조모차,와 한다보,는 같은 나이로 오른팔과 왼팔로 지내며 같
은 친구로 일수을 걷고서 금전을 쓰고 있었고 김병식,보스에
말씀에 따르고 있었다,
 김병식,보스는 오산시 지역에 일수을 주어도 이자을 1할로 받
고서 있었다,
 김병식,보스는 100억을 조모차,와 한다보,에게 주며 관리을
하고 오산시에서 건전하게 있으라고 하였고 건달은 술과 담배
을 먹지 않느게 건달이며 부모님 말씀을 듣고 의리와 카리스
마로 살아가는 것이 건달이고 혼자서 다니며 모든지 헤쳐서
나가야 된다고 하였다,
이것이 정통으로가는 건달이다,
조모차와 한다보는 고방식과 주고용과 한국지와 고상국과 오
방자들에게 오늘 할일들을 정해주고 다음날 교체되는 친구들
은 하루하루 일수을 정해주고 있었다,
 대장일수 사무실에서 2시간을 정리을하여 주고 점심을밥을
시켜서 먹기위해 이나미 누님네로 전화을 하려 하였다,

조모차가 이나미 누님네로 전화을하며 이나미누님이 전화을 받았다,
김병식 시내파 보스 두목 백호 하얀호랑이 대장 동생들""""
"예!" "누님?" 대장일수 사무실로 순대국밥7개만 같다가 주십시요!"
"그래!" 금방 같다가 줄께!"
"예!" "누님?" 하고 전화을 끊었다,
조모차와 한다보와 고방식과 주고용과 한국지와 고상국과 오방자들은 대장일수에서 바둑과 장기을두고 있었으며 텔래비젼을 보고 있었다,
몇분뒤 대장일수 사무실에서 문을열고서 이나미누님께서 승용차을 타고 쟁반으로 순대국밥을 둘고서 들어왔다,
조모차동생은 이나미누님한테 말을 하였다,
"누님?" 이곳에 다 주십시요!"
"그래!" 김병식보스는 안보이네!"
"예!" "누님?" 형님께서 어제 아비숑퍼시팩"룸"나이트에 계셔서 가게가 늦게 끝나신 것 갔습니다,
지금 방에 계실 것입니다,
"그래!" "그럼!" 순대국밥 먹고서 빈 그릇을 밖에다둬?" "예!"
"누님?" "수고하십시요!"
"그래!" 바뻐서갈께!"
조모차와 이나미누님과 대화을 하고서 이나미누님은 대장일수 사무실 문을열고서 분식점으로 승용차을 타고서같다,
조모차와 한다보하고 대장일수 사무실에 있고서 고방식과 주고용과 한국지와 고상국과 오방자들은 점심을 먹고서 대장일수 사무실에서 낮3시에 시장통과 오산을 일수을 주러나같다,
시간이 흐르고 오후3시가 되었다,
김병식보스에게 전화벨이 올리고 있었다
, 전화벨은 원써머나잇 이였고 김병식보스가 전화을 오른쪽 귀

에 다 들었다,
 김병식,보스는 침대에서 전화을 받았고 상대방에 전화는 어머니였다,
"예!"
어머니다, 집에 좀 들려라?" "요즘바쁘냐?"
"아니요!" 집에 들리겠습니다, 일이있습니까?"
아니일은 무슨일이 있겠어!" 병식이가 일이있나 걱정하는거지!"
 "예!" 한번들리겠습니다,
"그래!" 하고 어머니와 전화을 끊었다,
 김병식보스에 집은 100평되는 곳이 였고 형 두명이 있었으며 아버지 김기동 아버지와 어머니 최점백 어머니와 큰형 김병근형과 작은형 김병훈형이 있었다 ,
방은 6개가 있었고 큰형은 단국대에 다니며 특공대에 입대을 하려고 준비을 하였고 작은형은 고등학교 졸업반이다,
 아버지는 아직도 가르켜주는 것이 없었고 어머니는 가사을한다, 김병식보스는 일어나서 잠시집을 생각을하고 있었으며 전화기가 올리고 있었다,
윈써머나잇하고 노래가사가 나오고 있었다,
 김병식,보스는 전화을 받았고 상대에 전화는 여자 김호아동생 였다,
"예!" "안녕하세요!" "보스님?"
"아?" 어제 보았던 김호아동생',,,,,
" 예!" "보스님?"
"하"하""하""하" 김호아동생 한테도 보스라고 듣고 하니 기분이 이상한데",,,,,
오늘 시간이 되시면 만났으면해요!"
 "그래!" 오늘시간이 많아?"
"예!"

몇시에 만날가?"
"예!" 오늘 저녁5시에 만났으면 해요!"
"그래!" 어제집에 올라가지 않았어!"
아니요!" 친척집에서 잤어요!"
"그래!" 오산시 터미널안에 문화의거리에 뮤직 차집이있어!" 그곳으로 오면돼!"
"예!"
 차비는있어!"
"예!" 있어요!" "보스님?"
"그래!" 그곳에서 봐?"
"예!" 그때 뵈겠습니다,
양미조누님네는 디제이 이상한이 있어서 종이에 적어서 음악을 신청을하고 주며는 틀어주는 곳이며 일을 하는 종업원 여자 오송호한명이 있다,
김병식,보스는 일어나서 준비을하고 검정 양복을 입고서 검정 구두을 신고서 저녁5시에 맞쳐서 형은 오피스텔에서 양미조누님네로 걸음을 걸었다,
터미널 문화의거리는 저녁인데도 사람들과 연인들이 팔짱을 끼고서 다녔으며 자동차"빵" "빵" "빵' ,하는 소리와 자전거 "따르릉" " 따르릉" "따르릉'소리와 오토바이 소리가 "띠' "띠" "띠" 하고 다니고 있었다,
김병식,보스가 양미조누님네 뮤직 차집에 도착을 하였을 때 가게집 앞에서 한사마동생과 마상회동생과 우통지동생과 황시라동생과 권성수동생들이 "서" "서" 김병식보스에게 동시에 90도로 고개을 숙여서 인사을하였다,
"형님?" "편히나오셨습니까?" "형님?"
"그래!" 밥들은 먹었느냐?"
"예!" "형님?" 먹었습니다, "형님? " 동시에 고개을 숙여서 90도로 인사을 하였다,

김병식보스는 검정 양복상의 주머니에서 지갑을 꺼내서 백만 원짜리 수표한장을 한사마동생에게 주었다,
밥들사먹어라?"
"예!" "형님?" 고맙습니다, "형님?" 한사마동생은 두손으로 받고 동생들은 동시에 말을 하고 90도로 고개을숙여서 인사을 하였다,
그래!"일들보거라?"
"예!" "형님?" 명심하겠습니다, "형님? 하고 동시에 고개을 숙여서 인사을하고 말을 하였으며 김병식보스가 양미조누님네 가게로 들어가려 할때에 동생들은 동시에 90도로 고개을숙여서 인사을 하였다,
 "형님?" "편히 들어가십시요!" "형님?"
그래!", 하며 김병식보스는 양미조누님네 가게1층 문을열고서 들어같다,
가게안에는 손님들이 많이 있었으며 가게안을 둘러보고 있는데 양미조누님께서 말을 하였다,
김병식 시내파 보스 두목 백호 하얀호랑이 대장왔어!"
"예!" "누님?" "건강하셨습니까?"
"그래!" "보스"
"예!" 하고 가게안을 보았고 김호아동생은 디제이 밖스 이상한 앞자리에 앉자서 있었다,
김병식보스는 걸어가서 김호아동생에게 말을 할때에 이상한 남자 디제이가 인사을 하였고 종업원 여자 오송호가 인사을 하였다,
"어서오세요!" 동시에 하며 김병식보스는 "그래!"하고 김호아 동생에게 말을 하였다,
언제왔어!" 많이 기다렸지!"
오셨어요!" 아니요! " 지금왔어요!"
 김병식보스는 쇼파에 앉잤다,

김병식보스와 김호아동생과 이야기을 하며 화기애애로 웃고서 있었다,
양미조누님께서 와서 김병식보스는 김호아동생을 소개을 시켜주고 시간을 보내고 있었다,
그래!"호아야?" 만나자고 하는 이유가 무엇이지 밥은 먹고 왔어!"
"예!" 아직먹지 않았어요!" 제가 어떻게 불러야 되는지 몰라서 그래요!"
"그래!" 오빠라고 하면 돼?" 오빠동생들에게는 삼촌들이라고 하면돼?" "오빠라고 해봐?" 불러봐?"
"예!" "오빠?"
이름을 불러야지!"
"예!" 김병식 시내파 보스 오빠?"
"하" "하" "하" "참"
김호아동생도 웃었다,
"낄" "낄" "낄"
"왜" "웃어!"
"그냥?" 웃음이 나와서요,
그래, 차는어떤 것으로 마실래!"
 예, 따뜻한 체리쥬스을 한잎 마실게요!"
"그래!"
김병식보스는 양미조누님을 불렀다,
"누님?"
"그래!" "보스?"
이곳에 따뜻한 체리쥬스 한잎하고 따뜻한 흰 우유한잎을 같다가 주시기바랍니다,
금방같다가줄게!" 하고 몇분 있다가 차을 양미조누님이 같다가 주고 맛있게 마시라고 하였다,
"예!" "누님?" 고맙습니다,

김병식보스와 김호아동생은 말을하고 차을 마셨고 양미조누님께서는 카운터로 같다 ,
김병식보스는 차을 시키고 김호아동생에게 아버지와 어머니을 물어보고 서울방송연예계학교을 물어봤다,
양미조누님께서는 김병식보스가 차집에 와도 먹는 것을 알고 있었다,
김병식보스와 김호아동생은 30분동안 이야기을하고 금방 친해졌다, 김호아동생이 서울방송연예계학교을 다니고 해서 그런지 말도 잘하였다, 김병식보스와 김호아동생은 서로간에 어느새 애인으로 되 있었고 김병식보스가 말을 하였다,
 양미조에 누님네는 노래을 듣고 싶은 것을 종이에 적어서 디제이에게 같다가 주며는 그곡을 들어주고는해!""예!""오빠?"호아가 듣고서 싶은 것들 있으며는 적어서 줘봐?"
 "예!" "오빠?" "그래요!" 들고서 싶은것들은 많아요!" 그런데 한곡만 적을가 해요!"
 "그래!" 그곡이 뭐야?"
 "예!" "오빠? 한번 들어보세요!"오빠에게 들려주는 것이에요!"
 "그럼?" 한번들어보자?"
,김병식보스는 김병식보스에 핸드폰에있는 좋아하는 진추하에 노래의 원써머나잇을 적었고 김호아동생은 비틀지에 래잇빗을 적어서 김병식보스는 이상한 디제이을 불렀다,
 "야?" 진추하에 원써머나잇하고 비틀지에 래잇빗 이것좀 가져가서 틀어줘봐라?"
 "예!" 하고 디제이 음악박스에서 나와서 종이을 가지고가며 손님들을 틀어줄 것을 미루고 김병식보스와 김호아동생것을 먼저 두곡을 틀어줬다,
신청곡을 적어서 놓는 것은 테이블에 올려놓아 있었고 볼펜도 테이블에 있었다,

김병식보스와 김호아동생은 음악을 들으며 30분동안에 있었으며 김호아동생은 아버지와 어머니하고 살았다,
김병식보스에게 김호아동생이 물었다,
"오빠?" 진추하에 원써머나잇이 언제쯤나왔던 노래이예요!"
"응" 진추하 가수는 14년쯤 1976년도에 18살나이로 영화계로 들어가서 아이돌시절로 홍콩과 대한민국과 아시아에서 유명한 사람이였고 원써머나잇도 자작곡이야?" "그래요!"
"그래!"
노래가좋아요!"
김병식보스는 김호아동생에게 레잇빗에 되하여 물었다,
" 호아야? " 레잇빗은 어떤 노래야?"
 레잇빗에 노래을 하며는 암흑속에서 꼭 오빠을 말하는 것 같아요!" 오빠가 맞아요!"
"하" "하" "하" "하"
김병식보스는 웃고서 따뜻한 흰 우유와 따뜻한 체리쥬스을 다 마시고 음악을 하나씩 듣고서 김병식보스가 일어나며 말을 하였다,
 저녁이나 먹으로가자?"
"예!" "오빠?" 하고 카운터로 걸어가고 있었다,
",누님?" 계산입니다,
오산시 시내파 보스?" 벌써?" 가는거야?"
 "예!" 시간이되서 가려합니다,
"그냥?" 들어가?"
 아닙니다, 하고 김병식보스는 검정 양복 상의 주머니에서 지갑을 꺼내서 백만원짜리을 주었다,
"아니!" 이렇게 많이 줘?" "보스?"
 "예!" 받아주시고 동생들 오며는 차 한잖씩 주시기바랍니다, 호아동생도입니다,
"그래야지!" 김병식 시내파 보스 두목 백호 하얀호랑이

대장이신데 김병식 보스와 옆에있는 김호아동생과는 아름답고 잘 됐으면 좋겠어!" "오산시도 지키는 것은 좋지만 김병식보스와 잘 어울려",,,,,,,
고맙습니다,
그때 양미조누님이 김호아동생에게 말을 하였다 ,
이름이 어떻게 되요!"
"예!" 김호아예요!"
이름도 아름답네!"
말씀놓으세요!"
"예!" 천천히 놓을게요!"
"예!"
그때 김병식 보스가 말을 하였고 "누님?" 들어가보겠습니다,
"응" 김병식보스 들어가?"
들어가세요!"
양미조누님은 김병식보스와 김호아동생에게 인사을하고 김호아동생도 양미조누님께 인사을 하였다,
"예!" 수고하세요!"하고 뮤직 차집을 나오는데 디제이 이상한과 종업원 오송호여자가 인사을하였다, " 안녕히가십시요!"
"그래!" 수고들해라?"
"예!" "수고하세요!'
하며 김병식보스와 김호아동생은 뮤직 차집1층 가게서 문을 열고서 나왔다,
김호아동생은 원피스을 입고서 있었으며 터미널 문화의거리에는 사람들 연인들끼리 남녀가 팔짱을 끼고서 다니고 있었다,
김호아동생은 아름답고 경국지색이며 곁에 두고 싶은 소중한 여자이고 만나고 싶은 여자였다,
김병식보스가 말을 하였다,
호아공주?" 배고프지!"

"예!" 배가 고파요, 오빠?" 그런데, "왜?" 갑자기 공주라고 불러요!"
아름다워서""""
 호아공주가 "아이!" "참" 부끄렇게,
저녁으로 돈까스는 어때 공주?"
"좋아요!"
"그래!"
양미조누님네 가게에서 터미널로 걸으며 몇미터 거리가 되지 않았으며 오산극장 2층 장미해누님네 경양식집은 얼마 떨어지지 않았다,
 김병식보스는 검정 양복 상의을 벗어서 김호아동생에게 위몸을 덮어 주었다,
 오산극장 1층에 도착을 하여 김병식보스가 오산극장 입구 문을 열고서 들어같고 안에는 매표소에서 이다보누님께서 손님들이 줄을 "서" "서" 영화표을 사는것에 김병식 보스는 두눈으로 보고 일하는 기나만형도 보이지가 않아서 2층 계단으로 김호아동생과 올라갔다,
 2층 경양식가게 문을열고서 들어같다,
카운터에서 사장 장미해누님께서 김병식 보스을 보더니 인사을 하였다,
김병식 보스 두목 백호 하얀호랑이 대장왔어!"
 "예!" "누님?" "건강하셨습니까?"
"그럼!" 보스가 오산시을 지켜주는데 건강하지,
 예!" "누님?"
그런데 보스 옆에 있는 분은 누구지,
예, 동생입니다,
 "응" "그래!"
호아공주?" 인사드려",,,,,,
 "예!" "오빠?" ,

안녕하세요!"
"예!" 이름도 이쁘시네요, 시내파 보스 김병식 두목님에게 이렇게 아름다운 여자분이 있었어~!"
"예!" 고맙습니다,
김호아동생이 말을하고 김병식보스가 말을하였다,
  그럼, "누님?' 자리하나 주시기바랍니다,
  그래, "부미야?" "보스님?" 자리을 하나드려라?"
"예!"
종업원 조부미여자가 인사을하고 "어서오십시요!" 하며 주방장 김하진 남자도 인사을 하였다,
"어서오세요!"
  김병식보스는 조부미 여자가 자리을 안내을 하는곳에 앉았다, 창문으로 터미널 문화의거리가 보이는 곳이였다,
  김병식보스는 테이블에 올려놓은 메뉴판을 김호아동생에게 보이게 펴서 주웠다,
  조부미 여자는 카운터에 옆에서 물과 가지고 와서 김병식보스에 테이블에 올려놓고서 주문을 물었다,
어떤 것으로 갔다가 드릴까요!"
  김병식보스는 김호아동생에게 말을 하였다,
  저녁식사을 어떤 것으로 먹을래!"
오빠?" 먹는 것으로 할께요!"
오빠는 돈까스로 먹을건데 호아공주도 돈까스을 먹을래!"
"예!" 오빠 돈까스로 먹을게요!"
"그래!" 이곳에 돈까스 곱빼기 두 개하고 새우튀김을 같다줘라?"
"예!" 하고 조부미 여자는 주방으로 걸음을 걸었다,
경양식 집 가게에서는 음악이 흘러나왔고 터미널거리에서는 저녁 장사을 하기위해서 간판과 네온불빛들이 반짝반짝 거렸으며 유리창으로 보이고 있었다,

음악과 밖에 광경을 보면서 대화을하고 있는데 돈까스와스프와 새우튀김이 나왔다,
조부미 여자는 테이블에 올려 놓고서 인사을하고 카운터로갑다,
"맛있게드십시요!"
"그래!"
"예!" 하고 김병식보스와 김호아동생이 말을하였다,
"먹자?"
"예!" "오빠?" 이렇게 많이 먹으며는 배가 터지겠다, 오빠가 다먹기요!"
아니! " 호아공주도 먹기!"
 오빠랑 이렇게 있으며는 호아는 돼지가 되겠다,
호아공주는 아름다워서 이런것들 다먹어도 살이안쪄",,,,,,
김병식보스와 김호아동생은 웃으며 경양식 가게 조미해누님네서 1시간동안 저녁식사을 하고 디저트을 흰 우유와커피을 마시고 김병식보스가 일어나자고 하였다,
호아 공주 가자?"
 "예!" "오빠?" 어디을 가실거예요!"
"호아공주는 포켓볼을 칠수있어!"
 "예!" "오빠?" 제가 선수인데요!"
 "그래!" " 그럼?" "가자?"
"예!" "좋아요!"
장미해누님이 앉자서 있는 카운터로 걸으며 계산을 하려 하였다,
김병식보스는 양복 상의 주머니에서 지갑을 꺼내서 백만원짜리을 주었다,
"누님?" 계산 여기있습니다,
 김병식보스 이렇게 많이줘?'
"예!" "누님?" 동생들이 돈까스을 먹으로 오며는 주시고 옆에

있는 김호아공주도 오며는 주시기바랍니다,
"그래!" 오산시 김병식 시내파 보스 말이고 한데 줘야지!"
" 예!" "누님?" 수고하시기바랍니다,
"보스?" 들어가?"
"안녕히계세요!"
"예!" 또 오세요,
하고 장미해누님네서 나오는데 주방장 김하진 남자와 종업원 조부미여자가 인사을 하였다,
안녕히가십시요!"
"그래!"
"예!"
　김병식보스는 입구 문을 열고서 오산극장 포켓볼당구장으로 강한만형이 하는곳으로 3층으로 올라같다,
김호아동생은 김병식 백호 하얀호랑이 보스에 오른쪽에서 팔짱을 끼고서 웃으면서 걸어서 강한만형네로 3층으로 올라갔다, 김병식보스가 김호아동생에게 말을 하였다.
"호아공주님?" 서울집에는 늦은 것이 아니야?"
"아니요!" "괜찮아요!"
그래도 밤이 늦은것같은데 괜찮겠어!"
"예!" 하고 김병식보스와 김호아동생은 포켓볼당구장 문을 열고 들어같다,
강하만형네에는 손님들이 많이있었고 동생들이 구한미동생과 김구한동생과 주성진동생과 김사랑동생과 주고용동생들이 동시에고개을 숙여서 90도로 인사을하고 말을 하였다,
"형님?" "편히나오셨습니까?" "형님?"
"그래!" "밥들은 먹었느냐?"
"예!" "형님?" 먹었습니다, "형님?" 하고 90도로 동시에인사을 하였다,
"형수님?" "오셨습니까?"

"예!" "삼춘들 당구을 치시나봐요!"
"예!" "형수님?"
"그래!" "당구들 치어라?"
"예!" "형님?" 명심하겠습니다, "형님?" 하고 90도로 동시에 고개을숙이고 인사을 하였다,
동생들은 당구을 치면서 게임돌이을 하고서 있었다,
김병식보스을 보고 카운터에서 강하만형이 말을하였다,
"대한민국 경기도 오산시 정통으로가는 시내파 김병식 보스 두목 백호 하얀호랑이 대장왔어!"
 "그래!" "형" 장사는 잘돼?"
 김병식보스 백호 하얀호랑이 때문에 잘되고 있지!"
"형" 포켓볼당구대 다이 하나만줘?"
"응" 이리로와?"
 "그래!" 김병식보스와 김호아동생과 강하만형 사장이 포켓볼공과 가르켜주는 곳으로 같다,
강하만형네 포켓볼당구장은 컸으며 포켓볼공을 다이에 놓고서 카운터로 같다,
김병식보스는 김호아동생과 큐대을 둘고서 포켓볼공을 놓고서 김호아동생에게 먼저 포켓볼을 치라고 하였다,
김호아동생은 포켓볼을 치는 공이 다이에 들어 가는곳에 다 공을 넣고서 있었다,
김병식보스가 김호아동생에게 말을하였다,
호아공주님은 포켓볼치는 것을 어디서 많이 배운 것 같아, "잘치네!"
"아니요!" "오빠?" "텔래비젼에서 많이 보았어요!"
 "그래!" "그래서 잘치는 것 같아?"
"아이" "참?" "오빠?" "반칙 이예요!" "이렇게 말을 시켜놓고서 못치게 하는게 어디에 있어요!"
 "하" "하" "하"

"삼춘들 않 그래요!"
"예!" "형수님?"
"이제 오빠 차례예요!"
"그래!" "한번 쳐보자?"
"어디 한번 볼거예요!"
김병식보스는 포켓볼 들어가는곳에 다가 포켓볼공을 모두 다 집어놓고서 한 개도 남기지 않았다,
"오빠?" "이렇게 하기예요!"
"뭐가?"
"한번에 공을 넣는 경우가 어디에 있어요!" "호아도 쳐야죠?"
"정말 이렇게 하기예요!"
"하" "하" "하" "그럼?" "호아도 이번에 한번에 포켓볼공을 다쳐봐?"
"아니" "참?" "삼춘들",,,,
"예!" "형수님?"
"이곳에서 김병식보스 백호하얀호랑이대장님을 이길분있어요!"
"예!" "형수님?" "저희도 형님께 집니다, "형수님?"
"아이" "참?" "정말?"
김병식보스는 김호아동생과 동생들과 웃음을 터트렸다,
한참뒤에 강하만형네서 포켓볼을 치고서 있는데 당구장에 문이열리는 소리와 경상도 전국구파 10명들이 경상도 말씨을 쓰면서 들어 오는것이 었다,
경상도 전국구파들은 당구다이을 2개을 잡고서 강하만형에게 말을하였다,
"사장님?" 당구공 4구로 2개만 같다가 주십시요!" "예!" 하고 강하만형이 당구공을 같다가주고 카운터로 같다,
김병식보스는 포켓볼을 치면서 경상도 전국구파들을 보았고 행패을 부릴 것 같았다,
동생들도 경상도 전국구파들을 보며 당구을치고 김병식보스에

명령만 떨어지기을 바라고 있었다,
김호아동생이 김병식보스에게 눈치을 포켓볼을 치라고 눈치을 하였다,
김병식보스가 포켓볼을 치려고 할때였다, 경상도 전국구파들이 당구공을 치며 김병식보스에 포켓볼을치는 다이까지 공이 떵겨서 날아오는 것이였다,
경상도 전국구파놈들은 일부로 김병식보스에 다이까지 공을치었다, 김병식보스가 경상도 전국구파놈들에게 이야기을 하였고 경상도 전국구파 한명이 대답을하였다,
"야?" "너희들 당구들 똑바로 치지않을 거냐?"
"모야?"
그때 김병식보스에 동생들이 경상도 전국구파놈들에게 싸우려고 걸어서 가려고 할때에 김병식보스가 말을 하였다,
"너희들은 그냥 있어라?"
"예!" "형님?" 명심하겠습니다, "형님?" 하고 90도로 동시에 고개을 숙이고 인사을하고 말을하였다,
김병식보스와 김호아동생들은 유리창쪽에서 포켓볼을 치고 있었으며 동생들 구한미동생과 김구한동생과 주성진동생과 김사랑 동생과 주고용 동생들도 유리창쪽에서 당구을 치고서 있었다,
경상도 전국구파놈들에 당구을 치는곳은 유리창쪽 앞이였다, 경상도 전국구파 한명이 말을 하였다,
"뭐야?"
김병식보스는 김호아동생에게 이야기을 하였다,
"호아는 동생들에 옆에 가서 있어!"
"예!" "오빠?" 다치지 마세요!" "그래!"
김호아동생을 두팔로 동생들에 있는곳으로 밀어주고 김병식보스가 경상도 전국구파 한명이 걸어오는 것을 보고 김병식보스가 걸어가며 "붕" 점프을하고 720도로 회전을하며 오른쪽 발

- 58 -

다리로 뒤돌려차기을하여 경상도 전국구파 한명을 오른쪽 얼굴 면상턱을 차버렸다,
"퍽"하고 부러지는소리와 "욱"하며 입과코에서 피가튀기며 왼쪽으로 당구 다이위로 콰당하고 기절을하며 날아가 떨어졌다,
경상도 전국구파놈들이 당구큐대을 휘두르고 있었으며 김병식보스는 피하며 경상도 전국구파 한명이 당구큐대을 휘두르는 것을 김병식보스가 왼쪽발 다리로 상단차기을하여 경상도 전국구파놈을 오른쪽턱을 차버렸다,
"퍽"하고 부러지는소리와 "욱"하고 허공으로 피가튀기며 당구큐대와 함께 기절을하며 당구 다이위로 날아가떨어졌다,
경상도 전국구파 한명이 당구 큐대을 둘고서 머리위로 내리치는 것을 김병식보스가 360도로 몸을 회전을하고왼쪽발 다리로 뒤돌려차기을하여 당구큐대을 차버렸다,
당구큐대는 오른쪽으로 날아가버리고 김병식보스가 앉자서 몸을180도로 회전을하며 오른쪽 발다리로 뒤돌려차기을하여 경상도 전국구파놈을 오른쪽발 다리발목을 차버렸다,
"퍽"하고 부러지는소리와 "욱"하고 왼쪽으로 한바퀴 덤브링을하며 넘으며 기절을하며 당구 다이위로 떨어졌다,
김병식보스는 일어나서 경상도 전국구파놈들이 앞에서 당구큐대을 둘고서 4명이 있었고 당구다이 뒤로 돌아서와서 3명이 당구큐대을 둘고서 있었다,
김병식보스는 앞에 당구큐대을 둘고서있는 경상도 전국구파 한명을 김병식보스가 왼쪽발 다리로 낭심차기을하여 경상도 전국구파놈을 차버렸다,
김병식보스는 낭심차기을 하고 360도로 반으로 몸을 회전을하며 뒤에 당구큐대을 둘고서있는 경상도 전국구파 한명을 김병식보스가 오른쪽발 다리로 뒤돌려차기을하여 경상도 전국구파놈을 얼굴 면상코을 차버렸다,

"퍽" 하고 "욱" 하며 당구큐대와 함께 앞으로 기절을하며 쓰러졌다,
"퍽" 하며 부러지는소리와 "욱" 하고 입과코에서 허공으로 피가튀기고 당구큐대을 앞으로 떨어트리고 기절을하며 당구 다이위로 날아가 떨어졌다,
　김병식보스는 앞에당구 큐대을 둘고서있는 경상도 전국구파 놈들을 당구큐대가 휘두르기전에 오른쪽 한명과 왼쪽 한명에게 김병식보스가 달려가서 "붕" 점프을하여 오른쪽 발다리와 왼쪽발다리와 두다리을 벌리며 경상도 전국구파놈들을 가운데 턱을 차버렸다,
"퍽" 하며 부러지는소리와 "욱" 하고 입에서 허공으로 피가튀기며 당구큐대와 함께뒤로 한바퀴 덤브링을 하고넘으며 당구다이 위로가서 기절을하고 날아가 떨어졌다,
김병식보스는 착지을하고 앞으로 한바퀴 덤브링을 하고 360도로 회전을하고 넘으며 당구 다이위로 올라가서 착지을 하였다,
경상도 전국구파 3명들은 당구큐대을 휘두르고 있었다,
김병식보스는 당구 다이위에서 날아서 옆 당구다이로 옴기며 김병식보스가 앞차기을하고 경상도 전국구파 한명을 얼굴 면 상코을 차버리고 앞 당구다이로 넘었다,
"퍽" 하고 부러지는소리을 내고 "욱" 하고 입과코에서 피가튀기고 당구큐대을 앞으로 떨어트리고 기절을하며 당구다이 위로 날아가 떨어졌다,
김병식보스는 360도로 회전을 한바퀴 덤브링을하고 당구 다이에서 내려와서 착지을하였다,
경상도 전국구파 한명이 앞에서 당구 큐대을 둘고서 있는 것을보고 김병식보스가 오른쪽 발다리을 들어올려서 내리쩍히로 경상도 전국구파놈 왼쪽 어깨을 내리쩍어 버렸다,
"퍽" 하고 부러지는소리을 내고 "욱" 하며 기절을하고 당구큐대와 함께앞으로 꼬꾸라졌다,

김병식보스는 경상도 전국구파 한명이 당구큐대을 둘고서 내리치는 것을 김병식보스가 오른쪽으로 피하며 김병식보스가 달려가서 "붕" 점프을하여 오른쪽팔 주먹 수퍼라이트훅으로 경상도 전국구파놈을 얼굴 면상코을 처버렸다,
"퍽"하고 부러지는소리와 "옥"하고 코와입에서 허공으로 피가튀며 당구큐대와 함께 기절을하며 뒤로 콰당하고 날아가 버렸다,
경상도 전국구파 10명들은 당구 다이위에서 아래와 고통을 받고서 실음을내고 맞은곳을 잡고서 있었다, 김병식보스는 무릎들을 끌고서있는 경상도 전국구파들에게 말을하였다,
"경상도 전국구파들이냐?"
"예!" "형님?"
"그래!" "너희들 대장한테가서 경기도 오산시에 계속 있으며는 너희들이 오산시에서 계속 고통을 받을것이다, "예!" "형님?"
"그래!" "오산시에 사장님 들에게는 오지 말아라?" " "예!" "형님?"
김병식보스가 경상도 전국구파들에게 말을하고 김호아동생과 동생들이와서 동시에 90도로 고개을 숙이고 인사을하고 말을 하였다,
"형님?" "괜찮습니까?" "형님?"
"그래!" 괜찬다,
"오빠?" "괜찬아요!" "그래!" 김호아동생은 김병식보스에 가슴속에 가슴을 묵혔으며 김병식보스는 두팔로 손으로 김호아동생을 허리을 감삼아 안아 주었다,
"오빠?" "괜찬아서 다행이예요!" "오빠가 다칠가봐 걱정했어요!"
"대한민국 경기도 오산시 시내파 김병식 보스 두목 백호 하얀 호랑이 대장에 싸움실력을 호아공주님도 알고 있잖아?" "그래도 걱정을 했어요!"

"하" "하" "하" 김병식보스와 김호아동생과 동생들하고 이야기을 하고 있었으며 경상도 전국구파놈들은 강하만형네서 고통을 받으며 문을열고 내려가고 있었다, 김병식보스에 싸움을 구경하고 있는 손님들은 박수을치고 있었다,
"짝""짝""짝" 싸움을 영화로 하신다, "짝""짝""짝"김병식보스가 김호아동생에게 이야기을 하였다,
"호아공주님?""나가자?"
"예!""오빠?"
김병식보스는 구한미동생에게 양복 상의주머니에서 지갑을꺼내서 백만원짜리 한 장을 주었다,
구한미동생은 두팔손으로 백만원을 받으며 동시에 90도로 인사을 고개을 숙여서하고 말을하였다,
"자""받아라?"
"예!""형님?" 고맙습니다, "형님?"
"너희들은 강하만형네서 당구장을 치워주고 나오너라?""예!"
"형님?"명심하겠습니다, "형님?" 하고 동시에 90도로 인사을 고개을 숙여서하고 대답을하였다,
김병식보스는 양복 상하이을 털고서 걸음을 걸으며 구한미동생과 김구한동생과 주성진동생과 김사랑동생과 주고용동생들이 인사을 90도로 동시에 고개을 숙여서 하였다,
"형님?""편히 들어가십시요!""형님?"
"그래!"
"형수님?""편히 들어가십시요!" 하고 동생들은동시에 이야기을 하였다,
"예!""삼춘들 고생하세요!"
김병식보스와 김호아동생은 강하만형에 카운터로 걸어서같다, 김병식보스는 양복 상의주머니에서 지갑을 꺼내서백만원짜리 한 장을 주었다,
"형?""이곳에 당구장을 정리을 해?"

"이렇게 많이줘?" "그런데 보스?" 아름답다,
"그래!" "호아공주님?" "인사해!"
"예!" "안녕하세요!"
"예!" "강하만 이예요!" "당구장에 오고 싶으며는 오세요!"
"예!" 시간나면 오겠습니다,
"예!"
"그럼?" "갈게?" "수고하고 일있으며는 전화해!"
"시내파 보스 김병식 두목 고마워 김병식 보스 두목 백호 하얀호랑이 대장 들어가?"
김병식보스와 김호아동생은 포켓볼당구장 3층에서 오산극장 2층과1층으로 내려왔다,
오산극장입구 유리 문을 열고서 나와 터미널 문화의거리을 걷고있었다,
김병식보스는 김호아동생에게 말을하였다,
"호아는 오늘집에 들어가 랜드카 꼬마들 불러줄가?"
"아니예요!" 터미널가서 택시을 타고 가며 는 빨리가요,
그래, 그럼, 오빠가 택시타는 곳까지 바래다 주고 보디가드해 줄게!"
"낄" "낄" "낄" "예!" "오빠?"
"왜" "웃어!"
아니예요,
하고 김병식보스는 양복 상의을 김호아동생에게 위에다 덮어 주고서 택시을 타는 곳까지 문화의거리로 걷고서 있었다,
시간은 저녁11시가 되어가고 있었으며 터미널거리는 사람들이 많아서 걸음을 걸으때 마다 몸들을 붙으치며 거리을 걷고는 하였다,
김병식보스가 걸음을 걸으때마다 사람들은 길을 피해주고 있었다,
 김병식보스가 양미조누님네 뮤직 차집가게로 걸음을 가고 있

었으며 골목에서 호남 전국구파2명이 사시미칼을 신문지에 싸서 둘고서 나타나는 것이였다,
김병식보스는 오산극장에서 보았던 오하지놈들에 호남 전국구파인 것 같았으며 김병식보스보다 10살은 많은 것 같았다,
이름은 이한장과 조장중이였다,
 김호아동생은 깜짝놀라며 김병식보스에 뒤에서 "서" "서" 있었고 김병식보스에 싸움 실력은 오산극장에서 보아서 영화의 한 장면처럼 싸우는 것을 알았다,
그래서 오빠을 믿고서 있었다,
"호아는 뒤에서있어!"
"예!" "오빠?"
김병식보스는 호남 전국구파 이한장과 조장중이 사시미칼을 둘고서 오는것에 김병식보스가 말할 여유도 없이 달려가서 "붕" 점프을 하며 오른쪽 다리발로 상단차기로 이한장에 오른쪽 턱을 차 버렸다,
"퍽"하는 부러지는 소리와 '옥"하고 입과 코에서 허공으로 피가튀기며 왼쪽으로 사시미칼을 둘고서 날아가 "콰당"하며 기절하여 쓰러졌다,
김병식보스는 착지을 하고 호남 전국파 조장중이 앞에서 있는 것을 보고 김병식 보스 두목 백호 하얀호랑이 대장이 "붕" 점프을 하여 오른쪽 다리발 앞차기로 조장중의 가운데 턱을 차버렸다,
"퍽"하는 부러지는 소리와 "옥"하고 입에서 허공으로 피가튀기며 뒤로 한바퀴 덤브링을 하면서 뒤로 사시미칼과 함께 넘어갔다,
김병식보스는 호남 전국구파들이 정신이 없는 것을 보고서 김호아동생에게 말을 하였다,
"괜찮아?"
"예!" "오빠?" "괜찮아요!" 오빠는 다치신데는 없어요,

그래, 다친데는 없어,
예,
　그럼?" "가자?"
　김병식보스와 김호아동생 하고 문화의거리을 걷고서 있었다, 사람들은 터미널거리에서 박수와 잘 싸우신다고 박수을 치는 것에 김병식보스는 호남 전국구파 2명을 무시하고 김호아동생과 택시을 타는 곳으로 같다,
　김병식보스가 택시을 타는 곳으로 도착을 하여서 택시 기사 형들도 김병식보스와는 의형제분들 이다,
김병식보스을 보고 택시 기사 형들이 말을 하였다,
김병식 보스 대장왔어!"
"예!" 하고서 김병식보스가 조자고형에게 말을 하였다, 잘 되고 있는지!" "형"
"백호 하얀호랑이 보스 대장 때문에 잘돼?"
　하고 조자고형 뒷문을 열어주고 김호아동생을 쇼파에 앉았다, 김병식보스는 양복 상의 주머니에서 이십만원짜리을 꺼내서 조자고 형 택시기사에게 주었다,
"형" 김호아공주님이 서울에가는데 목적지까지 데려다줘?'
"그래!" 오산시 시내파 김병식 보스두목 백호 하얀호랑이 대장 말인데 명령에 따라야지!"
하고 김호아동생이 오른팔손으로 흔들었다,
"오빠?" 오늘 고마웠어요!" "전화할께요!"
"그래!" 하는 순간에 조자고형은 택시을 서울로 출발을하였다, 김호아동생이 멀어지는 순간에 김병식보스는 대장일수 사무실로 향했다,
터미널 문화의거리로 걸으며 호남 전국구파 이한장과 조장중의 보았으며 그놈들은 거리에 없었다,
김병식보스는 대장일수 사무실에 도착을 하여서 문을열고 들어갔다,

100대의 1의 싸움

김병식보스을 보고있는 조모차동생과 한다보동생은 바둑과 말들을 하며두고 있던 것을 앞에두고 일어나서 동시에 고개을 숙여서 90도로 인사을 하였다,
"형님?" "편히나오셨습니까?" "형님?"
"그래!" 바둑들을 두고서 있었구나?" 밥들은 먹었느냐?" "예!" "형님?" 먹었습니다, "형님?' 하고 고개을숙여서 90도로 인사을 동시에 하였다,
 김병식보스는 쇼파에 자리에 앉았다,
동생들은 동시에90도로 인사을 하였고, "형님?" "편히쉬십시요!" "형님?"
 "그래!" "편히앉자라?"
 "예!" "형님?' 명심하겠습니다, "형님?' 하고 동시에 인사을 하였으며 "형님?" "편히쉬십시요!" "형님?' 하고 90도로 동시에 인사을 하고서 앉았다,
김병식보스는 말들을 하였고 조모차동생과 한다보동생들은 말을 들었다,
오산시 지역에 호남놈들과 경상도놈들과 경기도놈들과 서울놈들과 강원도놈들과 제주도놈들과 인천놈들과 충청도놈들 등으로 전국구파들이 많이들 다닌다, 모차와 다보는 대장일수 사무실을 잘 지키고 들있어라?"
 "예!" "형님?" 명심하겠습니다, "형님?' 하고 동시에 앉자서 고개을 숙여서 90도로 인사을 하였다,

그래, 지금도 문화의 거리에 터미널에서 호남 전국구파놈들이 나타나서 상대을 해주고 왔다, 그래서 모차와 다보는 터미널거리을 다녀도 지금 말했던 타지역 놈들을 보며는 상대을 해주어라?"
"예!" "형님?" 명심하겠습니다, "형님?" 하고90도로 고개을 숙여서 동시에 인사을 하였다,
 만약 힘이 모자라면 전화을 빨리해서 나에게 말을 하여라?' 알았느냐?'
 "예!" "형님?" 명심하겠습니다, "형님?" 하고 동시에90도로 고개을 숙여서 인사을 하였다,
3월13일날 저녁6시까지 하북 오리로스구이 고기집 가게 이금신누님네로 모임을 하겠다, 모차와 다보는 동생들에게 말들을 하여서 이금신누님네서 모이라고들 해라?' 바둑들을 두고서 있던 것들을 두어라?"
 "예!" "형님?" 명심하겠습니다, "형님?" 하고 90도로 인사을 동시에 고개을 숙여서 하였다,
 김병식보스는 조모차동생과 한다보동생에게 1시간동안 말들을 하고서 대장일수 사무실에서 일어나려고 하였다, 김병식보스가 걸어서 나가려고 할때에 조모차동생과 한다보동생은 동시에 90도로 고개을 숙여서 인사을 하였다,
"형님?' "편히들어가십시요!" "형님?"
 "그래!" 고생들하여라?"
"예!" "형님?" 명심하겠습니다, "형님?" 하고 동시에 고개을 숙여서 90도로 인사을 하였다,
김병식보스는 대장일수 사무실문을 조모차동생이 열고서 주는 것에 터미널 문화의거리을 걷고서 있었다
, 오늘부터 터미널 문화의거리에 누님들과 형이 리어카을 끌고서 장사을 하는 날이고 김병식보스에게 부탁을 하여서 터미널 문화의 거리에 자리을 주었으며 김병식보스가 인사을 하러 가

고서 있었다,
김밥과 떡복기와 오뎅과 순대와 닭발은 고진오누님께서 하시고 닭꼬치는 이하준누님께서 하시고 옥수수는 강보자누님께서 하시고 호떡은 장한자형이 맡아서 하시기로 하였다,
김병식보스는 고진오누님네로 걸어서가고 있었다,
터미널거리는 간판들에 네온들이 반짝 반짝 거리고 있었으며 사람들이 연인들이 팔짱을끼고서 다니고 있었고 오토바이와 "띠" "띠" "띠" 소리와 자전거와 "따르릉" "따르릉" "따르릉'소리가 김병식보스에 귀가에 들리고 있었다,
장사을 마차로 하는 것이라 먹는것들이 김들이 나고는 하였다,
김병식보스는 고진오누님네에 도착을 하였다,
　"김병식 보스 두목 백호 하얀호랑이 대장왔어!" 김밥좀줄가?"
　"예!" "누님?" 장사 잘 되십니까?"
"응" 김병식 시내파 보스 때문에 손님들이 많어, 내일부터는 저녁6시부터 나와서 장사을 할가해!"
"예!" "누님?" 하시는되로 하시면 됩니다, 행패을 부리는놈들이 있으며는 저에게 말씀을 하시고 전화을 주시면 됩니다,
"그럼?" 오산시에 시내파 보스 두목 백호 하얀호랑이 대장인데, 보스에게 말을 하지, 누구한테 말을할가?"
　"예!" "누님?" 많이 파시기을 바랍니다,
　"백호 하얀호랑이 보스 대장 가게!"
"예!" "누님?"
"그래!" "들어가?"
　"예!" 하고 인사을 하고서 얼마떨어지지 않는 곳에 강부자누님네로 옥수수파는 곳으로 걷고서 있었다
, 고진오누님네는 손님들이 많이있었다,
　터미널거리에는 겨울에 끝 계절로 가는 바람이 불어오고 있었다,
강부자누님네에 도착을 하였다,

김병식 보스 나왔어!"
"예!" "누님?" 장사가 되십니까?"
"김병식 보스 덕분에 장사가 잘되고 있어, 손님들이 줄이서 있어!"
"예!" 장사가 잘 되시니, 보스에 마음이 놓입니다, "예!" "누님?" 그럼!"수고하시기바랍니다,
김병식 시내파 보스 두목 대장 들어가? "
" 예!" 하고 걸어서 가면서 이하준누님네로 가고 있었다,
이하준누님네로 도착을 하였다,
이하준누님이 김병식보스을 보고서 말을 하였다,
"김병식보스 백호 하얀호랑이 대장 나왔어!"
"예!" "누님?" 손님들이 많습니다,
김병식 두목 덕분에 손님들이 많어!"
"예!" 그럼!" 고생 하시기바랍니다,
"응" "보스들어가?"
"예!" "누님?" 하고 닭꼬치 이하준누님네서 걸음을 장한자형네로 호떡을 하시는 형네로 걸음을 걷고서 도착을 하였다,
장한자형네도 줄을서 "서" "서' 호떡을 먹는 손님들이 많이 있었으며 김병식보스을 보고 이야기을 하였다,
 오산시 시내파 보스 대장 왔어!"
"예!"
"보스대장?" 호떡 하나 먹고가?"
"예!" 하고 "수고하십시요!" 하며 김병식 백호 하얀호랑이 대장 들어가?" 하며 장한자형에게 호떡을 하나 먹고서 장한자형네서 김병식 보스는 누읍동 아버지 어머니집으로 걸음을 걸으며 아비숑퍼시팩"룸"나이트로 장나바 웨이터장에게 전화을 걸었다,
신호가 가고 김병식 보스에 전화을 장나바 웨이터장이 곧바로 받았으며 90도로 고개을 숙여서 인사을 하였다,,

"예!" "사장님?" "안녕하셨습니까?"
"그래!" 아비숑퍼시팩 "룸" 나이트에 문제들이 생기며는 곧장 전화을 하여라?"
"예!" "사장님?" 명심하겠습니다, 하며 90도로 인사을고개을 숙여서 인사을 하였다,
김병식 보스는 말을 하였다,
"그래!" "전화을끊자?"
"예!" "사장님?" " 편히들어가십시요!" 하고 90도로 인사을 하고 전화을 끊었다,
김병식 보스는 전화을 끊고서 터미널거리로 걸으며 택시을 타는 곳으로 같다,
김병식 보스는 동생들을 타고 다닐수 있게 벤츠차 10대을 사주고 대장일수 사무실을 차려 주며 급할 때 타고 들 다니라고 10대을 사주었다,
오늘은 택시을 타고 싶어서 랜드카 꼬마들도 부리지 않고 택시을 타는 곳으로 같다,
김병식 보스 두목 백호 하얀호랑이 대장은 터미널에서 택시을 타는 곳까지 도착을 하였다,
김병식 보스가 오른팔 손으로 택시을 세우며 택시에서 창문이 내리고 김병식 보스을 김다진형이 부르는 것이 였다,
오산시 시내파 김병식 보스 두목 백호 하얀호랑이 대장 어디을 가게?"
"형" 어머니 집으로 가면돼?"
"응" 타?" "보스"
하고 김병식 보스는 뒷문을 열고서 쇼파에 앉았다,
김다진형은 터미널역에서 누읍동까지 출발을 하였다,
터미널에서 누읍동까지는 5분정도 걸렸다,
김병식 보스가 김다진형에게 이야기을 하였다,
"형" 요즘 매상 좀 벌어!"

요즘에 서울과 수원에서 경기도쪽에서 택시들이 오산시역으로 내려와서 손님들을 많이들 태우고 올라가서 오산시에 손님들이 많이들 떨어져서 돈벌이가 안돼?" "보스"
"그래!" "그럼?" 나한테 말을 했어야지!" 그러면 내가해결을 해줄거 아냐?" 지금도 그쪽에서 오산시역으로 와?" "형"
"알았어!" 김병식 보스 두목에게 말을 할게?" 백호 하얀호랑이 대장이 그놈들을 혼을 내줬으면 해?"
"그래야지!" 오산시에는 김병식 보스 두목 백호 하얀호랑이 대장 내가 있는데 말야?"
김병식 보스 대장 집에 도착 했어!"
" 그래!"
김병식 보스는 검정 양복 상의 주머니에서 지갑을 꺼내서 만원짜리 한 장을 주었다,
"계산?" 잔돈은 됐어!"
김병식 보스야?" "들어가?" "보스"
"수고해?"
김병식 보스는 택시에서 내려서 마당 현관 문을 열고서들어 갔다,
김병식 보스에 구두는 구두을 모두 다 닦아나서 광들이 빛나고 똥 파리가 날아와서 앉자도 미끄러질 정도로 구두가 광이 났다,
양복과 옷도 형은 오피스텔에 두며는 세탁소 양모수 형과 이수한 누님께서 형은 오피스텔에서 세탁소로 가져 간다,
김병식 백호 하얀호랑이 대장은 아버지와 어머니가 계신 현관문을 열고서 들어 같다,
어머니와아버지께서 주무시고 계시지 않고 동시에 말을 하였다,
"왔냐?"
"예!" "집에 일이 있습니까?"

어머니가 대답을 하였다,
내일 아침에 이야기 하자?" 오늘은 가서 쉬어라?"
"예!"
 김병식 보스는 안방에서 현관 문을 열고서 김병식 보스의 방으로 걸어서 같다,
큰형 김병근과 작은형 김병훈은 안방에 없었고 형들에 방에서 자고들 있었다,
김병식 보스에 집에서 앞으로 걸어가며는 냇가가 있었고 김병식 보스의 초등학교 똘마니들과 고기와 수영도 하고 개구리도 잡고서 하였던 생각을 하였다,
김병식 보스는 자라오면서 어렸을때도 보스로 있었으며 똘마니들을 데리고 똘마니들이 김병식 보스을 따라서 다녔다,
김병식 보스가 어렸을때도 누읍동에서 보스 두목으로 있었다,
아버지에 성함은 김기동이고 어머니는 최점백이였고 김병식 보스에 아버지의 어렸을 적 이야기들은 아버지와 어머니가 해 주시지 않는다,
김병식 보스는 잠시 생각을 하고 방을 열고서 들어가서 검정 양복을 벗고 샤워을하고 침대에 누웠다,
김병식 보스는 하북 오리로스구이 고기집 이금신 누님네로 전화을 걸고서 있었다,
김병식 보스에 전화을 이금신 누님께서 받았다,
대한민국 경기도 오산시 시내파 김병식 보스 두목 백호 하얀호랑이 대장님께서 이렇게 전화을 주지!"
"예!" "누님?" "건강하셨습니까?"
김병식 보스 때문에 장사도 되고 건강해!"
"예!" "누님?" 내일 모레3월13일날 저녁6시에 동생들40명과 모임들을 하려고 합니다, 야외에 다 준비를 하여 차려 놓으시기 바랍니다,
"그래!" 김병식 백호 하얀호랑이 보스 시간에 맞쳐서 야외에다

준비을 해놓을께?" "보스대장?"
"예!" "누님?" 그때, 뵙겠습니다,
"들어가?" "보스"
김병식 백호 하얀호랑이 대장과 이금신누님과 전화을 끊고서 침대에서 잠을 청 하였다,
한참 잠을 자고 있었는데 김병식 보스에게 전화가 걸려오는 것이 였다,
김병식 보스에게 진추하에 원써머나잇 노래 음악이 투명하게 흘러나오고 있었으며 김병식 보스의 귓가에 들리고있었다,
김병식 보스는 오른쪽팔 손으로 핸드폰을 들고서 오른쪽귓가에 갔다 되었다,
"예!"
"김병식 보스 대장?" 오마차 형이야?"
"예!" 어떤한 일이 있습니까?"
"응" 오산시에서 국회의원 선거을 할것이야?" 오늘 부터하고 있어서 김병식 보스 두목 백호 하얀호랑이 대장에 도움을 받았으면 해!"
"예!" 오늘부터 하시며는 제가 나가서 사무실에 한번 들리겠습니다, 지금은 아버지 어머니 누읍동집에 들어와서큰형과 작은 형들과 회식겸에 집에 이야기 할것들이 있어서 집에서 나가며는 전화을 드려서 사무실에 찾아 뵀겠습니다,
"그럼?" 김병식 보스 나오며는 연락을 한번 줬으면 해!" "김병식 보스 들어가?"
"예!" 하고 김병식 보스와 오마차형은 말을 하고 전화을끊었다,
김병식 보스는 일어나서 샤워을하고 검정 양복을 상이와하의 을 입고서 검정 구두을 신고 아버지와 어머니와 큰형과 작은 형이 계신 안방으로 건너갔다,
김병식 보스 두목 백호 하얀호랑이 대장이 걸어서 현관 문을

열고 들어가는데 음식 냄새들이 밖에까지 나고 있었다,
어머니는 음식준비을 아침까지하고 있었으며 아버지와 큰형과 작은형이 있는 곳에 가서 김병식 보스는 앉았다,
아버지가 큰형에게 말을 하였다,
"병근아?" 단국대학교에 다니는게 문제는 없느냐?"
"예!"
"군대는 어떻게 됬느냐?"
"예!" 조만간에 갈 것입니다,
"그래!" 병근이가 알아서해라?"
"예!"
어머니가 와서 앉으며 아침밥을 먹었다,
아버지가 작은형에게 말을 하였다,
병훈이도 고등학교을 다니는 것이 문제는없지!"
"예!"
"그래!" "그럼?" "밥들을 먹자?"
"예!"
한참먹고 있으며 아버지가 말을 하였다,
병식이는 집에 들어 올 생각은 없느냐?"
"예!" 제가 오산시에 있어야 합니다,
동생들도 중요 하지마는 나중에 되면는 다 배신들 하는것이란다,
"예!" 제 동생생들은 제가 알아서 하겠습니다,
"그래!" 항상 마음에 간직히고 있어라?"
"예!"
아버지하고 아침식사을 다하고 일어나서 큰형은 단국대학교에 가고 작은형은 고등학교에 갔으며 김병식 보스도아버지와 어머니께 형은 오피스텔로 간다고 인사을 드리며 누읍동집에서 현관 문을 열고서 나왔다,
김병식 보스는 현관 문 앞에서 김다진 형에게 전화을 해서 택

시을 한 대를 불렀다,
김병식 보스 두목 집으로 들어 갈가?"
"예!"
"그래!" "금방?" "갈게?"
하며 김병식 보스와 전화을 끊었다,
김병식 보스에 전화가 원써머나잇 노래가 들리고 있었다,
상대방에 전화는 경국지색 김호아동생 이였다,
김병식 보스는 전화을 받았다,
"오빠?" "어디에 있어요!"
"지금 집에 있어!" 형은 오피스텔로 가려고 해!"
김병식 보스와 김호아 동생과 대화을 하고 있는데 밖에서 "빵" "빵" "빵" "빵' 하고 택시에 소리가 들렸다,
김병식 보스는 김호아 동생과 말을 하며 김병식 보스가 마당 문을열고서 나가 김다진형에 말에 대답을 하고 택시에 뒤에 쇼파에 앉잤다,
"김병식 보스 왔어!"
"그래!"
김병식 보스와 김호아 동생과 택시에 안에서 이야기을 계속 하였다,
 김병식 보스는 김다진 형에게 말을 하였다,
형은 오피스텔로 가자?"
"알았어!"
김병식 보스와 김다진형은 누읍동 집에서 출발을 하였다,
"오빠?" 오늘 하루 뭐 하실것이예요!"
"그래!" "호아공주님?" 오늘은 시간을 보아야 되는데 말야?"
"예!" "오빠?" 오늘 김병식 보스 두목 의리있고 카리스마 남자 분을 만나러가고 싶은데 말이예요!" "안 되겠죠!"
"응" 시간이 안되서 호아 공주에게 오늘은 전화 통화로 하자?"

"예!" "오빠?"
김병식 보스와 김호아 동생과 대화을 하고 있을 때 김다진형에 택시는 형은 오피스텔에 도착을 하였다,
"김병식 백호 하얀호랑이 대장?" 형은 오피스텔에 도착을 했어!"
"그래!"
김병식 보스는 양복 상의 주머니에서 지갑을 꺼내서 계산을 만원을 주었다,
"형" "계산 여기에 있어!"
"김병식 보스 두목 백호 하얀호랑이 대장?" 아까도 주고 있던게 있는데 안 줘도 돼"
받고서 수고해!" 그놈들 오며는 전화해?"
"김병식 시내파 보스 두목 알았어!" "들어가?"
김병식 보스는 택시에서 내리고 김호아 동생과 이야기을하였다,
"오빠?" "바쁘신 것 같아요!" 오늘은 수고하세요!"
"그래!" "김호아공주님?"
"전화끊을께요!"
"들어가?" 하고 김병식 시내파 보스와 김호아 동생은 전화을 끊었다,
하얀호랑이 대장은 형은 오피스텔로 301호로 가기전에대장일수로 가기 위해서 대장일수로 발걸음을 옮겼다,
형은 오피스텔에서 얼마 떨어지지 않았고 김병식 대장이 대장일수 사무실로 동생들과 점심을 먹기 위해서 걸음을걷고 있었다,
김병식 보스의 형은 오피스텔을 가려며는 터미널에서 대장일수 사무실을 거쳐서 형은 오피스텔로 들어가고는 한다,
김병식 보스는 대장일수로 걷고 있었다,
대장일수에 도착을 하여 대장일수 사무실 문을열고서 들어가

려고 할 때 사무실 안에서 오른팔 조모차 동생과 왼팔 한다보 동생과 구한미 동생과 김구한 동생과 주성진 동생과 진상보 동생과 김보상 동생과 이지용 동생과이용마 동생과 대화들을 하는 이야기들이 사무실 밖에까지 들리고 있었으며 김병식 보스가 대장일수 사무실 문을 열고서 들어같다,
김병식 보스을 보며 동생들 9명들은 쇼파에서 일어나면서 대장일수 사무실이 무너질 것 같은 소리을 내며 큰 소리을 하여 동시에 고개을 숙여서 90도로 인사을 하였다,
"형님?" "편히나오셨습니까?" "형님?"
"그래!" 일수을 주는것들에 대하여 이야기들을 하고 있었냐?"
"예!" "형님?" 일수을 주는것에 말들을 하였습니다, "형님?"
동생들은 90도로 인사을 동시에 고개을 숙이고 대답을하였다,
김병식 보스는 걸어가서 김병식 보스 두목 백호 하얀호랑이 대장에 앉는 쇼파에 앉았다,
동생들 9명들은 동시에 고개을 숙여서 90도로 인사을 하였다,
"형님?" "편히쉬십시요!" "형님?"
"그래!" "편히들 앉자라?"
"예!" "형님?" 명심하겠습니다, "형님?"
동시에 고개을 숙여서 인사을 하였고 동생들은 김병식 보스에게 90도로 인사을 동시에 고개숙여서 하며 쇼파에 앉았다,
"형님?" "편히쉬십시요!" "형님?"
"그래!"
김병식 보스는 동생들이 앉고 나서 말을 하였다,
점심들은 먹었느냐?"
"예!" "형님" 먹었습니다, "형님?"
앉자서 두 팔손을 무릎에 다 올려 놓고서 90도로 동시에 고개을 숙여서 인사을 하였다,
"모차야?" 점심이나 먹게 이나미 누님네로 전화을해서 꼬리곰탕 9개을 특대을 시켜라?"

"예!" "형님?" 명심하겠습니다, "형님?"
오른팔 조모차 동생은 인사을 90도로 앉자서 하고 일어나서 김병식 보스에게 말을 하고 인사을 90도로 하며 전화을 하였다,
"형님?" 식사을 시키겠습니다, "형님?"
"그래!"
동생들은 8명들은 앉자서 무릎에 다 두팔을 양쪽에 오른쪽과 왼쪽에 올려 놓고서 앉자 있었다,
조모차동생은 일어나서 김병식보스에 떨어진곳에서 이나미누님한테 전화을 걸었다,
전화가가고 이나미누님께서 전화을 받았다,
"김병식 보스 두목 백호 하얀호랑이 대장?" "동생"
"예!" "누님?" 대장일수 사무실로 꼬리곰탕 특대로 9개을같다가 주십시요!"
"그래야지!" 시내파 김병식 보스 두목 동생들인데 같다줘야지!"
"예!" "누님?" 점심시간 12시까지 같다가 주셔야 됩니다.
"응" 김병식 보스는 사무실에 있어!"
"예!" "누님?" 계십니다,
"그럼!?" "속히 같다 줄게?"
"예!" "누님?" 전화을 끊겠습니다,
"응" "그래!"
조모차 동생과 이나미 누님과 전화을 끊고서 김병식 보스에게 가서 말을 하고 90도로 인사을 고개숙여서 하였다,
"형님?" 꼬리곰탕을 시켰습니다, "형님?"
"그래!" "편히들 앉자라?"
"예!" "형님?" 명심하겠습니다, "형님?"
90도로 인사을 하며 고개을 숙여서 90도로 인사을 하고 쇼파에 앉았다,

"형님?" "편히쉬십시요!" "형님?"
"그래!" 대장일수 사무실에 있는 커피와 차들을 마셔라?"
"예!" "형님?" 괜찮습니다, "형님?' 하고 앉자서 90도로동시에 고개을 숙여서 인사을 하였다,
"용마야?" 우유 한잡을 같고 오너라?"
"예!" "형님?" 명심하겠습니다, "형님?" 앉자서 90도로인사을 하였고 일어나서 "형님?" 다녀오겠습니다, "형님?" 90도로 인사을 하고 냉장고로 같다,
우유 한잡을 가지고 와서 90도로 인사을 하였다,
"형님?" 다녀왔습니다, "형님?"
"그래!" 이곳에 다 놓고 편히앉자라?"
"예!" "형님?" 명심하겠습니다, "형님?" 90도로 인사을 하고 우유 한잡을 놓고서 쇼파에 90도로 고개을 숙여서인사을 하고 말을 하며 앉았다,
"형님?" "편히쉬십시요!" "형님?"
"그래!"
김병식 보스와 오른팔 조모차 동생과 왼팔 한다보 동생과 구한미 동생과 김구한 동생과 주성진 동생과 진상보동생과 김보상 동생과 이지용 동생과 이용마 동생들 하고 대장일수 사무실에서 대화을 하고 득의만만하게 웃었다,
"모차야?"
"예!" "형님?" "명령을 해주십시요!" "형님?" 고개을 숙여서 90도로 인사을 앉자서 하였다,
"그래!" 집에는 아버지와 어머니는 문제가 없느냐?"
"예!" "형님?" 걱정이 없습니다, "형님?" 90도로 앉자서고개을 숙여서 인사을 하였다,
"그래!" "일있으며는 말을 하여라?"
"예!" "형님?" 명심하겠습니다, "형님?" 90도로 앉자서인사을 하였다,

"다보야?"
"예!" "형님?" 명령을 내려 주십시오!" "형님?" 하고 앉자서 90도로 인사을 하였다,
"건강은 어떠하느냐?"
"예!" "형님?" 좋습니다, "형님?" 하고 90도로 인사을 하였다,
"그래!" 건강이 먼저다 일 있으며는 말을 하여라?"
"예!" "형님?" 명심하겠습니다, "형님?" 하고 90도로 앉자서 고개을 숙여서 인사을 하였다,
한미 와 구한 이도 집에도 일 같은 것은 없느냐?"
"예!" "형님?" 걱정이 없습니다, "형님?" 하고 90도로 동시에 앉자서 인사을 하였다,
"걱정이 있으며는 바로 말들을 하여라?"
"예!" "형님?" 명심하겠습니다, "형님" 하고 90도로 동시에 인사을 앉자서 고개을 숙여서 말을 하였다,
"성진 이와 상보 도 아버지와 어머니들이 건강들 하시냐?"
"예!" "형님?" 건강하십니다, "형님?" 하고 90도로 동시에 앉자서 고개을 숙이고 말을 하였다,
"그래!" 집에 일이 있으며는 곧장 말들을 하여라"
"예!" "형님?' 명심하겠습니다, "형님?" 하고 동시에 인사을 90도로 하고 말을 하였다,
보상 이와 지용 이와 용마 도 집에 일 있으며는 곧장 말들을 하여라?"
"예!" "형님?" 명심하겠습니다, "형님?" 하고 90도로 인사을 앉자서 고개을 숙여서 하고 말을 동시에 하였다,
김병식 보스는 대장일수에서 텔래비젼을 켜서 보았다,
김병식 보스가 동생들과 대화을 하고 있었으며 대장일수사무실 문이 열리는 소리가 났다,
이나미 누님께서 쟁판에 다 둘고서 대장일수 사무실로 꼬리곰탕을 가지고 들어오는 것이였다,

김병식 보스을 보고 이나미 누님께서 말을 하였다,
"오늘은 대한민국 경기도 오산시 시내파 김병식 보스 두목 백호 하얀호랑이 대장도 있네!"
"예!" "누님?" "오셨습니까?" "구한아?"
"예!" "형님?" 명령을 내려 주십시요!" "형님?" 하고 90도로 인사을 앉자서 하고 말을 하였다,
"이나미누님?" 꼬리곰탕을 들어드려라?'
"예!" "형님?" 명심하겠습니다, "형님?" 하고 90도로 앉자서 말을 하며 고개을 숙여서 인사을 하고 일어나서 꼬리곰탕을 들어 주었다,
김구한 동생은 꼬리곰탕을 탁자에 다 김병식 보스 부터먼저 드리고 구한미 동생이 일어나서 화장지와 물수건과이쁘게 만들어서 수저와 저가락과 먼저 탁자에 올려드렸다,
　주성진 동생은 생수물을 김병식 보스에게 따라서 드리고 동생들이 일어나서 준비을 하는 동안에 김병식 보스가 이나미 누님께 양복 상의 주머니에서 지갑을 꺼내서백만원 한 장을 계산을 하였다,
"누님?" 계산입니다,
"김병식 보스 대장?" 이렇게 많이줘?"
"예!" "누님?"
"오산시에 김병식 보스는 의리와 카리스마가 넘치며 정통으로 가는 시내파 김병식 백호 하얀호랑이 대장이야?"
"예!" "누님?" 고맙습니다, "그럼?" 고생 하시기 바랍니다,
"그래!" "보스" 꼬리곰탕이 싯겠다, 먹고들 밖에다 둬?"
"예!" "누님?"
김병식 보스와 이나미 누님과 이야기을 하고 대장일수 사무실 문을 열고서 분식점으로 같다,
김병식 보스 두목 백호 하얀호랑이 대장은 동생들에게 꼬리곰탕을 먹자고 하였다,

"다들 편히들 앉자서 먹자?"
"예!" "형님?" 명심하겠습니다, "형님?" 동시에 90도로인사을 하고 말을 하며 김병식 시내파 보스 두목 백호 하얀호랑이 대장이 수가락을 둘면서 물을 한잖 마시고 꼬리곰탕을 먹으러 할때에 김병식 보스에게 90도로 고개을숙여서 말을 하고 인사을 하였다,
"형님?" "식사 많이 드십시요!" "형님?" 하고 90도로 고개을 숙여서 인사을하고 말을 하였다,
"그래!" 맛있게들 먹자?"
"예!" "형님?" "형님?" 편히쉬십시요!" "형님?" 하고 90도로 동시에 고개을 숙여서 인사을 하고 말을 하며 앉자서 먹었다,
김병식보스와 동생들은 대화을 하면서 꼬리곰탕을 먹었으며 주성진동생이 따라놓은 생수을 마시며 꼬리곰탕을먹었다,
김병식보스는 꼬리곰탕을 먹고나서 물수건과 네프킨으로입술을 닥았다,
동생들은 일어나서 김병식보스에게 90도로 인사을 동시에 고개숙여서 하고말을 하였다,
"형님?" "식사 많이 드셨습니까?" "형님?"
"그래!" "앉자서들 맛있게 먹어라?"
"예!" "형님?" 다먹었습니다, "형님?" 하고 동생들은 90도로 고개을숙여서 동시에 인사을 하고 말을하였다,
"그래!" "많이들 먹었냐?"
"예!" "형님?" 많이 먹었습니다, "형님?" 하며 동시에90도로 인사을 고개숙여서 말을하고 일어" 서" "서" 있는 것에 뒷짐을 짖고 있었다,
김병식대장은 일어나서 대장일수 사무실에서 시장으로 일수을 주는분들에게 조모차동생과 한다보동생과 인사을 하러 가기위해 조모차동생과 한다보동생에게 말을 하였다,
"모차야?" "다보야?" "시장 어르신한테 들가서 인사좀하자?"

조모차동생과 한다보동생은 동시에 90도로 고개을 숙여서 인사을 하였다,
"예!" "형님?" 명심하겠습니다, "형님?"
"그래!" 다른 동생들은 대장일수에서 고생들 하여라?"
"예!" "형님?" 명심하겠습니다, "형님?" 하고 90도로 구한미동생들은 동시에 고개을 숙여서 인사을하였다,
김병식보스 두목이 대장일수사무실 입구 문을열고 나가려고 할때에 조모차동생이 뒷에서 앞으로 나와서 두손으로 오른팔손으로 문을 열어드리고 조모차동생과 한다보동생과 김병식보스에 뒤을 따르고 구한미동생들은 동시에 90도로 고개을숙여서 인사을하고 말을하였다,
"형님?" "편히 들어가십시요!" "형님?"
"그래!" 하고 대장일수 사무실에서 나왔다,
김병식보스는 조모차동생과 한다보동생에게 말을하였다,
"시장으로 가자?"
"예!" "형님?" 명심하겠습니다, "형님?" 90도로 동시에 고개을 숙이고 대답을하고 인사을하며 조모차동생은 오른쪽에서 뒷짐을 짖고서 걸으며 한다보동생은 왼쪽에서 뒷짐을 짖고서 뒤에서 걸음을 걷고서 있었다,
대장일수 사무실에서 시장에 있는 곳은 얼마떨어지지 않았고 터미널거리로 시장으로가는 곳에서는 자동차 "빵" "빵" "빵" 소리와 오토바이 "띠" "띠" "띠" 소리와 자전거 "따르릉" "따르릉" "따르릉" 소리들이 김병식보스에 귓가에 들리고 사람들에 연인들끼리들 팔짱을 끼고서 거리을 다니고 있었다,
김병식보스와 조모차동생과 한다보동생과 시장통으로 걸어서 가는데 할머니들과 할아버지들이 시장들 사람들분이 이야기을 하였다,
"김병식보스온다,
"김병식 백호 하얀호랑이 보스 두목 대장 온다,'' 하고 환호성

을 내고 있었다,
할머니들과 할아버지들은 도로옆에서 고사리와 마늘과 호박과 가지와 오이와 파와 쪽파와 양파 같은 것을 앉자서들 팔고 있었으며 김병식보스가 걸어갈때에 일어나서 인사을하고 말들을 하고 있었다,
김병식보스가 걸어가며 인사을 하였고 조모차동생과 한다보동생은 김병식보스에 뒤에서 "서""서" 만 있었다,
"할머니 건강하십니까?"
"응" "건강해!" "김병식 백호 하얀호랑이 보스 두목 대장?"
"예!" "할머니 돈 같은 것들이 필요하시며는 여기에 뒤에서 있는 대한민국 경기도 오산시 시내파 김병식 보스 두목 백호 하얀호랑이대장 동생들에게 말씀을 해주시기 바랍니다,
"응?" "그래!" "오산시 김병식 보스 두목?"
김병식보스는 다른 할아버지들에게 같은 말들을하며 시장안으로 걸어가고 있었다,
시장안에 옷가게 한오진누님네로 들어가는데 "김병식보스가 온다", 는 소리에 나와서 인사을하였다,
"김병식 보스 두목 백호 하얀호랑이 왔어!"
"예!" "누님?" "건강하십니까?"
"건강해!"
과일가게 이금지누님께서도 나와서 인사을 하였다,
"시내파 김병식 보스 두목 백호 하얀호랑이 대장 왔어!" "예!" "누님?" "일수가 더 필요하시며는 동생들에게 말씀을 하시기 바랍니다,
이금지누님과 시장주민분들이 동시에 말을하였다,
"오산시는 김병식 보스 두목 이야?"
김병식보스가 시장안으로 더 걸어서 들어가며 조모차동생과 한다보동생이 뒤에 뒷짐을 짖고서 걸음을 따르고 있었다,
시장안으로 걸어가며 김병식보스에게 시장분들이 인사을 하였

고 통닭가게 정하미누님도 나와서 인사을 하였다,
"김병식 보스 왔어!"
"예!" "누님?" "건강하십니까?"
"응" "김병식보스 때문에 건강해!"
"예!" "누님?" "일수가 더 필요하시며는 동생들에게 말씀을 해주시기 바랍니다,
"응" "알았어!" "시내파 김병식 보스 두목?"
김병식보스는 이정호누님네로 편의점문을 열고서 들어가려고 할때에 조모차동생이 앞으로 나와서 두팔로 손으로 문을 열어드리고 뒤로 가서 뒷짐을 짖고서 김병식보스가 들어가서 동생들도 뒤에서 있었다,
이정호누님께서 김병식보스을 보고 인사을 하였다,
"대한민국 경기도 오산시 시내파 김병식 보스 두목 백호 하얀호랑이 대장 왔어!"
"건강하십니까?"
"김병식 보스 때문에 건강하고 장사도 잘되지!"
"예!" "누님?" "동생들에게 일수가 더 필요하시며는 같다가 쓰시기 바랍니다,
"김병식 백호 하얀호랑이 보스 두목 대장이야?"
"그럼?" 수고 하시기바랍니다,
"김병식보스 들어가?"
김병식보스가 편의점에서 나가려고 할때에 한다보동생이 문을 열어드리고 김병식보스가 걸어서 나같다,
김병식보스가 시장으로 걸어가고 있는데 생선가게 장고미누님께서 나오셔서 인사을하였다,
"김병식 보스 두목 백호 하얀호랑이 대장 왔어!"
"예!" "누님?" "건강하십니까?"
"응" "김병식 보스 때문에 건강해!"
"예!" "누님?" 일수가 더 필요하시며는 동생들에게 말씀을 해

주시기 바랍니다,
"응" "김병식 두목?"
김병식보스는 시장분들과 오산시분들에게 일수을 1할로 그냥 주고 받고 있었다,
김병식보스가 시장에서 인사을하고 형은오피스텔로 걸어서가고 있었다,
시장분들이 김병식보스에게 인사을하였다,
"김병식보스 들어가?"
"예!" "수고들 하십시요!"
김병식보스는 조모차동생과 한다보동생에게 말을하였다,
"가자?"
"예!" "형님?" 명심하겠습니다, "형님?" 하고 90도로 동시에 인사을 하였다,
김병식보스는 터미널거리로 내려와서 조모차동생과 한다보동생에게 말을하였다,
"그래!" "너희들은 일을보아라?"
"예!" "형님?" 명심하겠습니다, "형님?" 하고 조모차동생과 한다보동생은 동시에 90도로 인사을 하였고 김병식보스가 형은오피스텔로 걸어가며 조모차동생과 한다보동생이 90도로 동시에 고개을 숙여서 인사을 하고 말을하였다, "형님?" "편히들어 가십시요!" "형님?"
"그래!"
김병식보스는 형은오피스텔로 걸어서가고 있있으며 터미널거리에는 사람들이 많이들 다니고 있었다,
김병식보스는 형은오피스텔로 도착을하여 현관문을열고서 들어가 엘리베이터을 타고 3층에서 내려서 301호 비밀번호을 누르고 방으로 들어같다,
검정양복상의을 벗고 쇼파에 앉자서 텔래비젼을 보고 시간이 흘러서 저녁시간이 되어 검정 양복상의을 입고 형은오피스텔

에서 나와서 터미널 문화의거리을 걸으며 아비숑퍼시팩"룸"나이트로 가고 있었다,
사람들과 자동차소리와 "빵-" "빵-" "빵" 오토바이소리와"띠" "띠" "띠" 자전거소리들이 "따르릉" "따르릉" "따르릉" 들리고 있었다,
아비숑퍼시팩"룸"나이트 근처에서 오산시에서 보지못했던놈들이 4명에서 사시미칼을 뒤에숨기고 서 서 있었다, 김병식보스는 가까이가서 놈들 앞에 섰다, 김병식보스는 아비숑퍼시팩"룸"나이트 가게을 올라가기 위해서는 이놈들을 헤치우고 올라가야 된다,
김병식보스을 보는순간 사시미칼을 앞으로하고 호남말씨로 말을하였다
"처라?" 호남 전국구파인 것 같았다, 호남 전국구파4명들은 김병식보스에게 소리을 지르며 달려서 오는것있다, 김병식보스도 달려가서 "붕" 점프을하고 오른쪽발 다리로 상단차기을 하여 달려오는 호남 전국구파 한명을 오른쪽 얼굴 면상턱을 차버렸다,
"퍽" 하는 소리와 "욱" 하고 코와입에서 허공으로 피가튀기며 부러지는 소리와 왼쪽으로 고개을 돌리며 빈 리어컷으로 사시미칼과 함께 날아가 콰당하고 기절을하며 쓰러졌다,
김병식보스는 점프한 몸으로 왼쪽으로 회전을하며 공중에서 김병식보스가 오른쪽 팔 주먹으로 라이트훅으로 호남 전국구파 한명을 얼굴 면상코을 처버렸다,
"퍽" 하는 소리와 "욱" 하며 부러지는 소리와 코에서 허공으로 피가튀기며 뒤로 콰당하고 기절을하며 사시미칼과 함께 날아가버렸다,
김병식보스는 착지을하고 앉자서 180도로 회전을하여 오른쪽 발다리 뒤돌려차기로 호남 전국구파 한명을 왼쪽발다리 발목을 차버렸다,

"퍽" 하고 "윽" 하며 왼쪽으로 한바퀴 덤브링을 하며 넘고 사시미칼을 앞으로 떨어트리고 날아가 콰당하고 기절하며 쓰러졌다,
김병식보스는 일어나서 호남전국구파 한명이 사시미칼을 둘고 서 앞에 있는 것을 보고 김병식보스가 360도로 회전을하며 오른쪽 발다리 뒤돌려차기로 호남전국구파 한명을 왼쪽 얼굴 면 상턱을 차버렸다,
"퍽" 하는 부러지는소리와 "윽" 하고 입과코에서 허공으로 피가튀기며 사시미칼을 앞으로 떨어트리고 오른쪽으로 고개을돌리고 오른쪽으로 콰당하고 기절을 하며 날아가버렸다,
김병식보스 두목 백호 하얀호랑이 대장은 착지을하고 호남전국구파 4명들은 사시미칼을 한번도 휘두르지 못하고 김병식보스에 순식간에 보이지도 않는 빠른 발과 주목으로 영화을보는 한 장면을 보여 주었다,
호남 전국구파 4명들은 정신이 들어오는지 고통을내고 있었다,
김병식 시내파 보스 두목 백호 하얀호랑이 대장은 양복 상의 주머니에서 지갑을꺼내 오른쪽 팔손으로 호남 전국구파들에게 아비숑퍼시팩"룸"나이트 명함 한장을 던지고 말을하였다,
"너희들 대장한테 전해라?" "대한민국 오산시 정통으로가는 시내파 김병식 보스 두목 백호 하얀호랑이 대장 만나러오려고 하며는 이곳으로 오라고해라?"
김병식 보스는 검정 양복상의와 바지을 털면서 터미널에사람들에 환호성을 받으며 아비숑퍼시팩"룸"나이트로 걸어서 올라같다,
"짝" "짝" "짝" 남자 주인공다운 영화을 보았다, 하고 사람들이 한명이 이야기하고 박수을쳤다,
김병식보스는 아비숑퍼시팩"룸"나이트에 도착을 하였다, 김병식 시내파 보스 두목이 운영하는 아비숑퍼시팩"룸"나이트에는 대한민국 전국에서 놀러 오는곳이였다,

김병식보스을 보고 아비숑퍼시팩"룸"나이트 1층입구에서 웨이터 마하조와 조금마 와 금하수 와 오기자 웨이터들이 고개을 숙이며 90도로 동시에 인사을하고 말을하였다,
"사장님?""편히나오셨습니까?"
"그래!"하고 김병식보스는 2층을 올라같다,
저녁 7시로 되어가고 있었다, 아비숑퍼시팩"룸"나이트 2층 입구에는 웨이터장 장나바 와 웨이터 막내 기복하 와 한다마 와 조기미 웨이터가 고개을숙이며 90도로 인사을하고 이야기을하였다,
"사장님?""편히나오셨습니까?"
"그래!""청소들 하였느냐?"
"예!""사장님?" 다했습니다, 동시에 90도로 고개을숙이며 인사고 대답을하였다,
김병식보스는 아비숑퍼시팩"룸"나이트 스테지을 보았으며 손님들이 많이 있었다,
디제이 박스안으로 들어가는 디제이장 육갑자 와 남자디제이 지금조 와 송덕하 가 이야기을하고 있었고 음악을여자 김미조 디제이가 춤을추며 음악을 틀어주고 있었다,
김병식보스는 뒤로돌아서 룸안으로 걸어서 문을열고서 들어같다, 김병식보스가 룸으로 들어가고 룸안에는 서울에서 내려와서 하기장 형과 조미보 가수형수님이 쇼파에 앉자서 있었다,
김병식 하얀호랑이 대장이 이야기을 하였다,
"언제 내려 왔습니까?" 하고 쇼파에 앉갔다,
"예!" "금방 내려 왔습니다, 형수님이 대답을하고 하기장형이 이야기을 하였다,
"김병식 보스 나왔어!"
그때 밖에서 노크소리가 들렸다,
"똑" "똑" "똑"
"그래!" "들어와라?"

"예!" "사장님?" 하고 90도로 장나바 웨이터장이 고개을 숙여서 인사을하고 이야기을 하였다,
"사장님?" "마실차을 같다가 드립니까?"
아니다, 금방 나갈 것이다, "일보거라?"
"예!" "사장님?" 나가 보겠습니다, 하고 90도로 고개을숙여서 인사을하고 룸에서 나같다,
"형수님?" "식사는 하셨습니까?"
"예!" 아직 안 먹었습니다,
"예!" "그럼?" "저도 먹지을 안았는데 꼼장어는 어떠십니까?"
"예!" 꼼장어 좋아해요!"
"예!" "형도 꼼장어 좋아해?"
"응" "좋아하지!"
"시내파 김병식 보스 가자?"
"형" "그래!"

김병식보스는 쇼파에서 일어나서 하기장형과 조미보형수와 룸에서 걸어서나왔다,
아비숑퍼시팩"룸"나이트 2층입구에서 웨이터장 장나바와 막네 기복하와 한다마와 조기미 웨이터들이 김병식보스에게 90도로 동시에 인사을 고개을 숙여서 하였다,
"사장님?" "편히 다녀오십시오!"
"그래!" "일들 있으며는 전화을 하여라?"
"예!" "사장님?" 명심하겠습니다, 동시에 90도로 인사을 고개 숙여서 하고 대답을 하였다,
김병식보스는 아비숑퍼시팩룸나이트 1층 입구로 내려와서 웨이터 마하조 와 조금하 와 금하수 와 오기자 웨이터들이 김병식보스을 보고 인사을 90도로 고개을 숙여서하고 이야기을 하였다,
"사장님?" "편히 다녀오십시오!"
"그래!"

김병식보스와 하기장형과 이야기을 하였다,
"형""아비숑퍼시팩룸나이트에 다 벤츠차을 세워두고 형수님 하고 황제꼼장어 가게집까지 걸어서 가자?"
"그래!""시내파 김병식 보스대장?"
"좋아요!""오산시에 보스님?"
김병식보스와 하기장형과 조미보형수님과 터미널 문화의거리 을 걷고 있었다,
한만고형네로 가다 보며는 고진오누님과 이하준누님과 강보자 누님과 장한자형네로 마차들을 하고서 있는 것들을 보고서 황 제꼼장어 가게로 가고는 한다,
김병식보스와 하기장형과 조미보형수와 황제꼼장어 가게집으 로 걸어가고 있었다,
터미널거리에서 동생들 5명들이 말들을하고 "서" "서" 있었다, 김병식보스을 보고 한국태동생과 이태미동생과 구조용동생과 이방언동생과 조남상동생이 동시에 두팔을 앞으로 무릅에 다 되고 90도로 고개을 숙이고 인사을하고 이야기을 하고 뒤짐을 지었다,
"형님?""편히나오셨습니까?""형님?"
"그래!""밥들은 먹었느냐?"
"예!""형님?" 먹었습니다, "형님?" 하고 동시에 뒤짐을짖고서 있는 두팔을 앞으로 무릅에다 놓고 90도로 고개을 숙이고 인 사을하고 이야기을하며 뒤짐을지었다,
김병식보스는 상의 양복주머니에서 지갑을 꺼내서 오른쪽 팔 손으로 백만원짜리 한 장 수표을 한국태동생에게 주웠으며 한 국태동생은 두팔로 받으며 동시에 90도로 고개을 숙이고 인사 을하고 말을하였다,
"형님?" 고맙습니다, "형님?"
"그래!""저녁 밥들 사먹어라?"
"예!""형님?" 명심하겠습니다, "형님?" 하고 동시에 90도로

고개을 숙이고 인사을 하고 말을하였다,
김병식보스의 동생들에게 하는 행동들을 지켜서보고 있던 하기장형과 조미보형수는 김병식보스에 카리스마와 의리 있는 대한민국 경기도 오산시 정통으로가는 시내파 김병식 보스 두목 백호 하얀호랑이 대장이라고 하며 하기장형이 조미보형수에게 옆에서 속닥이는 소리을 김병식보스가 들었고 하기장형에게 이야기을 하였다,
"형" "형수님?" "황제꼼장어로 가자?"
"그래!" "보스?"
"예!" "보스님?"
김병식보스와 하기장형과 형수님과 걸어가려고 하는데 동생들은 동시에 90도로 고개을 숙이고 인사을하며 이야기을 하였다,
"형님?" "편히들어가십시요!" "형님?"
"그래!" "일들 보아라?"
"예!" "형님?" 명심하겠습니다, "형님?" 동시에 90도로 고개을 숙여서 인사을하였다,
김병식보스가 하기장형과 조미보형수와 터미널 문화의거리을 걸어가고 있었으며 고진오누님과 이하준누님과 강보자누님과 장한자형과 마차을 터미널로 일찍들 가지고 나와서 장사을하고 있었다,
고진오누님은 떡복기와 순대와 김밥과 오뎅과 닭발을 하며 이하준누님은 닭꼬치을 하며 강보자누님은 옥수수을 하며 장한자형은 호떡을하였다,
김병식보스와 하기장형과 조미보형수가 지나 갈때마다 김병식보스에게 이야기을 하였다,
"김병식보스 나왔어!" "음식 좀 먹고가?"
"예!" "누님?" 괜찮습니다, "수고하십시요!"
"그래!" "형" 괜찮아?" 수고해!" 장한자형에게 대답을 하고

장한자형이 말을 하였다,
"김병식 보스 백호 하얀호랑이 대장 들어가?" "예!" 하고 인사을 하였다,
김병식보스와 하기장형과 조미보형수님과 황제꼼장어 한만고형네에 도착을 하였다,
김병식보스가 문을열고서 들어같으며 황제꼼장어 가게안에는 저녁부터 손님들이 많이 있었다,
김병식보스을 보고 한만고형이 이야기을 하였다,
"시내파 김병식 보스 두목 백호 하얀호랑이 대장 왔어!"
"예!" "장사가 잘 되십니다,
"웅" "오늘 손님이 많이 있네!"
"형" "인사들해!" "나랑 동업을 하는 형이야?"
"안녕하십니까?"
"예!"
"여기는 "형" 형수님 가수분이야?"
"안녕하십니까?"
"예!"
"이곳으로 앉으십시요!" 하고 한만고형이 이야기을 할 때 아르바이트 미순자 여자와 주방장남자 한보반 이 김병식보스에게 인사을하였다,
"오셨습니까?"
"그래!"
김병식보스와 하기장형과 조미보형수가 자리에 앉갔다, 김병식보스는 하기장형에게 말을하였다,
"여기에 메뉴판이 있어!"
"형과 형수님 어떤 것으로 드실거야?"
"예!" "저는 막창하고 꼼장어을 먹을게요!"
"그래!" "형수님?" "기장형 동일하는 거지!"
"웅" "좋아?"

"만고형?" "여기에 막창과 꼼장어을 같다가줘?"
"그래!" "보스?"
"형수님은 이금신누님네서 오리로스구이고기을 먹고서 아비송퍼시팩룸나이트에서 서울로 방송국에 같던 것은 잘되셨습니까?"
"예!" 잘됐습니다,
"보스?" 아비송퍼시팩룸나이트에는 손님들이 대한민국 전국에서 오는 것 같아?" "오산시에 사람들이 얼마 되지않은데 말야?"
"그래!" 전국에서 오고 요즘은 타지에 전국구 건달도 내려와서 나에게 도전을 많이해!"
"그래!" "보스?" "대한민국 경기도 오산시 시내파 보스 두목 김병식 백호 하얀호랑이 대장에게 혼들이 나고 싶어서 그런거지!"
"그래요!" "김병식보스님?"
김병식보스와 하기장형과 조미보형수와 대화을하고 있었다,
아르바이트 미순자여자가 막창과 꼼장어을 가지고와서 인사을 하였다,
"맛있게 드십시오!"
"그래!"
"예!"
 미순자는가 막창과 꼼장어을 숯불에다 철판에다 놓고서같다, 하기장형이 올려 놓고 굽기 시작했다,
"지글" "지글" "지글" 익어가고 있었으며 김병식보스가 하기장형과 조미보형수님에게 이야기을 하였다,
"형" "형수님?" 막창과 꼼장어가 모두 익었습니다, "먹자고?",,,"형" "형수님?"
"예!" 드십시오!"
 "보스?" 많이 먹어!"

김병식보스와 하기장형과 조미보형수와 먹고서 대화을하고 있었다,
황제꼼장어 가게집으로 남자들 4명들이 들어오는 것이 였다,
김병식보스는 그놈들을 보았고 오산시에서 보지 못했던놈 들이였다,
한만고형과 아르바이트 일을하는 미순자여자가 동시에 인사을 하였다,
"어서오십시요!"
"예!" 경상도 4명들은 경상도 말을 하며 자리에앉잤다, "사장님?" "여기에 꼼장어와 소주을 같다가 주세요!" "예!"
김병식보스는 경상도4명들이 이상한느낌이 들었다,
김병식 정통으로가는 시내파 보스 두목 백호 하얀호랑이 대장에 생각에 경상도 전국구파들인 것같았다,
아비숑퍼시팩룸나이트을 운영하고 있는 오산시 시내파 김병식보스 두목과 오산시을 노리고 타지역 경상도에서 올라와서 경상도 전국구파들인 것 같았다,
김병식보스에 머릿속에서 스쳐같다,
김병식보스와 하기장형과 조미보형수님과 황제꼼장어 가게집에서 먹고서 있었다,
옆에서 경상도전국구파들이 욕을하며 시끄럽게 술을먹고 있었다,
경상도전국구파들은 서로간에 친구들인 것 같았다,
김병식보스가 하기장형과 조미보형수와 이야기을하고 있다 김병식대장이 무거운말로 경상도전국구파 4명들에게 말을하였다,
"야?" "자식들아?" "조용히 술 안처먹고 갈래?"
"뭐라고?"'
경상도전국구파 단고장 이 일어나서 앉자 있던 쇠의자을 김병식 백호 하얀호랑이 대장에게 둘고가서 머리위에서 내리치는 것이였다,

김병식대장은 두눈으로 내려오는 쇠의자을 보며 앉자서 있는 몸으로 회전을하고 돌리며 피하고 쇠의자가 내려와서 김병식보스가 일어나서 오른쪽팔주먹으로 어퍼컷으로 경상도전국구파 단고장 을 아래에 턱 가운데을 처버렸다,
"퍽" 하고 입에서 허공으로 피가튀기며 양쪽턱이 부러지는 소리와 고개을 뒤로넘기며 "욱" 하는 소리와 뒤로 한바퀴 덤브링을하며 한바퀴 넘어서 콰당하고 기절을하며 쇠의자는 앞으로 떨어트리고 테이블로 쓰러졌다,
손님들은 먹고서 있던 것을 싸우는 소리에 일어나서 황제꼼장어 가게 구석에서 보고있었다,
경상도전국구파3명도 일어나서 오사차 와 소라와 는 꼼장어 굽는 가위로 들고서 김호지 는 쇠의자을 둘고서 김병식보스에게 덤비는 것이였다,
하기장 형과 조미보 형수와 한만고 형과 아르바이트 미순자 여자와 주방장 한보반 남자와 손님들과 김병식보스에 싸움을 구경을하고 있었다,
경상도전국구파 오사차는 가위로 김병식보스에게 들어오는 것을 보고 김병식보스가 왼쪽발다리을 앞으로 올리며 내리찍히로 경상도전국구파 오사차을 오른쪽어깨을 내리찍어 버렸다,
"퍽" 하며 인대와 뼈가 으스스슥 부러지는 소리을내며 "욱" 하고 가위을 오른팔손에서 앞으로 떨어트리고 고통을 받으면서 앞으로 주져 앉고말았다,
김병식보스가 경상도전국구파 소라와는 꼼장어굽는 가위을 둘고서 배로 들어오는 것을 보고 김병식보스가 "붕" 점프을하고 180도로 회전을하며 오른쪽 발 다리로 뒤돌려차기을하여 경상도전국구파 소라와을 왼쪽턱을 차버렸다,
"퍽" 하고 부러지는 소리와 입과코에서 허공으로 피가튀기며 "욱" 하고 오른쪽으로 고개을 돌리고 가위을 앞으로 떨어트리고 뒤로 기절을하고 콰당 날아가버렸다,

김병식보스는 착지을하고 경상도전국구파 김호지가 쇠의자을 머리위에서 김병식보스에게 내리치는 것을 보고 몸을 뒤로 살짝피하고 쇠의자가 앞으로 내려오는 동시에 김병식보스가 달려가서 "붕" 점프을하고 오른쪽팔과 왼쪽팔로 두팔로 경상도전국구파 김호지놈의 머리을 허공에서 잡으며 머리을 앞으로 당기고 오른쪽 다리무릎으로 경상도전국구파 김호지놈을 가운데코을 차버렸다,
"퍽" 하고 부러지는 소리와 코에서 허공으로 피가튀기고 뒤로 한바퀴 덤브링을하며 의자을 앞으로 떨어트리고 뒤로 기절을 하고 날아가 쾅당하고 한바퀴 넘었다,
김병식 시내파 보스 두목 하얀호랑이 대장과 경상도전국구파 4명들과의 싸움들은 김병식보스에게 1분도 되지 않았고 영화같은 그림같은 광경을보고서 있었다,
경상도전국구파들은 김병식보스에게 싸움이되지 않았으며 연속으로 이어가는 김병식 보스 두목에 싸움이였다, 황제꼼장어 가게에서 지켜보았던 하기장형과 조미보형수님과 사장 한만고 형과 아르바이트 미순자여자와 주방장 한보반남자와 손님들은 동시에 환호성과 박수와 소리을내며 이야기들을 하였다,
"영화같은 장면을 보았다, "잘 싸우신다,
"웅성" "웅성" "웅성" "짝" "짝" "짝" "짝'
황제꼼장어 가게집에는 테이블과 의자와 몇 개는 아수랑이가 되었다,
경상도전국구파 4명들은 정신이드는지 고통을내고 김병식보스에게 앞에서 무릎을끌었다,
경상도전국구파 4명들은 어깨와 코와 턱을 잡고서 고통을내고 김병식보스에게 동시에 무릎을 끌고 동시에 90도로 고개을 숙여서 인사을하며 말을하였다,
"형님?"
"그래!" "이름들을 한명씩 되어라?"

"예!" "형님?" 김호지입니다,
"예!" "형님?" 오사차입니다,
"예!" "형님?" 소라와입니다,
"예!" "형님?" 단고장입니다,
"대한민국 경기도 오산시에 왜 왔느냐?"
"저의 경상도 전국구파 대장이 경기도 오산시 아비숑퍼시팩룸 나이트에 김병식 시내파 보스 두목님이 계시다고하여 경상도에서 대장에 전화을 받고 지시에 왔습니다, "형님?" 하며 단고장이 말을하고 90도로 고개을 숙여서 인사을 무릎끌고서 하였다,
"너희들에 사무실은 어디고 대장은 누구냐?"
"예!" "형님?" 사무실은 모르고 대장도 모릅니다, 90도로 동시에 고개을 숙여서 인사을하고 대답을하였다,
"그래!" "너희들 대장한테 전해라?" 대한민국 경기도 오산시에 정통으로가는 시내파 김병식 보스 두목 백호 하얀호랑이 대장 내가 있다, 김병식 보스 두목 백호 하얀호랑이 대장이 전한다고 경기도 오산시는 너희들지역이 아니다, 너희들지역에서 싸움과 모든 것에 보스 두목 대장이 되는 것이다, 너희들지역에서 보스 두목 대장도 되지 않는 놈들이 이곳에 오산시에 들어와 있으며는 장외와 죽어서 경상도로 가는 것이다,
"예!" "형님?" 경상도전국구파들은 동시에 90도로 인사을 하였다,
"만약에 백호 하얀호랑이 깁병시보스에 말들을 따르지 않는나며는 죽일수도 있다, 장외로 만들어서 죽여서 외국으로 보내 준다고 하여라?" "알았느냐?"
"예!" "형님?" 동시에 90도로 인사을 하였다,
"가봐라?"
"예!" "형님?" 하고 경상도전국구파 4명들은 부러진곳을 잡고 부둥켜안고서 황제꼼장어 가게집에서 문을열고서 나같다,

손님들도 몇 명은 황제꼼장어 가게집에서 나같고 하기장형과 조미보형수님이 이야기을 하였다,
"김병식보스님께서 이렇게 싸움을 잘 하시는지 오늘봤어요!"
"영화을 극장에서 본 것 같아요!"
"예!" "형수님?"
"괜찮아?" "보스?"
"그래!" "기자형?"
"오산시에 시내파 김병식 보스 두목 백호 하얀호랑이 대장 싸움실력은 대한민국에서 이길자와 따라 갈 자가 없을것입니다,
"한만고형도 참?"
김병식보스는 하기장형과 조미보형수님께 말을하였다,
"이런것들은 기본입니다,
"하" "하" "하" "하"
하기장형과 조미보형수와 한만고형이 함께 웃었다,
김병식보스는 양복 상의주머니에서 지갑을 꺼내서 오른쪽 팔손으로 백만원짜리을 한만고형에게 주며 대답을 하였다,
"형" 이곳 황제꼼장어 가게 테이블과 의자들 부서진곳을 계산을 할게!"
"김병식대장 이렇게 많이줘?"
"형" "형수님?" "아비숑퍼시팩룸나이트로 가자?"
"그래!" "보스?"
"예!" "김병식보스님?"
"만고형?" "고생하십시요!"
"그래!" "보스?" "들어가?"
그때, 하기장과 조미보와 말을하였다,
"다음에 또 뵙겠습니다",
"예!" "다음에 또 오십시요!"
황제꼼장어 가게집에서 나오는데 아르바이트 미순자여자와 주

방장 한보반남자가 인사을하였다,
"안녕히가십시요!"
"그래!" "수고해라?"
김병식보스가 말을하고 황제꼼장어 가게집에서 문을열고나와서 터미널 문화의거리을 걷고있었다,
김병식보스는 고진오누님과 이하준누님과 강보자누님과 장한자형네을 지나가고 있었다,
마차안을 둘러서 손님들이 많이있어서 김병식보스을 보지못하고 장사을하고 있어서 김병식보스는 아비송퍼시팩룸나이트로 하기장형과 조미보 가수 형수님과 올라같다,
김병식보스는 아비송퍼시팩룸나이트에 도착을하였다,
1층 입구에서 막네 기복하 웨이터가 90도로 고개숙여서 인사을하고 이야기을하였다,
"사장님?" "편히 다녀오셨습니까?"
"그래!"
아비송퍼시팩룸나이트로 올라가지 않고서 걸으며 주차장으로 같다,
"김병식 하얀호랑이 대장 오늘도 서울로 가야 되겠어!" "그래!" "그럼?" "올라가야지!" 서울로 가는게 막히지 않을가?"
"아직은 막히지가 않을거예요!"
 "예!" "형수님?" "그럼?" "빨리 가 보셔야겠습니다,
 "예!" "김병식 보스님?"
"내일 동생들과 회식이 있어서 아비송퍼시팩룸나이드에 올라갔다 일찍 오피스텔에가야 됩니다,
"그래!" "보스?" "수고해!"
 "예!" "보스님?" "고생하세요!"
"예!" "들어가십시요!" "형수님?"
"기장형?" "들어가?"
하기장형은 조미보형수와 벤츠차을 타고 서울로 출발을 하였

다,
김병식보스는 벤츠차가 서울로 가는 것을 보고 아비숑퍼시팩
룸나이트 2층으로 올라가려 하였다,
"고생해라?"
"예!" "사장님?" 명심하겠습니다, 하고 90도로 막네 기복하 웨
이터가 인사을하고 말을하였다,
김병식보스는 아비숑퍼시팩룸나이트 2층으로 계단으로 걸어서
올라같다,
웨이터장 장나바가 인사을 90도로하고 이야기을 하였다,
"사장님?" "편히 다녀오셨습니까?"
"그래!" 하고 룸 안으로 걸어서 문을열고 들어같다,
김병식보스는 쇼파에 앉쟀으며 대형 텔래비젼으로 리모컨을
둘고키며 아가씨룸을 보았다,
밖에서 노크소리가 들렸다,
"똑" "똑" "똑"
"그래!" "들어오너라?"
"예!" "사장님?" "마실거라도 드릴가요!" 하고 90도로 고개을
숙여서 인사을하고 말을하였다,
"괜찮다, "일 보아라?"
"예!" "사장님?" "일 보겠습니다, 하고 90도로 인사을하고 룸
에서 나같다,
아가씨룸에서 이승미실장과 아가씨들 조금제 와 조미해 와 김
해자 와 오미소 와 오미세 와 김시원 과 김지오 와 김지미 와
송미오 와 정사라 와 송오미 와 김오지 와 정미제 아가씨들이
이승미실장에 뒤을 따라 룸 안으로 들어가는 것이 보였다,
웨이터 오마수 도 뒤을 따라서 들어가는 것이 보였다,
김병식보스는 룸 안에서 잠시 있다가 아가씨 대형 텔래비젼을
끄고서 형은오피스텔로 가려고 룸에서 문을 열고나왔다,
김병식보스는 웨이터장 장나바에게 이야기을 하였다,

"아비숑퍼시팩룸나이트을 끝나며는 정라다실장과 이승미실장과 정리을하고 들어가라?"
"예!" "사장님?" 명심하겠습니다, 하고 90도로 고개을 숙이고 인사을하며 대답을 하였다,
아비숑퍼시팩룸나이트 안에는 손님들이 많이 있는 것을 보고 입구에서 돌아서 1층으로 내려 가려할 때 장나바 가 인사을 90도로 하였다,
"사장님?" "편히 들어가십시요!"
"그래!"
김병식보스는 1층 입구로 내려와서 막네 기복하 웨이터가 인사을 90도로 고개을 숙여서하며 이야기을 하였다, "사장님?" "편히 들어가십시요!"
"그래!"
김병식보스는 터미널거리을 걷고 형은오피스텔로 걸어가고 있었다,
오색찬란한 하늘과 간판조명들이 내리빚히는 오산시의 문화의 거리 터미널을 걸으며 형은오피스텔에 도착을 하였다,
형은오피스텔 현관 문을 열고들어가서 엘리베이터을 타고 3층에서 내려서 301호 비밀번호을 누르고 방안으로 들어가서 양복을벗고 샤워을하고 침대에 누워 잠을 청하였다,
하루가지나 형은오피스텔에서 한참뒤에 김병식보스에 전화가 원서머나잇 노래가 귓가에 들리고 있었다,
김병식보스는 오른쪽 귓가에 오른팔손으로 같다되고 조모차에 전화을 밨았다,
조모차동생은 90도로 고개을 숙이며 인사을하고 말을하였다,
"형님?" "편히쉬셨습니까?" "형님?"
"그래!" "지금 이금신누님네에 동생들은 모두 모여 있느냐?"
"예!" "형님?" 모두 모여 있습니다, "형님?" 하고 90도로 고개 숙여서 인사을하고 대답을하였다,

"형은오피스텔로 저녁5시까지 벤츠차을 같다가 되어라?"
"예!" "형님?" 명심하겠습니다, "형님?" 하고 90도로 인사을 하였다,
"그럼?" "전화을 끊차?"
"예!" "형님?" 명심하겠습니다, "형님?" 하고 90도로 인사을하고 "형님?" "편히쉬십시요!" "형님?" 하고 90도로 인사을하고 전화을 끊었다,
형은오피스텔에서 301호실에서 저녁5시에 밖에서 현관 문에 초인종이 울렸다,
"들어와라?"
"예!" "형님?" "편히쉬셨습니까?" "형님?" 하고 90도로고개을 숙여서 인사을하고 말을하였다,
"그래!" "이금신누님네로 가자?"
"예!" "형님?" 명심하겠습니다, "형님?" 하고 90도로 인사을하며 301호에 현관 문을 열어드리고 있었다,
김병식보스와 오른팔 조모차동생과 3층에서 걸으며 엘리베이터도 뒤에서 걷다 조모차동생이 엘리베이터을 누르고 김병식보스가 타고 1층으로 내려와 조모차동생이 문을 여는 것을 누르며 벤츠차로 걸어서가고 도착을 하였다,
조모차동생은 김병식보스에 오른쪽 뒷문을 열어드리고 쇼파에 앉잤다,
조모차동생은 90도로 고개을 숙여서 인사을하고 말을하며 문을 닫아드렸다,
"형님?" "편히쉬십시요!" "형님?"
"그래!"
조모차동생은 운전석에 앉으며 이금신누님네로 출발을 하였다, 김병식보스는 조모차동생과 대화을하고 이금신누님네에 도착을하였다,
"형님?" 이금신누님네에 도착을 하였습니다, "형님?" 하고 90

도로 인사을하고 말을하였다,
"그래!"
조모차동생은 운전석에서 내려서 김병식보스에 오른쪽 뒷문을 열어드렸고 김병식보스가 내리고 문을 닫았다,
김병식 보스 두목 백호 하얀호랑이 대장은 하북오리로스구이 고기가게집 이금신누님네에서 걸으며 동생들이 모여있는 야외로 걸으며 갔다,
김병식보스가 걸어가며 동생들은 서로 이야기을하고 있었다,
김병식보스을 보며 앉자서있던 몸들이 일어나서 김병식보스에게 동시에 90도로 인사을 고개을 숙이고하며 하북오리로스구이 고기가게집 야외장 이금신누님네가 떠내려가는 목소리가 우렁차게 들릴정도로 이야기들을 하였다.
"형님?" 편히 나오셨습니까?" "형님?"
하늘이 무너질 것 같은 소리였다,
"그래!" 하고 김병식보스에 앞자리로 가서 앉잤다,
"형님?" "편히쉬십시요!" "형님?" 동생들은 40명들이 동시에 고개을 숙여서 90도로 인사을하고 말을하였다,
"그래!" "편히들 앉자라?"
"예!" "형님?" 명심하겠습니다, "형님?" 동시에 90도로 인사을하고 "형님?" "편히쉬십시요!" "형님?" 동생들은 동시에 90도로 인사을하고 대답을 하였다,
오른팔 조모차동생은 오른쪽에 앉고 왼팔 한다보동생은 왼쪽에 앉잤다,
조모차동생과 한다보동생과 자리로 20명씩 40명 동생들이 앉잤다,
김병식보스는 동생들이 준비을 모두해 놓은 것을 조모차동생과 한다보동생이 오리로스구이 고기을 굽는것에 김병식보스에 앞에 올려 놓는것들에 동생들에게 이야기을 하였다,
"다들 맛있게 들먹자?"

"예!" "형님?" "맛있게 드십시요!" "형님?" 동생들은 일어나서 동시에 90도로 인사을 고개을 숙여서하고 말을 하였다,
"그래!" "안자서들 먹자?"
"예!" "형님?" 명심하겠습니다, "형님?" 하고 90도로 동시에 인사을하며 "형님?" "편히쉬십시요!" "형님?" 90도로 고개을 숙여서 인사을하고 앉자서 오리로스구이 고기을 먹었다,
김병식보스는 동생들이 생수물과 흰우유와 수저와 젓가락과 컵 물수건과 음료수와 준비을 한것에 마시며 오리로스구이 고기을 먹었으며 동생들은 맥주와 소주을 한잖씩 하였다,
김병식보스는 동생들 40명들에게 이야기을 하였다,
"모차 와 다보 와 승호 와 학지 와 한지 와 보구 와 승국 와 하미 와 금하 와 방식 와 고용 과 국지 와 상국 과 방자 와 사마 와 상회 와 통지 와 시라 와 성수 와 한미 와 구한 과 성진 과 상보 와 보상 과 지용 과 용마 와 국태 와 태미 와 조용 과 방언 과 남상 과 사랑 과 보상 과 남잔 과 해국 과 상회 와 상짐 과 진마 와 부하 와 부용 과는 말들을 앉자서 들어라?"
"예!" "형님?" 명심하겠습니다, "형님?" 앞자서 90도로 동시에 고개을 숙여서 인사을하였다,
"오산시에 호남전국구파와 경상도전국구파와 충청도전국구파와 서울전국구파와 경기도전국구파와 제주도전국구파와 인천전국구파와 강원도전국구파들이 들어온 것 같다, 경기도 오산시을 타지역놈들이 동생들과 맞대응을 하여 싸움을 하게 되어도 정면에서 밀려서는 안된다,
"알았느냐?"
"예!" "형님?" 명심하겠습니다, "형님?"하고 동시에 90도로 앞자서 인사을하였다,
"동생들도 오산시을 다니고 하며는 타지놈들을 만날 것이다 그러면 타지놈들을 대응을해주고 김병식 보스 두목 백호 하얀호

랑이 대장 나에게 연락을 하면된다, 내가 대한민국 경기도 오산시에 지키고있는 한 그놈들은 장외와 죽어서 나갈 것이다, 아비숑퍼시팩룸나이트와 대장일수도 잘 지키기을 바란다, "알았느냐?"
"예!" "형님?" 명심하겠습니다, "형님?" 동시에 90도로 앉자서 고개을 숙여서 인사을 하였다,
"그럼?" 오리로스구이 먹 던것들 맛있게들 먹어라?"
"예!" "형님?" 명심하겠습니다, "형님?" 하고 동시에 90도로 고개을 숙여서 인사을 하였다,
김병식보스는 이금신누님네서 동생들과 3시간을 대화을 하고 일어났다,
김병식보스가 일어나자 동생들은 동시에 90도로 고개을 숙여서 인사을하고 말을하였다,
"형님?" "맛있게 드셨습니까?" "형님?"
"그래!" "2차들은 아비숑퍼시팩룸나이트에가서 하여라?" "예!" "형님?" 명심하겠습니다, "형님?" 하고 90도로 고개을 숙여서 동시에 말을하고 인사을하였다,
김병식보스는 양복 상의주머니에서 지갑을 꺼내서 조모차동생에게 백만원짜리 10장을 주었다,
"모차야?" "이것으로 계산을 하여라?"
"예!" "형님?" 고맙습니다, "형님?" 하고 조모차동생이 돈을 받고 90도로 고개을 숙여서 동시에 인사을하며 말을하였다,
"모차야?" "오산으로 가자?"
"예!" "형님?" 명심하겠습니다, "형님?" 하고 조모차동생만 90도로 고개을 숙이고 인사을하며 말을하였다,
김병식보스와 조모차동생이 뒤에서 뒷짐을 짖고서 걸으며 동생들도 밖으로 나오려고들 하였다,
김병식보스는 동생들 39명들에게 이야기을 하였다,
"동생들아?" "나오지말고 오리로스구이 고기을 맛있게들 먹고

아비숑퍼시팩룸나이트가게가서 편하게들 술 한잖씩하여라?"
"예!!" "형님?" 명심하겠습니다, "형님?" 하고 뒤에서 39명 동생들은 동시에 인사을하며 말을하였다,
"그래!"
 김병식보스가 조모차동생과 야외에서 조모차동생이 앞으로 나와서 문을 열어드리고 39명 동생들은 동시에 90도로 인사을 고개을 숙여서하고 말을하였다,
"형님?" "편히들어가십시요!" "형님?"
"그래!"
김병식보스는 조모차동생이 벤츠차을 뒷문을 열어드리고 김병식보스는 운전석 오른쪽에 쇼파에 뒤에 앉았다,
"형님?" "편히쉬십시요!" "형님?" 하고 90도로 인사을하며 문을 닫아드렸다,
조모차동생은 운전석에 앉으며 이금신누님네서 오산시로 출발을 하였다,
김병식보스가 이금신가게집에서 오산시로 가다가 전화기을 들어서 오마차형에게 전화을 걸고있었다,
신호가가며 오마차형이 전화을 받았다,
"오산시 시내파 보스 두목 김병식 백호 하얀호랑이 대장?"
"그래!" "어디로 가면 돼?"
"김병식 두목 지금 당 사무실로 오면돼?"
"밤늦게까지 수고가 많아?" "형"
"당 사무실 주소을 불러줘?"
"그래!" "오산시 ㅁㅁ동 000번지로 오면돼?" "보스?" "그래!"
"지금 금방 갈께!"
"이따가 보자?" "김병식보스 백호 하얀호랑이 대장?"
김병식보스와 보좌관 오마차형은 전화을 끊었다,
김병식보스는 조모차동생에게 이야기을 하였다,
"모차야?" "오산시 ㅁㅁ동 000번지 이곳으로 가자?" "예!"

"형님?" 명심하겠습니다, "형님?" 하고 90도로 고개을 숙여서 인사을하고 말을하였다,
김병식보스는 조모차동생에게 주소을 가르켜주고 벤츠차는 선거 당 사무실 앞에 도착을 하였다,
"형님?" 도착을 하였습니다, "형님?" 하고 앉자서 90도로 고개을 숙여서 인사을하고 말을하였다,
"그래!" 조모차동생은 벤츠차에서 내려서 김병식보스의 뒷문을 열어드리고 김병식보스가 내리며 문을닫았다,
김병식보스는 조모차동생에게 이야기을 하였다,
"하북오리로스구이 고기가게집 이금신누님네로 가도된다, "아비숑퍼시팩룸나이트에 2차까지 있어라?"
"예!" "형님?" 명심하겠습니다, "형님?" 하고 90도로 고개을 숙여서 인사을하고 대답을하였다,
김병식보스가 걸어가려 할 때 조모차동생은 90도로 인사을 고개숙여서 하고 말을하였다,
"형님?" "편히 들어가십시요!" "형님?"
"그래!"
 김병식보스는 선거사무실 1층 문을열고서 들어갔다,
조모차동생은 김병식보스가 사무실안으로 들어 가는 것을 보고 이금신누님네로 벤츠차을 타고 같다,
김병식 보스 두목을 보고 오마차형이 이야기을 하였다, "김병식 하얀호랑이 대장 왔어!"
"그래!" "형" "왜" 혼자서 사무실에 있어!"
"다들 선거을 하느라?" "오늘밤 12시까지 있어야 돼?" 김병식보스는 걸어가서 오마차형에 쇼파에 앞에 앉았다, "형" "도와줄게 무엇이 있어!"
오마차형은 일어나서 흰 우유한잖을 가지고 와서 김병식보스에게 앞에다 주고 앉았다,
"우유 한 잖 마셔 보스?"

"그래!"
"반대파?" "애들이 호남인데 호남 전국구파놈들이껴서 김미한 국회의원님을 방해을 많이들 해서 그호남놈들을 정리을 해 달라고 김병식 보스 두목 백호 하얀호랑이 대장님한테 부탁을 하는것이네!" 그리고 그곳에 경상도전국구파놈들도 관광차 두대을 호남놈들과 양옆에다 오른쪽과 왼쪽에다 세워놓고 있어!" "김병식보스?"
김병식보스는 흰우유을 마시며 오마차형에게 이야기을 하였다,
"김미한국회의원님께 선거을 이기시며는 김병식 보스 두목 시내파 정통으로가는 동생들을 경찰서와 구치소와 교도소을 보내지 않는 약속과 조건이라면 내가 호남전국구파들과 경상도전국구파들을 정리을 시켜드리겠습니다,
"그러면 김미한국회의원님도 벌써 알고 말씀을 드렸으며 조금있으며는 국회의원님께서 직원들과 사무실로 들어 올거라네!"
" 한번 만나 보고 가?" "보스?"
김병식보스와 오마차형과 사무실에서 대화을하고 있는데 밖에서 문을열고 김미한국회의원님 여자분이 남자들직원 4명과 여자6명들이 선거운동을 끝맞치고 사무실로 들어왔다,
오마차형은 쇼파에서 일어나서 인사을하였다,
"수고하셨습니다,
"예!"
직원들 남자들과 여자들도 동시에 말을하고 인사을하며 오마차형은 대답을 하였다,
"다녀왔습니다,
"수고했어!"
 김미한국회의원님 여자는 걸어오며 김병식보스에게 이야기을 하였다,

"대한민국 경기도 오산시 시내파 보스 두목 백호 하얀호랑이 대장님께서 오셨습니까?"
"예!"
김병식보스는 일어나서 인사을 하며 대답을 하고 김미한국회의원님께서 걸어오며 오른쪽으로 악수을 하였다,
김미한국회의원님이 이야기을 하였다,
"앉아서 이야기을 하지요!"
"예!" 동시에 대답을 하였다,
오마차형은 직원들에게 표말들을 사무실에 두고서 먼저들 퇴근들을 하라고 하였다,
김미한국회의원님은 기호1번으로 나오시고 오전과 오후에는 사무실에 사람들이 많이 있었다,
오늘은 김병식보스가 사무실에 온다고하여 오마차형이 먼저 사람들에게 밤12시까지 회의을 한다고하고 이야기을해 놓았다,
직원들은 김미한국회의원님과 오마차형에게 인사을하고 말을 하였다,
"수고하셨습니다,"들어가보겠습니다, 하고 사무실에서 나같다,
김병식보스는 오마차형과 이야기을 하였던 것을 김미한국회의원님께 말을하였다,
"김병식 보스 두목 백호 하얀호랑이 대장님에 약속을 지켜 드리겠습니다,
"그럼?" 내일 곧장 호남전국구파들과 경상도전국구파들을 정리을 시켜드리고 해결을하여 보내 드리겠습니다,
"김병식보스님은 말이 떨어지면 곧장 행동으로 가시는 의리있고 카리스마와 정통으로가는 시내파보스님 이십니다, 소문데로 대한민국 경기도 오산시 김병식 백호 하얀호랑이 대장 이십니다, 오산시에는 김병식 보스 두목 백호 하얀호랑이 대장님께서 있어야 됩니다, 이번 선거에 도와주시면은 제가 잊지을 않겠습

니다, "김병식보스님?"
"예!"
 김병식보스는 남자이고 말이 떨어지며는 곧장 해결을하며 오산시을 지켜나가고 있다,
김병식 시내파 건달 보스 두목 백호 하얀호랑이 대장 이였다,
김병식보스와 김미한국회의원님과 오마차형과 이야기을 하고 김미한국회의원님이 말을하였다,
"김병식 보스님?" "야식이나 하러 가시죠!"
" 국회의원님?" "오늘은 밖에서 보고 있는 눈들이 많이 있습니다, 선거가 끝나시며는 그때가셔도 늦지는 않습니다,
"김병식보스님은 오산시에 대장이시며 하얀호랑이대장님에 싸움실력만 있는게 아니고 머리생각을 하시는 것까지도 전국에서 따라갈 사람들이 없다고 봅니다, 카리스마와 의리파 이십니다,
김병식보스에게 말을하였고 당 사무실은 밤12시가 넘어도 화기애애로 득의만만하게 함께웃었다,
김병식보스는 일어나서 이야기을 하였다,
"내일 정리을 할 것도 있고 먼저 들어가보겠습니다,
"예!" "또 봐요!"
김미한국회의원님은 대답을하고 김병식보스와 오른쪽손으로 악수을하며 오마차형은 일어나서 대답을하였다,
"전화할께!"
김병식보스는 걸음을 걸으며 당 사무실문을 열고서 아비숑퍼시팩룸나이트가게로 걸어가고 있었다,
터미널거리을 걸으며 자동차 "빵" "빵" '빵" 소리와 자전거 "따르릉" "따르릉" "따르릉" 소리와 사람들연인끼리 다니며 "웅성" "웅성" 하는 소리을 들으며 아비숑퍼시팩룸나이트에 도착을하였다,
김병식보스을 보고 막네 기복하 웨이터가 90도로 고개을 숙여

서 인사을하고 말을하였다,
"사장님?" "편히나오셨습니까?"
"그래!" "동생들은 아비숑퍼시팩룸나이트가게에 올라와있느냐?"
"예!" "사장님?" "아비숑퍼시팩룸나이트가게 안에 올라와 있습니다, 하고 90도로 고개을 숙여서 인사을하며 대답을 하였다, 김병식보스는 2층 입구로 올라가서 웨이터장 장나바가 90도로 고개을 숙여서 인사을하며 말을하였다,
"사장님?" "편히나오셨습니까?"
"그래!" "동생들은 어디에 자리에 앉자서 있느냐?"
아비숑퍼시팩룸나이트안에는 손님들이 많이있었으며 웨이터들도 1000천평 되는 곳에서 떨어져서 서로 손님들과 이야기을하고 스테지에서 춤을추고 디제이 남자 지금조가 음악을 틀어주고 있었다,
김병식보스에 말씀에 웨이터장 장나바는 동생들이 앉자서 있는 곳을 두팔로 안내을 해드렸다,
"예!" "사장님?" "저쪽에 앉자서들 있습니다, 하고 90도로 고개을 숙여서 인사을하였다,
김병식보스는 동생들 40명들이 앉자서 있는 곳으로 걸음을 걷고서있었다,
김병식대장을 보고 동생들은 동시에 일어나서 인사을 90도로 고개을 숙여서하고 말을하며 일어나서 뒷짐을 짖고서있었다,
"형님?" "편히나오셨습니까?" "형님?"
"그래!"
김병식 보스 두목 백호 하얀호랑이 대장은 동생들 앞으로가서 "서" "서" 말을하였다,
"오늘은 아비숑퍼시팩룸나이트에서 즐겁게들 보내고 편히들 마셔라?"
"예!" "형님?" 명심하겠습니다, "형님?" 하고 90도로 동시에

인사을하고 스테지와 조명들은 반짝 반짝 빛이나고 있었다,
김병식보스는 동생들에게 이야기을하고 룸 쪽으로 걸음을 걷고 있었다,
동생들40명들은 김병식보스에게 90도로 동시에 고개을 숙여서 인사을하며 말을하였다,
"형님?'' "편히 들어가십시요!" "형님?"
"그래!"
김병식보스는 룸 사무실문을 열고서 들어가서 쇼파에 앉았다, 대형 텔래비젼을 리모컨으로 키며 아가씨룸을 보았다, 이승미 실장이 룸안으로 들어가는 것이 보였고 조금있다가 정소언아 가씨와 김언지아가씨와 김시오아가씨와 이승미실장을 따라 들어같다,
김병식보스에 룸 밖에서 노크소리가 들렸다,
"똑" "똑" "똑"
"그래!" "들어와라?"
"예!" "사장님?" "마실거라도 같다가 드립니까?" 하고 90도로 고개을 숙여서 인사을하였다,
"팬찮다, "밖에서 일 보아라?"
"예!" "사장님?" 일 보겠습니다, 하고 90도로 고개을 숙여서 인사을하고 대답을하였다,
전국에서 하루하루가 아비송퍼시팩룸나이트 김병식 보스 두목 백호 하얀호랑이 대장 가게로 손님들이 많이들 놀러오고 있었다,
화려한 조명들에 손님들은 스테지에서 춤들을 추고서 있었으며 김병식보스가 썬팅되여 있는 유리로보고 있을 때 전화벨이 울리고 있었다,
김병식보스는 전화을 받았다,
"오빠?" "호아예요!"
"응" "호아공주?" "밤늦게까지 잠을 안자고 전화을하고 어떤

일이 있어!"
"아니예요!""오빠가 형은오피스텔에 있나 전화을 해봤어요!"
"그래!""지금은 아비송퍼시팩룸나이트에 있어!""호아공주?"
"예!""오빠?""저 밤이 늦고하며는 오산시에 친척집도 있는데 그곳에서 자기도 눈치가 보일때가 있어요!" "그러며는 오빠 형은오피스텔에서 잠을 자도 괜찮겠어요!"
"그래!" 오빠 형은오피스텔에서 잠을 자도 돼?"
"예!""오빠?"
"그래!""호아야?"오늘은 밤이 늦었다, 오늘은 잠을 자고 전화하자?"
"예!" "오빠?" "끊을 께요!"
"그래!" "좋은꿈 꿔?"
"예!"
김병식보스와 김호아동생은 전화을 끊었다,
김병식보스는 김호아동생과 연인으로 서로 대화도 편하게 말들을하고 있었다,
서울방송연예계학교에 다니고 있었다,
김병식보스는 대형 텔래비젼을 보며 아가씨룸을 둘러보고 텔래비젼을 껐다,
아비송퍼시팩룸나이트 스테지을 둘러 보았으며 동생들 40명들이 둥그렇게 원을 그리며 원안으로 한명씩들어가서 무게춤을 추고서 나와서 원을 그리고 박수들도 치며 원을 그리고 있었다,
아비송퍼시팩"룸"나이트 손님들은 동생들에 춤을 추고있는 것을 보고있었다,
김병식보스는 룸안에서 일어나서 형은오피스텔로 가기 위해 문을열고서 2층에서 내려가려고 하였다,
장나바 웨이터장이 김병식보스에게 90도로 고개을숙여서 인사을하고 말을하였다,

"사장님?" "편히 들어가십시오!"
"그래!" 하고 아비숑퍼시팩 "룸" 나이트 1층으로 계단을걷고 있었다,
김병식보스을 보고 막내 기복하 웨이터가 90도로 고개을 숙여서 인사을하며 말을하였다,
"사장님?" "편히 들어가십시오!"
"그래!" 김병식대장은 형은오피스텔로 걸으며 터미널거리에 하늘은 노을이 빨갖게지고 말았다,
김병식보스는 형은오피스텔에 도착을하였다,
1층 현관 문을열고서 엘리베이터을 타고 3층 301호실에서 방으로 들어갈다,
하루을 마감하고 김병식 시내파 보스 두목 백호 하얀호랑이 대장은 잠을자고 말았다,
형은오피스텔에 하루가 시작되는 날이 돌아왔다,
김병식 하얀호랑이 대장은 일어나서 샤워을하고 호남 전국구파들과 경상도 전국구파들이 어느곳에서 선거운동을하고 있나 보러 나가려 하였다,
김병식보스의 양복들은 하얀 양복과 검정 양복과 빨간 양복과 노랑 양복과 파란 양복과 줄무늬 양복과 단색 양복과 곤색 양복과 하늘색 양복과 양복들이 많이있었다, 김병식보스는 하얀양복 상의와 하의와 하얀와이셔츠와 하얀넥타이와 하얀구두을 신고서 형은오피스텔 301호실에서 3층에서 걸으며 1층으로 내려와서 현관 문을열고서 터미널 문화의거리 역전쪽으로 걷고서 있었다,
자동차 "빵" "빵" "빵" 소리와 오토바이 "띠" "띠" "띠" 소리와 사람들이 대화을하고 다니고 있었다,
오산시 역전쪽에서는 호남국회의원 선거운동을 하지 않았으며 중원사거리쪽으로 걸음을 걷고서있었다,
김병식보스가 중원사거리쪽으로 걸음을 걷고 가까이 가서 보

앉을 때 관광차 2대에서 오른쪽에 1대는 경상도 전국구파들이 40명들이 타고 있는 것 같았다,
10명들은 관광차옆에 있었다, 왼쪽에 1대는 호남 전국구파들 30명이 타고서 있는 것 같았다,
앞에는 용달차 한 대에서 호남 전국구파 20명들이 오른쪽과 왼쪽에서 서 있었으며 호남 조나모국회의원이 기호2번으로 선거을하고 있었다,
조나보국회의원은 지나다니는 사람들에게 악수을하며 다니고 있었다,
조나모 국회의원 옆에는 여자 4명들이 있었다,
김병식 보스 두목 백호 하얀호랑이 대장은 용달차로 가까이 가서 보니 호남 전국구파 조마하 와 마창고 와 나장수 와 나주아 놈들과 옆에 있는 놈들은 못 보던 놈들 이였다,
김병식 보스는 달려가서 "붕" 점프을 하고 두다리로 호남 전국구파 조마하 얼굴 면상턱을 차버렸다,
"퍽" 하고 "욱" 하며 부러지는 소리을 내고 입에서 허공으로 피가튀기며 뒤로 콰당 하고 날아가 기절을 하였다,
김병식 보스는 착지을 하여 앉자서 180도로 회전을 하여 오른쪽 발다리로 뒤돌려차기을 하여 마창고에 오른쪽발다리 발목을 차버렸다,
"퍽" 하며 "욱" 하고 오른쪽으로 한바퀴 덤브링을 하고넘으며 기절을 하며 콰당 하고 날아가버렸다,
김병식 보스는 일어나면서 "붕" 점프을 하고 오른쪽 팔과 왼쪽팔 손으로 나장수 의 머리을 잡으며 앞으로 당기고 김병식 보스에 오른쪽 발 다리 무릅으로 호남 전국구나장수에 얼굴코을 처버렸다,
"퍽" 하고 "욱" 하며 부러지는 소리을 내며 코에서 허공으로 피가튀기고 뒤로 한바퀴 덤브링을 하고 기절을 하고 콰당 하고 넘어같다,

김병식 보스는 착지을 하고 오른쪽 발다리로 상단차기을하여 호남 전국구파 한명을 왼쪽 얼굴턱을 차버렸다,
"퍽" 하고 부러지는 소리와 "욱" 하고 입에서 허공으로피가튀기며 오른쪽으로 기절을 하고 콰당 하고 날아가버렸다,
김병식 보스는 오른쪽 팔 주목으로 라이트훅으로 호남 전국구파 나주아을 가슴팍명치을 처버렸다,
호남 전국구파 나주아 놈은 두팔로 가슴팍명치을 잡고 "퍽" 하는 소리와 "욱" 하고 입에서 허공으로 피가튀기며 뒤로 날아가 콰당 하고 기절을 하고 날아가버렸다
,김병식 보스에 싸움을 지켜서 보고 있던 관광차 안에서경상도 전국구파 50명들이 사시미칼 과 리본드칼을 둘고서 김병식 보스에게 오는 것이 였다,
호남 전국구파 30명들도 쇠파이프을 둘고서 김병식 보스에게 오는 것이 였다,
호남 조나모 국회의원도 김병식 보스 두목 백호 하얀호랑이 대장에 싸움을 영화같은 장면을 사람들과 보고서 있었다,
선거을 하는 여자4명들도 보고 있었다,
김병식 보스에게 호남 전국구파 한명이 쇠파이프을 둘고서 내리치는 것을 김병식 보스는 오른쪽으로 몸을 회전하여 피하고 쇠파이프가 내려 오는 것에 김병식 보스가180도로 회전을 하여 오른쪽 발다리로 뒤돌려차기을 하여 호남 전국구파놈을 오른쪽 얼굴 면상턱을 차버렸다,
"퍽" 하고 부러지는 소리을 내고 "욱" 하며 입에서 허공으로 피가튀기고 쇠파이프을 앞으로 놓고 뒤로 콰당 하고 기절을 하며 날아가버렸다,
김병식 보스에게 경상도 전국구파들에 사시미칼 과 리본드칼 과 호남 전국구파들에 쇠파이프가 내리치고 배로 사시미칼들이 들어 오고 있었다,
김병식 보스는 리본드칼과 사시미칼과 쇠파이프들을 피하며

달려가서 두다리발로 용달차을 밟으며 360도로 몸을 회전을 하고 덤브링으로 한바퀴 넘으며 경상도 전국파 한명이 사시미칼로 배로 들어오는 것을 피하며 경상도 전국구파놈이 뒤을 돌아 보는것에 김병식 보스가 오른쪽 발다리로 상단차기을 하여 경상도 전국파놈을 왼쪽얼굴턱을 차버렸다,
"퍽" 하고 부러지는 소리와 "욱" 하고 입과 코에서 허공으로 피가튀기며 사시미칼을 앞으로 떨어트리고 뒤로 쾅당 하고 기절을 하며 날아가버렸다,
김병식 보스는 경상도 전국구파 한명을 사시미칼이 들어오는 것을 김병식 보스가 "붕" 점프을 하여 360도로 회전을 하여 오른쪽 발다리로 뒤돌려차기을 하여 오른쪽 얼굴턱을 차버렸다,
"퍽" 하며 부러지는 소리을 내고 "욱" 하고 입과 코에서허공으로 피가튀기며 사시미칼과 함께 뒤로 쾅당 하고 기절을 하고 날아가버렸다,
김병식 보스는 착지을 하고 호남 전국구파 두명이 오른쪽과 왼쪽에서 있었다,
김병식 보스는 "붕" 점프을 하고 두다리을 벌리며 공중에서 오른쪽과 왼쪽에 호남 전국구파놈을 가운데턱을 차버렸다,
"퍽" 하며 부러지는 소리을 내고 "욱" 하고 입에서 허공으로 피가튀기며 뒤로 한바퀴 덤브링을 하고 넘으며 기절을 하고 쾅당 하고 날아가버렸다,
경상도 전국구파 3명들은 사시미칼을 둘고서 김병식 보스에게 들어 오는 것을 보고 김병식 보스가 오른쪽 발다리 뒷굽치로 경상도 전국구파 놈을 왼쪽 무릅팍을 쳐버렸다,
"퍽" 하는 부러지는 소리와 "욱" 하고 사시미칼을 앞으로 떨어트리고 앞으로 고통을 받으며 기절을 하고 꼬꾸라졌다,
김병식 보스는 경상도 전국구파놈이 사시미칼을 휘두르는 것을 피하고 달려가서 "붕" 점프을 하며 이중 앞차기로 오른쪽

발다리로 경상도 전국구파놈을 가운데턱을 차버렸다,
"퍽" 하고 부러지는 소리와 "욱" 하며 입에서 허공으로피가튀기며 뒤로 한바퀴 덤브링을 하며 넘으며 사시미칼과 함께 콰당 하고 기절을 하며 날아가버렸다,
경상도 전국구파놈을 앞차기로 하고 몸을 오른쪽으로 회전을 공중에서 하며 180도로 회전을 하고 오른쪽 발다리로 뒤돌려 차기을 하여 경상도 전국구파놈을 오른쪽 얼굴 면상턱을 차버렸다,
"퍽" 하는 부러지는 소리와 "욱" 하며 입과 코에서 허공으로 피가튀기고 뒤로 콰당 하고 기절을 하고 사시미칼과 함께 날아가버렸다,
김병식 보스에게 맞은 경상도 전국구파들과 호남 전국구파들은 땅에 앉으며 부러진곳을 만지며 고통을 받고서 누워서 소리을 내고 있었다,
김병식 보스 두목 백호 하얀호랑이 대장에 싸움은 벌처럼 나비처럼 벌같이 나비처럼 솟는 주먹과 발차기 였으며 백호 하얀호랑이의 보스 대장처럼 점프도 상상도 못할만큼 높았으며 한참 싸움을 상대을 해주었다,
김병식 보스에게 사시미칼과 리본드칼과 쇠파이프들을 둘고서 경상도 전국구파들과 호남 전국구파들이 둘러서있었다,
김병식 보스가 양복 상의을 벗어서 호남 전국구파 2명놈들이 쇠파이프을 둘고서 있는 놈들에게 던지며 김병식보스가 달려가서 두다리로 "붕" 점프을 하고 공중에서 걸으며 가슴명치팍을 투터치로 처버렸다,
"퍽" 하는 소리와 "욱" 하고 입에서 허공으로 피가튀기며 쇠파이프와 함께 뒤로 콰당 하고 기절을 하며 날아가버렸다,
김병식 보스는 착지을 하고 호남 전국구파 오른쪽에 있는 한명이 쇠파이프을 휘두르는 것을 피하고 김병식 보스가 왼쪽 발다리로 앞차기로 호남 전국구파놈 쇠파이프을 오른쪽 손목

을 차버리고 쇠파이프는 허공으로 "빙" "그" "르" "르" "르"
돌며 날아가버렸다,
김병식 보스는 "붕" 점프을 하고 오른쪽 발다리로 상단차기을
하여 호남 전국구파놈을 왼쪽 얼굴 면상턱을 차버렸다,
"퍽" 하며 부러지는 소리와 "옥" 하고 입과 코에서 허공으로
피가튀기며 오른쪽으로 기절을 하며 콰당 하고 날아가버렸다,
김병식 보스는 착지을 하고 호남 전국구파 한명이 쇠파이프가
내려 오기 전에 김병식 보스는 오른쪽 발다리로무릎팍으로 호
남 전국구파놈 왼쪽 앞 허벅지을 강하게 차버렸다,
"퍽" 하며 "옥" 하고 쇠파이프을 앞으로 떨어트리고 앞으로
꼬꾸라지며 기절을 하였다,
김병식 대장이 오른쪽 팔굽치로 호남 전국구파 한명을 얼굴
면상코을 처버렸다,
"퍽" 하며 부러지는 소리을 내고 "옥" 하고 코에서 허공으로
피가튀기며 뒤로 콰당 하고 기절을 하며 날아가버렸다,
김병식 보스는 달려가서 앞으로 "붕" 점프을 하며 360도로 공
중회전 덤브링을 하며 한바퀴 넘으며 오른쪽 발다리로 앞 굽
치로 호남 전국구파 한명을 머리통을 찍어버리고 착지을 하였
다,
"퍽" 하고 "옥" 하며 입과 코에서 허공으로 피가튀기며앞으로
꼬꾸라지고 콰당 하고 기절을 하였다,
김병식 보스는 경상도 전국구파 한명이 사시미칼을 휘두르는
것을 보고 180도로 회전을 하고 오른쪽 발 다리로사시미칼을
차버렸다,
사시미칼은 왼쪽으로 "빙" "그" "르" "르" 돌면서 날아가버리
고 김병식 보스가 왼쪽으로 180도로 회전을 하며경상도 전국
구파놈을 왼쪽턱을 차버렸다,
"퍽" 하고 부러지는 소리와 "옥" 하며 입과 코에서 허공으로
피가튀기며 뒤로 콰당 하고 기절을 하고 쓰러 졌다,

경상도 전국구파 4명들은 순식간에 리본드칼을 둘고서 김병식 보스에게 덤비고 있었다,

경상도 전국구파 한명이 리본드칼을 휘두르는 것을 보고 낙법으로 앞으로 김병식 보스가 넘으며 구르고 김병식 보스가 일어나서 180도로 회전을 하고 앉자서 왼쪽 발다리로 뒤돌려차기을 하여 경상도 전국구파놈을 왼쪽 발다리 발목을 차버렸다, "퍽" 하고 부러지는 소리을 내며 "욱" 하며 왼쪽으로 한바퀴 덤브링을 하고 넘으며 기절을 하고 쾅당 하며 쓰러졌다,

경상도 전국구파 3명은 리본드칼을 휘두르고 있는것을보고 김병식 보스가 피하며 달려가서 용달차을 밟고서 뒤로 빽 덤브링을 하고 한바퀴 넘으며 경상도 전국구파3명이 뒤을 돌아 보기 전에 김병식 보스가 오른쪽 팔로왼쪽팔로 하며 경상도 전국구파놈을 목 울대을 쪼여버렸다,

"욱" 하고 코에서 피가튀기며 리본드칼이 앞으로 떨어트리고 기절을 하며 쓰러졌다,

김병식 보스는 "붕" 점프을 하고 360도로 회전을 하며 오른쪽 발다리로 뒤돌려차기을 하여 경상도 전국구파놈을 오른쪽 얼굴 면상턱을 차버렸다,

"퍽" 하며 부러지는 소리와 "욱' 하고 입과 코에서 사방으로 피가튀기며 리본드칼은 앞으로 떨어트리고 뒤로 기절을 하며 쾅당 하고 나둥뎅이을 쳤다,

김병식 보스는 착지을 하고 오른쪽 발다리로 경상도 전국구파 리본드칼을 오른쪽팔로 잡고서 있는 팔목을 처버렸다,

리본드칼은 허공으로 날아가버리고 김병식 보스가 달려가서 "붕" 점프을 하여 두다리로 가위 자세을 하며 경상도 전국구파놈을 목을 감사고 두다리로 꼬여서 쪼이며 왼쪽으로 회전을 하고 넘어트리고 김병식 보스가 "빙" "그" "르" "르' 구르며 쪼여버렸다,

"욱" 하며 기절을 하였다,

김병식 보스는 달려가서 오른쪽 발다리로 옆차기을 하고호남 전국구파 한명을 가슴팍명치을 차버렸다,
"퍽" 하며 "욱" 하고 입에서 피을튀기며 뒤로 콰당 하고기절 을 하며 쓰러졌다,
김병식 보스는 공중에서 왼쪽에 호남 전국구파 한명이 쇠파이 프을 둘고 있는 놈을 오른쪽팔 주먹으로 수퍼라이트훅으로 얼 굴 면상코을 처버렸다,
"퍽" 하는 부러지는 소리와 "욱" 하고 코에서 허공으로 피가 튀기며 뒤로 콰당 하고 기절을 하며 쇠파이프와 함께 날아가 버렸다,
김병식 보스는 착지을 하였다,
김병식 보스는 오른쪽 발다리로 앞차기을 하여 호남 전국구파 한명을 가슴팍명치을 밀어 버렸다,
"퍽" 하고 "욱" 하며 입에서 피가튀기며 뒤로 콰당 하며기절 을 하고 날아가버렸다,
김병식 보스는 달려가서 "붕" 점프을 하고 360도로 회전을 하 며 왼쪽발 다리로 뒤돌려차기을 하여 호남 전국구파놈을 왼쪽 얼굴턱을 차버렸다,
"퍽" 하며 부러지는 소리을 내고 "욱" 하며 입과 코에서피가 튀기며 뒤로 콰당 하고 기절을 하고 쓰러졌다,
호남 전국구파 2명이 김병식 보스에 앞에 있었다,
김병식 보스는 달려가서 오른쪽 수퍼라이트훅으로 호남전국구 파놈을 얼굴코을 처버렷다,
"퍽" 하고 부러지는 소리을 내며 "욱" 하고 코에서 피가튀기 며 뒤로 콰당 하고 기절을 하며 날아가버렸다,
김병식 보스는 앉자서 호남 전국구파 한명을 왼쪽 발다리로 뒤돌려차기을 하여 호남 전국구파놈을 왼쪽발 다리발목을 차 버렸다,
"퍽" 하고 부러지는 소리을 내며 "욱" 하고 왼쪽으로 기절을

하며 덤브링으로 한바퀴 넘으며 콰당 하고 날아가버렸다,
김병식 보스는 일어나서 경상도 전국구파들과 호남 전국구파들이 싸움을 걸어 오는 것에 대응을 해주고 있었다,김병식 보스에 앞에 있는 호남 전국구파 2명을 왼쪽 팔 주먹쨉으로 호남 전국구파놈 얼굴 면상코을 쳐버렸다,
"퍽" 하고 부러지는 소리을 내고 "욱" 하고 코에서 허공으로 피가튀기며 뒤로 콰당 하며 기절을 하고 날아가버렸다,
호남 전국구파 한명이 앞에 있어서 김병식 보스가 오른쪽팔 주먹으로 라이트혹으로 호남 전국구파놈을 얼굴 면상코을 쳐버렸다,
"퍽" 하고 부러지는 소리을 내며 "욱" 하고 코에서 피가허공으로 튀기며 뒤로 콰당 하고 기절을 하고 날아가버렸다,
김병식 보스에 연속으로 이어가는 싸움이였다,
김병식 보스는 달려가서 "붕" 점프을 하여 오른쪽 발다리와 왼쪽 발다리로 호남 전국구파 오른쪽 과 왼쪽에 2명이 서 있어서 가운데 얼굴 면상턱을 차버렸다,
"퍽" 하고 부러지는 소리을 내고 "욱" 하며 입에서 피가허공으로 튀기며 뒤로 한바퀴 덤브링을 하며 넘으며 기절을 하고 콰당 하며 쓰러졌다,
김병식 보스는 착지을 하며 달려가서 관광차 뒤을 밟으며 "붕" 점프을 하고 몸을 180도로 왼쪽으로 회전을 하여 오른쪽 발다리로 호남 전국구파 2명이 서 있는것을보고 김병식 보스가 투터치로 얼굴 면상 왼쪽턱을 차버렸다,
"퍽" 하고 부러지는 소리을 내며 "욱" 하고 입과 코에서허공으로 피가튀기며 뒤로 콰당 하며 기절을 하고 날아가버렸다,
김병식 보스는 착지을 하며 호남 전국구파 2명놈이 앞에서 쇠파이프을 둘고서 있는 것을 보고 오른쪽 발다리로 낭심차기을 하여 호남 전국구파놈을 차버렸다,
"퍽"하고 "욱" 하며 앞으로 쇠파이프을 떨어트리고 앞으로 기

절을 하고 꼬꾸라 졌다,
김병식 보스가 왼쪽 발다리로 낭심차기을 하여 호남 전국구파 놈을 차버렸다,
"퍽"하고 "욱"하며 앞으로 기절을 하고 꼬꾸라졌다,
김병식 보스는 경상도 전국구파 3명들이 사시미칼을 둘고서 휘두르고 있는 것을 보고 김병식 보스가 "붕" 점프을 하여 360도로 회전을 하고 왼쪽발 다리로 뒤돌려차기을 하여 경상도 전국구파놈을 왼쪽 얼굴 면상턱을 차버렸다,
"퍽"하고 부러지는 소리을 내고 "욱"하며 입과 코에서허공으로 피가튀기며 뒤로 콰당 하고 기절을 하며 사시미칼과 함께 날아가버렸다,
김병식 보스는 착지을 하고 "붕" 점프을 하여 360도로회전을 하고 오른쪽 발다리로 뒤돌려차기을 하여 경상도전국파놈을 얼굴 면상 오른쪽턱을 차버렸다,
"퍽"하고 부러지는 소리을 내며 "욱"하고 입과 코에서허공으로 피가튀기며 사시미칼과 함께 뒤로 콰당 하고 날아가 기절을 하였다,
김병식 보스는 착지을 하며 왼쪽 발다리로 뒷굽치로 경상도전국구파놈을 오른쪽 발다리 무릎팍을 차버렸다,
"퍽"하고 부러지는 소리를 내고 "욱"하며 사시미칼을앞으로 떨어트리고 기절을 하며 앞으로 꼬꾸라졌다,
김병식 보스가 달려가서 "붕" 점프을 하여 오른쪽 발다리 무릎팍으로 경상도 전국구파 한명이 리본드칼을 둘고있고 김병식 보스가 두팔로 머리을 잡으며 앞으로 당기면서 얼굴 면상 코을 처버렸다,
"퍽"하고 부러지는 소리와 "욱"하고 코에서 허공으로피가튀기며 뒤로 한바퀴 덤브링을 하고 넘으며 기절을 하고 콰당 하며 리본드칼을 앞으로 떨어트리고 쓰러졌다,
김병식 보스는 착지을 하고 경상도 전국구파 한명을 사시미칼

을 둘고서 있는 것을 보고 오른쪽 발다리로 들어올려서 내리찍히로 경상도 전국구파놈을 왼쪽 어깨을 찍어 버렸다,
"퍽" 하고 부러지는 소리와 "욱" 하고 사시미칼을 앞으로 떨어트리고 기절을 하며 앞으로 꼬꾸라졌다,
김병식 보스는 경상도 전국구파 한명이 리본칼을 머리위에서 내리치는 것을 김병식 보스가 오른쪽으로 몸을 회전을 하여 피 하였으며 왼쪽 발다리로 들어 올려서 내리찍히로 경상도 전국구파놈을 왼쪽 어깨을 내리찍어버렸다,
"퍽" 하고 부러지는 소리와 "욱" 하고 리본드칼이 내려온것과 함께 앞으로 꼬꾸라지며 기절을 하였다,
김병식 보스는 경상도 전국구파 한명이 사시미칼을 둘고서 있는 것을 보고 김병식 보스가 "붕" 점프을 하며 오른쪽 발다리로 앞차기을 하여 경상도 전국구파놈을 가슴명치을 밀어 버렸다,
"퍽" 하고 "욱" 하며 입에서 피을 튀기며 사시미칼과 함께 뒤로 콰당 하고 기절을 하고 넘어졌다,
김병식 보스는 뒤로 땅에 두팔을 짖으며 다리을 뒤로 올렸다가 덤브링을 하며 두다리을 치고 올라가며 착지을 하였다,
김병식 보스는 호남 전국구파 한명이 쇠파이프을 둘고서있는 것을 보고 김병식 보스가 "붕" 점프을 하여 두다리로 호남 전국구파놈을 얼굴 면상코을 처버렸다,
"퍽" 하고 부러지는 소리을 내고 "욱" 하며 코에서 피가튀기고 쇠파이프와 함께 뒤로 기절을 하고 날아가버렸다,
김병식 보스가 땅으로 두손을 짖으며 착지을 하고 180도로 회전을 하여 오른쪽 발다리로 뒤돌려차기을 하여 호남 전국구파 쇠파이프을 둘고서 있는 한명을 오른쪽 발다리 발목을 차버렸다,
"퍽" 하고 부러지는 소리을 내며 "욱" 하고 쇠파이프을앞으로 떨어트리고 오른쪽으로 한바퀴 덤브링을 하며 넘으며 기절을

하고 날아가버렸다,
김병식 보스는 앉자서 있는 몸으로 왼쪽으로 180도로 회전을 하고 왼쪽 발다리로 뒤돌려차기을 하여 경상도 전국구파 한명을 리본드칼을 둘고서 있는 놈을 왼쪽 발다리 발목을 차버렸다,
"퍽"하고 부러지는 소리을 내고 "욱"하고 왼쪽으로 한바퀴 덤브링을 하고 넘으며 리본드칼과 함께 기절을 하고 콰당 하며 날아가버렸다,
김병식 보스는 일어나서 경상도 전국구파들이 리본드칼과 사시미칼과 호남 전국구파들이 쇠파이프들을 휘두르는것에 김병식 보스는 앞으로 덤브링을 하며 한바퀴씩 5번을 땅에다 두팔을 짖고서 넘었다,
김병식 보스가 일어나서 앞에서 사시미칼을 둘고서 있는경상도 전국구파 한명을 김병식 보스는 오른쪽 발다리로180도로 회전을 하고 뒤돌려차기을 하여 경상도 전국구파놈을 오른쪽 얼굴 면상턱을 차버렸다,
"퍽"하고 부러지는 소리을 내며 "욱"하고 입과 코에서허공으로 피가튀기며 뒤로 사시미칼과 함께 콰당 하고 기절을 하며 날아가버렸다,
김병식 보스는 호남 전국구파 한명이 쇠파이프을 머리위로 내리치는 것을 보고 오른쪽 발다리로 뒤돌려차기을 하여 차버리고 쇠파이프는 "빙" "그" "르" "르" "르" 돌면서 뒤로 날아가버렸으며 김병식 보스는 왼쪽 발다리로 180도로 회전을 하고 뒤돌려차기을 하여 호남 전국구파놈을 왼쪽 얼굴 면상턱을 차버렸다,
"퍽"하고 부러지는 소리을 내며 "욱"하고 입에서 허공으로 피가튀기며 콰당 하고 뒤로 기절을 하며 쓰러졌다, 호남 조나보 국회의원과 사람들은 박수을 치며 멀리서 구경들을 하고 있었다,

"웅성""웅성""웅성"",짝""짝""짝" 오산시에 소문대로 김병식 싸움꾼이야?" 조나보 국회의원이 말을 하였다,
김병식 보스는 "붕" 점프을 하며 360도로 회전을 하며오른쪽 발다리로 뒤돌려차기을 하여 경상도 전국구파 사시미칼을 둘고서 있는 한명을 오른쪽 얼굴코을 차버렸다,
"퍽" 하고 부러지는 소리을 내며 "욱" 하고 코와 입에서허공으로 피가튀기며 사시미칼과 함께 뒤로 기절을 하고쾅당 하며 날아가버렸다,
김병식 보스는 착지을 하고 오른쪽 발다리로 들어올려서뒤에 있는 경상도 전국구파 사시미칼을 둘고서 있는 한명을 얼굴 머리통을 차버렸다,
"퍽" 하며 "욱" 하고 코에서 피가튀기며 사시미칼을 앞으로 떨어트리고 뒤로 쾅당 하고 기절을 하며 쓰러졌다,김병식 보스가 왼쪽 발다리로 들어올려서 뒤에 있는 경상도 전국구파 사시미칼을 둘고서 있는 한명을 얼굴 머리통을 차버렸다,
"퍽" 하고 "욱" 하며 코에서 허공으로 피가튀기며 사시미칼과 함께 뒤로 쾅당 하고 기절을 하고 날아가버렸다,호남 전국구파 2명들이 앞에서 쇠파이프를 둘고서 휘두르고 있었다,
김병식 보스는 옆으로 낙법으로 덤브링을 하고 넘으며 일어나고 호남 전국구파 2명들을 김병식 보스가 오른쪽발다리로 옆차기을 하여 얼굴 면상코을 차버렸다,
"퍽" 하고 부러지는 소리을 내며 "욱" 하고 코에서 피가튀기며 뒤로 쾅당 하고 쇠파이프을 앞으로 떨어트리고 기절을 하고 날아가버렸다,
호남 전국구파 쇠파이프을 둘고서 있는 한명을 김병식 보스가 360도로 회전을 하고 오른쪽 발다리로 뒤돌려차기을 하여 호남 전국구파놈을 가슴팍명치을 차버렸다,
"퍽" 하고 "욱" 하며 입에서 허공으로 피가튀기며 기절을 하고 쾅당 하며 뒤로 쇠파이프와 함께 날아가버렸다,김병식 보스

는 착지을 하며 경상도 전국구파 한명을 사시미칼을 둘고서 있는 놈을 김병식 보스가 앉자서 180도로 회전을 하며 오른쪽 발다리로 경상도 전국구파놈을오른쪽 발다리 발목을 차버렸다, "퍽" 하고 부러지는 소리을 내며 "욱" 하고 오른쪽으로한바퀴 덤브링을 하고 넘으며 사시미칼과 함께 콰당 하고 기절을 하며 날아가버렸다,
김병식 보스는 일어나서 경상도 전국구파 한명이 사시미칼을 둘고서 있는 것을 보고 김병식 보스가 왼쪽 발다리로 상단차기을 하고 경상도 전국구파놈을 오른쪽 얼굴면상턱을 차버렸다,
"퍽" 하고 부러지는 소리와 "욱" 하며 입과 코에서 허공으로 피가튀기며 사시미칼과 함께 뒤로 콰당 하고 기절을 하며 날아가버렸다,
김병식 보스는 왼쪽 상단차기을 하고 연속으로 김병식 보스에 180도로 회전을 하여 오른쪽 발다리로 뒤돌려차기을 하여 쇠파이프을 둘고서 있는 호남 전국구파 한명을 오른쪽 얼굴 면상턱을 차버렸다,
"퍽" 하는 부러지는 소리와 "욱" 하며 쇠파이프을 앞으로 떨어트리고 입과 코에서 피가튀기며 뒤로 콰당 하고 기절을 하며 날아가버렸다,
김병식 보스에 싸움은 동작들이 하나 하나씩 연속으로 빠르게 주먹과 발이 이어가고 싸움을 하고 있었다,
김병식 보스 두목 백호 하얀호랑이 대장은 싸움자세을 잡고서 있었다,
경상도 전국구파와 호남 전국구파들이 김병식 보스을 둥그럽게 둘러싸고 있었다,
김병식 보스는 경상도 전국구파 한명을 사시미칼을 둘고서 들어오는 것을 보고 김병식 보스가 오른쪽 발다리로 뒤돌려차기을 하여 경상도 전국구파놈을 오른쪽 얼굴면상턱을 차버렸다,

"퍽" 하고 부러지는 소리을 내고 "욱" 하며 입과 코에서허공으로 피가튀기며 사시미칼과 함께 뒤로 쾅당 하고 기절을 하고 날아가버렸다,
김병식 보스는 오른쪽 발다리로 뒤돌려차기을 하고 180도로 회전을 하며 왼쪽 발다리로 뒤돌려차기을 하여 경상도 전국구파 한명을 사시미칼을 둘고서 들어오는것을경상도 전국구파놈을 왼쪽 얼굴 면상턱을 차버렸다,
"퍽"하고 부러지는 소리을 내고 "욱" 하며 입과 코에서허공으로 피가튀기며 사시미칼과 함께 뒤로 쾅당 하고 기절을 하고 날아가버렸다,
김병식 보스가 왼쪽 발다리로 뒤돌려차기을 하고 180도로 회전을 하며 오른쪽 발다리로 뒤돌려차기을 하여 경상도 전국구파 한명을 사시미칼로 둘고서 들어오는 것을보고 오른쪽 얼굴 면상턱을 차버렸다,
"퍽" 하고 부러지는 소리을 내며 "욱" 하고 입괴 코에서피가 튀기며 사시미칼과 함께 뒤로 쾅당 하고 기절을 하며 날아가버렸다,
김병식 보스는 오른쪽 발다리로 뒤돌려차기을 하고 180도로 회전을 하며 왼쪽 발다리로 뒤돌려차기을 하여 경상도 전국구파 한명을 사시미칼을 둘고서 들어오는 것을보고 왼쪽 얼굴 면상턱을 차버렸다,
"퍽" 하고 부러지는 소리을 내고 "욱" 하고 입과 코에서피가 튀기며 뒤로 쾅당 하고 기절을 하고 사시미칼을 앞으로 떨어트리며 날아가버렸다,
김병식 보스는 왼쪽 발다리로 뒤돌려차기을 하고 180도로 몸을 회전을 하며 오른쪽 발다리로 뒤돌려차기을 하여 경상도 전국구파 한명을 사시미칼로 둘고서 들어오는 것을 보고 오른쪽 얼굴 면상턱을 차버렸다,
"퍽" 하고 부러지는 소리을 내고 "욱" 하며 입과 코에서피가

튀기며 사시미칼과 함께 뒤로 기절을 하며 콰당 하고 쓰러졌다,
김병식 보스는 오른쪽 발다리로 뒤돌려차기을 하고 몸을180도로 회전을 하며 왼쪽 발다리로 뒤돌려차기을 하여경상도 전국구파 한명이 사시미칼로 둘고서 들어오는 것을 보고 왼쪽 얼굴 면상턱을 차버렸다,
"퍽"하고 부러지는 소리을 내고 "욱" 하고 입에서 허공으로 피가튀기고 콰당 하며 뒤로 기절을 하고 사시미칼과 함께 날아가버렸다,
김병식 보스가 왼쪽 발다리로 뒤돌려차기을 하고 180도로 몸을 회전을 하며 오른쪽 발다리로 뒤돌려차기을 하여 경상도 전국구파 한명을 사시미칼을 둘고서 들어오는 것을 보고 오른쪽 얼굴 면상턱을 차버렸다,
"퍽"하고 부러지는 소리을 내고 "욱" 하며 입에서 피가튀기고 사시미칼과 함께 뒤로 기절을 하고 콰당 하며 날아가 버렸다,
김병식 보스는 오른쪽 발다리로 뒤돌려차기을 하고 몸을180도로 회전을 하고 왼쪽 발다리로 뒤돌려차기을 하여경상도 전국구파 한명을 사시미칼로 둘고서 들어오는 것을 보고 왼쪽 얼굴 면상턱을 차버렸다,
"퍽"하고 부러지는 소리을 내고 "욱" 하고 입과 코에서피가 튀기며 사시미칼과 함께 뒤로 콰당 하고 기절을 하며 날아가 버렸다,
김병식 보스가 왼쪽 발다리로 뒤돌려차기을 하고 몸을180도로 회전을 하고 오른쪽 발다리로 뒤돌려차기을 하여 경상도 전국구파 한명이 사시미칼을 둘고서 들어오는 것을 보고 오른쪽 얼굴 면상턱을 차버렸다,
"퍽"하며 부러지는 소리을 내고 "욱" 하고 입에서 피가튀기며 뒤로 콰당 하고 사시미칼과 함께 기절을 하며 날아가버렸

다,
김병식 보스가 오른쪽 발다리로 뒤돌려차기을 하고 "붕"점프을 하며 360도로 몸을 회전을 하여 왼쪽 발다리로뒤돌려차기을 하며 경상도 전국구파 한명을 사시미칼로둘고서 들어오는 것을 보고 왼쪽 얼굴 면상턱을 차버렸다,
"퍽" 하고 부러지는 소리을 내고 "욱" 하고 입과 코에서피가 튀기며 사시미칼을 둘고서 함께 기절을 하고 콰당 하고 날아가버렸다,
김병식 보스는 착지을 하고 연속으로 이어가는 오른쪽발다리 뒤돌려차기와 왼쪽 발다리 뒤돌려차기 였으며 경상도 전국구파들과 호남 전국구파들은 잠시 우물중하고 싸움 자세을 잡고 있었다,
김병식 보스는 달려가서 "붕" 점프을 하고 오른팔 주먹수퍼라이트훅으로 호남 전국구파 한명이 쇠파이프을 둘고서 있는 것을 보고 얼굴 면상코을 처버렸다,
"퍽" 하고 부러지는 소리을 내며 "욱" 하고 코에서 피가튀기며 쇠파이프와 함께 뒤로 콰당하고 기절을 하며 날아가버렸다,
김병식 보스가 앉자서 착지을하며 몸을 회전을 180도로하고 오른쪽발 다리로 뒤돌려차기을 하여 호남 전국구파한명이 쇠파이프을 둘고서 있는 것을 보며 오른쪽 발다리 발목을 차버렸다,
"퍽" 하고 부러지는 소리을 내며 "욱" 하고 쇠파이프을둘고서 한바퀴 덤브링을 하고 오른쪽으로 기절을 하고 콰당하며 날아가버렸다,
김병식 보스가 일어나서 뒤에 있는 호남 전국구파 2명들이 쇠파이프을 둘고서 있는 놈들을 김병식 보스가 달려가서 두다리을 벌려서 "붕" 점프을 하고 왼쪽발 다리로 앞차기로 밀어서 호남 전국구파놈을 얼굴 면상코을 차버렸다,
김병식 보스에 오른쪽 발다리로 앞차기로 밀어서 호남 전국구

파놈을 얼굴 면상코을 차버렸다,
"퍽" 하는 소리와 코가 부러지는 소리을 내고 "욱" 하고코에서 허공으로 피가튀기며 쇠파이프와 함께 뒤로 콰당하고 기절을 하고 날아가버렸다,
김병식 보스는 착지을 하고 뒤에서 있는 경상도 전국구파 한명을 사시미칼을 둘고서 있는 놈을 김병식 보스가달려가서 "봉" 점프을 하고 180도로 회전을 하며 오른쪽발 다리로 뒤돌려차기을 하고 왼쪽발 다리로 뒤돌려차기을 하고 경상도 전국구파놈을 가슴명치팍을 오른발과 왼발로 차버렸다,
"퍽" 하고 "욱" 하며 입에서 피가튀기며 뒤로 사시미칼과 함께 기절을하고 콰당하며 날아가버렸다,
김병식 보스는 경상도 전국구파 한명이 리본드칼을 머리위에서 내리치는 것을 김병식 보스가 몸을 회전을하여 살짝 피하고 왼쪽발 다리로 들어올려서 내리 찍히로 경상도 전국구파놈을 등짝을 찍어버렸다,
"퍽" 하고 부러지는 소리와 "욱" 하고 입에서 피을튀기며 리본드칼을 앞으로 떨어트리고 앞으로 꼬꾸라지고 기절을 하였다,
경상도 전국구파들이 리본드칼을 들고서 김병식 보스에게 들어오고 있었다,
김병식 보스에 앞에서 경상도 전국구파2명이 리본드칼을 둘고서 들어 오는 것을 보고 김병식 보스가 왼쪽발 다리로 앞차기로 경상도 전국구파놈이 오른쪽에서 두손으로 리본드칼을 들고서 있는 것을 경상도 전국구파놈을 두팔목을 처렸다,
리본드칼은 허공으로 날아가버렸다,
김병식 보스가 오른쪽 발다리로 왼쪽에있는 전국구파 한명을 두팔로 리본드칼을 둘고서 있는 것을 보고 김병식보스가 오른쪽발 다리로 앞차기로 두팔목을 차버렸다,
리본드칼은 허공으로 날아가버렸다,

김병식 보스는 경상도 전국구파 리본드칼이 허공으로 날아가고 왼쪽에 있는 놈과 오른쪽에 있는 놈을 김병식보스가 달려가서 "붕" 점프을 하며 360도로 몸을 회전을 하여 김병식 보스에 앞에 있는 왼쪽놈부터 김병식 보스가 오른쪽발 다리로 뒤돌려차기을 하여 왼쪽에 있는 놈을 얼굴 면상코을 차버리고 오른쪽에 있는 놈을 얼굴 면상코을 투터치로 공중에서 차버렸다,
"퍽" 하고 부러지는 소리와 "윽" 하고 코에서 피가튀기며 뒤로 콰당하고 기절을 하며 날아가버렸다,
김병식 보스는 착지을 하였다,
호남 전국구파 한명이 쇠파이프을 둘고서 들어오는 것을 보고 김병식 보스가 오른쪽발 다리로 아래와 상단차기로 호남 전국구파놈을 왼쪽 발다리 종아리와 얼굴 면상턱을차버렸다,
"퍽" 하고 "퍽" 하는 부러지는 소리을내고 "윽" 하며 입에서 피가튀기며 쇠파이프을 앞으로 떨어트리고 오른쪽으로 기절을 하고 콰당하고 날아가버렸다,
김병식 보스는 몸을 180도로 회전을하고 호남 전국구파 한명이 쇠파이프을 둘고서 있는 것을 보고 오른쪽 발다리로 뒤돌려차기을 하여 호남 전국구파놈을 얼굴 면상코을 차버렸다,
"퍽" 하고 부러지는 소리을 내고 "윽" 하며 쇠파이프와함께 뒤로 기절을하고 콰당하며 날아가버렸다,
김병식 보스는 180도로 회전을하며 왼쪽발 다리로 뒤돌려차기을하여 호남 전국구파 한명을 쇠파이프가 내려오기전에 오른쪽발 무릎팍을 차버렸다,
"퍽" 하며 부러지는 소리을내고 ""윽" 하고 쇠파이프을앞으로 떨어트리고 꼬꾸라졌다,
앞에서 경상도 전국구파들이 리본드칼을 휘두르는 것에 김병식 보스가 피하며 경상도 전국구파 한명을 리본드칼을 피하고 김병식 보스는 달려가서 "붕" 점프을하고 두팔로 손으로 머리

을 잡고서 당기며 오른쪽 발다리 무릎팍으로 경상도 전국구파놈을 얼굴 면상코을 차버렸다,
"퍽" 하고 부러지는 소리을내고 "욱' 하고 코에서 허공으로 피가튀기며 리본드칼을 앞으로 떨어트리고 쾌당하며 기절을하고 뒤로 한바퀴 덤브링을 하고 넘으며 날아가버렸다,
김병식 보스 두목 백호 하얀호랑이 대장은 쉬지 않고 싸움을 이어가고 있었다,
호남 전국구파2명이 쇠파이프을 내리치고 있었고 휘두르고 있었다,
김병식 보스는 피하고 옆으로 낙법으로 넘으며 앉자서 몸을 회전을 하고 호남 전국구파놈이 휘두르는 쇠파이프을 피하고 김병식 보스가 오른쪽 발다리로 뒷굽치로 호남 전국구파놈을 왼쪽 무릎팍을 차버렸다,
김병식 보스는 옆에 있는 호남 전국구파놈을 왼쪽 무릎팍을 차버렸다,
"퍽" 하는 부러지는 소리을내고 "욱" 하고 쇠파이프을 앞으로 떨어트리고 기절을하며 앞으로 꼬꾸라졌다,
김병식 보스는 뒤로 구르며 땅을 짚고서 덤브링을 하며일어났다,
김병식 보스가 경상도 전국구파 한명이 리본드칼을 휘두르는 것을 피하고 김병식 보스는 왼쪽 상단차기을하여 경상도 전국구파놈을 오른쪽 얼굴 면상턱을 차버렸다,
"퍽" 하고 부러지는 소리을내고 "욱" 하고 리본드칼을 앞으로 떨어트리고 입과 코에서 피가튀기며 왼쪽으로 기절을하고 쾌당하며 날아가버렸다,
김병식 보스는 달려서 "붕" 점프을 하며 호남 전국구파한명을 쇠파이프을 둘고서 있는 놈을 얼굴 면상코을 차버렸다,
"퍽" 하고 부러지는 소리을내고 "욱" 하고 코에서 허공으로 피가튀기며 뒤로 쾌당하고 기절을하고 쇠파이프와함께 날아가

버렸다,
김병식 보스는 두팔로 땅을 짚고 일어나서 착지을하고 싸움자세을 잡고서 있었다,
경상도 전국구파들과 호남 전국구파들은 김병식 보스 두목 하얀호랑이 대장에 싸움을 보고 놀라고 겁을먹고 있었다,
김병식 보스는 호남 전국구파 2명이 쇠파이프을 둘고서있는 것을 보고 김병식 보스가 달려가서 "붕" 점프을 하고 오른쪽 발다리로 호남 전국구파놈을 얼굴 면상 왼쪽턱을 차버렸다,
김병식 보스는 몸을 180도로 회전을하고 공중에서 오른쪽 발다리로 뒤돌려차기을하여 호남 전국구파놈을 오른쪽 얼굴 면상턱을 차버렸다,
"퍽"하며 부러지는 소리을내고 "욱"하고 코와 입에서 피가 튀기며 왼쪽과 오른쪽으로 쇠파이프을 앞으로 떨어트리고 기절을하며 콰당하고 쓰러졌다,
김병식 보스 두목은 착지을 하였다,
경상도 전국구파 한명이 리본드칼을 둘고서 내리치는 것을 보고 김병식 보스가 빠르게 살짝 왼쪽팔 주먹으로 쩹을치고 호남 전국구파놈이 고개을 뒤로 젖히며 리본드칼을 앞으로 떨어트리고 김병식 보스가 뒤로 돌아가서 빠르게 경상도 전국구파놈을 목울대을 두팔로 잡아버렸다,
김병식 보스가 쪼이면서 앞으로 "붕" 점프을 하며 경상도 전국구파 한명을 리본드칼을 둘고서 있는 놈을 두다리발로 경상도 전국구파놈을 목을 휘어감고 쪼이면서 오른쪽으로 넘어트렸다,
리본드칼을 앞으로 떨어트리고 "욱"하고 입과코에서 피가튀기며 앞으로 기절을하고 꼬꾸라졌다,
김병식 보스는 착지을하고 호남 전국구파 한명이 쇠파이프을 둘고서 들어오는 것을 보고 오른쪽 발다리로 뒤굽치로 호남 전국구파놈을 오른쪽 무릅팍을 차버렸다,

"퍽" 하고 부러지는 소리을내고 "욱" 하며 쇠파이프을 앞으로 떨어트리고 기절을하고 꼬꾸라졌다,
백호 하얀호랑이 대장은 호남 전국구파 한명이 앞에서 쇠파이프을 둘고서 있었다,
김병식 보스는 "붕" 점프을하며 360도로 몸을 회전을하고 오른쪽 발다리로 뒤돌려차기을하여 호남 전국구파놈을 오른쪽 얼굴 면상코을 차버렸다,
"퍽" 하는 부러지는 소리와 "욱" 하고 코와 입에서 허공으로 피가튀기며 쇠파이프와 함께 기절을하고 뒤로 콰당하고 날아가버렸다,
김병식 보스는 착지을 하였다,
김병식 보스가 착지을하고 뒤을 돌아보고 있었으며 호남전국구파 3명들이 쇠파이프을 둘고서 있는 것을 보았다,
김병식 보스는 달려가서 앞에 있는 놈들을 왼쪽부터 김병식 보스가 이중점프을 하고 호남 전국구파놈들을 차례로 얼굴 면상코을 차버렸고 얼굴 면상턱을 차버렸으며 가슴팍명치을 차버렸다,
"퍽"하고 "퍽" 하며 "퍽" 하는 부러지는 소리을내고 입과 코에서 허공으로 피가튀기며 쇠파이프을 앞으로 떨어트리고 기절을하며 뒤로 콰당하고 날아같으며 앞으로 꼬꾸라졌다,
김병식 보스는 착지을하고 앞에있는 경상도 전국구파들이 리본드칼을 둘고서 있었다,
김병식 보스가 앉자서 180도로 회전을하고 왼쪽발 다리로 뒤돌려차기을하여 경상도 전국구파 한명을 왼쪽 발다리 발목을 차버렸다,
"퍽" 하고 부러지는 소리을내고 "욱" 하고 리본드칼을 앞으로 떨어트리고 오른쪽으로 한바퀴 덤브링을 하며 넘으며 콰당하고 날아가버렸다,
김병식 보스가 왼쪽발 다리로 뒤돌려차기을 하고 나서180도로

몸을 회전을하고 오른쪽발 다리로 뒤돌려차기을하여 경상도 전국구파 한명을 리본드칼을 둘고서 있는놈을 오른쪽 발다리 발목을 차버렸다,
"퍽" 하고 부러지는 소리을내고 "욱" 하며 리본드칼과 함께 뒤로 한바퀴 덤브링을 하고 넘으며 기절을하고 콰당하며 날아가버렸다,
김병식 보스는 일어나서 "붕" 점프을하여 360도로 회전을하며 오른쪽 발다리 뒤돌려차기로 경상도 전국구파 한명이 리본드칼을 둘고서 있는 놈을 오른쪽 얼굴 면상턱을 차버렸다,
"퍽" 하며 부러지는 소리을내고 "욱' 하고 리본드칼을 앞으로 떨어트리고 입과코에서 허공으로 피가튀기며 왼쪽으로 콰당하고 기절을하고 날아가버렸다,
김병식 보스는 착지을하고 경상도 전국구파 한명이 리본드칼이 휘두르는 것을 몸을 회전을하고 피하며 김병식 보스가 오른쪽 발다리로 들어올려서 내리찍히로 경상도전국구파놈을 오른쪽 어깨을 내리찍어 버렸다,
"퍽" 하며 부러지는 소리을내고 "욱' 하고 리본드칼과 함께 기절을하며 앞으로 꼬꾸라졌다,
김병식 보스는 오른쪽 발다리로 옆차기을 하여 경상도 전국구파 한명이 리본드칼을 둘고서 있는 것을 보고 얼굴 면상코을 차버렸다,
"퍽" 하고 부러지는 소리을내고 "욱" 하고 리본드칼을 앞으로 떨어트리고 입과코에서 허공으로 피가튀며 뒤로콰당하고 기절을하며 날아가버렸다,
김병식 보스가 경상도 전국구파 2명들이 리본드칼을 둘고서 있었으며 휘두르는것에 김병식 보스는 180도로 몸을 회전을하고 오른쪽 발다리로 뒤돌려차기을하여 경상도 전국국파 2명들에게 내려오는 두손목을 차버렸다,
경상도 전국구파놈들에 리본드칼은 허공으로 날아가버렸다,

김병식 보스는 달려가서 "붕" 점프을하여 오른쪽 발다리로 앞차기로 경상도 전국구파놈을 얼굴 면상코을 차버렸고 김병식 보스가 몸을 공중에서 왼쪽으로 180도로 회전을하며 오른쪽 팔주먹으로 수퍼라이트훅으로 경상도 전국구파놈을 가슴팍명치을 차버렸다,
"퍽" 하고 부러지는 소리을내고 "욱" 하고 입과 코에서피가튀기며 뒤로 기절을하고 콰당하며 날아가버렸고 앞으로 꼬꾸라졌다,
김병식 보스는 착지을 하였으며 경상도 전국구파 한명이리본드칼을 둘고서 내리치는 것을 김병식 보스가 180도로 회전을 하여 경상도 전국구파놈이 내리치는 것을 리본드칼을 차버렸다,
리본드칼은 허공으로 날아가버리고 김병식 보스가 달려가서 왼쪽발 다리로 경상도 전국구파놈을 왼쪽발 다리무릎팍을 밟고서 "봉' 점프을하여 김병식 보스에 오른쪽 발다리로 상단차기을하여 경상도 전국구파놈의 왼쪽 얼굴 면상턱을 차버렸다,
"퍽" 하고 부러지는 소리을내며 "욱" 하고 입과 코에서피가튀기며 오른쪽으로 한바퀴 덤브링을 하고 넘으며 콰당하고 기절을하고 날아가버렸다,
김병식 보스가 착지을 하였다,
경상도 전국구파들과 호남 전국구파들은 기절을하고 부러진곳에 고통을 받고서 일어나지 못하고 있었다,
김병식보스는 양복 바지와 와이셔츠을 털고서 걸어가서양복 상의을 둘고서 털고 있었다,
김병식보스에 싸움구경을 보고 있던 호남 조나모 국회의원과 여자들 4명들에게 김병식 보스가 이야기을 하였다,
"너희들 지역에 내려가서 국회의원 선거을 하여라?"
대한민국 경기도 오산시 김병식 시내파 보스 두목 백호 하얀호랑이 대장인가?

"그렇다", 내 이름을 알고 있는 사람은 왜?" 오산시에서선거운동을 하는 것이냐?"
소문대로 의리있고 카리스마와 남자이며 싸움도 영화을보는 것 같구나?"
다시 한번 말을 하겠다, 너희들 지역에 내려가서 선거을하여라?"
김병식보스가 이야기을 할때에 중원사거리쪽으로 경찰차 샤이렌 소리가 김병식 귓가에 들리고 있었다,
김병식 보스가 터미널거리로 몸을 숨기려고 할때에 오른팔 조모차 동생과 왼팔 한다보 동생이 벤츠차을 타고서차도로에서 문을열고서 내리며 동시에 90도로 고개을 숙이며 인사을하고 말을 하였다,
"형님?" "편히쉬셨습니까?" "형님?"
"그래!"
"형님?" "괜찮습니까?" "형님?" 하고 90도로 동시에 고개을 숙이며 인사을 하고 말을 하였다,
"그래!" 괜찮다, 강원도 팬션으로 가자?"
"예!" "형님?" 명심하겠습니다, "형님?" 하고 90도로 동시에 고개을 숙이고 인사을하고 말을 하였다,
조모차동생이 벤츠차 뒷문을 열어드리고 한다보동생과 동시에 90도로 고개을 숙이고 인사을하고 말을하며 김병식보스가 쇼파에 앉으며 문을 닫아 주었다,
"형님?" "편히쉬십시요!" "형님?"
"그래!"
한다보동생이 운전을 하였으며 조모차동생에 뒤에는 김병식보스가 앉자서 있었다,
김병식보스는 벤츠차에 썬팅된 유리로 경찰차을 보았다,시쓰리 봉고차1대와 승용차3대가 중원사거리쪽으로 와서 경찰과들이 내렸다,

호남 조나모 국회의원이 김보한 반장에게 이야기을 하는 것을 보았다,
"경찰반장님?" 김병식 보스가 갑자기와서 선거운동을 하는 직원들을 폭행을 하였습니다, 직원들이 다친곳이 많아서 수원 요라병원을 관광차로 보내고 입원을 시켜서 조사을 받겠습니다,
"예!" 20명들은 경찰서에 저희가 연행을 해서 조사을 받고 병원으로 보내겠습니다,
"예!" 하고 호남 전국구파들과 경상도 전국구파들은 관광차을 타는 것을 보았다,
김병식보스는 오른팔 조모차동생과 왼팔 한다보동생이벤츠차을 뒤로 빼서 세워 놓은것에 용달차앞을 보며 말을하였다,
"강원도 펜션으로가자?"
"예!" "형님?" 명심하겠습니다, "형님?" 하고 앉자서 90도로 인사을 고개을 숙여서 하고 벤츠차는 오산시에서강원도 펜션으로 출발을 하였다,
김병식보스가 강원도 펜션으로 가고 있었고 조모차동생과 한다보동생에게 이야기을 하였다,
"모차야?' "다모야?"
"예!" "형님?" "명령만 내려주십시요!" "형님?" 하고 앉자서 90도로 인사을 고개을 숙이고 대답을 하였다,
오늘부터 아비숑퍼시팩"룸"나이트와 대장일수와 오산시주민들을 보살피고 지켜야 된다,
"예!" "형님?" 명심하겠습니다, "형님?" 하고 90도로 인사을 하고 대답을 하였다,
김미한 국회의원님 보좌관 오마차형이 있다, 오늘 일 있었던것들 이야기을하고 말들을 하고 강원도 팬션으로 와서 말을 해주어라?"
"예!" "형님?" 명심하겠습니다, "형님?" 하고 90도로 고개을 숙여서 인사을하고 대답을 해주었다,

김병식보스는 강원도 팬션으로 벤츠차을 타고서 가다 목이말라서 조모차동생에게 말을 하였다,
"모차야?" 강원도팬션으로 가다가 편의점이 있으며는 물과 음료수을 사같고오너라?"
"예!" "형님?" 명심하겠습니다, "형님?" 하고 90도로 인사을 고개을 숙여서 하였다,
김병식보스는 양복 상의 주머니에서 지갑을 꺼내서 십만원짜리 한 장을 조모차동생에게 주었다,
"여기에 있다",
"예!" "형님?" 명심하겠습니다, "형님?" 하고 뒤을 돌아보고 90도로 인사을하고 대답을 하였다,
강원도 팬션으로 가며 한다보동생과 조모차동생과 동시에 90도로 고개을 숙이고 인사을하며 김병식보스에게 말을하였다,
"형님?" 편의점에 도착을 하였습니다, "형님?"
"그래!" "같다가오너라?"
"예!" "형님?" 명심하겠습니다, "형님?" 하고 90도로 인사을하고 조모차동생이 내려서 김병식보스에게 90도로인사을 하였다,
"형님?" 다녀오겠습니다, "형님?"
"그래!"
조모차동생이 편의점으로 문을열고서 들어가고 카운터에서 여자한명이 인사을 하였다, "오서오세요!"
"그래!" 하고 냉장고에가서 물과 음료수을 꺼내고 카운터 일하는 아르바이트 여자에게 계산을하고 인사을하고편의점에서 나왔다,
"수고해!" "예!" "안녕히가십시요!"
김병식보스는 쇼파에 앉자서 있었으며 조모차동생이 와서 90도로 고개을숙여서 인사을하고 말을 하였다,
"형님?" 다녀왔습니다, "형님?"

"그래!"
"형님?" "편히쉬십시요!" "형님?" 하고 90도로 인사을하고 말을하며 쇼파에 안잤다, 조모차동생이 물을따서 뒤로 회전을 하고 90도로 인사을하고 물을드렸다,
"형님?" 물 여기에 있습니다, "형님?"
"그래!" "너희들도 마셔라?"
"예!" "형님?" 명심하겠습니다, "형님?" 하고 90도로 인사을하고 대답을 하였다, 김병식보스와 조모차동생과 한다보동생은 물을 다 마셨다, 김병식보스가 이야기을 하였다,
"강원도펜션으로 출발을 하자?"
"예!" "형님?" 명심하겠습니다, "형님?" 하고 90도로 고개을 숙여서 인사을하고 강원도펜션으로 출발을 하였다, 김병식보스는 뒤에 쇼파에 기대고 잠시 눈을감고서 강원도펜션까지 같다, 한참뒤에 조모차동생과 한다보동생이 동시에 90도로 고개을숙이고 인사을하고 강원도펜션에 도착을 하였다고 이야기을 하였다, "형님?" 강원도펜션에 도착을 하였습니다, "형님?"
"그래!" 오산시에서 친구들 동생들과 함께 있어라?" 오산시에 들어가며는 오늘일들 오마차형에게 알아보고 오늘은 혼자서 펜션안으로 걸어서 들어갈테니 오늘은 일들을보아라?"
"예!" "형님?" 명심하겠습니다, "형님?" 90도로 앉자서고개을 숙여서 인사을하고 말을하며 조모차동생이 내려서 김병식보스에 문을 열어드리고 한다보동생도 내렸다, 김병식보스가 강원도 펜션으로 들어가며 조모차동생과 한다보동생이 90도로 고개을 숙여서 인사을하고 말을하였다, "형님?" "편히들어가십시요!"
"형님?"
"그래!" 김병식보스가 펜션안으로 현관 문을열고서 들어가며 쇼파에 앉자서 썬팅된 유리로 동생들에 벤츠차을 보았다,

타지역전국구파들이 결합하여 들어오는 결투

조모차동생과 한다보동생은 벤츠차을 돌려서 오산시로 출발을 하였다,
강원도펜션은 2층으로 되있었으며 양복과 구두도 많이있었고 강원도펜션이 지져분하며는 강원도에서 아줌마을불러서 청소을 시켰다,
김병식보스가 쇼파에 기대고 잠시 두눈을 감고 있었다, 경찰서에서는 김보한 반장과 형사들에게 호남 전국구파 20명들을 먼저 조사을 받으라고 유치장에서 끄집어 내서조사을 받으면서 지시을 시켰다,
이주오형사와 오미다형사와 미한진형사와 진상만형사와 고진자형사와 이산수형사와 이상온형사와 김장미형사와 조병면사와 조상저형사와 이금면형사와 지용장형사와 김하모형사와 지오만형사와 김미잠형사와 장보장형사와 장보화형사와 한다옹형사와 한장모형사와 김모장형사와 형사 김보한반장이 조마하 을 불러서 조사을 받았다,
"이름" "예!" 조마하입니다, "주소" 호남입니다, "종교"무교입니다, "혈액형" O형입니다, "직업" 무직입니다, "어떻게 된것이야?" 6하원칙으로 대답해라?"
"예!" 오산시에 시내파 김병식 보스 두목 백호 하얀호랑이 대장이 와서 선거을하고 있는데 폭력을 하였습니다,
그래서 연장들은 """
"예!" 정당방위로해서 대응을 하였습니다,
"그래!" "너희들은 이번에 다친곳들이 있어서 풀어준다,

"예!"
유치장에 가있어라?" 함께 차을 타고서 가야된다,
"예!" 경찰서에서 호남 전국구파 20명놈들을 빠르게 조사을 받고서 부러진곳들이 있어서 수원 요라병원에 입원을시키고 80명들을 수원에 요라병원에 가서 조사을받았다,"
불구속으로 내보내 주었다,
조나모 국회의원은 사무실에서 모텔을 7층짜리을 하고있는 호남 전국구파 조근만대장에게 전화을 하였다,
"예!" "의원님?"
"그래!" 오늘 김병식 보스 두목 백호 하얀호랑이 대장에게 모두 당하고 수원에 요라병원에 5층에 501호부터 510호에 10명씩 들어가는 곳에다 입원들을 시켰어!" "오늘 일들은 해결을 하였고 이번년도 선거는 기권을 할거야?" 이런 일들이 없었으면 하네!"
"예!" "의원님?" 호남 전국구파 조근만 대장하고 전화을끊었다,
호남전국구파 조근만대장은 오피스텔을 7층짜리을 하고 있는 경상도 전국구파 하지문 대장에게 전화을 하였다,"근만친구?"
"그래!" "지문친구?" 오늘은 내가 미안하네!"
"아니야?" "근만친구?" 김병식 보스 두목 백호 하얀호랑이 대장이 이렇게 대단한 싸움꾼인지는 몰랐다네!"
"그러게!" "지문친구?" 이번에 오산시을 지역분들과 동생들을 우리편으로 만들자고 "지문친구?"
"그렇게하자구?" 경상도에서 오늘중으로 50명을 올라오라고 하였다네!"
"그럼?" 우리도 호남에서 50명 올라오라고 하겠네!"
"그럼?" 내일 토요일 새벽부터 대장일수는 내가 직접가서 김병식 보스 두목 백호 하얀호랑이 대장 동생들을 무릅을 끌치고 잡아서 내밑으로 들어오게 하겠네!"

"그렇게하게!" "근만친구?"
"그럼?" 내일만나세?"
호남 전국구파 조근만대장과 경상도 전국구파 하지문대장은 전화을 끊었다,
호남 전국구파 조근만 대장은 이한장과 오하지을 수원에요라 병원으로 보냈다,
수원 요라병원에서 수원여우파 조한문 대장이 5층에 511호실에서 병동에 입원실에서 복도로 나와 엘리베이터로 한 살 아래 오장효 동생하고 걸어서 오다가 호남 전국구파 이한장을 만나서 말을하고 있었다,
수원여우파 조한문 대장놈들은 경기도 전국구파에서 빠져 나와서 있는놈들이 였다,
"한문친구?" "한장친구?" 하고 서로 오른쪽팔손으로 악수을 하였다,
"수원에 어쩐일로 왔는가?"
"동생들이 5층에 입원들을 하고 있다네!"
"그래!" 많이들 다쳤는가?"
"조금 많이 다쳤다네!"
" 그럼?" 조근만형님께서는 호남에 계시는가?"
"아니?" 오산시에 있다네!"
"그럼?" 연락이나 한번하시지!"
그런사정이 아니라네!"
"아?" "그래는가?" "아?" "참" 인사해라?" 처음뵙겠습니다, "형님?" 하고 오장효가 60도로 고개을 숙여서 인사을하고 말을 하였다,
"그래!" "반갑네!" 이한장이네!"
오장효입니다, "형님?" 하고 이한장이 악수을하고 오장효가 오른팔손으로 악수을 하였다,
이한장도 오하지에게 인사을 하라고 하였다,

처음뵙겠습니다,"형님?" 하고 60도로 고개을 숙여서 인사을 조한문대장과 오장효에게 하고 말을 하였다, "그래!" "반갑네!" 조한문이네!" 악수을하며 오하지입니다,"형님?"
오장효도 악수을 하였다,
오하지입니다,"형님?"
"한장친구?" 조근만형님께 전화나 한번드리겠네!"
"그렇게해!"
수원여우파 조한문대장은 호남 전국구파 조근만 대장에게 전화을 하였다,
"형님?" "쉬셨습니까?" "형님?"
"그래!"
조한문입니다,"형님?"
"그래!" 오래간만이다,
"예!" "형님?" 오산시에 오셨다고 들었습니다, 오산시에서 모텔을 하고 계시다고 들었습니다, "형님?"
"그래!" "한문이 아니냐?"
"예!" "형님?"
"지금 어디에 있냐?"
요라병원에서 한장 이친구을 만나서 형님께 전화을 드리고 있습니다,
"그래!" 오산시에 시내파 김병식 보스 두목 백호 하얀호랑이대장을 아느냐?"
"예!" "형님?" 오산시 시내파 김병식 보스 두목 백호 하얀호랑이 대장을 압니다, 저희도 김병식 보스 두목 백호 하얀호랑이 대장을 건들지는 못합니다, "형님?" 오산시와 대한민국에서 김병식 싸움실력은 퍼졌을것입니다, "형님?" 수원에서 택시들이 내려가도 김병식보스에 싸움 하는것들 실력들은 다보아서 전국에서 건달이라고 시내파 보스 김병식 두목을 다 압니다, "형님?" 소문이 장난이 아닙니다, "형님?"

"그럼?" 형이 김병식보스와 충돌이 있다, 형이 도움을 청하며는 도와줄거냐?"
"아?" "예!" "형님?" 도와 드리겠습니다, "형님?"
"그럼?" 내일 모텔로 전화을하고 오너라?"
"예!" "형님?" 전화을 드리겠습니다, 하고 조근만대장과 조한문대장은 한 살차 이였으며 전화을 끊었다,
수원여우파 조한문대장은 호남 이한장 친구에게 말을 하였다,
"한장친구?' 내일 모텔에서 보고 오늘은가보겠어!" "그렇게하지!" "한문친구?' 오장효동생은 이한장에게60도로 인사을 하였다,
"형님?' 쉬십시요!" "형님?" "그래!" "들어가?"
오하지동생도 수원여우파 조한문대장과 오장효에게 인사60도로 고개을 숙이고 하였다,
"형님?" "들어가십시요!" "그래!" 하고 5층 병동에서 엘리베이터을 타고서 같다,
몇시간이 흘러가고 김병식보스에 전화벨이 울리고 있었다,
김병식보스는 전화을받았고 김호아동생에 전화였다,
"오빠?" "저예요!"
"그래!" "호아공주님?"
"어디에 있어요!" 오늘 만나요!"
지금 강원도 펜션에있어!" 이곳으로 와도돼?"
"예!" 오빠 주소가 어떻게 되요!"
"그래!" 강원도 0000으로 오며는돼?"
"예!" "오빠?" "지금갈게요!"
"그래!" 저녁은 먹었어!"
"아니요!" 그곳에가서 먹게요!"
"그래!" "그럼?" 하고 김병식 보스와 김호아 동생과 전화을 끊었다,
김병식보스는 선거의 싸움을 김호아동생에게 말을 하지 않았

다,
김호아동생이 걱정을 할가봐 였다,
김병식보스는 강원도마트에 전화을 걸었고 사장남자가 받았다,
"예!" 강원도마트입니다,
"그래!" 여기에 강원도 0000펜션이다,
"예!" 이곳에 강원도펜션에 소고기10근과 참다랑어 한 마리와 회와 야채들과 소세지와 계란과 생선들과 쌀과 물과 음료수와 우유와 과자와 아이스크림과 과일과 등으로 강원도펜션까지 같다가 줘라?"
"예!" 그곳에 강원도펜션까지 가려고 하며는 한20분 걸립니다,
"그래!" 하고 김병식보스는 전화을 끊었다
김병식보스는 일어나서 냉장고에 가서 문을열고 물 한잢을 마셨고 검정 양복으로 갈아입고서 쇼파에 앉자서 텔래비젼을 키고 보고 있었다,
몇분이 흘러서 텔레비전 뉴스에서 오산시 선거운동에 호남 조나모 국회의원이 기권을 하였다고 뉴스에 기사가 나왔다,
김병식보스는 썬팅된 유리로 정원을 보았으며 강원도 마트에서 사장이 승용차에 김병식보스가 음식을 시킨것들을 가지고 와서 펜션안으로 가지고 와서 초인종을 눌렀다,
"띵동" "띵동" " 띵동"
"그래!" "들어와라?" "딸그락?"
강원도 마트에서 물건을 시킨것들을 가지고 왔습니다,
"그래!" 그곳에 다 두워라?"
김병식보스는 양복 상의 주머니에서 지갑을 꺼내서 백만원짜리 한 장을 계산을 하였다,
계산은 여기에 있다,
"이렇게 많이 주십니까?"
"그래!" 나머지는 그냥 넣어두워라?"

"예!" 고맙습니다, "안녕히 계십시오!"
"그래!" "고생해라?"
"예!" 하고 강원도 마트 사장은 인사을하고 승용차을 타고 강원도마트로 같다,
김병식보스는 음식들을 둘고서 냉장고로 가서 넣어두고 강원도 펜션정원으로 나같다,
강원도펜션에는 장작들이 모두 있었고 고기을 구워서 먹을 것들이 있었다,
김병식보스는 김호아동생이 오기전까지 고기을 구워먹을수있게 탁자와 의자들과 장작과 같다가 놓고서 고기와 회와 소세지와 음료수와 물과 야채와 참치 다랑어와 젓가락과 수저와 과일등 같은 것은 냉장고에 한곳에 다 둘기 쉽게해서 놓았다,
강원도펜션에는 뒤에 산계곡이 냇가가 있어서 그곳에 가며는 물놀이을 하는 곳이였다,
강원도펜션에서 산속에서 지지배배우는 새소리와 딱따구리 소리와 동물소리와 시냇물 소리들과 시원한 바람소리와 맑은 소리들이 김병식 귓가에 들리고 있었다,
김병식보스는 정원에 파티준비을 끝내고 강원도 펜션안으로 들어가서 쇼파에 기대고 김호아동생이 올때까지 기다리고 있었다,
김병식보스가 쇼파에 앉자서 있었고 전화가오는 소리에 전화을 받았다,
"김병식 보스 두목 백호 하얀호랑이 싸움 대단해!"
"예!" "오마차형"
오늘중원사거에서 100대1로 싸움을 한 것을 지금 들었어!" 김병식보스가 싸움꾼인 것은 대한민국에 알것이네!"
"그래!"
김병식 보스 두목 백호 하얀호랑이 대장 정통으로가는 시내파 김병식 보스에게 사무실에서 이야기했던 것은 지킬것이야?"

김미한 국회의원님도 그렇게 할것이네!"
"그래!" "그럼?" 내 동생들 오산시에 있는 동생들은 내가 이 곳에있는 동안 사건을 해결해 주는 동안 김미한 국회의원님께 말을 해주었으면 합니다,
"그래!" 김병식 보스 선거가 끝나고 보자구?" 호남 조나모 국회의원도 선거을 기권을해서 우리가 이겼다네!" 모두 김병식 보스 두목 백호 하얀호랑이 때문이고 오늘있었던 일들 김미한 국회의원님도 잊지을 안는다고 했었네!" "그래!" "그럼?" 김미한 국회의원님과 형만 믿을께?" "그럼?" 선거가 끝나고 보고 끝겠네!"
"그래!"
김병식보스와 오마차형과 전화을 끊고서 김호아동생이 강원도 펜션으로 들어오는 택시소리가 들렸다,
김병식보스는 일어나서 냉장고에서 음식들을 가지고 정원으로 나같다,
김병식보스는 탁자위에다 두고서 장작에다 불을피고 택시가 들어오는 곳을 보았다,
김병식보스는 걸어가서 양복 주머니에서 지갑을 꺼내서계산을 20만원을 하였다,
"오빠?'
"그래!" 여기에 있습니다, 잔돈은 됬습니다,
"예!" 고맙습니다,
"예!' 김병식보스는 김호아동생을 문을 열어주고 김호아동생은 반가운 모습으로 하였다,
강원도펜션에서 택시는 서울로 출발을 하였으며 김병식보스와 김호아동생은 걸으며 이야기을 하였다,
"오빠?" 이음식들을 오빠가 준비을 한것이예요!"
"그럼?" 이곳에 강원도 펜션에 도깨비라도 살고 있나?" "낄" "낄" "낄" "히" "히" "히" 오빠가 도깨비인지 알았어요!"

" 김호아공주님? " 오빠는 정통으로가는 시내파 보스 두목 김병식 백호 하얀호랑이 대장이야?" "하" "하" "하" "하"
"아이!" "참" "누가?' "아니라고'''"
김병식보스는 장작을 피고 있는곳에 다 철판을 올려놓고서 김호아동생에게 검정 양복 상의을 덮어주고 고기을 굽기 시작했다,
소고기와 소세지는 약한불에 다 굽고서 참치다랑어와 회와 과일과 음료수와 물과 우유을 탁자위에 다가 두웠다,소기고와 소세지가 익어가는 소리가 들렸다,
"지글" "지글" "지글" "지글" 소고기와 소세지을 탁자위에 종이접시에 담아주고 소스도 찍어서 먹는 것을 두웠다,
"김호아?" "공주님?" "먹자?"
"예!" "오빠?" 강원도펜션에는 정원에 가로등 불빛이 내리빛히는 광경이 아름다웠으며 산속에서 흘러나오는 새소리 동물들 울음소리가 듣기가 좋았으며 산속에서 흘러내려 오는 계곡 물소리들이 투명하게 들리고 있었고 광경들이 아름다웠다,
"호아?" 공주님은 서울집에 아버지와 어머니한테 전화을드리지 않아도 돼?" 저녁이 늦었는데 걱정을 하시겠다,"
"아니요!" "괜찮아요!" 오늘이 금요일이고 내일이 토요일이라 학교에 쉬는날이예요!"
" 그래!"
"고기가 맛있어요!" 어디에서 샀어요!"
"웅" 강원도 마트에서 소고기로쌌어!" 김호아공주님께서 강원도 펜션까지 온 다고해서 김병식보스가 쌌지!"
"예!" "오빠?"
"그런데 호아는 외동딸이야?"
"예!" "오빠?" 저 혼자서 있었요!"
"외롭지가 않아?"
"예!" "오빠?" 외롭지 않아요!" 김병식 시내파 보스 두목 백

- 151 -

호 하얀호랑이 대장님이 있어서요!"
"하" "하" "하 " "하" 김병식보스와 김호아동생은 먹으며 대화을 하였다,
김병식보스는 소고기을 모두 굽고 소세지을 모두 굽고 김호아동생의 옆자리에 가서 앉았다,
김병식보스는 왼쪽에 어깨을 김호아동생이 오른쪽에서 고개을 기델수 있게 해주었다,
김호아동생은 김병식보스에게 어깨에 기되우고 음악을 들으면서 장작이 "서" "서" 히 커져가는 것을보며 이야기을 하며 먹고서 있었다,
"호아?" 공주는 강원도 펜션2층으로 올라가서 자면은돼?"
"오빠는요!"
1층에서 자면 되고''''"
" 예" "오빠?"
"춥지않아?"
"예!" "오빠?" "괜찮아요!"
"그래!" 김호아동생과 김병식보스는 밤늦게까지 김호아동생이 김병식보스에게 어깨에 기되고 장작이 모두 꺼질때까지 정원에 있었다,
"호아공주님?" "피곤 하지 않아?"
"예!" "오빠는요!"
"오빠는 조금 피곤해서 말야? "
"예!" "오빠?" "그럼?" 저도 먼저 들어갈게요!"
 " 그래!" "호아공주?"
"잠간?"
"왜요!"
호아공주에게 오빠가 시 하나을 불러줄께!"
"예!" "어떤시예요!"
"제목" "인생이라고''''"

"예!" "오빠?"
"인생" 라이너마리아릴케 이라는 시인이 썼어!"
" 예!" "오빠?"
인생 인생을 꼭 이해할 필요는 없는 것이다, 그냥 내버려 두며는 축제가 될 것이다, 길을 걸어가는 아이가 바람이 볼때마다 날려오는 꽃잎들의 선물을 받아들이 듯 하루 하루가 내가 그렇게 되도록 하라?" 꽃잎들을 모아 간직해 두는 일 따위에 아이는 아랑곳하지 않는다, 제 머리 카락속으로 기꺼이 날아든 꽃잎들을 아이는 살며시 떼어내고 사랑스러운 젊은 시절을 향해 더욱 새로운 꽃잎을 향해 두손을 내민다,
"김호아?" "공주님?" "어땠어!"
"예!" "시가 괜찮아요!"
"그래!" 오빠도 이곳에 정리을하고 들어가서 쉴가해?"
"예!" "오빠?" 오빠 도와드릴가요!"
"아니야?" "괜찮아?" "들어가서 2층에서 쉬어!"
"예!" "오빠?" "그럼?"
"그래!" "잘자?"
"예!" "오빠도 잘자요!" "김호아?" " 꿈꿔요!"
"그래!" 김호아동생은 강원도 펜션입구 현관 문을 열고서 2층으로 들어가는 것을 보며 김병식보스는 강원도 펜션정원을 정리을하고 1층으로 들어가서 잠을 청하였다,
강원도 펜션에 하루가가고 경기도 오산시에 아침이 돌아오고 있었다,
김병식보스에 말씀에 대장일수에서 조모차동생과 한다보동생이 동생들과 40명들이 모여서 아비숑퍼시팩"룸"나이트와 일수와 오산시을 지키는조을 하루 하루을 짜주고회의을 하고 있었다,
김병식보스에 카리스마와 의리와 동생들은 알고 있어서 김병식보스에 명령에 따른다,

대장일수에는 김병식보스에 오른팔 조모차동생과 왼팔 한다보동생과 한승호동생과 김학지동생과 오한지동생과 장보고동생과 고승국동생과 지하미동생과 장금하동생과 고방식동생과 주고용동생과 한국지동생과 고상국동생과 오방자동생과 한사마동생과 마상회동생과 우통지동생과 황시라동생과 권성수동생과 구한미동생과 김구한동생과 주성진동생과 진상보동생과 김보상동생과 이지용동생과 이용마동생과 한국태동생과 이태미동생과 구조용동생과 이방언동생과 조남상동생과 김사랑동생과 진보상동생과 조남잔동생과 마해국동생과 진상회동생과 우상짐동생과 이진마동생과 김부하동생과 김부여동생들이 오전 11시에 모여서 있었다,
김병식보스가 호남전국구파들과 경상도전국구파들과 100대1로 김미한국회의원님 정치 싸움을 하여 피신을 강원도 펜션으로 피해 있어서 오른팔 조모차동생과 왼팔한다보동생에게 명령을 내렸다,
호남전국구파들과 경상도전국구파들이 이상한 느낌이 들었다,
조모차동생이 이야기을 먼저하고 한다보동생이 이야기을 하였다,
아비숑퍼시팩"룸"나이트와 대장일수 사무실을 24시간씩 12시간으로 조을 짜서 오산시을 지켜야 된다,
"그렇게 하자?" 동시에 말을 하였다,
한다보동생이 말을 하였다,
오늘부터 하루에 12시간씩 조을 짜줄 것이다, 오산시에서 타지전국구들에게 오산시을 내주어서는 안된다, 다들힘을 합치자?"
동시에 대답을 하였다,
"다들힘을 합치자?"
 김병식에 보스는 서로 말들을 놓고서 지낸다,
조모차동생이 말을 하였다,

이시간 토요일 저녁7시부터 한승호와 김학지와 오한지와 장보구와 고승국과 김사랑과 조남잔 친구들이 아비숑퍼시펙"룸"나이트에 있어 주길바란다,
조모차에 말에 한승호가 먼저 말을 하며 동시에 김학지와 오한지와 장보구와 고승국과 김사랑과 조남잔이 대답을 하였다,
"그래!" 호남 전국구파놈들과 경상도 전국구파놈들이 올라오며는 작살을 내자?"
"그래!" "작살을 내자?"
한다보가 말을 하였다,
내일은 지하미 와 장금하 와 고방식 과 주고용 과 한국지 와 진보상 과 이용마 가 교대을해서 아비숑퍼시펙"룸"나이트을 지켜주고 일있으며는 전화을 해라?"
 지하미 가 먼저 대답을하고 장금하 와 고방식 과 주고용 과 한국지 와 진보상 과 이용마 는 동시에 말을하였다,
"그래!" 대한민국 경기도 오산시 시내파 김병식 보스 두목 백호 하얀호랑이 대장님이신데 우리가 보여 주자?"
 "그래!" "보여주자?"
조모차가 말을 하였다,
대장일수에는 오늘 이시간 저녁7시부터 이태미 와 구조용 과 이방언 과 조남상 과 진상회 와 마해국 이 12시까지 아침까지 있어 주길 바란다, 그다음날은 하루 쉬기을 바란다,
이태미 가 먼저 말을 하고 구조용 과 이방언 과 조남상 과 진상회 와 마해국 이 대답을 하였다,
"그래!" "대장일수도 지켜내자?"
"그래!" "지켜내자?"
 한다보가 말을 하였다,
그다음날 아침에 대장일수 교대는 한국태 와 우상짐 과 이진마 와 김부하 와 김부영 이 지켜주길바란다,
한국태가 먼저 말을 하고 우상짐 과 이진마 와 김부하 와 김

부영 이 대답을 하였다,
"대장일수을 지켜내자?"
"그래!""대장일수을 지켜내자?"
조모차가 말을 하였다,
 저녁시간에는 교대을 고상국 와 오방자 와 한사마 와 마상회 와 우통지 와 황시라 가 교대을 하여 지켜내라?"
 고상국 이 먼저 말을 하고 오방자 와 한사마 와 마상회 와 우통지 와 황시라 가 대답을 하였다,
"그래!""대장일수에서 이기자구?""그래!""이기자구?" 한다보 가 말을 하였다,
아침에는 교대을 권성수 와 김구한 과 구한미 와 주성진과 진보상 과 김보상 과 이지용 이 지켜주길 바란다,
권성수 가 먼저 말을 하고 김구한 과 구한미 와 주성진 와 진보상 과 김보상 과 이지용 이 대답을 하였다,
"대장일수에서 죽어서 나가자?""대장일수에서 죽어서 나가자?"
조모차 와 한다보 는 호남 전국구파들과 경상도 전국구파들에게 습격을 당하지 못하게 더 짜주었다,
김병식보스에 오른팔 조모차동생과 왼팔 한다보동생은 대장일수에서 조을 짜주고 점심밥을 먹기로 하였다,
한다보동생이 이나미누님께 전화을 하였다,
"김병식 시내파 보스 두목 하얀호랑이 대장 동생들아녀?"
"예!""누님?" 대장일수에 순대국밥 특대로 40개만 같다가 주십시요!"
"그래!" 김병식보슨는 대장일수 사무실에 있어!"
아닙니다, 형님께서는 일이 있어서 잠시 어디에 계십니다,
"그래!" 소문을 들었어 오산시에 사람들이 모두 알고 있어 100대 1로 싸움을 한것들 오산시에 김병식 보스 싸움꾼이야?'
"예!" "누님?"

"김병식 보스에 동생들인데 빨리 같다가 줄게?"
"예!" "누님?" 이나미누님과 한다보동생은 전화을 끊었다,
대장일수에서 김병식보스에 동생들은 바둑과 장기와 텔래비젼을 보고있었다,
대장일수 사무실밖에서 문이열리고 이나미누님께서 쟁판을 세개로 순대국밥을 가지고 들어와서 김병식보스에 동생들이 받고서 조모차가 백만원짜리 한 장을 계산을 하였다,
"누님?" 계산입니다, 잔돈은 됬습니다,
"김병식보스 동생들이야?" 동생들 순대국밥을 먹고 빈그릇은 대장일수 밖에다 놓아줘?" 나는 분식점 가게가 바뻐서 일하는 아르바이트 이미지 여자가 혼자있어서 가볼게 많이들먹어!"
" 예!" "누님?" "수고하십시요!" 동생들이 동시에 인사을 하였다,
이나미누님은 대장일수에서 와서 승용차을 타고 아르바이트 이미지 여자가 혼자서 있어서 분식점을 같다,
"자" "먹자?" "먹자?" 김병식보스에 동생들은 대장일수에서 순데국밥을 먹고서 대장일수에는 오늘 저녁12시간으로 이태미와 구조용 과 이방언 과 조남상 과 진상회 와 마해국 이 있었으며 각자에 조을 짜주는것에 있었다,
2층 경양식 장미해누님네는 지하미와 장금하 와 고방식 과 주고용 과 한국지 와 진보상 과 이용마 가 가서 있었다,
포켓볼당구장 강하만형네에서는 고상국과 오방자와 한사마와 마상회와 우통지와 황시라가 있었다,
아피숑퍼시팩"룸"나이트 건물 지하 1층에 볼링장 지해미 사장누님네에 일하는종업원 3명 남자 한 장옥과 이삼모와 조모짐과 일하는 종업원여자 5명과 이미종과 지호마와 마장온과 한무기와 장만수가 있었다,
한승호와 김학지와 오한지와 장보구와 고승국과 김사랑과 조남잔이 있었으며 볼링장에서 저녁에 아비숑퍼시팩"룸"나이트

을 올라가려고 하였다,
터미널 양미조 사장누님네 뮤직차집에는 권성수와 김구한과 구한미와 주성진과 진보상과 김보상과 이지용이 있었다,
조모차동생과 한다보동생은 강원도펜션으로 벤츠차을 타고 대장일수에서 출발을 하였다,
시간이 흘러서 조모차동생과 한다보동생은 강원도펜션으로 도착을 하였다,
강원도펜션으로 들어가서 넓은 마당에 차을세우고 벤츠차에서 문을열고서 내려서 잔디밭을 밟고서 김병식보스가 있는 펜션1층으로 걸으며 김병식보스는 검정 양복을입고있으며 쇼파에서 기대고 썬팅된 유리로 조모차동생과 한다보동생이 걸어오는 것을 보았다,
조모차동생과 한다보동생은 현관문에 초인종을 눌렀다,"띵동" "띵동" "띵동" "그래!" "들어와라?"
"예!" "형님?" "편히쉬셨습니까?" "형님?" 하고 조모차동생과 한다보동생은 동시에 90도로 고개을 숙이고 인사을 하였다,
"그래!" "들어와서 편히들 앉자라?"
"예!" "형님?" 명심하겠습니다, "형님?" 하고 현관 문에서 쇼파로 구두을벗고 걸어가서 김병식보스에게 90도로고개을 숙여서 동시에 인사을하고 앉았다,
"형님?" "편히쉬십시요!" "형님?"
" 그래!"
오마차형에게 전화가 왔었다、
이야기는 모두 잘 되고 하였다,
" 밥들은 먹었느냐? "
"예!" "형님?" 대장일수에서 먹고서 왔습니다, "형님?" 하고 90도로 앉자서 동시에 고개을 숙여서 인사을 하였다,
"그래!" 호남 전국구파들과 경상도 전국구파들은 조용하고 있느냐?" "어떻게 되었냐?"

"예!" "형님?" 경찰서에서 김보한반장이 정당방위로 해서 불구속으로 내 보냈다고 합니다, "형님?" 하고 90도로 앉자서 동시에 말을하며 고개을 숙여서 인사을 하였다,"그래!" 조모차와 한다보는 호남 전국구파들과 경상도 전국구파들과 대장이 누군가 알아 보아라?"
"예!" "형님?" 명심하겠습니다, "형님?" ,하고 90도로동시에 고개을숙여서 인사을 하였다,
오산시에 일들을 알아 보냐고 고생들을 했다,
"예!" "형님?" 명령에 따랐습니다, "형님?" 하고 90도로동시에 고개을 숙여서 인사을 하였다,,
김병식보스와 조모차동생과 한다보동생과 이야기을 하고있을 때 2층에서 김호아동생이 하얀원피스을 입고서 1층으로 내려 올려고 하였다,
"오빠?" "내려가도 될가요!"
"그래!" "김호아공주님?" 내려와도 돼?" 2층에서 내려오는 김호아동생을 보며 조모차동생과 한다보동생은 앉자서 인사을 하였다,
" 형수님?" "오셨습니까?"
"예!" "삼춘들 오셨어요!" 하고 내려와서 쇼파에 앉잤다,
김호아동생은 김병식보스와 조모차동생과 한다보동생에게 말을하였다,
"오빠?" "음료수와 마실것들이 없네요!" "삼춘들 마실것좀 같다가 드릴가요!"
"형수님?" 괜찮습니다, 그때 김병식보스가 말을하였다,
"그래!" "마실것과 과일을 같지고 와, 냉장고에 가서 가지고 오면돼?"
"예!" "오빠?" 제가 냉장고에서 가지고 오겠어요!"
"그래!" 하고 김호아동생은 냉장고에가서 흰 우유 4잖과 과일을 깍아서 가지고 왔다,

" 형수님?" 고맙습니다,
"아니예요!" 삼춘들하고 김병식보스와 김호아동생과 동생들과 흰 우유와 과일을 먹고서 강원도펜션에서 3시간을 대화을하고 김병식보스가 동생들에게 말을하였다,
"그래!" "일어나서 오산시에 가서 일들을 보아라?"
"예!" "형님?" 명심하겠습니다, "형님?" 하고 일어나서 90도로 동시에 고개을 숙여서 인사을하고 김병식보스에게 일어나서 90도로 동시에 고개을 숙여서 인사을하며 말을하였다,
"형님?" "편히쉬십시요!" "형님?"
"그래!"
"형수님?" 잘 먹었습니다, "편히쉬세요!"
"예!" "삼춘들 들어가세요!" " 나중에 맛있는것들 대접해 드리겠어요 !
" 예!" "형수님?" 하고 조모차동생과 한다보동생은 강원도펜션에서 현관 문을열고서 정원으로 가서 벤츠차을 타고서 오산시로 출발을 하였다,
김병식보스는 썬팅된 유리로 동생들이 가는 것을 보고 김호아동생에게 이야기을 하였다,
호아공주는 아버지와 어머니께서 걱정을 하실 것 같은데서울집으로 안가도 돼?"
"예!" "오빠?" 내일모래 학교에가는 날이라 하루 이곳에서 더 자고 가면돼요!"
그래도 전화라도 해줘?"
"예!" "오빠?"
"그래!" " 그럼?" 이곳에 계울가 계곡이 있는데 가볼래?"
"예!" "오빠?" "한번가 볼래요!"
"그래!"
"오빠?" "잠간만요!" "이것 마신것좀 주방에 다치우고요!"
김병식보스는 쇼파에서 일어나서 김호아동생과 강원도펜션 현

관 입구에서 나와서 정원으로 나와 김병식보스는 양복 바지주머니에 두팔손을 집어놓고서 김호아동생은 김병식보스에 오른쪽에서 두팔을넣고 감싸으며 껴안으며이야기을 하며 걸고서 있었다,
"오빠?" "강원도펜션에는 공기도좋고 맑고 이곳에 있으며는 마음도 날아갈 것 같아요!" 대한민국 경기도 오산시 김병식 시내파 보스 두목 백호 하얀호랑이 대장님 하고 강원도펜션에서 살고싶어요!"
" 김호아공주님이 그렇게 한다면 살아도 되지!"
"정말요!"
"그럼?" 강원도펜션에는 산에서 산새들과 곤충들이 동물들이 울고서 있었으며 개울가에 도착을 하려고 할 때 계곡에서 흐르는 물소리가 김병식보스와 김호아동생에 귀가에 들리고 있었다,
"오빠?" 여기서도 두귓가에 흐르는 맑은 소리가 들려요!"
"그래!" "호아공주?"
김병식보스와 김호아동생은 이야기을하고 도착을 하였다,
김병식보스는 김호아동생이 앉기 편하게 자리을 갈아 주었다,
김호아동생은 앉자서 두다리 발목을 물에 담그고 있었다,
"오빠?" "개울가에 물속에 물고기들이 헤엄을 치는게 보여요!"
"가재도 기여서 가내요!"
김병식보스는 일어나서 물속에있는 바위돌을 치우며 가재들이 헤엄을치고 기여가는 것들을 보았다,
김호아동생은 가재들이 헤엄을치고 도망을 가는것들을 보고 웃었다,
"하" "하" "하" "하" "오빠?" 가재들이 도망을 가는것봐요!"
"그래!" "호아야?" "어때?"
"웃기고 맑네요!"
"그래!" 하고 김병식보스는 김호아동생 옆에서 앉으며 개울가

에서 저녁이 되어서 1시간을 이야기을하고 있다가 강원도펜션으로 내려가자고 하였다,
"김호아공주?" 저녁이 되었어, "내려가자?"
"예!" "오빠?"
김병식보스는 개울가에서 내려오며 두팔손을 주머니에 넣고서 내려오며 김호아동생이 오른쪽에서 두팔손을 넣고서 머리을기대고 내려왔다,
김병식보스는 개울가에서 내려와서 강원도펜션 1층 현관 문을 열고서 들어가 쇼파에 앉았다,
"호아공주님?" 저녁은 어떤 것으로 먹을거야?"
"예!" "오빠?" 저녁은 중국요리로 먹을래요!" 어제 김병식 보스 두목 하얀호랑이 대장님이 파티을 해 주었던 것이 아직까지 배가 불러서요!"
"하" "하" "하"
"오빠?" 이렇게웃는 모습들이 좋아요!"
"그래!" "호아공주?" 오늘은 중국요리로 먹자?"
"오빠?" 저는 짜장면을 먹을게요!"
" 그럼?" 오빠도 짜장면을 먹지 "뭐?" 김병식보스는 강원도에다 중국집에 전화을 하였고 중국집에서 전화을받았다,
"예!"
"그래!" 여기에 강원도 0000펜션이다, 짜장면 곱빼기2개와 팔보체 한 개만 같다가줘라?"
"예!" 하고 전화을 끊었다,
20분이 지나고 강원도펜션으로 오토바이 소리가 들렸으며 펜션 앞마당으로 들어와서 한 대가 섰다,
김병식보스와 김호아동생이 썬팅된 유리로 보았고 중국집 남자는 철가방을 둘고서 짜장면 곱빼기 2개와 팔보체을 들고서 현관으로 걸어오고 있었으며 초인종을 누르고 있었다,
"띵동" "띵동" "띵동" 짜장면과 팔보체을 가지고 왔습니다,

"그래!" "들어와라?"
"어디에다가 둘울가요!"
"그래!" 들어와서 탁자위에다 놓아라?" 중국요리집 남자는 신발을 벗고서 탁자위에다 놓았다,
김병식보스는 양복 상의주머니에서 지갑을 꺼내서 십만원을 주었다,
여기에 있다, 잔돈은 됐다,
"예!" 고맙습니다, "맛있게 드십시요!"
" 그래!"
그때 김호아동생이 인사을 하였다,
"예!" " 수고하세요!"
김병식보스와 김호아동생은 짜장면과 팔보체을 먹으며 김병식보스가 텔래비젼을 틀어 놓은 것을 보며 먹었다,
"오빠?" "강원도 중화요리도 맛있어요!"
"그럼?" 더 시킬가?"
"아니요!" "호아?" 배가 터진다고요!"
"하" " 하" "하" "하"
김병식보스와 김호아동생과 짜장면을먹고서 시간을 보내고있었다,
강원도펜션에 시간은 저녁7시10분였다,
김병식보스에 전화의 원서머나잇 노래가 들려오고 있었다,
김병식보스에 전화의 상대는 아비숑퍼시팩"룸"나이트 이승미실장에 전화였다,
"사장님?" 이승미실장입니다,
"그래!"
"사장님?" 아비숑퍼시팩"룸"나이트 가게에 김시오아가씨와 김언지아가씨와 정소언아가씨와 정미제아가씨가 지금까지 출근을하지 않고 있습니다,
"사장님?" 김언지아가씨가 몇일전부터 평택 삼리에다가 전화

을 하는 것을 김오지아가씨가 옆에서 들었다고해요!" 평택삼리로 도망을 간것같아요!"
"그래!" "그럼?" 김오지아가씨한테 주소와 어느곳으로 도망을 간 것 같냐고 전화을 들어본것에 물어봐서 전화을 다시해라?"
"예!" "사장님?" 김병식보스와 이승미실장은 전화을끊고서 김호아동생이 말을하였다,
"오빠?" "일이있어요!"
"아니 일 같은 것은 없는데!",,,
"예!" "오빠?"
호아공주님은 집에서 이시간이면 어떤것을해?"
"예!" 저는 텔래비젼을 보고 공부도하고 아버지와 어머니들 하고 대화도 해요!" "친구들도 만나고요!"
"그래!"
"왜요!"
"물어보는거야?"
"아참?" "호아?" "삐칠거예요!" "삐죽?"
"호아공주님?" "삐진모습도 아름다운데 말야?" 그때 전화벨이 울렸다,
"예!" "사장님?"
"그래!" "주소을 불러 주어라?"
"예!" "사장님?"
김병식보스는 탁자에있는 메모장과 볼펜을 가지고 이승미실장이 불러서주는 경기도 평택에 삼리ㅁㅁㅁ 가게집을 적었다,
김병식보스는 이승미실장과 전화을 끊고서 김호아동생에게 말을하였다,
"김호아공주님?" "오빠 전화좀 하고서올게?"
"예!" "오빠?"
김병식보스는 1층방으로 걸어가면서 잠시생각을 하였다,
김시오아가씨와 김언지아가씨와 정소언아가씨와 정미제아가씨

들이 도망을 가는 아가씨들이 아니였다,
김병식보스는 아가씨들에게 일이있는게 분명했으며 강원도펜션에서 내일 평택삼리로 가볼가한다,
김병식보스는 조모차동생에게 전화을 하였고 조모차동생이 김병식보스에 전화을 받았다,
"예!" "형님?" "편히쉬셨습니까?" "형님?" 하고 90도로고개을 숙이고 인사을하며 대답을 하였다,
"그래!" "내일저녁밤 10시까지 강원도펜션으로 들어와라?"
"예!" "형님?" 명심하겠습니다, "형님?" 하고 90도로 인사을 하였다,
"그래!" "전화을끊자?"
"예!" "형님?" 명심하겠습니다, "형님?" 90도로 인사을하고 "형님?" "편히 쉬십시요!" "형님?" 조모차동생이 90도로 고개을 숙이고 인사을하며 대답을 하고 전화을끊었다,
김병식보스는 1층 방에서 나와서 쇼파에 앉자서 김호아동생과 쇼파에 앉자서 강원도 펜션에서 보냈다,
호남 전국구파 조근만대장과 경상도 전국구파 하지문대장과 전화을하고 있었다,
"근만친구?" 지금 동생들을 오산시에 보냈다네!"
"그래!" "지문친구?" "그럼?" 나도 대장일수을 내가 직접 새벽에 가야 겠네!"
"그러세?" "근만친구?" 호남 전국구파 조근만대장과 경상도 전국구파 하지문대장과 전화을 끊었으며 수원 여우파 조하문대장에 전화가 조근만대장에게 오고 있었다,
"쉬셨습니까?" "형님?" 하고 조하문대장이 60도로 인사을하였다,
"그래!" "수원에 있느냐?"
"예!" "형님?"
"그래!" "모텔로 내려와라?"

"예!" "형님?" 동생들과 지금 내려 가겠습니다, "쉬십시요!" "형님?" 하고 60도로 인사을하고 호남 조근만대장과 수원 여우파 조하문대장과 전화을 끊었다,
포켓볼당구장 강하만형 네에서는 고상국과 오방자와 한사마와 마상회와 우통지와 황시라가 저녁 늦게까지 당구을 치고서 있었다,
경상도 전국구파 10명들은 강하만형네에서 입구 문을열고서 포켓볼당구장에 들어와서 김병식보스에 동생들을 보고 달려오는 것이였다,
"처라?"
"뭐야?" "빡" "빡" "빡" 발차기와 주먹질을 김병식보스에 동생들이하며 경상도 전국구파들에게 싸움은되지 않았다,
손님들과 강하만형은 지켜보고 있다가 싸움이 모두 끝나고 경상도 전국구파 10명들이가고 동생들을 한국병원으로 병원차을 불러서 입원을 시켜 주었다,
고상국동생과 오방자동생과 한사마동생과 마상회동생과 우통지동생과 황시라동생은 발다리을 부러진곳을 고통을 받으며 한국병원 501호실에 입원을 하였다,
뮤직차집 양미조 누님네에서는 일을하는 오송호여자와 디제이 이상한남자와 김병식보스에 동생들 권성수동생과 구한미동생과 김구한동생과 주성진동생과 진보상동생과 김보상동생과 이지용동생들이 저녁 늦게까지 쇼파에서차을 마시며 음악을 듣고 있었다,
양미조 누님네에 1층 문을 열고서 경상도 전국구파 10명들이 김병식보스에 동샐들이 앉자서 있는 것을 보고 달려가서 김병식보스에 동생들을 주먹과 발로 싸움을 하여 김병식보스에 동생들이 싸움이되지 않았다,
경상도 전국구파들은 양미조누님네 가게서 나가고 양미조 누님께서 동생들을 한국병원에 병원차을 앤브러스을불러서 502

호실에 입원을 시켰다,
터미널거리에 저녁 11시가 되어가고 있었고 경상도 전국구파들과 호남 전국구파들이 다니며 김병식보스에 동생들에게 싸움을 해주고 있었다,
김병식 보스 두목 백호 하얀호랑이 대장이 선거을 이기고 해결을 하여 도망을 다니고 있어서 김병식보스에 없는 것에 빈틈을 타서 호남 전국구파 조근만대장과 경상도 전국구파 하지문대장에 작전으로 가고 있었다,
오산극장 2층 장미해누님네 가게에서 저녁 늦게까지 있다 오산시터미널로 내려와서 지하미동생과 장금하동생과 고방식동생과 주고용동생과 한국지동생과 진보상동생과 이용마동생은 고진오 누님네에서 떡복기와 순대와 오뗑과 김밥과 닭발과 강보자 누님네 가게에서 옥수수와 이하준누님네 가게에서 닭꼬치와 장한자형네서 호떡들을 2인 1조로 먹고서 있었다,
사람들이 많이 다니고 있었고 자동차 "빵" "빵" "빵" 소리와 오토바이 "띠" " 띠" "띠" 소리가 나며 지나다니고있었다,
경상도 전국구파 10명 들과 호남 전국구파 10명들이 터미널거리로 와서 김병식보스에 동생들을 주먹과 발로 싸움을하여 김병식보스에 동생들은 싸움이 되지않고 한국병원으로 503호실에 입원을 하였다,
조모차동생은 고상국에 전화을 받았다,
"그래!" "상국아?" 지금 모두 경상도놈들과 호남놈들에게 당하고 있어!"
"그래!" "어디야?" 한국병원에 501호부터 3호까지 있어!"
"그래!" "알았어!" 대장일수와 아비송퍼시팩"룸"나이트는 어떻게 됐어!"
"그곳은 괜찮아?"
"그래!" 하고 조모차 와 고상국 은 전화을 끊었다,
조모차는 강원도펜션에 김병식 보스 두목 백호 하얀호랑이대

장에게 전화을하고 있었다,
조모차동생은 김병식보스에게 전화을하며 90도로 고개을숙이며 인사을하고 말을 하였다,
"형님?" "편히쉬셨습니까?" "형님?"
"그래!" "일이있느냐?"
"예!" "형님?" 지금 오산시에 호남 전국구파들과 경상도 전국구파들이 올라와서 애들이 다쳤습니다, "형님?" 하고 90도로 고개을 숙이고 인사을하며 말을하였다,
아비송퍼시팩"룸"나이트와 대장일수는 지금 어떻게 됐느냐?"
"예!" "형님?" 아비송퍼시팩룸나이트와 대장일수에는 이상이 없습니다, "형님?"
"그래!" "지금은 강원도 펜션에 있을거다, 내일 저녁밤 10시까지 강원도 펜션으로 들어와라?"
"예!" "형님?" 명심하겠습니다, "형님?" 하고 김병식보스와 오른팔 조모차동생은 전화을 끊었다,
김병식보스는 김호아동생과 쇼파에서 텔래비젼을 보며 이야기을 하였다,
"오빠?" "삼춘들에게 일이 생겼어요!"
"아니!" "일은 없어!"
"예!" "전화을 하는 것들이 일이 있는 것 같아요!"
"호아공주님?" "피곤 하지 않아?"
"아니요!"
"그래!"
강원도 펜션에서의 하루에 저녁밤이 흘러가고 있었다,
대장일수에서는 이태미동생과 구조용동생과 이방언동생과 조남상동생과 진상회동생와 마해국동생이 새벽4시에 바둑과 장기와 텔래비젼을 보고 있었다,
오산시 터미널거리에서 음악들이 흘러나오고 있었다,
대장일수사무실에 들어 오는 것을 문이 열리는소리가 들렸으

며 이태미동생과 구조용동생과 이방언동생들이 대장일수 문을 여는 소리을 보며 문을보았다,
호남전국구파 조근만대장이 들어 오는 것이였다,
호남전국구파 조근만대장에 옆에는 이한장과 수원여우파 조한문대장과 뒤에는 호남전국구파 오하지와 7명들이 서 있었으며 수원여우파 오장효 와 진모진 과 조오존 과 김본장 과 강상전 과 강보성 과 한조용 과 용오존 과 김자용 이 9명들이 서 있었다,
대장일수안에는 호남전국구파 10명들과 수원여우파 10명들이 들어와서 있었으며 대장일수 밖에서도 10명들이 "서" "서" 있었다,
호남전국구파 조근만대장이 김병식보스에 동생들에게 말을하였고 이태미가 대답을하였다,
"김병식 보스 백호 하얀호랑이 대장 동생들 조근만대장 나에게 들어오지 않겠나?"
" 그렇게는못한다,
"그럼?" "할수 없지!" "조근만대장 나에게 무릅들을 끌게 할수 밖게?" "애들아?"
"예!" "형님?"
"처라?" 호남전국구파 조근만대장에 말에 이한장과 9명들과 수원여우파 10명들과 달려 가는 것이였다,
김병식보스에 동생들은 호남전국구파 들과 수원여우파들에게 싸움이 되지 않고 5분도 되지 않고서 주먹과 발로 대응을 하였지마는 호남전국구파 조근만대장에게 무릅들을 끓고서 말았다,
호남전국구파 조근만대장이 걸어가서 김병식보스에 앉는 쇼파에 자리에 앉고서 이태미동생과 구조용동생과 이방언동생과 조남상동생과 진상회동생과 마해국동생을 앞에다 무릅들을 끌쳤다,

호남전국구파 조근만대장은 김병식보스에 동생들에게 말을하 였다,
"진작에 말을 들었어야지!" "처 맞고서 말을 들으면 되냐?" "어떻게 할 것이냐?" "내밑에서 일을 한다면 죽이지는 않겠다, 김병식 보스 백호 하얀호랑이 대장을 생각을 한다며은 죽이고 싶다, "생각할 시간은 얼마 주지 않겠어,,,
김병식보스에 동생들은 코와입에서 흘러서 나오는 피을 닦으며 부러진 팔과 다리와 어깨와 고통을 느끼고 호남전국구파 조근만대장에게 말들을 동시에하였다,
"예!" "형님?" "밑으로 들어가겠습니다,
"그럼?" "그렇게 해야지!" "아침이 다가오는데 병원들을 데리고 가져라?" "오하지동생이 일을 보아라?" 수원요라병원에 동생들에 있는 곳에 5층에 입원을 시켜주어라?" "입원을 시켜주고 모텔에서 보자?"
"예!" "형님?" 60도로 인사을하고 오하지동생과 호남전국구파 3명들은 대장일수에 밖에다 세워둔 BNW 2대을 가지고 수원요라병원으로 가기위해 호남전국구파 조근만대장에게 60도로 인사을하였다,
"형님?" 다녀 오겠습니다,
오하지는 대장일수 문을열고서 나같고 밖에서 있는 호남전국구파 10명들은 오하지가 나오는것에 60도로 인사을 하고 BNW을 나눠서 타고서 수원으로 출발을하였다,
호남전국구파 조근만대장은 아침9시까지 대장일수에서 앉자서 있기로 하였다,
조근만대장은 앉자서 있으며 담배을 한 대를 입으로 물었고 이한장이 다가와서 불을 붙여주었다,
호남전국구파 조근만대장은 이한장과 수원여우파 조한문대장에게 말을하였다,
"한장 이와 한문 이도 앉자라?"

"예!" "형님?" "쉬십시요!" 하고 60도로 인사을하고 옆에앉잤다,
조근만대장이 이한장과 조한문에게 이야기을하였다,
"지금이 기회이다, 김병식 백호 하얀호랑이 대장이 피하고 도망을 다니고 있는 동안에 오산시을 모두 접수을 하여야 된다,
"예!" "형님?" "말씀이 맞습니다, "모조리 없세지요!" 하며 수원여우파 조한문대장이 대답을하였다,
"그래야지!" 하며 호남전국구파 조근만대장과 동생들과 대화을 하고 대장일수 사무실에 벽시계을 보았다,
아침7시30분으로 가고 있었다,
대장일수 사무실밖에서는 싸우는 소리가들렸다,
호남전국구파 조근만대장이 호남전국구파 이한장동생과 수원여우파 조한문대장 동생에게 말을하였다,
"한장아?" "한문아?" "밖에 나가서 데리고 들어오너라?"
"예!" "형님?" 하고 60도로 인사을하며 대장일수 밖으로 동생들을 데리고 문을열고서 나같다,
대장일수 밖에서는 호남전국구파 10명과 김병식보스에 동생들 한국태동생과 우상짐동생과 이진마동생과 김부하동생과 김부용동생이 싸우고 있었다,
이한장과 조한문대장은 동시에 동생들에게 말을하였다,
"애들아?" "처라?"
"예!" "형님?" 하고 60도로 인사을하고 말을하였다,
"죽여라?"
"야?" "팍" "팍" "팍" "횡" "횡" "퍽" "퍽" "퍽" "욱" ' 욱" "욱"
김병식보스에 동생들은 팔과 다리와 어깨가 부러지고 입과 코에서 피가 흘러나오고 호남전국구파 5명들도 입과코에서 피가 흘러나오고 부러진곳이 있었다,
김병식보스에 동생들은 싸움이 되지 않았다,

이한장과 조한문대장이 대장일수로 한국태동생과 우상짐동생과 이진마동생과 김부하동생과 김부영동생을 데리고 들어같다, 김병식보스 동생들은 고통을 느끼며 대장일수안으로 들어같으며 호남전국구파 조근만대장이 쇼파에 앉자 있었다,
이한장과 조한문대장이 들어와서 60도로 인사을하고 이한장과 조한문이 말을하였다,
"형님?" "데리고 왔습니다,
"그래!" 수고했다,
조근만대장이 김병식보스 동생들에게 말을하였다,
"앞에서 무릅들을 끌어라?"
"예!" "형님?" "오늘부터 너희들은 호남전국구파 조근만대장 내 아래로 들어 오는 것이다,
"예!" "형님?"
"그래야지!" 너희들에 목숨들은 살아 간다, "한장아?" "예!" "형님?" 하고 60도로 인사을하였다,
"모텔로 전화을해서 대장일수로 BNW차을 3대을 가지고 오라고 해라?" "병원들을 보내라?"
"예!" "형님?" 60도로 인사을하고 이한장은 모텔로 전화을하여 차을 가지고 오라고 하였다,
호남전국구파 조근만대장은 대장일수에서 20분을 기다리고 있었으며 대장일수 밖에서는 승용차소리가 들리고 대장일수 사무실문이 열려서 호남전국구파 3명들이 들어와서 조근만대장에게 60도로 인사을하였다,
"형님?" "차을 가지고 왔습니다,
"그래!" "한장아?" "수원 요라병원으로 동생들 5층으로 데리고 가고 모텔에서 보자?"
"예!" "형님?" 다녀 오겠습니다, 하고 60도로 인사을하며 대장일수에서 수원으로 차을 3대을 타고서같다,
호남전국구파 조근만대장과 수원여우파 조한문대장과 동생들

을 데리고 대장일수에서 나와서 모텔로 걸어서같다,
아비숑퍼시팩룸나이트에서 수수방관으로 김병식보스에 동생들이 지켜보고서 아침8시까지 늦게까지 끝나서 한승호동생과 김학지동생과 오한지동생과 장보구동생과 고승국동생과 김사랑동생과 조남잔동생들이 야식을 먹기위해서 야식집가게 이보장누님네로 걸음을 걷고서있었다,
 주방장여자 조나보 주방과 아르바이트여자 장희미가 있었다,
김병식보스에 동생들 7명들은 이보장누님네에 도착을 하여서 야식집가게 문을열고서 들어같다,
동생들은 동시에 카운터에 앉자서있는 이보장누님한테 인사을 하였다,
"안녕하십니까?"
"응" 대한민국 경기도 오산시 시내파 김병식 보스 두목 백호 하얀호랑이 대장 동생들 왔어!"
그때 주방장 조나보여자와 일을하는 장희미여자가 동시에 인사을하였다,
"어서오세요!"
"그래!" 하고 동생들은 동시에 인사을 받았다,
이보장누님네 가게는 손님들이 많았다,
김병식보스 동생들에게 이보장누님이 말을하였다,
"김병식 보스 두목은 도망을 잘다니고 있어!" 선거의 싸움을 100대1로 해 준것들이 오산시에 소문들이 쫙 퍼졌던데 잘있어!"
 동생들이 동시에 말을하였다,
"예!" "누님?" 형님께서는 잘계십니다,
 "그래!" "잘 있으라고 해줘?" "빨리 좋은 일이 해결 났으면 좋겠다,
"예!" "누님?" 해결이 빨리 날것입니다, 하고 한승호가 대답을 하였다,

한승호동생과 동생들은 자리에 앉고서 한승호동생이 일을하는 장희미여자에게 말을하였다,
"이곳에 다랑이회 한 마리와 농어 두 마리를 같다 줘라?"
"예!" 하고 주방장 조나보여자에게 말을하고 몇분 있다가 일을 하는 아르바이트 조희미여자가 같다가 주었다,
한승호동생들은 서로 대화을하며 말들을하고 있었다,
이보장누님네 야식집 가게에서 문이열리고 경상도 말을쓰며 10명들이 들어와서 한승호동생들에 옆으로 앉으며 60도로 인사을하며 말을 하는 것이 였다,
"형님?" "쉬십시요!" 하고 앉는 것이였으며 경상도 전국구파들이 주문들을 시키기전에 한승호동생이 경상도전국구파 10명들에게 말을 하는 것이였다,
"너희들 경상도전국구파들이냐?" "내려 가라?" 하는 것에 경상도전국구파 10명들은 김병식보스에 한승호동생과 김학지동생과 오한지동생과 장보구동생과 고승국동생과 김사랑동생과 조남잔동생들에게 의자을 둘고서 먼저 내리찍고 주먹과 발로 싸움을 해주고 이보장누님네 야식집 가게서 도망을가고 말았다,
한승호동생들은 입과코에서 피가튀기고 팔과 어께와 다리가 부러지고 이보장누님네 야식집 가게서 쓰러져 있었다,
이보장누님은 성모병원으로 전화을하여 앤브런스을 불러주고 한승호동생들을 한국병원으로 옴겨주었다,
김병식보스에 동생들은 경상도전국구파 동생들에 습격을 당하고 한국병원으로 응급실에 운전수 남자 한명과 간호사 여자한명과 남자한명이 동생들을 내리고 있었다,
김병식보스에게 원서머나잇 노래가 오전 아침에 전화가 걸려오고 있었다,
김병식보스는 하얀체육복을 입고서 전화을 받았다,
조모차동생이 90도로 고개을 숙여서 인사을하고 말을하고 김

병식보스가 이야기을 하였다,
"형님?" "편히쉬셨습니까?" "형님?"
"그래!" "일이 있느냐?"
"예!" "형님?" 한승호 와 김학지 와 오한지 와 장보구 와 고승국 과 김사랑 과 조남잔 이 아비숑퍼시팩룸나이트가게가 끝나고 이보장누님네에서 야식을 먹다가 경상도전국구파 10명들에게 습격을 당 하였답니다, "형님?" 하고 90도로 고개을 숙이고 인사을하고 대답을하였다,
"그래!" "지금 동생들은 어디에 있다고 하느냐?"
"예!" "형님?" "한국병원 504호실에서 한방 들에서 입원을 하여서 수술을받고 있다고 합니다, "형님?" 하고 90도로 고개을 숙이고 인사을하고 대답을하였다,
"그래!" 고생했다, "전화을 끊자?"
"예!" "형님?" 명심하겠습니다, "형님?" 하고 90도로 고개을 숙여서 인사을하고 김병식보스가 전화을 끈으려 하자 조모차동생이 90도로 고개을 숙여서 인사을하였다,
"형님?" "편히쉬십시오!" "형님?" 하고 전화을 끊었다, 김병식보스는 하얀체육복을 입고서 1층 현관 문을열고서 정원을 걸으며 강원도펜션에 산속 길을 뛰며 운동을하고 내려와서 강원도펜션에 정원에있는 센드백을 발과 주먹으로 치고 2시간동안 운동을하고 정원에서 있는 샤워장에서 샤워을하고 하얀 양복 상의와 하의와 와이셔츠을 입고 갈아입고 강원도펜션 쇼파에 앉졌다,
김호아동생은 2층에서 아직일어나지 않았다,
강원도펜션에는 아침11시로 흘러가고 있었다,
김호아동생이 2층에서 김병식보스에게 내려오며 말을하였다,
"오빠?" "언제 일어 났어요!"
"지금운동을 하고 와서 쇼파에 앉자서 있어!"
"예!" "오빠?" "식사는 해야죠!"

"그래!" "호아공주님?" "오늘 식사는 강원도 펜션에서 먹자?"
"예!" "오빠?" "제가 할게요!"
"그래!" "호아공주님이 하는 식사나 먹어보자?"
"예!" "오빠?" 하고 김호아동생은 주방으로가서 해물탕과 나물과 계란말이와 음식을 하였다,
김병식보스는 쇼파에 앉으며 텔래비젼을 보고서 있었으며 원서머나잇 노래가 울리고 있었다,
김병식보스는 전화을 받았고 한국병원 원장 한조맘형이 전화을 하였다,
"예!"
"김병식 보스 두목 몸은 잘 피해 다녀!" "오산시에 소문들이 다 퍼졌어!" "선거에 싸움들이 싸움꾼이라고 소문들이 났어!"
"예!"
"김병식 보스 백호 하얀호랑이 대장 동생들이 일이 있어!" "성모병원에 와 있어!"
"예!" "조맘이형이 동생들을 잘 해주시기을 바라겠습니다,
"그래서 5층으로 주었어!"
"예!" 고맙습니다,
"그럼?" "김병식 보스 건강하고 좋은 일 있기을 바래?" "예!" 한번 찾아 뵈겠습니다,
"김병식 두목 들어가?"
"예!" 하고 김병식보스와 한국병원 한조맘형은 전화을 끊었다,
김병식보스는 전화을 끊고서 하기장형에게 전화가 오는것이였다,
"그래!" "형"
"김병식 보스 백호 하얀호랑이 대장 아비숑퍼시팩룸나이트 이승미실장에게 전화가 와서 들었어!" "몸은 어때" "" "" ""
"김병식 싸움꾼이 그놈들 하고 상대가 되겠어!" "안 그

래!" "기장?" "형" "하" "하" "하" "형" "강원도 펜션에 있어!"
"그래!" "오늘 갈가?"
"아니!" "오늘은 아가씨로 평택삼리에 가려고 해!"
 "그래!" "내일 갈게?"
"그래!" "형" 하고 김병식보스는 하기장형과 전화을 끊었다,
김호아동생은 식사준비을 끝내고 김병식보스을 불렀다, "오빠?"
"그래!" "호아공주님?"
"식사 준비 다 했어요!" "밥먹어요!"
"그래!" 하고 김병식보스는 주방에가서 물을 마시고 수가락을 들었다,
"호아공주님?" "이" "이렇게 음식을 잘 하나?"
"고마워요!" "오빠가 이렇게 맛있게 먹어서요!"
"그래!" "먹자?"
"예!" "오빠?" 하고 식사을하고 김호아동생은 치우며 김병식보스와 김호아동생은 쇼파에 앉쟜다,
김병식보스는 김호아동생에게 이야기을 하였다,
"호아공주님?" "시간이 늦었는데 서울집에 가야지!" "예!" "오빠?" "조금더 있다가 가며는 안되요!"
"그럼?" "오빠가 노래 한 곡만 불러주세요!"
"그래!"
"그럼?" "김병식 보스 두목 백호 하얀호랑이 대장이 노래을 하나 해 줄가?"
"정말요!"
"그래!"
"무슨 노래인데요!"
"김병식 보스 두목 백호 하얀호랑이 대장 노래!" "백호 하얀호랑이"
"오빠?" "노래을 불러줄게?"

"예!" "오빠 한번 듣고 싶어요!" "오빠?" "노래!"
"그럼?" 부른다,
"으르렁" "으르렁" "하얀호랑이 호랑이 대장 나가신다 , 내가 가는 길 누가 막을 쇼냐,
김병식보스가 김호아동생 앞에서 노래을 불러주었다,
"오빠?" "가수네요!" "오빠가 직접 작사도 직접 하였어요!"
"그래!" "오빠가 다 했지!"
"나는 몰랐네요!"
"싸움만 잘하고 의리와 카리스마와 의지와 말과 잘하는지 알았어요!" "이런면도 있네요!" "만능 이시네요!"
"김호아가 사랑하고 있는 대한민국 경기도 오산시 정통으로가는 시내파 김병식 보스 두목 백호 하얀호랑이 대장님 오빠는 모든 것들이 프로이예요!"
"그럼?" "저녁 시간이 늦었어!" "오빠가 택시을 불러줄게"
"예!" "오빠?" "불러주세요!"
"그래!"
김병식보스는 강원도택시을 한 대 불러주고 여자가 받았다,
"예!" 택시입니다,
"강원도펜션으로 택시을 한 대를 보네줘라?"
"예!" 10분 걸립니다,
"그래!" 김병식보스는 전화을끊었다,
김호아동생은 어느것이나 입어도 아름다웠다,
김병식보스가 김호아동생에게 말을하였다,
"호아공주님?" "아버지와 어머니 먹을것들 좀 사갖고 같다 드려라?"
"아니예요!" "오빠?" "나 중예요!" "지금 사갖고 가며는 오빠 있는것들 알아서 나중에 제가 사갖고 가며는 되요!"
"그럼?" "일이 있으며는 천만원을 은행가서 바꺼서 쓰고해?"
"예!" "오빠?" "고마워요!"

"그래!"
김병식보스와 김호아동생과 이야기을 하는데 강원도 정원에서 강원도 택시가 소리을 내었다,
"빵-""빵-""빵-" 강원도 펜션에 시간은 저녁5시에 시간이 되어서 김병식보스가 일어나서 두팔손을 주머니에 집어넣고 김호아동생이 오른쪽에서 두손으로 팔짱을끼고 하얀구두을 신고서 현관 문을열고서 강원도 택시에 앞까지 도착을 하였다,
강원도 택시기사는 여자였다,
김병식보스는 오른쪽 문을열어주고 김호아동생이 탔다,
김병식보스는 택시기사 여자에게 20십만원을 계산을하고 서울 집까지 데려다 주라고하였다,
김호아동생은 오른쪽팔을 둘고서 흔들고 김병식보스가 대답을 하였다,
"오빠?""갈게요!"
"그래!""전화해!"
"예!""오빠?"
강원도펜션에서 택시는 출발을 하였다,
김병식보스는 정원으로 현관 문을열고서 들어와서 쇼파에 기대며 잠시 잠을 청하였다,
강원도펜션에 시간은 저녁밤 9시30분이 였다,
강원도펜션에 앞마당에는 가로등불빛이 환화게 빗이 내리빛히고 있었으며 차소리가 앞마당에 정원에서 멈추었다,
김병식보스는 조모차에 벤츠차가 들어오는 것을 썬팅된 유리창으로 보았으며 하얀양복을 상의와 하의와 하얀와이셔츠와 하얀넥타이을 차고 하얀구두을 신고서 현관 문을열고서 걸음을 걷고있었다,
조모차동생은 벤츠차에서 내려서 1층으로 들어오고 있었으며 김병식보스을 보고 90도로 고개을 숙이고 인사을하고 말을하였다,

"형님?" "편히쉬셨습니까?" "형님?"
"그래!" "밥은 먹고서 왔느냐?"
"예!" "형님?" 먹었습니다, "형님?" 하고 90도로 고개을 숙이고 인사을하였다,
조모차동생이 김병식보스에 뒤을 따랐고 김병식보스에 문을 앞으로 나와서 오른쪽 문을열어 드렸다,
김병식보스는 쇼파에앉잤다,
"형님?" "편히쉬십시요!" "형님?"
"그래!" 하고 조모차동생이 문을 닫아주었다,
조모차동생은 운전석에 앉으며 김병식보스가 말을하였다,
"평택 삼리 주소이다, "이곳으로 가자?"
"예!" "형님?" 명심하겠습니다, "형님?" 하고 90도로 안자서 고개을 숙이고 인사을하였다,
강원도펜션에서 평택삼리로 출발을하였다,
김병식보스는 조모차동생에게 말을하였다,
"동생들은 지금 어떻게 되었느냐?" "수술들은 잘 되었는지!"
"예!" "형님?" "수술들이 잘되서 5층 병동에 501호부터 504호에 입원을 하였습니다, "형님?" 90도로 앉자서 고개을 숙이며 인사을하고 대답을하였다,
"그래!" "호남전국구파 대장과 경상도전국구파 대장과 어디에 숙소가 있는지!" "알아 보아라?"
"예!" "형님?" 명심하겠습니다, "형님?" 하고 90도로 앉자서 고개을 숙이고 인사을하였다,
김병식보스와 오른팔 조모차동생과 이야기을하며 평택삼리에 도착을하였다,
"형님?" 평택에 도착을 하였습니다, "형님?" 하고 90도로 고개을 숙이고 인사을하였다,
"그래!"
김병식보스는 썬팅되여 있는 앞 유리창으로 평택에 삼리을보

왔다,
밖에서는 벤츠차안을 볼수가 없었다,
조모차동생에게 평택아가씨들이 밖에서 말들을 하였다, "오빠?" "놀다가?" "오빠?" "놀다가라니간?"
평택삼리 아가씨들이 벤츠차을 못가게 막고서 있었다,
김병식보스가 조모차동생에게 말을하였고 조모차동생이 90도로 고개을 숙이고 앉자서 인사을하고 대답을하였다, "주소가 어디야?" "몇호냐?"
"예!" "형님?" 앞에서 두 번째 집주소가 10호집 입니다, "형님?"
"그래!" "벤츠차을 옆에다가 세워두고서 기다리고 있어라?"
"예!" "형님?" 명심하겠습니다, "형님?" 90도로 앉자서 고개을 숙이고 인사을하고 대답을하며 내려서 김병식보스에 뒷문을 열어드렸다,
김병식보스가 아비송퍼시팩롬나이트 아가씨들이 있는 곳으로 걸어가려고 하였고 조모차동생이 90도로 고개을 숙여서 인사을하였다,
"형님?" "편히 다녀오십시요!" "형님?"
"그래!" 김병식보스에게 조모차동생이 90도로 고개을 숙여서 인사을 하는 것을 평택삼리에 아가씨들이 보았다, "오빠들 건달인가 보다, "오빠?" "놀다가라니간?" "웅성" "웅성" "웅성" "오빠?"
김병식보스는 아비송퍼시팩롬나이트 아가씨들에 10호실집까지 정미제아가씨와 정소언아가씨와 김언지아가씨와 김시오아가씨가 있는 집까지 도착을하였다,
김병식보스을 보고 김언지아가씨가 말을하고 눈을 마주쳤다,
"오빠?" "놀다가?" "사장님?"
김언지아가씨가 놀라며 가게안에서는 정미제아가씨와 정소언아가씨와 김시오아가씨들이 유리문으로 나오는 것이였다,

김병식보스가 아가씨들에게 물어보았다,
"너희들 이곳에까지 어떻게 왜 온 것이냐?"
"예!" "사장님?" "이곳에 포주들이 마약을타서 저희들에게 먹이고해서 저희가 이곳에 어떻게와 있는지도 모르겠습니다,
"그래!" "지금 너희들에 짐을 다 챙겨서 가지고 와라?" "저기에가면는 조모차동생이 있을 것이다, 옷과 짐들을 가지고와서 벤츠차로 가 있어라?"
"예!" "사장님?" "저희는 이몸으로 왔어요!"
"그럼?" "가 있어라?"
"예!" "사장님?"
아비숑퍼시팩룸나이트 아가씨들은 얼굴과 눈이 지금도 술을 마신것처럼 빨갛게 젖어있었다,
김병식보스는 아가씨들하고 말을하고 있는것에 가게안에서 충청도말을 쓰며 나오는것이였다,
김병식보스는 그놈이 충청도 전국구파 인것같았다,
김병식보스에 뒤에는 아가씨들 4명들이 숨었으며 충청도전국구파 한명은 산돼지같은 놈이였다,
김병식보스는 충청도전국구파 한명을 보았고 이야기을하였다,
"아비숑퍼시팩룸나이트 아가씨들을 너희가 산돼지같은 놈들이 데리고 왔느냐?"
"그렇다, "아가씨들을 대한민국 경기도 오산시 시내파 김병식보스 두목 백호 하얀호랑이 대장 내가 데리고 간다, "하" "하" '하" "돈을 줘야지!"
"돈은 없던 것으로 해라?"
김병식보스와 아가씨들은 뒤로 돌아서 아가씨들이 먼저 나가고 김병식보스가 앞으로 유리창으로 거울로 보았다,
충청도전국구파 놈이 쇠의자을 둘고서 머리위에서 내리치는것을 김병식보스가 반사되여 보며 몸을 왼쪽으로 회전을하며 피하고 산돼지같은 충청도전국구파 놈이 쇠의자와 몸이내려온

것에 숙이고 있는것을보며 김병식보스가 왼쪽으로 몸을 회전을하여 옆으로 피하고 오른쪽발다리을 들어올려서 내리찍히로 충청도전국구파 놈을 뒷머리 통을 찍어버렸다,
"퍽" 하고 "욱" 하며 입과코에서 피가튀기고 앞으로 쇠의자와 함께 기절을하며 꼬꾸라졌다,
김병식보스에 싸움구경을 정미제아가씨와 김언지아가씨와 김시오아가씨와 정소언아가씨와 평택삼리에 아가씨들이 지켜보고 구경을하고 있었다,
옆에서 가게집에서 충청도 말을쓰며 3명이 나오는것이었다,
충청도전국구파 놈들인 것 같았다,
김병식보스는 걸어서가고 있었고 산돼지같은 놈들 3명들은 평택삼리 아가씨들에게 말을하며 김병식보스에게 걸어서 오고있었다,
"야?" "구경들 났냐?" "기집애들아?" "가게들 들어가라?"
김병식보스는 달려가서 "붕" 점프을하여 오른쪽 발 다리로 충청도 전국구파놈을 가슴명치을 밀어서 차버렸다,
김병식보스는 허공에서 왼쪽으로 몸을 180도로 회전을하고 충청도전국구파 놈을 얼굴 면상오른쪽턱을 차버렸다,
"퍽" 하며 "욱" 하고 입에서 허공으로 피가튀기며 뒤로 콰당하고 기절을하였다,
"퍽" 하고 "욱" 하며 입과코에서 허공으로 피가튀기며 왼쪽으로 기절을하고 날아가버렸다,
김병식보스는 착지을하였다,
김병식보스에게 충청도전국구파 놈이 오른쪽 주먹라이트훅이 날아오는 것을 보고 김병식보스가 왼쪽팔 손바닥으로 충청도전국구파 놈을 주먹을 살짝쳐내고 충청도전국구파 놈은 몸이 왼쪽으로 "빙" "그" "르" "르" "르" "르" 돌며 돌아가고 김병식보스가 오른쪽팔 주먹손과 왼쪽팔 주목손으로 빠르게 충청도전국구파 놈의 목을 잡고김병식보스에 두팔로 목울대을 조

여버렸다,
"킥" "키" "킥" "키" "킥" "키" 김병식보스는 간단하게 산돼지같은 놈을 기절을 시키고 앞으로 밀어버렸다,
충청도전국구파 놈은 소리없이 꼬꾸라졌다,
김병식보스는 충청도전국구파 놈들을 보았고 기절을 한 것이 정신이드는지 김병식보스에게 앞으로와서 무릎들을끌었다,
"형님?" "그래!" "너희들이 아비송퍼시팩룸나이트 아가씨들을 데리고 가며는 되냐?"
"형님?" 몰라 보았습니다,
"그래!" "너희들은 어디서 왔느냐?"
 충청도전국구파들은 무릎들을 끌고서 90도로 고개을 숙이고 인사을하고 대답을하였다,
"예!" "형님?" 한석보 입니다, 10호집을 하고 충청도전국구파 입니다,
"그래!" "너희들은 어떻게 되느냐?"
"예!" "형님?" 김미창 입니다, 6호집을 하고 충청도전국구파입니다,
"예!" "형님?" 조그묘 입니다, "5호집을 하고 충청도전국구파 입니다,
"예!" "형님?" 강한몽 입니다, 7호집을하고 충청도전국구파입니다,
"그래!" "너희들은 친구들이냐?"
"예!" "형님?" 하고 90도로 고개을 숙이며 무릎을 끌고서 인사을하였다,
충청도전국구파들은 김병식보스 보다 4살들이 많았다,
김병식보스을 지켜보고서 있던 평택삼리 아가씨들이 말을하였다,
"오빠?" "싸움을 영화에서 보는것처럼 싸우신다, 멋있다, "웅성" "웅성" "웅성"

- 184 -

김병식보스는 양복 상의주머니에서 지갑을 꺼내서 천만원짜리 한장과 아비숑퍼시팩룸나이트 명함 한 장을 던져주고 말을하였다,
"대한민국 경기도 오산시 시내파 김병식 보스 두목 백호 하얀호랑이 대장이다, 대한민국 경기도 오산시에는 김병식 보스가 이끌어가는 한 개에 정통으로가는 시내파 한 개에 조직 건달 김병식 보스 두목 백호 하얀호랑이 대장이 있다, 의리와 카리스마로 살아왔다, 오산시에 나을 만나려며는 이곳으로 와라?"
"예!" "형님?" 하고 90도로 무릎을 끌고서 고개을 숙이고 인사을하며 대답을하였다,
김병식보스는 아가씨들과 조모차동생이 벤츠차을 세워둔곳으로 걸음을 걸었으며 조모차동생은 평택삼리에 꺽어지는 골목길 옆에 다가 벤츠차을 세워두었다,
김병식보스을 보고서 조모차동생이 벤츠차에서 문을 열고내려서 90도로 고개을 숙여서 인사을하며 말을하였다,
"형님?" "편히 다녀오셨습니까?" "형님?"
"그래!" "아가씨들을 벤츠차에 뒤에 태워라?"
"예!" "형님?" 명심하겠습니다, "형님?" 하고 90도로 인사을 고개을 숙이고 대답을하였다,
조모차동생은 김병식보스에 앞문을 열어드리고 아가씨들에 뒷문을 열어주었다,
김병식보스가 앞에 쇼파에 앉으며 조모차동생은 90도로 고개을 숙여서 인사을하였다,
"형님?" "편히쉬십시요!" "형님?"
"그래!" 하고 조모차동생은 문을 닫아드리고 아가씨들이 쇼파에 앉으며 조모차동생은 운전석에 앉았다,
"아비숑퍼시팩룸나이트로 가자?"
"예!" "형님?" 명심하겠습니다, "형님?" 하고 90도로 인사을 고개을 숙이고 앉자서하였다,

김병식보스에 말씀에 오른팔 조모차동생은 평택 삼리가게집에서 아비송퍼시팩룸나이트로 벤츠차는 출발을 하였다,
김병식보스는 경찰서에서 김보한반장님이 찾는 것을 알고서 있었다,
아비송퍼시팩룸나이트로 벤츠차가 가고 있으며 김시오아가씨와 김언지아가씨와 정미제아가씨와 정소언아가씨들이 동시에 뒤에서 김병식보스에게 이야기을 하였다,
"사장님?" "싸움실력 멋있고 영화에서 보는것같이 보았습니다,
 "그래!" "편히들 있어라?" 아비송퍼시팩룸나이트에 가게에서도 일이 있으며는 김병식 보스 두목 백호 하얀호랑이 대장 나에게 말을 하여라?"
 "예!" "사장님?" 하고 동시에 대답을하였다,
김병식보스와 조모차동생과 아가씨들이 아비송퍼시팩룸나이트로 벤츠차을 몰고서 가고 있었으며 조모차동생에 벤츠차는 아비송퍼시팩룸나이트에 도착을하였다,
조모차동생은 90도로 앉자서 고개을 숙이고 인사을하였다,
"형님?" "아비송퍼시팩룸나이트가게에 도착을 하였습니다, "형님?"
 "그래!" "벤츠차에서 있어라?"
 "예!" "형님?" 명심하겠습니다, "형님?" 하고 안자서 90도로 고개을 숙이고 인사을하며 대답을하였다,
김병식보스는 아가씨들에게 말을하였고 아가씨들이 동시에 대답을하였다,
"내리자?"
 "예!" "사장님?"
조모차동생은 벤츠차에서 내려서 김병식보스에 문을 열어드렸으며 아가씨들에 문을 열어주었다,
김병식보스는 아가씨들과 아비송퍼시팩룸나이트가게로 걸어가며 조모차동생이 90도로 고개을 숙여서 인사을 하였다,

"형님?" "편히 다녀오십시요!" "형님?"
"그래!" 김병식보스는 아비숑퍼시팩룸나이트 가게 1층으로 아가씨들과 걸어서가고 있을 때 막네 기복하 웨이터가 김병식보스을 보고 90도로 고개을 숙이고 인사을하며 말을하였다,
"사장님?" "편히 나오셨습니까?"
"그래!"
아가씨들과 막네 기복하 웨이터도 인사을하였다,
김병식보스는 아비숑퍼시팩룸나이트 2층으로 올라가고 있었다, 2층 문앞에서 웨이터장 장나바 웨이터가 김병식보스을 보고 90도로 고개을 숙여서 인사을하며 말을하였다,
"사장님?" "편히 나오셨습니까?"
"그래!" 아가씨들과도 웨이터장 장나바 웨이터는 인사을하였다,
김병식보스는 아가씨들과 룸안으로 걸어서 문을 열고들어 갔으며 쇼파에 앉았다,
김병식보스는 정미제아가씨와 김시오아가씨와 김언지아가씨와 정소언 아가씨들에게 말을하였다,
"이곳에 앉자라?"
"예!" "사장님?" 하며 앉았으며 룸 밖에서 장나바 웨이터장에 노크소리가 들렸다,
"똑" "똑" "똑" "사장님?"
"그래!" "들어와라?"
장나바 웨이터장은 들어와서 90도로 인사을 고개을 숙여서 하고 말을하였다,
"사장님?" "차을 어떤 것으로 마실 것을 갔다가 드립니까?"
"그래!" "너희들은 어떤 것을 마실거야?"
"예!" "사장님?" "저희는 커피을 마시겠습니다,
"그래!" "흰 우유한잔과 커피4잔을 가지고 와라?" 그리고 아가씨 이승미실장을 오라고 해라?"

"예!" "사장님?" 하고 90도로 고개을 숙여서 인사을하고 대답을하고 룸안에서 나같다,
김병식보스와 아가씨들과 이야기을하고 있는데 룸밖에서 노크소리가 들렸다,
"똑" "똑" "똑" "사장님?'
"그래!" "들어와라?"
"사장님?" "나오셨어요!"
"그래!" "이승미실장 이곳으로 앉자라?"
"예!" "사장님?"
김병식보스에 옆에 이승미실장이 앉잤고 아가씨들도 이승미실장에게 인사을 하였다,
김병식보스와 이승미실장과 아가씨들과 이야기을하고 있었으며 룸밖에서 장나바 웨이터장에 노크소리가 들렸다,
"똑" '똑" "똑" "사장님?"
"그래!" "들어 오너라?'
장나바 웨이터장은 룸안으로 들어와서 김병식보스에게 90도로 고개을 숙이고 인사을하고 말을하였다,
"사장님?" 차 가지고 왔습니다, "어디에 다 둘가요!" "사장님?"
"그래!" "이곳 탁자위에 올려 놓아라?"
"예!" "사장님?" 명심하겠습니다, 하고 90도로 고개을 숙여서 인사을하였다,
김병식보스는 이승미실장에게 말을하였다,
"차을 어떤 것으로 마실거냐?
"예!" "마셨어요!"
"그래!" "장나바는 일 보아라?"
"예!" "사장님?" 명심하겠습니다, 하고 90도로 고개을 숙이고 인사을하고 룸밖으로 나같다,
김병식보스와 이승미실장과 정미제아가씨와 김시오아가씨와

정소언아가씨와 김언지아가씨들과 이야기을하고 있는데 조모차동생에게 전화가 오는것이였다,
김병식보스는 전화을받고 조모차동생이 90도로 고개을 숙여서 인사을하고 말을하였다,
"형님?" "편히쉬셨습니까?" "형님?"
"그래!" "일이 있느냐?"
"예!" "형님?" 아비숑퍼시팩룸나이트가게 1층에서 경찰서 김보한반장과 이주오형사와 오마다형사가 올라가고 있습니다, "형님?" 하고 90도로 고개을 숙여서 인사을 하고 대답을 하였다,
"그래!" "전화을 끊자?"
"예!" "형님?" 명심하겠습니다, "형님?" 하고 90도로 고개을 숙이고 인사을하고 김병식보스에 전화을 끊을 때 인사을 90도로 고개을 숙여서 이야기을 하였다,
"형님?" "편히쉬십시요!" "형님?"
"그래!"
김병식보스는 조모차동생과 전화을 끈고서 이승미실장에게 말을 하였다,
"지금 경찰서에서 이곳으로 올라오고 있어서 먼저 가볼 것이다 일이 있으며는 전화을 하여라?"
"예!" "사장님?"
이승미실장이 대답을하고 김병식보스가 일어나서 룸밖으로 나가려고 할때에 이승미실장이 60도로 인사을하고 아가씨들도 60도로 항상 인사을하였다,
"사장님?" "몸조리 잘 하십시요!"
"들어가세요!"
"그래!" "수고들 해라?" 하고 김병식보스는 룸밖으로 나와서 장나바 웨이터장에게 말을하였다,
"지금 경찰서에서 이곳으로 올라오고 있다 아비숑퍼시팩룸나이트가게 정리들 잘해라?"

"예!" "사장님?" 명심하겠습니다, 하고 90도로 인사을 하며 "사장님?" "편히 들어가십시요!" 하고 90도로 고개을 숙여서 인사을하고 대답을 하였다,
김병식보스는 아비숑퍼시팩룸나이트가게 비상구 문쪽으로 내려가고 있었다,
김병식보스가 내려오는 곳을 조모차동생이 벤츠차에서 내려서 비상구 문쪽을 보고 있었다,
아비숑퍼시팩룸나이트 가게에 들어온 경찰서 김보한반장과 이주오형사와 오미다형사가 웨이터장 장나바에게 인사을 받았다,
"어서오세요!"
김보한반장이 대답을 하였다,
"그래!" "수고한다, 시내파 김병식 보스 두목 하얀호랑이 대장 가게에 나오냐?"
"사장님?" "가게에 나오시지 않습니다,
김보한반장과 이주오형사와 오미다형사가 아비숑퍼시팩룸나이트 가게을 1000평 되는 곳을 둘러보았다,
가게안에는 손님들이 많이 있었으며 스테지에서 춤을추고서 있는 남자와 여자들이 많았다,
김보한반장과 이주오형사와 오미다형사들은 장나바 웨이터장에게 말을하였다,
"내려간다,
"예!" "들어가세요!"
김병식보스는 비상구 문쪽으로 나와서 조모차동생에 벤츠차로 걸음을 걷고있었다,
김병식보스을 보고 조모차동생이 90도로 고개을 숙여서 인사을하였다,
"형님?" "편히쉬셨습니까?" "형님?"
"그래!"
조모차동생은 앞문을 열어드리고 김병식보스가 쇼파에 앉았다,

"형님?" "편히쉬십시요!" "형님?" 하고 조모차동생은 90도로 인사을 고개을 숙여서하고 문을 닫아드리고 운전석에 앉갔다,
김병식보스가 조모차동생에게 말을 하였다,
"한국병원으로 동생들이 입원을 한 곳으로 가자?"
"예!" "형님?" 명심하겠습니다, "형님?" 하고 90도로 앉자서 고개을 숙여서 인사을하며 아비송퍼시팩룸나이트가게에서 벤츠차을 출발을 하려고 할때에 1층에서 막네 기복하 웨이터가 김보한반장과 이주오형사와 오미다형사에게 인사을 하는 것을 보고 한국병원으로 출발을하였다,
김병식보스에게 조모차동생이 90도로 앉자서 고개을 숙여서 인사을하고 말을 하였다,
"형님?" 한국병원에 도착을 하였다, "형님?"
"그래!" "내려서 가자?"
"예!" "형님?" 명심하겠습니다, "형님?" 하고 90도로 앉자서 고개을 숙여서 인사을하고 조모차동생이 내려서 김병식보스에 문을 열어드리고 문을 닫고서 뒷에서 뒷짐을 짖고서 한국병원으로 걸어가고 있었다,
한국병원 1층 현관문을 조모차동생이 앞으로 나와서 열어주며 뒤에서 뒷짐을 짖고서 엘리베이터까지 걸으며 조모차동생이 앞으로 나와서 엘리베이터을 누르고 5층까지 올라갔다,
한국병원은 조용했다,
김병식보스는 엘리베이터에서 내려서 조모차동생이 뒤에서 따르고 있었다,
한국병원 501호에 도착을 하려고 할때에 5층 병원에서 근무을 하고 있는 간호사들이 3명이 있었다,
간호사들은 새벽3시가 되었는데도 밤을세고 있었으며 김병식보스와 조모차동생에 구두소리만 들리고 있었다,
조모차동생이 앞으로 나와서 501호실 병동을 열어드렸다,
고상국동생과 오방자동생과 한사마동생과 마상회동생과 우통

지동생과 황시라동생들은 김병식보스을 보며 동시에 일어나서 침대에서 내려와 90도로 인사을 고개을 숙여서하였다,
"형님?" "편히 나오셨습니까?" "형님?"
"그래!" "몸들은 어떠한지 괜찮으냐?"
"예!" "형님?" 괜찮습니다, "형님?" 하고 90도로 동시에 고개을 숙여서 인사을 하였다,
고상국동생은 왼쪽팔이 부러졌고 오방자동생은 오른쪽팔이 부러졌고 한사마동생은 오른쪽어깨가 부러졌고 마상회동생은 왼쪽어깨가 부러졌고 우통지동생은 오른쪽다리가 부러졌고 황시라동생은 왼쪽다리가 부러졌다,
김병식보스가 동생들에게 이야기들을 하였다,
"침대에 올라가서 앉자라?"
"예!" "형님?" 명심하겠습니다, "형님?" 하고 동시에 90도로 고개을 숙여서 인사을 동생들이하고 침대에 올라가서 앉았다,
김병식보스와 동생들과 이야기을하고 있었다,
김병식보스는 양복 상의주머니에서 지갑을꺼내서 고상국동생에게 1억 한 장을 천만원짜리 10장을 주었다,
고상국동생과 침대에서 앉자서 있는것에 일어나며 천만원짜리 10장을 받고서 동생들은 90도로 고개을 숙여서 인사을하고 대답을하였다,
"형님?" 고맙습니다, "형님?"
"그래!" "병원비와 야식들을 사먹고 한국병원 수술을 식혀준 정형외과 과장 미소요여자와 간호사들과 야식 같은 것들도 사줘라?"
"예!" "형님?" 명심하겠습니다, "형님?" 하고 90도로 일어나서 동생들은 동시에 고개을 숙여서 인사을하였다, "그래!" "몸 관리들 하고 다른 병동은 동생들이 말해주어라?"
"예!" "형님?" 명심하겠습니다. "형님?" 하고 90도로 고개을 숙여서 동시에 인사을하였다,

김병식보스는 조모차동생에게 말을 하였다,
"가자?"
"예!" "형님?" 명심하겠습니다, "형님?" 조모차동생이 90도로 인사을하며 김병식보스와 조모차동생이 한국병원 501호실 병동에서 나오려고 할때에 밖에서 간호사 김자미 여자한명이 들어와서 말을하고 김병식보스가 대답을 하였다,
"진통제을 넣는 시간입니다,
"그래!" "들어와라?" "이름이 무엇이야?"
"저는 김자미 간호사입니다, 수간호사가 높고서 그 다음은 제가높습니다, 수간호사는 미호자분이고 아침에 나오셔서 저녁에 퇴근을 하시고 오중순간호사 순자중간호사 는 밖에서 있는 간호사들이고 김자모간호사와 이상지간호사와 지하요간호사와 하장미간호사와 해바자간호사와 바상모간호사가 5층에서 근무을 해요!"
"그래!" 동생들을 잘해주길 바란다,
"한국병원 원장 한조맘 형 동생 대한민국 경기도 오산시 시내파 김병식 보스 두목 백호 하얀호랑이 대장이다,
"예!" 원장님께 말씀 들었어요!"
"그래!"
김병식보스는 양복 상의주머니에서 지갑을꺼내서 백만원짜리 한 장과 아비숑퍼시팩룸나이트 명함을주었다,
"이것받고 야식들 사먹고 회식이나 이곳으로 놀러들 와서 내 이름 김병식 섯자되고 명함되며 마셔라?"
"예!" 고맙습니다,
"그럼?"
"예!" "안녕히 들어가세요!"
"형님?" "편히 들어가십시요!" "형님?" 동생들이 90도로 동시에 고개을 숙여서 인사을하였다,
조모차동생은 501호실 병동에서 앞으로 나와서 문을 열어주고

걸음을 걸으며 오중순간호사와 순자중간호사가 인사을하였다,
"안녕히 들어가세요!"
"그래!" 동생들을 부탁한다,
"예!" 원장님께 말씀을 들었습니다,
"그래!" "수고들 해라?"
"예!"
김병식보스와 조모차동생은 엘리베이터을 타고 한국병원 1층으로 나와서 벤츠차에 앞문을 열어드리고 김병식보스가 쇼파에 앉으며 조모차동생이 90도로 인사을하고 문을 닫아드리고 운전석에 앉잤다,
"형님?" "편히쉬십시요!" "형님?"
"그래!"
김병식보스는 조모차동생에게 말을하였다,
"강원도펜션으로 가자?"
"예!" "형님?" 명심하겠습니다, "형님?" 하고 90도로 앉자서 고개을 숙이고 인사을하며 한국병원에서 강원도펜션으로 출발을하였다,
김병식보스와 조모차동생은 강원도펜션으로 가면서 김병식보스는 말을하지 않고서 쇼파에 기대며 눈을감고서 같다,
시간이 흘러서 조모차동생이 김병식보스에게 앉자서 90도로 고개을 숙이고 말을 하였다,
"형님?" 강원도펜션에 도착을 하였습니다, "형님?"
"그래!"
조모차동생은 벤츠차에서 내려서 김병식보스에 뒷문을 열어드리고 문을닫았다,
"오산으로 들어가거라?"
"예!" "형님?" 명심하겠습니다, "형님?" 하고 90도로 고개을 숙여서 인사을하였다,
김병식보스가 강원도펜션 입구 현관문으로 걸어가며 조모차동

생이 90도로 고개을 숙여서 인사을하며 말을하였다,
"형님?" "편히쉬십시요!" "형님?"
"그래!"
김병식보스가 현관 문을열고서 들어가고 쇼파에 앉자서 썬팅되어 있는 유리창으로 정원을 보았다,
조모차동생이 벤츠차에타고 오산시로 출발을 하는 것을 보았다,
김병식보스는 피곤함이 몰려서 오는것에 하얀 체육복으로 갈아입고 샤워을하며 방에 들어가서 잠을 청하였다,
한국병원에서는 오전9시였다,
501호실에 고상국동생과 오방자동생과 한사마동생과 마상회동생과 우통지동생과 황시라동생들에게 김자미간호사가 주사을 넣고서 인사을하였다,
"주무셨어요!"
"그래!"
"주사을 맞을 시간예요!"
동생들은 동시에 말을하였다,
"그래!" "맞고서 해야지 주사을 넣고서 퇴근을 하겠어!" "예!"
"수고했어!"
김자미간호사는 501호실에서 나와서 동생들에 502호실 동생들과 503호실 동생들과 504호실 동생들에게 주사을 넣기위해 들어같다,
김자미간호사가 나가고 한국병원 501호실에 10분 뒤에 있다가 과장 미소요 여자와 수간호사 미호자 여자와 이상지 간호사여자와 지하요 간호사여자와 하장미 간호사여자가 들어왔다,
미소요과장은 고상국동생에게 말을하였다,
"몸은 어때요!"
"예!" 많이 좋아 졌습니다,
"예!"

오방자동생에게도 말을하였다,
"몸은어때요!"
"예!" 많이 좋아 졌습니다,
한사마동생에도 말을하였다,
"몸은 어때요!"
"예!" 많이 좋아 졌습니다,
마상회동생에게도 말을하였다,
"몸은어때요!"
"예!" 많이 좋아 졌습니다,
우통지동생에게도 말을하였다,
"몸은 어때요!"
"예!" 많이 좋아 졌습니다,
황시라동생에게도 말을하였다,
"몸은 어때요!"
"예!" 많이 좋아 졌습니다,
"예!" "움직이면 안돼요!"
"예!" "과장님? 동생들은 동시에 대답을하였다,
미소요과장과 간호사들과 동생들은 농담도 하면서 한국병원에 하루을 시작하고 있었다,
미소요과장과 간호사들과 10분동안 이야기을하고 502호실 병동으로 동생들이 있는곳으로 같다,
501호실 병동에는 소독하는 김화종 남자의사가 들어와서 한명씩 소독을하고 502호실 병동 동생들 호실로 같다,
한국병원에 오전7시에는 아침밥을 주는 아줌마 주한주 여자가 들어와서 아침을밥을 주고 나같으며 오전8시에는 김함중남자가 들어와서 501호 병동을 청소을 하고 나같다,
한국병원에서 1층과 5층에는 환자들이 치료을하는 사람들이 다녔으며 한국병원 의사들과 간호사들도 많이다녔다,
한국병원에 오전이 지나고 점심이 지나고 저녁이 되어서 5층

에 교대는 해바자 간호사여자와 바상모 간호사여자가 야간들을 한국병원에서 보냈다,
강원도펜션에 저녁에 풍경이 아름다웠다,
김병식보스가 텔래비젼을 보고 있었다,
김병식보스에 전화벨이 울리고 원서머나잇 노래가 흘러나오고 있었다,
김병식보스는 전화기을 귓가에 되었다,
"김병식 보스 두목 백호 하얀호랑이 대장 강원도펜션 주소을 불러줘?"
"형" "강원도ㅁㅁㅁ 이야?"
"그래!" "금방 갈께!"
"그래!" "형"
김병식보스는 하기장형과 전화을끊었다,
김병식보스는 검정 양복을 상의와 하의을 입고서 검정 와이셔츠와 줄무니 검정넥타이을 차고서 쇼파에서 일어나서 냉장고로 가고 흰 우유한잔을 가지고와서 쇼파에 앉자서 텔래비젼을 보며 마셨다,
강원도펜션에는 벤츠차에 승용차소리가 들렸다,
김병식보스는 썬뗑된 유리로 정원을 보았으며 벤츠차에서 하기장형과 조미보가수 형수가 내려서 1층 현관 문으로 걸어서 들어오고 있었다,
서울에서 강원도펜션까지는 하기장형이 1시간에 왔다,
"떵동" "떵동" "떵동" "들어와?"
하기장형과 조미보형수가 들어와서 말을하였다,
"시내파 김병식 보스 두목 백호 하얀호랑이 대장 전국에 소문들이 다났어!"
"그래!"
그때 조미보형수가 대답을 하였다,
"김병식 보스님?"

"괜찮으신지요!"
"예!" 괜찮습니다, "형" "형수님?" "이곳으로 앉으십시요!"
"그래!" "시내파 김병식보스?"
"예!" "보스님?"
하기장형과 조미보형수와 쇼파에 앉았다,
김병식보스가 말을하였다,
"형" "형수님?" "식사는 하셨습니까?"
"예!" 먹었습니다,
형수가 대답을 하였다,
김병식보스는 말을하였다,
"형" "형수님?" "차을 어떤 것으로 들릴가요!"
"그래!" "보스?" 얼굴을 보고 서울방송국으로 올라가야되서""
"그래!"
"형" "그럼?" 시간이 없겠어!"
"응" "보스?" 그래도 강원도펜션까지 왔는데 말야?" "그래!"
"그럼?" "흰 우유나 한잔 먹고 갈께!"
"그래!" 형수님도 흰 우유한잖 드립니까?"
"예!" "김병식 보스님?"
 김병식보스는 일어나서 흰 우유두잔을 같고서 하기장형과 조미보형수에게 주고 30분동안 이야기을하고 하기장형과 조미보형수가 일어났다,
"대한민국 경기도 오산시 정통으로가는 시내파 김병식 보스 두목 백호 하얀호랑이 대장 식사많이하고 좋은 일이 있어으면 해!"
"그래!" "고마워?" "형"
"김병식 보스님?" "몸 조리 잘 하세요!"
"예!" "형수님?"
김병식보스와 하기장형과 조미보형수와 이야기을 하고서 강원도펜션에서 현관 문을열고서 나가려고 할때에 하기장형이 말

을하였다,
"김병식 보스 나오지마?"
"그래!" "형"
"예!" "안에 계세요!"
"예!" "형수님?"
"형" "들어가?"
"김병식 보스 전화할께!"
"형수님?" "들어가십시요!"
"예!"

　김병식보스는 하기장형과 조미보형수가 현관문을 열고서 벤츠차에있는 곳에 가서 문을열고서 타고 강원도펜션에서 서울방송국까지 출발을하였다,
김병식보스는 일어나서 썬팅되어 있는 유리로 보고 앉자서 쇼파에 기대고 텔래비젼을 보고 있었다,
대장일수 사무실에서는 조모차동생과 한다보동생이 바둑을 두고서 있었다,
터미널거리에는 연인들끼리들 다니는 사람들이 많았다,
가로등 불빛과 간판에 조명들과 노래소리가 흘러나오고 있었다,
자동차 "빵" "빵" "빵" 소리와 자전거 "따르릉" "따르릉" "따르릉" 소리와 오토바이 "띠" "띠" "띠" 소리을내며 문화의거리 터미널을 다니고 있었다,
저녁10시로 흘러가고 있었다,
시장에 과일가게 이금지누님과 옷가게 한오진누님과 생선가게 장고미누님과 편의점 이정호누님과 통닭가게 정하미누님과 오산시 전체에 가게집들이 김병식 보스 두목님에 일수을 가져가서 쓰고있었다,
오산극장 앞 구두방 오범구형과 뮤직차집누님 양미조누님과 경양식가게 장미해누님과 오산극장3층 포켓볼당구장 강하만형

과 야식집 이보장누님과 볼링장누님 지혜미누님과 오산극장 이다보누님과 터미널에 마차 고진오누님과 이하준누님과 강보자누님과 장한자형과 황제꼼장어 한만고형과 분식점 이나미누님과 세탁소 양모수형과 이수한누님과 택시 조자고형과 김다진형과 하북오리로스구이 고기집 이금신누님과 형은오피스텔 김명화형과 오희민누님과 시장안에 어르신 할머니들과 할아버지들이 앉자서 야채들을 파시는 어르신들과 오산시 전체분들이 김병식보스에 일수을 쓰고 있었다,

대장일수에서 조모차동생과 한다보동생은 밤을 세우려 하였다, 호남전국구파 조근만대장에 모텔은 7층으로 되어 있었고 호남에서 50명들이 경기도 오산시 조근만대장에 모텔로 올라와 있었다,

호남전국구파 조근만대장은 오른팔 이한장과 왼팔 조장중에게 말을하였다,

"한장아?" "장중아?" "오늘새벽 1시에 대장일수로 20명을 데리고 갈 것이다,

"예!" "형님?" 하고 동시에 60도로 고개을 숙여서 인사을하고 대답을하였다,

호남전국구파 조근만대장은 이한장과 조장중이 "서" "서" 있는 것에 말을하였다,

"오늘새벽에 1시에는 또 내가 갈 것이다, 김병식 보스 두목 백호 하얀호랑이 대장이 선거로 우리동생들을 헤치워서 내가 김병식보스가 도망을 다니고 있을 때 동생들과 오산시을 접수을 하것이다,

"예!" "형님?" 60도로 동시에 대답을 하고 인사을하였다,

"그래!" "나가서 일들 보고 있어라?"

"예!" "형님?" 나가보겠습니다, 60도로 동시에 대답을하고 인사을하고 밖으로 나같다,

시간이 흘러서 새벽 1시가 되었다,

호남전국구파 조근만대장과 이한장과 조장중과 오하지와 호남전국구파들 20명들은 대장일수로 쇠파이프을 둘고서 터미널거리로 들어가고 있었다,
호남전국구파 조근만대장과 오른팔 이한장과 왼팔 조장중은 쇠파이프을 둘지 않고서 오하지놈과 17명들은 쇠파이프을 둘고서 대장일수로 걸어가며 고진오누님과 이하준누님과 장한자형과 강보자누님과 사람들에게 이야기을하며 가고 있었다,
"휘이?" "휘이?" "피켜라?" "피켜?"
고진오누님께서 말을하였다,
"뭐야?" "저놈들은" "'
이하준누님도 말을하였다,
"뭐야?" "놈들" "''`
장한자형과 강보자누님도 붙어서 동시에 말을하였다,
"뭐야?" "김병식 보스 두목 백호 하얀호랑이 대장님한테 혼을 날려고 하려나?"
"뭘봐?" "피켜?" 하고 대장일수에 도착을 하였다,
대장일수에서는 조모차동생과 한다보동생이 바둑들을 두고 있었다,
대장일수사무실 문이 열리는 소리을 들었고 조모차동생과 한다보동생이 일어나서 동시에 호남전국구파 조근만대장에게 말을하였다,
"너희들 뭐야?"
"아?" "진정해라?" 나는 호남전국구파 조근만대장이다, "김병식보스에 동생들이냐?"
"그래!" 우리형님의 이름섯자분을 함브로 부르는구나?" "하" "하" "하" "김병식보스 동생들 답구나?" "이곳에서 죽어서 나가고 싶나?"
조모차동생이 말을하였다,
"너희들한테는 내가 죽인다,

"그래!" 다시 한번말을 하겠다, 내 밑으로 들어오며는 목숨만은 살려주겠다,
"호남 너희지역으로 꺼져라?"
"할 수 없다, "애들아?" "부러트리지는 말아라?"
"예!" "형님?" 60도로 인사을하고 10명들이 나가서 쇠파이프을 흔들었다,
조모차동생과 한다보동생은 싸움도 되지않고서 호남전국구파들에게 무릅을끌었다,
대장일수 밖에는 호남전국구파 4명이 "서" "서" 있었고 대장일수 사무실안에는 16명들이 들어와 있었다,
조모차동생과 한다보동생은 호남전국구파 조근만대장 앞에서 무릅을끌었다,
호남전국구파 조근만대장은 경상도전국구파 하지문대장에게 전화을하였다,
경상도전국구파 하지문대장이 전화을받았고 호남전국구파 조근만대장이 말을하였다,
"지문친구?"
"그래!" "근만친구?" "이곳에 대장일수사무실을 정복을 시켰다네!"
"그래!" "잘됐네!"
"이곳에 와서 회포나 한잖 하세?"
"그래!" "근만친구?" "나와 동생들 20명이 가겠네!" "그럼?"
"기다릴세?"
"그래!" "근만친구?" "아참?" "김병식 보스는 어떻게 됐나?"
"내가 이곳으로 오라고 할 걸세?"
"그러게!" "근만친구?" "금방 가 겠네!"
"그래!" "지문친구?"
호남전국구파 조근만하고 경상도전국구파 하지문대장하고 전화을끊었다,

- 202 -

호남전국구파 조근만대장은 조모차동생에게 전화을 김병식보스에게 하라고 하였다,
조모차동생은 대장일수사무실에서 강원도펜션으로 전화을하였다,
김병식보스는 전화을 받았고 받는 순간에 호남전국구파 조근만대장에 목소리가 들렸다,
"김병식 보스 두목 백호 하얀호랑이 대장 나는 호남전국구파 조근만대장이다, 대장일수사무실에서 있다, 대장일수사무실에서 만나자?"
김병식보스는 무거운말로 호남전국구파 조근만대장에게 말을 하였다,
"그래!" 이곳에서 그곳에 대장일수 사무실까지는 2시간이 걸린다, 그곳에서 기다리고 있어라?"
"김병식 보스 같은 말을 하는 것 같다,
김병식보스는 전화을끊고서 강원도펜션에서 전화을하여 여자가 전화을 받고서 강원도 택시을 불렸다,
김병식보스는 하얀 양복 상의와 하의와 하얀 와이셔츠을 입고 하얀 넥타이을 차고 하얀구두을 신고서 강원도펜션에서 나와서 정원에 강원도 택시가와서 뒷문을 열고서 탔다,
강원도택시에 기사는 여자였다,
"경기도 오산시 터미널로 가자?"
"예!"
김병식보스에 구두는 광이 빛나고 오색찬란한 빛이났다,
김병식보스는 강원도펜션에서 오산시로 출발을 하였다,
1시간 30분이 흘러서 강원도택시는 오산시 터미널에 도착을 하였다,
김병식보스가 양복 상의주머니에서 지갑을 꺼내서 계산을 2십만원을 주고 계산을하였다,
"수고해라?"

"예!" "안녕히가십시요!" 김병식보스는 택시에서 내려서 대장일수로 걸어가고 있었고 고진오누님께서 말을하였다,
"김병식보스 몸은 잘 피해다녀 아까 어느놈들이 이곳으로 뭉쳐서 같어!"
"예!" "누님?" "고생하십시요!"
"그래!" "김병식 보스 들어가?"
김병식보스는 걸어가다 이하준누님을 보았다,
"김병식보스 이곳으로 어느놈들이 뭉쳐서 가던데 그곳으로 가는거야?"
"예!" "누님?" "고생하십시요!"
"그래!" "김병식 보스 들어가?"
김병식보스는 걸어가다 장보자누님을 보았다,
"김병식 보스 두목 백호 하얀호랑이 대장 왔어!" "몸은 어때 이곳으로 어느놈들이 가던데 그곳으로 가는거야?"
"예!" "누님?" "수고하십시요!"
"그래!" "들어가?"
김병식보스는 걸어서가며 장한자형을 보았다,
"오산시 시내파 보스 김병식 백호 하얀호랑이 대장 어디가 그놈들한데 가는거야?"
"예!" "수고하십시요!" 하고 김병식보스는 터미널로 걸으며 대장일수에 도착을하였다,
대장일수 사무실밖에는 양쪽에 10명은 쇠파이프을 둘고서 있었고 10명들은 맵몸으로 "서" "서" 있었다,
　김병식보스는 달려가서 "붕" 점프을 하며 오른쪽 발다리와 왼쪽발 다리로 왼쪽으로 180도로 회전을하며 앞에있는 호남 전국구파 2명을 가슴팍명치을 차버렸다,
"퍽" 하고 "욱" 하고 입에서 허공으로 피가튀기며 뒤로 쇠파이프을놓고서 대장일수 사무실 유리창을 깨며 날아가 기절을하였다,

김병식보스는 착지을하고 360도로 회전을하여 오른쪽 발다리로 뒤돌려차기을 하여 호남 전국구파 1명을 오른쪽 얼굴 면상턱을 차버렸다,
"퍽"하고 부러지는 소리을내고 "욱"하며 입과코에서 허공으로 피가튀고 쇠파이프와 함께뒤로 콰당하고 기절을하고 날아가버렸다,
대장일수 사무실에는 호남 전국구파 조근만대장과 경상도 전국구파 하지문대장과 말을하였다,
"지문"친구?" "앉자서 있게나?"
"그래!" "앉자서 구경들하세?"
호남전국구파 조근만대장과 경상도전국구파 하지문대장이 동시에 말을하였다,
"너희들도 준비들하고 있어라?"
"예!" "형님?" 60도로 호남전국구파들과 경상도 전국구파들은 동시에 인사을 하였다,
김병식보스는 착지을하고 오른쪽발 다리을 들어올려서 내리찍히로 경상도전국구파 1명을 왼쪽 어깨을 내리찍어버렸다,
"퍽" 하고 부러지는소리을 내고 "욱" 하며 앞으로 소리없이 꼬꾸라지며 기절을 하였다,
김병식보스는 180도로 회전을 연속으로하고 오른쪽발 다리로 뒤돌려차기을 하여 호남전국구파 2명을 오른쪽얼굴 면상턱을 차버렸다,
호남 전국구파놈들은 "퍽" 하고 부러지는 소리을내고 "욱" 하며 입과코에서 허공으로 피가튀기고 뒤로 콰당하고 쇠파이프와 함께 날아가 기절을 하였다,
김병식보스는 호남전국구파 2명이 쇠파이프을 둘고서 있는 것을 보고 김병식보스가 오른쪽발 다리로 뒷굽치로 호남전국구파놈을 왼쪽발 무릅팍을 차버렸다,
호남전국구파놈을 왼쪽에있는 놈을 김병식보스가 왼쪽발다리

로 뒷굽치로 호남전국구파놈 오른쪽발 다리 무릎팍을 차버렸
다,
"퍽" 하고 부러지는 소리을내고 "욱" 하며 소리없이 동시에
앞으로 기절을하고 꼬꾸라졌다,
김병식보스는 360도로 회전을하고 왼쪽발 다리로 뒤돌려차기
로 호남전국구파 1명을 왼쪽 얼굴 면상턱을 차버렸다,
"퍽" 하고 부러지는소리을 내고 "욱" 하며 입과코에서 허공으
로 피가튀기며 쇠파이프와 함께뒤로 콰당하고 기절을하고 날
아가버렸다,
김병식보스는 달려가서 "붕" 점프을하여 720도로 회전을하여
오른쪽 발다리로 뒤돌려차기을 하고 호남전국구파1명을 오른
쪽 얼굴면상을 차버렸으며 김병식보스가 왼쪽 발다리로 호남
전국구파 1명을 오른쪽 얼굴면상을차버리고 뒤돌려차기을 720
도로 하였다, "퍽" 하는 부러지는 소리와 "욱" 하고 입과코에
서 피가튀기며 쇠파이프을 앞으로 떨어트리고 기절을하며 뒤
로 콰당하고 날아가버렸다,
김병식보스는 착지을하고 앉자서 오른쪽으로 180도로 회전을
하여 오른쪽 발다리로 경상도전국구파 1명을 오른쪽 발목을
차버렸다,
"퍽" 하고 부러지는소리을 내고 "욱" 하고 오른쪽으로 한바퀴
덤브링을 하고 넘으며 기절을하고 콰당하며 날아가버렸다,
김병식보스는 연속으로 앉자서 180도로 회전을하여 왼쪽 발다
리로 경상도전국구파 1명을 왼쪽발다리 발목을 차버렸다,
"퍽" 하고 부러지는 소리을내고 "욱" 하고 왼쪽으로 한바퀴
덤브링을 하고 넘으며 콰당하고 기절을하고 날아가버렸다,
김병식보스는 일어나서 경상도전국구파 2명을 오른쪽과 왼쪽
에있는 놈들을 김병식보스가 달려가 "붕" 점프을 하여 두다리
을 벌리며 경상도 전국구파놈들을 얼굴 면상가운데 밑에턱을
차버렸다,

"퍽" 하고 부러지는 소리을내고 "욱" 하고 입에서 허공으로 피가튀기며 뒤로 한바퀴 덤브링을하고 넘으며 콰당하고 기절을 하며 날아가버렸다,
김병식보스는 착지을하고 앞에있는 경상도 전국구파1명을 김병식보스가 달려가 "붕" 점프을하여 두팔로 경상도전국구파놈의 머리을 잡으며 김병식보스가 두팔로 당기며 오른쪽 발다리 무릎으로 경상도 전국구파놈을 얼굴면상코을 차버렸다,
"퍽" 하고 부러지는 소리을내고 "욱" 하고 코에서 허공으로 피가튀기며 뒤로 한바퀴 덤브링을 하며 넘으며 기절을하고 콰당하며 날아가버렸다,
김병식보스는 착지을하고 360도로 회전을하고 왼쪽발다리로 뒤돌려차기을 하여 경상도 전국구파1명을 왼쪽 얼굴 면상턱을 차버렸다,
"퍽" 하고 부러지는 소리을내고 "욱" 하고 뒤로 기절을하고 콰당하고 날아가버렸다,
김병식보스는 착지을 하였으며 왼쪽 발다리로 들어올려서 내리찍히로 경상도 전국구파1명을 오른쪽 어깨을 내리찍어버렸다,
"퍽" 하고 부러지는 소리을내고 "욱" 하고 앞으로 꼬꾸라졌다,
김병식보스는 경상도 전국구파1명이 앞에서 있는 것을 보았다, 김병식보스가 달려가서 "붕" 점프을하여 오른쪽 주먹으로 수퍼라이트훅으로 경상도 전국구파놈을 얼굴 면상코을 처버렸다,
"퍽" 하고 부러지는 소리을내고 "욱" 하고 코에서 허공으로 피가튀기며 기절을 하고 뒤로 콰당하고 날아가버렸다,
김병식보스는 착지을하고 경상도 전국구파1명이 앞에서서 있는 것을 보고 김병식보스가 몸을회전을 왼쪽으로 앞으로하며 오른쪽팔과 왼쪽팔로 경상도 전국구파놈을 목 울대을 뒤에서 두팔로 잡았다,
경상도 전국구파놈은 "킥" "킥" 되고 있었다,

김병식보스는 경상도 전국구파놈을 뒤에서 목 울대을 잡고서 대장일수 사무실이 깨진 유리을 밟으며 둘어가서 호남전국구파 조근만대장과 경상도 전국구파 하지문대장과 이야기을 하였다,
김병식보스을 보고 조모차동생과 한다보동생이 일어나서 90도로 고개을숙여서 동시에 인사을 하였다,
"형님?" "편히나오셨습니까?" "형님?"
 "그래!" "편히들있어라?"
"예!" "형님?" 명심하겠습니다, "형님?" 90도로동시에 고개을 숙여서 인사을하였다,
호남전국구파 조근만대장과 경상도전국구파 하지문대장과 박수을치며 조근만대장이 말을하였다,
"짝" "짝" "짝" "짝" "대한민국 경기도 오산시 시내파 김병식보스 두목 백호 하얀호랑이 대장이구나?" "소문대로 싸움꾼이고 의리와 카리스마와 김병식 백호 하얀호랑이다워?" "지문친구?" "안그런가?"
"그래!" "맞네?" 백호 하얀호랑이 김병식보스 싸움군이네?"
너희들 지역에가서 대장이되는 것이다, 너희들 지역에서도 싸움과 모든 것이 갖추어 줘야된다, "알았냐?" "돌데가리들 꼬마들아?"
그때 이한장과 조장중과 주수만이 말을하고 앞으로 나오려고 하였다,
"뭐야?" "가만히들 있어라?"
호남전국구파 조근만과 경상도전국구파 하지문대장이 동시에 말을하였고 하지문대장이 말을하였다,
"그래!" "그럼?" "그놈도 죽여라?"
"그래!" "너희들 지역에가서 장래식을 치러라?"
김병식보스는 경상도 전국구파놈을 목을 쪼여버렸다,
경상도 전국구파놈은 소리없이 앞으로 쓰러져 죽었다,

대장일수 사무실안에는 호남전국구파 조근만대장과 호남전국구파 이한장과 조장중과 오하지와 합쳐서 10명들이있었고 7명들은 쇠파이프을 둘고서 있었다,
경상도 전국구파 하지문대장과 경상도 전국구파 주수만과 부지원과 김호지와 오사차와 소라와와 단고장과 합쳐서 10명들이 맴몸으로 있었다,
호남전국구파 조근만대장과 경상도전국구파 하지문대장이 동시에 말을하였다,
"애들아?" "처라?"
"예!" "형님?" 60도로 인사을하고 달려가서 김병식보스와 싸움을 하였다,
김병식보스는 달려가서 "붕" 점프을하여 540도로 회전을하고 오른쪽 발다리로 뒤돌려차기을 하여 경상도 전국구파1명을 오른쪽 얼굴 면상턱을 차버렸다,
"퍽" 하고 부러지는 소리을내고 "욱" 하고 입과코에서 허공으로 피가튀기며 뒤로 기절을하고 콰당하며 날아가버렸다,
김병식보스는 착지을하고 김병식보스가 오른쪽 발다리로앞차기로 발을 밀면서 경상도 전국구파1명을 가슴명치팍을 차버렸다,
"퍽" 하고 "욱" 하고 입에서 피가튀기고 기절을하며 콰당하고 뒤로 날아가버렸다,
김병식보스가 대장일수 사무실안에서 싸움을하고 있으며호남전국구파들이 쇠파이프을 둘고서 머리위에서 내리치는것들을 김병식보스가 피하며 김병식보스가 호남전국구파 1명이 쇠파이프가 내려온 것을 보고 180도로 회전을하고 왼쪽 발 다리로 뒤돌려차기을 하여 호남전국구파놈을 왼쪽 얼굴 면상턱을 차버렸다,
"퍽" 하고 부러지는 소리을내고 "욱" 하고 입과 코에서 피가튀기며 쇠파이프을 앞을로 떨어트리고 뒤로 기절을하며 콰당하

고 날아가버렸다,
호남전국구파 1명이 쇠파이프을 둘고서 내리치려고 할때에 김병식보스가 오른쪽 발 다리로 앞차기로 호남전국구파놈을 오른쪽팔 손목을 차버렸다,
쇠파이프는 뒤로 허공으로 "빙" "그" "르" "르" "르" 돌면서 날아가버렸다,
김병식보스는 몸을 180도로 회전을하고 오른쪽 발다리로 뒤돌려차기을 하여 호남 전국구파놈을 오른쪽 얼굴턱을 차버렸다,
"퍽" 하고 부러지는 소리을내고 "욱" 하고 입에서 허공으로 피가튀기며 기절을하고 콰당하며 날아가버렸다,
김병식보스는 180도로 회전을하고 오른쪽발다리로 뒤돌려차기을 하여 호남 전국구파1명을 가슴팍명치을 차버렸다,
"퍽" 하고 "욱" 하며 입에서 허공으로 피가튀기며 뒤로기절을하며 쇠파이프와 함께 콰당하고 날아가버렸다,
김병식보스는 연속으로 이어가는 싸움이였다,
김병식보스는 360도로 회전을하여 오른쪽발다리로 뒤돌려차기을 하여 호남 전국구파1명을 오른쪽 얼굴 면상코을 차버렸다,
"퍽" 하고 부러지는 소리을내고 "욱" 하고코에서 허공으로 피가튀기며 쇠파이프와 함께뒤로 기절을하고 콰당하며 날아가버렸다,
김병식보스에게 호남 전국구파1명이 쇠파이프을 머리위로 내리치는 것을 김병식보스가 보고 360도로 회전을하여 쇠파이프을 차버렸다,
쇠파이프는뒤로 날아가버렸다,
"빙" "그" "르" "르" "르"
김병식보스는 착지을 하고 오른쪽발다리을 들어올려서 내리찍히로 호남전국구파 놈을 왼쪽 어깨을 내리찍어 버렸다,
"퍽" 하고 부러지는 소리와 "욱" 하고 기절을하고 꼬꾸라졌다,

김병식보스가 왼쪽발다리로 180도로 회전을하고 뒤돌려차기을 하여 호남 전국구파1명을 가슴팍명치을 차버렸다,
"퍽" 하고 "욱" 하고 입에서 허공으로 피가튀기며 뒤로콰당하고 기절을하며 쇠파이프와 함께 날아가버렸다,
김병식보스는 오른쪽주목으로 라이트혹으로 경상도 전국구파1명을 얼굴 면상코을 처버렸다,
"퍽" 하는 부러지는 소리을내고 "욱" 하고 코에서 허공으로 피가튀기고 콰당하고 뒤로 날아가 기절을하였다,
김병식보스가 오른쪽발다리을 들어올려서 내리찍히로 호남 전국구파 오하지놈을 왼쪽 어깨을 내리찍어버렸다,
"퍽" 하고 부러지는소리을 내고 "욱" 하고 쇠파이프와 함께 기절을하며 앞으로 꼬꾸라졌다,
김병식보스는 달려가서 "붕" 점프을하고 두다리을 벌려서 경상도 전국구파 단고장과 소라와가 왼쪽과 오른쪽에서 있는 것을 보고 얼굴 면상가운데 턱밑을 차버렸다,
"퍽" 하고 부러지는 소리을내고 "욱" 하고 입에서 허공으로 피가튀기고 뒤로 한바퀴 덤브링을하고 넘으며 기절을하고 날아가버렸다,
김병식보스는 착지을하고 오른쪽발다리로 낭심차기로 경상도 전국구파 오사차놈을 가운데 중앙을 차버렸다,
"퍽" 하고 "욱" 하며 두팔로 가운데 낭심을 잡고서 앞으로 기절을하고 꼬꾸라졌다,
김병식보스는 360도로 회전을하여 오른쪽발다리로 뒤돌려차기을 하여 경상도 전국구파 김호지놈을 오른쪽 얼굴면상턱을 차버렸다,
"퍽" 하고 부러지는 소리을내고 "욱" 하고 입과 코에서허공으로 피가튀기며 뒤도 콰당하며 기절을하고 날아가버렸다,
김병식보스는 360도로 회전을하여 왼쪽발다리로 뒤돌려차기을 하여 경상도전국구파 부지원놈을 왼쪽 얼굴 면상턱을 차버렸

다,
"퍽"하고 부러지는 소리을내며 "욱"하고 입과코에서 허공으
로 피가튀기며 뒤로 콰당하고 기절을하고 날아가버렸다,
김병식보스는 오른쪽으로 180도로 회전을하고 오른쪽팔주목으
로 빽스핀으로 경상도 전국구파 주수만놈을 오른쪽 얼굴면상
턱을 처버렸다,
"퍽"하고 부러지는 소리을내고 "욱"하고 입에서 허공으로
피가튀기며 왼쪽으로 기절을하고 콰당하며 날아가버렸다,
김병식보스는 달려가서 "붕"점프을하여 허공에서 걸으며 호
남전국구파 조근만대장과 경상도전국구파 하지문대장이 오른
쪽과 왼쪽에 앉자서 있는 것을 보고 김병식보스가 720도로 몸
을 회전을하여 오른쪽발다리로 뒤돌려차기을 하여 호남전국구
파 조근만대장이 오른쪽에 앉자서 있는 것을 보며 얼굴 면상
코을 차버렸다,
김병식보스는 허공에서 몸을 회전을하고 왼쪽에 앉자서있는
경상도 전국구파 하지문대장이 김병식보스을 보고있는것에 얼
굴 면상코을 처버렸다,
"'퍽"하고 부러지는 소리을내고 "욱"하고 입과 코에서 허공
으로 피가튀기며 뒤로 기절을하고 날아가버렸다,
김병식보스는 착지을하고 오른쪽발다리로 옆차기을하여 호남
전국구파 이한장놈을 얼굴 면상코을 차버렸다,
"퍽"하고 부러지는 소리을내고 "욱"하고 입과코에서 허공으
로 피가튀며 뒤로 기절을하고 콰당하고 날아가버렸다,
김병식보스는 몸을 720도로 회전을하고 오른쪽발다리로뒤돌려
차기을 하여 호남전국구파 조장중놈을 얼굴 면상오른쪽턱을
차버렸다,
"퍽"하고 부러지는 소리을내고 "욱'하고 입과코에서 허공으
로 피가튀기며 뒤로 기절을하며 콰당하고 날아가버렸다,
김병식보스에 싸움을보며 한 대를 맞아도 기절을하며 죽음으

로 가는 길이였다,
김병식보스는 조모차동생과 한다보동생에게 말을하였다,
"다친데는 없느냐?"
"예!" "형님?" 괜찮습니다, "형님?" 하고 90도로 고개을 숙이고 인사을하고 대답을하였다,
김병식보스는 대장일수 사무실에서 쇼파에 안잤다,
"형님?" "편히쉬십시요!" "형님?" 하고 90도로 동시에 고개을 숙여서 인사을하였다,
"그래!" "편히들 있어라?"
"예!" "형님?" 명심하겠습니다, "형님?" 하며 90도로 인사을하고 대답을하였다,
김병식보스가 조모차동생과 한다보동생과 이야기을하고 있었으며 호남전국구파 조근만대장과 경상도전국구파 하지문대장은 정신들이 돌아 오는 것을 보고 부러진곳들을 잡으며 호남전국구파들과 경상도전국구파들은 실음을 내고서 대장일수 밖에서와 안에서 앉자서 있었다,
대장일수밖에서는 사람들이 지나다니며 "웅성" "웅성" 하고있었다,
김병식보스는 호남전국구파대장과 경상도전국구파 하지문대장에게 말을하였다,
"대한민국 경기도 오산시는 너희들 지역이 아니다, 이번에는 한명이다, 이곳에서 있으며는 장외와 죽여서 너희들 고향으로 보내주겠다, "오산시을 떠나거라?"
호남전국구파 조근만대장이 말을하였다,
"소문대로 듣던 경기도 오산시 시내파 김병식 보스 두목 백호 하얀호랑이 대장이다, "그래!" "전화을 한통하자?"
"그래!" "하여라?" 죽은놈하고 너희들 고향에가서 장래식을 치러주어라?"
경상도전국구파 하지문대장이 말을하였다,

"김병식 보스 두목 백호 하얀호랑이 대장 의리와 카리스마와 싸움 모든 것이 남자이구나?" 오늘은 우리가졌다, 내가고향에서 모르게 장래식을 치러줄 것이다,
"그래!"
김병식보스는 호남전국구파 조근만대장과 경상도전국구파 하지문대장과 말을 하지않았다,
호남전국구파 조근만대장은 모텔로 전화을하였다,
호남전국구파 놈은 60도로 인사을하고 전화을받았다,
"예!" "형님?" "쉬셨습니까?" "형님?"
"그래!" 이곳에 대장일수 사무실로 봉고차 3대와 BMW2대을 가지고 오너라?"
"예!" "형님?" "쉬십시요!" 형님?" 하며 60도로 인사을하고 전화을끈었다,
몇분뒤에 대장일수 사무실에 밖에는 호남전국구파 5명들이 봉고차3대와 BMW2대을 한명씩 운전을하고 왔다,
호남전국구파 조근만대장과 경상도전국구파 하지문대장에게 60도로 인사을하였다,
"형님?" 차을가지고왔습니다, "형님?" 호남전국구파대장과 경상도전국구파 대장이 동시에 말을하였다,
"그래!" "다들가자?" "예!" "형님?" 하고 60도로 인사을하고 고통을 받으며 부러진곳을 잡고서 경상도전국구파 하지문대장과 호남전국구파 조근만대장은 BMW을 타고서 수원요라병원으로 출발을하였다,
호남전국구파들과 경상도전국구파들과 대장일수에서 모두 가고 나서 김병식보스는 양복주머니에서 지갑을꺼내서 천만원짜리을 조모차동생에게 주었다,
조모차동생과 한다보동생은 동시에90도로 인사을 고개을 숙여서하고 말을하였다,
"예!" "형님?" 고맙습니다, "형님?"

"모차 하고 다보 는 한국병원에 입원을하여라?"
"예!" "형님?" 명심하겠습니다, "형님?" 하고 90도로 고개을 숙여서 인사을하였다,
"이곳에 대장일수는 내가 전화을해서 인테리어 업채을 시킬걸 것이다, 대장일수에 일수는 몸이 낫는 되로 수거을 하여라?"
"예!" "형님?" 명심하겠습니다, "형님?" 하고 90도로 인사을하고 조모차동생과 한다보동생은 대장일수에서 김병식보스에게 90도로 인사을하고 나같다,
"형님?" "편히쉬십시요!" "형님?"
"그래!" "몸 조리들 하여라?"
"예!" "형님?" 명심하겠습니다, "형님?" 하며 대장일수에서 나가서 택시을타고 한국병원으로 같다,
오산시에 터미널거리는 새벽4시로 되어가고 있었다,
김병식보스에 싸움은 빠르게 끝났으며 형은오피스텔로 가서 새벽6시가 되어 인테리어 업체 사무실로 전화을하여 여자가 받았고 대형유리와 사무실 의자와 책상과 컴퓨터들을 정리을 하고 대장일수을 청소을해라고 하고 돈은 계좌로 김병식보스가 넣어주었다,
김병식보스는 강원도택시을 한 대 형은오피스텔로 불렀다,
여자 경리가 받아서 김병식보스을 알고하여 오산시로 택시을 보내서 강원도펜션까지 택시을 타고서왔다,
강원도택시 기사남자는 김병식보스에게 말을하였다,
"강원도펜션에 도착을 하였습니다,
"그래!" 하고 양복주머니에서 지갑을 꺼내서 40만원을 주었다,
"예!" 고맙습니다,
"안녕히가십시요!"
"그래!" "수고해라?"
김병식보스는 강원도펜션으로 현관 문을열고서 들어가서 쇼파에 앉자서 피곤함이 몰려와서 눈을 감고말았다,

강원도펜션에 하루가 지나가고 오전11시가 되어가고 있었다,
김병식 보스 두목 백호 하얀호랑이 대장에 전화가 원서머나잇 노래가 귓가에 들려오고 있었다,
김병식보스는 전화을 받았다,
"병식아?" "형이다,
"예!" "형"
"오늘 군대에 갈 것이다,
"예!" "어디로 가십니까?"
"경기도 이천에 장호원에 특공대에 입대을 하려고한다," "형이 시간이 없어서 전화을 끊는다,
"예!" "한번 들리겠습니다,
 김병근큰형과 김병식보스와 10분을 전화을하고 전화을 끊었다,
김병식보스는 전화을 끊고서 어머니한테 전화가 오는것이였다,
"병식아?" 병근이가 군대에간다,
"예!" 전화 왔었습니다,
"그래!" "집에 좀 들리고 해라?"
"예!"
"그래!"
"어머니!" "그럼?" 한번 시간을내서 들리겠습니다,
"그래!" 김병식보스와 최점백어머니와 10분을 이야기하고 전화을 끊었다,
강원두펜션에 오전과 오후에는 조용한 산속에서 새들과 동물들이 지지배배 하고 노래와 계곡에서 흘러 내려가는 시냇물소리가 들렸다,
강원도펜션에서 김병식보스는 식사을 강원도 식당에서 시켜서 먹고는 하였다,
저녁이 8시가 되어서 김병식보스에게 김호아동생이 전화가 오는것이였다,

"오빠?" "오늘 시험이 끝났어요!"
"그래!" "수고했어!"
"오늘 오빠가있는 강원도펜션에 가면 안 되나요!"
"호아공주님?" "오늘은 안되고 주말에 오빠을 보러오면 안될가?" "시간도 많은데" " " "
"예!" " "오빠?"
김병식보스와 김호아동생은 10분동안 통화을하고 전화을끊었다,
김병식보스와 김호아동생과 전화을 끊고서 하기장형에게 전화가 오는것이였다,
김병식보스는 전화을받았다,
"대한민국 경기도 오산시 정통으로가는 시내파 김병식 보스 두목 백호 하얀호랑이 대장 식사는 했어!"
"그래!" 형은 형수님과 식사는했어!"
"응" "지금 서울에서 방송국에서 일좀 보고 있어!"
"그래!" "그럼?" "형수님과 일을봐?"
"그래!" "김병식 보스 백호 하얀호랑이대장 들어가?"
"그래!" 김병식보스와 하기장형과 전하을끊었다,
김병식보스에 강원도 펜션에서의 시간은 3주가 되었다,
김병식보스는 강원도펜션에 시간은 낮2시로 되어가고 있었다,
김병식보스에 전화가 원서머나잇 노래가 흘러나오고 있었다,
김병식보스에게 전화가 걸려온 사람은 오른팔 조모차동생 이였다,
조모차동생은 90도로 고개을 숙여서 인사을하고 말을하였다,
"형님?" "편히쉬셨습니까?" "형님?"
"그래!" "몸은 괜찮으냐?"
"예!" "형님?" 괜찮습니다, "형님?" 하고 90도로 고개을 숙여서 인사을하였다,
"그래!" "한국병원에서 퇴원을 하였느냐?"

"예!" "형님?" 모두 퇴원들을 하였습니다, "형님?" 하고 90도로 인사을하며 대답을하였다,
"그래!" "대장일수 사무실을 정리을하고 동생들과 몸 조리을 하고 오산시에서 일들을 보아라?"
"예!" "형님?" 명심하겠습니다, "형님?" 90도로 고개을 숙여서 인사을하며 대답을하였다,
"그럼?" "모차 와 다보 는 저녁8시까지 강원도펜션으로 벤츠차을 되어라?"
"예!" "형님?" 명심하겠습니다, "형님?" 하고 90도로 인사을하고 전화을 끈을 때 조모차동생이 김병식보스에게 90도로 고개을 숙여서 인사을하였다,
"형님?" "편히쉬십시요!" "형님?"
"그래!"
김병식보스는 강원도펜션에서 텔래비젼을 켜고 뉴스을보았다, 뉴스에서는 경기도 오산시에 김미한 국회의원님이 당청이 되었다고 하였다,
김병식보스는 뉴스을보며 전화가 걸려오고 있었다,
오마차형에게 전화가 오는것이였다,
"대한민국 경기도 오산시 시내파 김병식 보스 두목 백호 하얀 호랑이 대장?" "몸은 어땐가?" "식사 했는가?"
"예!" 뉴스을 보았습니다,
"김병식보스 때문에 큰 힘이되었다네!" 김미한 국회의원님도 말씀을 하였네!" 이번사건과 김병식보스을 뒤에서 일들을 봐준다고 하였네!"
"형" 만 믿겟습니다,
"그럼?" "조금만 더 있어 주길 바라래?" 김미한 국회의원님이 당첨이 되어서 지금은 바쁘다네!"
"그래!" "형" "일을 보십시요!"
"그럼?" "또 전화을 하겠네!"

김병식보스와 오마차형과 전화을 끊었다,
강원도펜션에 날짜는 5월29일이 였다,
김병식보스에게 김호아동생이 전화가 걸려오고 있었다,
김병식보스는 전화을 받았다,
"오빠?""호아예요!"
"그래!""호아공주님?"
"강원도 펜션으로 가며는 안되요!""오빠?""내일이 생일 인데요!"
"그래!""벌써 그렇게 됐나?"
"예!""오빠?""본인 태워난 날도 몰라요!"
"하""하""하""호아공주님 때문에 오늘 알았어!"
"호아야?""내일 형은오피스텔로 와라?"
"그래요!""오빠?""호아가 오고 싶을 때 오면돼?"
"오빠가 기다리고 있을께?"
"예!""오빠?""오전에 9시까지 갈께요!"
"그래!""호아공주님?""그럼?""내일보자?"
"예!""오빠?""내일봐요!"
김병식보스와 김호아동생은 전화을끊었다,
오산시에는 호남전국구파 조근만대장에 모텔에서는 오른팔 이한장 과 왼팔 조장중 과 오하지 와 조마하 와 마창고 와 나장수 와 나주아 와 100명들이 오른쪽과 왼쪽에서 줄을 맞서서 앉자서 호남전국구파 조근만대장에 말을 듣고있었다,
김병식보스에 배신자놈들도 우상짐놈과 이진마놈과 김부하놈과 김부영놈과 한국태놈과 이태미놈과 구조용놈과 이방언놈과 조남상놈과 진상회놈과 마해국놈과 앉자서 말을 듣고 있었다,
호남전국구파 조근만대장이 말을하였다,
"김병식 보스 두목 백호 하얀호랑이 대장을 오늘 저녁밤 11시에 경상도전국구파 식구들20명과 수원여우파 식구들과 함께하여 오산시을 해치울걸 것이다,

"예!" "형님?" 동시에 60도로 앉자서 고개을 숙이고 인사을 하였다,
경기도전국구파에서 나온 수원여우파놈들이 였다,
"우리쪽에서도 20명을가서 함께 헤칠울 것이다, 이번에 김병식 보스 백호 하얀호랑이 대장은 오산시을 우리에게 내놓을 것이다,
"예!" "형님?" 60도로 동시에 인사을하였다,
"이번에도 내가 갈것이다, "나머지들은 모텔들을 지키고 있어라?"
"예!" "형님?" 60도로 동시에 고개을 앉자서 숙여서 인사을 하였다,
"너희들도 이번에 앞장을 써거라?"
"예!" "형님?" 60도로 동시에 김병식보스에 배신자들은 고개을 숙이고 인사을하였다,
"그럼?" "밖에서 일들 보아라?"
"예!" "형님?" 60도로 동시에 안자서 인사을하고 일어나서 60도로 동시에 인사을 하였다,
"형님?" "쉬십시요!"
"그래!" 호남전국구파들은 한명씩 모텔에서 나같다,
호남전국구파 조근만대장에 오른쪽에는 이한장과 왼쪽에는 조장중이 앉자서 있었다,
조근만대장은 경상도전국구파 하지문대장에게 전화을 하였다,
하지문대장이 전화을 받았고 경상도말씨로 말을하였다,
"친구가 오전부터 어쩐일로 전화을 하였노?"
"오늘저녁에 김병식 보스 백호 하얀호랑이 대장을 오산시을 모두 다 접수을 할가하네!" "그래서 친구와 동생들을 20명만 이친구 좀 도와주게!"
"그렇게 하겠소?" "동생들이 20명이 리본드칼을 잘쓰고 한다네!" "오산시에 시내파 김병식 보스 두목 백호 하얀호랑이 대

장이 아무리 싸움꾼이라고 해도 이번에는 안될걸세?"
"그럼?" "저녁 11시에 오산시터미널에서 보게나?
 "그럼?" "그때보세?"
호남전국구파 조근만대장과 경상도전국구파 하지문대장과 전화을끊었다,
조근만대장은 수원여우파 조한문에게 전화을걸었다,
조한문대장은 60도로 인사을 고개을 숙이고 말을하였다, "예!"
"형님?" "쉬셨습니까?"
"그래!" "한문아?" "오늘저녁 11시에 오산시 김병식보스 백호 하얀호랑이 대장과 오산시을 접수을 할것이야?" "형좀 도와주고 동생들과 저녁11시까지 오산시 터미널에 와 있어라?"
"예!" "형님?" 60도로 인사을 하였다,
"그럼?" 전화을 끊겠다,
"예!" "형님?" "쉬십시요!" 하고 60도로 인사을하고 전화을 끊었다,
호남전국구파 조근만대장과 수원여우파 조한문대장과는 한 살 아래인 조한문동생이였다,
경상도전국구파 하지문대장은 오피스텔로 동생들을 모두 집합을하여 오른쪽과 왼쪽들에 앉자서 줄을맞히고 앉자서 있었으며 하지문대장이 말을하였다,
오른팔 주수만놈은 오른쪽에 앉자서 있었고 왼쪽에 부지원놈이 앉자서 있었다,
김호지놈과 오사차놈과 소라와놈과 단고장놈과 100명들은 오피스텔에서 있었다,
"호남전국구파 식구들과 저녁11시에 경기도 오산시 시내파 김병식 보스 두목 백호 하얀호랑이 대장과 오산시을 정리을 시킬 것이다,
"예!" "형님?" 60도로 앉자서 동시에 고개을 숙이고 하였다,
"나와 함께 해서 20명이 가서 도와줄것이고 나머지들은 오피

스텔에서 지키고 있어라?"
"예!" "형님?" 60도로 인사을 하였다,
"다들 밖에서 일들 보아라?"
"예!" "형님?" 60도로 동시에 인사을하고 일어나서 동시에 60도로 인사을 한명씩하고 나같다,
"형님?" "쉬십시요!"
수원에 여우파 조한문대장도 라요룸싸통으로 동생들을 집합을 시키고 말을하고 있었다,
오장효동생놈은 오른쪽에 앉았으며 왼쪽에는 진모진동생놈이 앉았다,
조오존동생놈과 김본장동생놈과 강상전동생놈과 강보성동생놈과 한조용동생놈과 용오존동생놈과 김자용동생놈은 라요룸싸통에서 조한문대장에 말을 듣고 있었다,
"오늘저녁11시에 오산시 김병식 시내파 보스 두목 백호 하얀호랑이 대장과 접수을 호남전국구파들과 할걸 것이다,
"밖에서 일들 보다가 10시까지 이곳으로 모여라?"
"예!" "형님?" 60도로 동시에 앉자서 고개을 숙이고 인사을하고 일어나서 동시에 60도로 인사을하였다,
"형님?" "쉬십시요!"
 수원여우파 조한문대장에 동생들은 밖으로 나같다,
강원도펜션에 시간은 저녁7시30분이 였다,
강원도펜션 썬팅된 유리로 보았으며 강원도펜션으로 벤츠차 한 대가 들어오고 있었다,
조모차동생과 한다보동생은 벤츠차에서 내려서 1층 현관문으로 걸어서 들어오고 있었다,
김병식보스는 검정 양복상의와 하의을입고 검정 와이셔츠와 줄무니 넥타이을 차고 검정구두을 신고서 현관 문을열고서 나같다,
조모차동생과 한다보동생은 김병식보스을 보고 90도로 동시에

고개을 숙이고 인사을하였다,
"형님?" "편히쉬셨습니까?" "형님?"
"그래!" "아비숑퍼시팩룸나이트 가게로 가자?"
"예!" "형님?" 명심하겠습니다, "형님?" 90도로 동시에 고개을 숙이고 인사을하며 대답을하였다,
김병식보스는 앞으로 걸어가며 조모차동생은 오른쪽 뒤에서 뒷짐을 짖고서 걸었고 한다보동생은 왼쪽에 뒤에서 뒷짐을 짖고서 걸며 김병식보스에 뒤을 따랐다,
김병식보스가 벤츠차에 도착을하였다,
조모차동생이 앞으로 나와서 오른쪽 뒷문을 열어드리고 조모차동생과 한다보동생이 동시에 인사을하였다,
"형님?" '편히쉬십시요!" "형님?"
"그래!"
조모차동생은 문을 닫아드리고 운전석옆에 탔고 한다보동생은 운전석에 탔다,
오산시 아비숑퍼시팩룸나이트 가게로 출발을며 김병식보스가 말을하였다,
"내일 저녁7시에 회식을하게 하북오리로스구이 고기집가게 이금신누님네에 모두 모이라고 하여라?"
"예!" "형님?" 명심하겠습니다, "형님?" 하고 90도로 앉자서 고개을 숙이고 인사을하였다,
김병식보스는 강원도펜션에서 아비숑퍼시팩룸나이트까지 1시간30분에 도착을하였다,
조모차동생과 한다보동생이 동시에90도로 앉자서 고개을 숙이고 인사을하며 말을하였다,
"형님?" 아비숑퍼시팩룸나이트 가게 도착을 하였습니다, "형님?"
"그래!" "오산시에서 일들보아라?"
"예!" '형님?" 명심하겠습니다, "형님?" 하고 90도로 인사을

하였다,
조모차동생은 벤츠차에서 내려서 김병식보스에 문을 열어드리고 한다보동생도 동시에 내렸다,
김병식보스가 아비숑퍼시팩룸나이트 가게로 1층으로 걸어가며 조모차동생과 한다보동생이 동시에 인사을 고개을 숙이고 하였다,
"형님?" "편히 들어가십시요!" "형님?"
"그래!" 김병식보스는 아비숑퍼시팩룸나이트 가게 1층으로 나와 있는 막네 기복하 웨이터가 90도로 고개을 숙여서 인사을 하였다,
"사장님?" "편히 나오셨습니까?"
"그래!" "일들은 없었느냐?"
"예!" "사장님?" 하고 90도로 인사을 하였다,
김병식보스가 아비숑퍼시팩룸나이트 가게 2층으로 올라가고 있을 때 조모차동생과 한다보동생은 벤츠차을 타고서 대장일 수사무실로 갓다,
김병식보스는 아비숑퍼시팩룸나이트 가게 2층으로 들어가서 장나바 웨이터장이 90도로 고개을 숙여서 인사을 하였다,
"사장님?" "편히 나오셨습니까?"
"그래!" "아비숑퍼시팩룸나이트 가게안에는 일이 없었느냐?"
"예!" "사장님?" "경찰서에서 나오고 하는 일은 없었습니다, 하고 90도로 고개을 숙이고 대답을 하였다,
"그래!"
김병식보스는 스테지을 한번 보았다,
손님들이 많이 있었으며 조명들과 어둔운 아비숑퍼시팩룸나이트 가게 안을 스테지을 빛혀주고 있었다,
스테지위에서는 디제이장 육갑자가 춤을추며 음악을 틀어주고 있었다,
가게안에서는 웨이터들이 "서" "서" 손님들과 이야기을하고

맥주와 안주을 같다주고 있었다,
김병식보스는 룸 안으로 문을열고 들어가서 쇼파에 앉았다,
리모컨으로 아가씨룸을 보았으며 이승미실장 아가씨와 미하자아가씨와 지용미아가씨와 지미화아가씨와 조금제아가씨와 조미해아가씨와 김해자아가씨와 오미소아가씨와 오미세아가씨와 김시원아가씨가 룸 안으로 들어갔고 웨이터 기장조남자가 따라서 들어같다,
이승미실장은 룸안에서 나와서 다른룸안으로 들어가는 것을 보았다,
다른룸으로는 김지오아가씨와 김지미아가씨와 송미오아가씨와 정사라아가씨와 송미오아가씨가 들어 가는 것을 보았고 웨이터 오마수남자가 들어같다,
이승미실장이 룸안에서 나와서 다른룸으로 들어같고 김오지아가씨와 정미제아가씨와 정소언아가씨와 김언지아가씨와 김시오아가씨가 들어같고 웨이터 기장조 가 룸안에서 나와서 이승미실장과 아가씨들이 들어가는 곳으로 들어같다,
김병식보스는 룸안에서 아비숑퍼시펙룸나이트 스테지을 보았고 밖에서 노크소리가 들렸다,
"똑" "똑" "똑" "사장님?"
"그래!" "들어 오너라?"
장나바 웨이터장은 들어와서 90도로 인사을 고개숙여서 하고 이야기을 하였다,
"사장님?" "흰 우유한잖을 같다가 드립니까?"
"그래!"
"예!" "사장님?" 90도로 인사을하고 룸안에서 문을열고 카운터로 같다,
김병식보스는 스테지을보고 아가씨룸을 보았고 몇분있다 김병식보스에 룸 밖에서 노크소리가 들렸다,
"똑" "똑" "똑" "사장님?"

"그래!" "들어와라?"
장나바 웨이터장은 90도로 인사을 하였다,
"사장님?" 흰 우유한잎을 같고서 왔습니다,
"그래!" 이곳에 다 놓고 일 보아라?"
"예!" '사장님?" 하고 90도로 인사을하고 김병식보스에 앞에 탁자위에 다 놓고서 90도로 인사을하고 룸 밖으로 나같다,
"사장님?" 일 보겠습니다,
"그래!" 김병식보스는 아비숑퍼시팩룸나이트 가게에서 저녁 10시50분까지 있다가 오산시을 한번 돌아볼가 해서 룸 밖으로 나같다,
김병식보스는 장나바 웨이터장에게 말을하였다,
"아비숑퍼시팩룸나이트 가게을 실장들과 정리을하고 경찰서에서 나와서 찾거든 오지 않는다고 하여라?"
"예!" "사장님?" 명심하겠습니다, 하고 90도로 인사을하고 "사장님?" "편히 들어가십시요!" 90도로 고개을 숙여서 인사을 하였다,
김병식보스는 1층으로 내려와서 막내 기복하가 90도로 인사을 하였다,
"사장님?" "편히 들어가십시요!"
"그래!" 김병식보스는 떡복기와 순대와 오뗑과 김밥과 닭발을 하는 고진오누님과 닭꼬치을하는 이하준누님과 옥수수을하는 강보자누님과 호떡을파는 장한자형에게 걸어서 인사을 하러 같다,
장한자형은 김병식보스을 보고 말을하였다,
"김병식 보스 몸은 괜찮아?" "호떡 하나 먹어!"
"그래!" "형" "괜찮아?" "수고해!"
"김병식 보스 몸 건강히지내!"
"그래!" "형" "일 있으며는 전화줘?"
김병식보스는 옥수수을 하시는 강보자누님한테 말을 하고있었

- 226 -

다,
시간이 저녁11시로 되어가고 있었다,
터미널 문화의거리에는 사람들이 많이들 다니고 있었다,
터미널 택시을 타는 곳에서 호남전국구파 조근만대장과 이한장놈과 조장중놈과 오하지놈과 조마하놈과 마창고놈과 나장수놈과 나주아놈과 12명이 더 있었고 20명들과 김병식 보스 두목 하얀호랑이 대장에 배신자들 우상짐놈과 이진마놈과 김부하놈과 김부용놈과 한국태놈과 이태미놈과 구조용놈과 이방언놈과 조남상놈과 진상회놈과 마해국놈과 11명들이 있었으며 수원여우파 조한문대장과 오장효놈과 진모진놈과 조오존놈과 김본장놈과 강상전놈과 강보성놈과 한조용놈과 용오존놈과 김자용놈이10명들이 오고 있었다,
경상도전국구파 하지문대장과 주수만놈과 부지원놈과 김호지놈과 오사차놈과 소라와놈과 단고장놈과 13명이 더있었고 20명들이 터미널쪽에 반대쪽에서 걸어오고 있었다,
호남전국구파들과 수원여우파들과 김병식보스에 배신자들이 뭉쳐서 오고 있었다,
호남전국구파 조근만대장과 이한장놈과 조장중놈만 사시미 칼을 둘고 있지 않았고 호남전국구파들은 사시미칼을 둘고서 걸어오고 있었다,
수원여우파 조한문대장은 쇠파이프을 둘고서 있지 않았으며 수원여우파들과 배신자들은 쇠파이프을 둘고서 있었다,
경상도전국구파 하지문대장과 주수만놈만 리본드칼을 둘고있지 않았고 경상도전국구파들은 리본드칼을 둘고서 걸어 오고 있었다,
앞에서 호남전국구파 조근만대장이 걸어오며 뒤에서 오른쪽에서는 이한장과 왼쪽에서 조장중과 가운데에서는 수원여우파 조한문대장이 걸어서오고 뒤에서 호남전국구파들과 수원여우파들과 김병식보스에 배신자들이 걸어서 오고 있었다,

고진오누님과 이하준누님과 강보자누님과 장한자형네서 걸어서오고 있었다,
터미널거리에서 사람들이 "웅성" "웅성" 되고 터미널사람들이 피해주고 있었다,
"비켜라?" "비켜?" 반대편 터미널 아비송퍼시팩룸나이트 옆골목에서는 앞에서 경상도전국구파 하지문놈과 뒤에서 오른쪽에서는 주수만놈과 왼쪽에서는 부지원놈과 걸어서 오고 리본드칼을 둘고서 오고 있었다,
김병식보스는 고진오누님과 이하준누님과 강보자누님과장한자형에게 보고 말을 하였다,
누님들 저쪽으로 피해들 있기을 바랍니다,
한자형도 저기로가서있으시기바랍니다,
"김병식 보스 두목 왔어!" "힘네!" 동시에 말들을 하였다,
김병식보스는 달려가서 "붕" 점프을하며 360도로 회전을하고 오른쪽발다리로 뒤돌려차기를 할 때 조근만대장도 말을하였다,
"처라?" "예!" "형님?" 60도로 동시에 인사을하고 달려서들 나왔다,
"와" "와" "와" "와" 함성을내고 사시미칼과 쇠파이프을둘고서 오고있었다,
김병식보스는 360도로 회전한 오른쪽발다리 뒤돌려차기을 하여 호남전국구파 1명이 달려오는것에 오른쪽얼굴턱을 차버렸다,
"퍽"하고 부러지는 소리을내고 "욱"하고 입과코에서 허공으로 피가튀기고 사시미칼을 허공으로 날아가버리고기절을하고 콰당하며 뒤로 날아가버렸다,
김병식보스는 달려서가서 "붕" 점프을하고 두다리을 양쪽 오른쪽발다리와 왼쪽발다리로 호남전국구파 1명을 얼굴 면상턱을 차버렸다,
"퍽"하고 부러지는 소리을내고 "욱"하며 뒤로 한바퀴 덤브

링을 하고 360도로 돌고 넘으며 기절을하고 사시미칼과 함께 콰당하고 날아가떨어졌다,
김병식보스는 착지을 하였다, 김병식보스는 호남전국구파 조근만대장과 이한장과 조장중과 수원여우파 조한문대장이 뒤에있었다,
사시미칼과 쇠파이프들을 내리치는 것을 김병식보스가 피하고 연속으로 싸움을하였다,
김병식보스는 사시칼과 쇠파이프와 리본드칼이 내리치는것보다 김병식보스 몸들이 발과 주먹과 점프도 호랑이처럼 벌처럼 더빨랐다,
김병식보스는 달려가서 "붕" 점프을하여 두발로 오른쪽과 왼쪽으로 다리을 벌려서 차버렸다,
호남전국구파 2명은 오른쪽과 왼쪽에있는 놈들은 얼굴면상 가운데밑에 턱을맞고서 "퍽" 하고 부러지는 소리을내고 "윽" 하고 입에서 허공으로 피가튀기며 사시미칼을앞으로 떨어트리고 뒤로 한바퀴 덤브링을 하고 넘으며 기절을 하고 콰당하고 날아가버렸다,
김병식보스는 착지을 하였다, 호남 전국구파 1명이 사시미칼을 둘고서 배로 찌르는것을 김병식보스가 몸을 회전을하여 오른쪽으로 180도로 피하고 오른쪽발다리로 상단차기을하여 호남전국구파 놈을 왼쪽 얼굴 면상턱을 차버렸다,
"퍽" 하고 부러지는 소리을내고 "윽" 하고 입과코에서 허공으로 피가튀기며 뒤로 콰당하고 사시미칼을 앞으로떨어트리고 기절을하고 날아가버렸다,
김병식보스는 180도로 회전을하고 오른쪽발다리로 뒤돌려차기을하고 호남전국구파 1명을 오른쪽 얼굴면상 턱을 차버렸다,
"퍽" 하고 부러지는 소리을내고 "윽" 하고 입과코에서 허공으로 피가튀기며 사시미칼은 허공으로 날아가버리고콰당하고 기절을하고 날아가버렸다,

수원여우파 김자용놈이 쇠파이프을 내리치는 것을 김병식보스가 보고 360도로 회전을하고 오른쪽발다리로 뒤돌려차기을하여 차버렸다,
쇠파이프는 허공으로 "빙" "그" "르" "르" "르" 돌면서 날아가버렸다,
김병식보스는 빠르게 오른쪽으로 회전을하여 돌아가서 김자용놈의 목 울대을 김병식보스가 두팔로 휘어 잡아서 울대을 쪼이고 있었다,
김병식보스는 김자용놈을 뒤에서 목 울대을 잡으며 앞에서있는 용오존놈을 김병식보스가 오른쪽발다리로 상단차기을하여 수원여우파 용오존놈을 왼쪽 얼굴 면상턱을 차버렸다,
"퍽" 하고 부러지는 소리을내고 "욱" 하고 입과코에서 허공으로 피가튀기며 쇠파이프와 함께뒤로 콰당하고 기절을하고 날아가버렸다,
김병식보스는 수원여우파 김자용놈을 목 울대을 쪼여버렸다,
소리없이 "욱" 하고 앞으로 꼬꾸라져 기절을 하였다,
김병식보스는 달려가서 "붕" 점프을하며 앞으로 360도로 회전을하여 한바퀴 돌며 넘으며 양쪽 두다리로 호남전국구파들과 사시미칼을 둘고서 있는것에 수원여우파들이 쇠파이프들을 둘고서 있는것에 배신자들이 들고서 있는것에 수원여우파 한조용놈을 가슴팍명치을 차버렸다,"퍽" 하고 "욱" 하며 입에서 허공으로 피가튀기며 쇠파이프와 함께뒤로 콰당하고 기절을하고 날아가버렸다,
김병식보스에 몸이 빠르고 호남전국구파들과 수원여우파들과 배신자들보다 뒤도 돌아보기전에 빨랐다,
호남전국구파들과 수원여우파들과 배신자들이 사시미칼과 쇠파이프을 둘고서 계속적으로 휘두르고 내리치는 것을 보고 김병식보스 두목 백호 하얀호랑이 대장은 두팔을 양팔을 땅에 집고서 앞으로 360도로 회전을 한바퀴씩 5번을 앞으로 덤브링

을하고 넘으며 뒤로 360도로 한바퀴씩덤브링으로 넘으며 피하고 호남전국구파들과 수원여우파들과 배신자들과 경상도전국구파들을 혼을 내주고 있었다,
김병식보스 백호 하얀호랑이대장은 달려가서 옆에 있는 전보상대을 오른쪽발다리와 왼쪽발다리로 전보상대을 밟고서 올라가서 걸으며 180도로 몸을 왼쪽으로 회전을하고 오른쪽발다리로 상단차기로 배신자놈 우상짐놈을 왼쪽 얼굴 면상턱을 차버렸다,
"퍽" 하고 부러지는 소리을내고 "옥" 하고 입과코에서 허공으로 피가튀기고 쇠파이프와 함께뒤로 기절을하고 콰당하며 날아가버렸다,
김병식보스는 착지을하고 왼쪽에있는 이진마놈을 김병식보스가 왼쪽발다리로 낭심차기을하여 배신자놈 이진마놈의 가운데 낭심을 차버렸다,
"퍽" 하고 "옥" 하며 쇠파이프와 함께 앞으로 꼬꾸라졌다,
오른쪽에 김부하놈이 있어서 김병식보스는 180도로 회전을하고 오른쪽발다리로 뒤돌려차기을하여 배신자놈 김부하놈을 오른쪽 얼굴 면상턱을 차버렸다,
"퍽" 하고 부러지는 소리을내고 "옥" 하고 입과코에서 피가튀기며 쇠파이프을 앞으로 떨어트리고 뒤로 기절을하며 콰당하고 날아가버렸다,
김병식보스는 연속으로 이어가는 싸움이였다,
백호하얀호랑이 김병식대장은 앉자서 180도로 회전을하고 오른쪽발다리로 뒤돌려차기을하여 배신자놈 김부용놈을오른쪽발다리 발목을 차버렸다,
"퍽" 하고 부러지는 소리을내고 "옥" 하고 쇠파이프와 함께 오른쪽으로 한바퀴 덤브링을 하고 돌며 넘으며 콰당하고 기절을하며 날아가버렸다,
김병식보스가 일어나서 달려가서 "붕" 점프을하여 오른쪽팔주

먹으로 수퍼라이트훅으로 배신자놈 한국태놈의 얼굴 면상코을 처버렸다,
"퍽"하고 부러지는 소리을내고 "욱"하고 코에서 허공으로 피가튀기며 쇠파이프와 함께뒤로 기절을하고 콰당하며 날아가버렸다,
김병식보스는 몸을 180도로 회전을 오른쪽으로 하며 배신자놈 이태미놈의 목 울대을 김병식보스가 뒤로 회전을하여 두팔로 목울대을 잡고서 쪼여버렸다,
"욱"하며 소리없는 소리을내고 입에서 피가튀기며 기절을하며 쇠파이프와 함께 앞으로 꼬꾸라졌다,
김병식 보스 두목 백호 하얀호랑이 대장은 전보상대을 등으로 집고서 오른쪽발다리로 상단차기을하여 배신자놈 구조용놈의 왼쪽 얼굴 면상턱을 차버렸다,
"퍽"하고 부러지는 소리을내고 "욱"하고 입과코에서 허공으로 피가튀기며 쇠파이프와 함께 고진오누님 마차위로 기절을하고 콰당하고 날아가떨어졌다,
김병식보스는 180도로 회전을하여 왼쪽발다리로 뒤돌려차기을 하여 배신자놈 이방언놈의 왼쪽 얼굴 면상턱을차버렸다,
"퍽"하는 부러지는 소리을내고 "욱"하고 입과코에서 허공으로 피가튀기며 쇠파이프와 함께 고진오누님 마차위로 기절을하고 콰당하며 날아가떨어졌다,
고진오누님 마차는 부서져버렸다,
김병식 보스 두목 백호 하얀호랑이 대장은 달려가서 "붕" 점프을하고 360도로 회전을하여 오른쪽발다리 뒤돌려차기을하여 배신자놈 조남상놈의 오른쪽 얼굴 면상턱을 차버렸다,
"퍽" 하고 부러지는 소리을내고 "욱" 하며 입과코에서 피가튀기고 쇠파이프와 함께 이하준누님 마차위로 기절을하고 콰당하며 날아가떨어졌다,
김병식보스는 착지을하며 배신자놈 진상회놈이 앞에있어서 김

병식보스가 오른쪽발다리 뒷굽치로 진상회놈 왼쪽발다리 무릎팍을 차버렸다,
"퍽" 하고 부러지는 소리을내고 "욱" 하며 쇠파이프와 함께 기절을하고 앞으로 꼬꾸라졌다,
김병식 백호 하얀호랑이 대장이 왼쪽발다리로 뒤돌려차기을하여 360도로 회전을하며 배신자놈 마해국놈을 얼굴 면상코을 차버렸다,
"퍽" 하고 부러지는 소리을내고 "욱" 하며 입과코에서 피가튀기며 뒤로 한바퀴 덤브링을하고 돌며 넘으며 쇠파이프와 함께 기절을하고 콰당하며 날아가버렸다,
김병식보스는 연속으로 벌처럼 나비처럼 솟는 주먹과 발차기 하얀호랑이 김병식보스 였다,
김병식보스는 호남전국구파들과 수원여우파들과 배신자놈들과 싸움을하고 있었다,
경상도전국구파 하지문대장과 경상도전국구파들이 지켜서 보고 있었다,
경상도전국구파 하지문대장이 말을하였다,
"처라?"
"예!" "형님?" 하고 60도로 인사을하고 경상도전국구파들도 리본드칼을 둘고서 김병식보스에게 달려오고있었다,
"와" "와" "와" "와"
김병식보스는 달려가서 "붕" 점프을하며 허공에서 걸으며 오른쪽발다리도 앞차기로 경상도전국구파 한명을 가슴팍명치을 차버렸다,
"퍽" 하고 "욱" 하고 입에서 피가튀기고 리본드칼을 앞으로 떨어트리고 뒤로 기절을하고 콰당하며 강보자누님 마차위로 날아가버렸다,
강보자누님네에 마차는 부러졌다,
김병식보스에게 경상도전국구파 한명이 리본드칼을 내리치는

것을 김병식보스가 몸을 뒤로 오른쪽으로 회전을하고 리본드
칼이 땅으로 내려오는것을 보고 김병식보스가오른쪽발다리로
상단차기을하여 경상도전국구파놈을 왼쪽 얼굴턱을 차버렸다,
"퍽" 하고 부러지는 소리을내고 "욱" 하며 입과코에서 허공으
로 피가튀기고 리본드칼을 앞으로 떨어트리고 오른쪽으로 기
절을하며 쾅당하고 날아가버렸다,
김병식보스는 "붕" 점프을하며 720도로 회전을하고 왼쪽발다
리로 뒤돌려차기을하여 경상도전국구파 한명을 왼쪽 얼굴 면
상턱을 차버렸다,
"퍽" 하고 부러지는 소리을내며 "욱" 하고 입과코에서 허공으
로 피가튀기고 뒤로 쾅당하고 기절을하고 리본드칼과 함께 날
아가버렸다,
김병식보스와 고진오누님 마차쪽에서 싸움을 하였던 호남전국
구파들과 수원여우파들과 경상도전국구파들이 와서 김병식보
스을 둘러싸고 있었다,
호남전국구파 한명이 사시미칼을 김병식보스에게 머리위로 내
리치고 있었다,
김병식보스는 사시미칼을 오른쪽발다리로 뒤돌려차기로180도
로 회전을하고 차버렸다,
사시미칼을 왼쪽으로 허공으로 "빙" "그" "르" "르" "르" 돌면
서 날아가버렸다,
김병식보스가 오른쪽발다리로 허공으로 들어올려서 내리찍히
로 호남전국구파놈을 왼쪽 어깨을 찍어버렸다,
"빡" 하고 부러지는 소리을내고 "욱" 하고 앞으로 기절을하고
꼬꾸라졌다,
김병식보스는 "붕" 점프을하여 오른쪽발다리로 상단차기을하여
경상도전국구파 한명을 왼쪽 얼굴면상턱을 차버렸다,
"퍽" 하고 부러지는 소리을내고 "욱" 하고 입과코에서 허공으
로 피가튀기며 오른쪽으로 리본드칼과 함께 기절을하고 장한

자형 마차위로 콰당하고 날아가떨어졌다,
장한자형 마차는 부서져 버렸다,
김병식보스에게 경상도전국구파 한명이 리본드칼을 둘고서 내리치려고 할때에 김병식보스가 눈으로보고 왼쪽발로 앞차기로 경상도전국구파 두팔손목을 차버렸다,
리본드칼을 허공으로 날아가버렸고 김병식보스가 "붕" 점프을 하여 360도로 회전을하여 오른쪽발다리로 뒤돌려차기을하여 경상도전국구파놈의 오른쪽 얼굴면상턱을 차버렸다,
"퍽" 하고 부러지는 소리을내고 "욱" 하고 입과코에서 허공으로 피가튀기며 뒤로 기절을하고 콰당하며 날아가버렸다,
김병식보스는 달려가서 "붕" 점프을하며 앞으로돌고 360도로 회전을하고 한바퀴 덤브링을하고 돌며 넘으며 김병식보스가오른쪽발다리와 왼쪽발다리로 앞굽치로 경상도전국구파들이 오른쪽과 왼쪽에있는 2명놈들을 머리뒷통수을 밀며 차버렸다,
"퍽" 하고 "욱" 하고 입과코에서 허공으로 피가튀기며 앞으로 리본드칼과 함께 기절을하며 콰당하고 꼬꾸라졌다,
김병식보스는 계속하여 싸움을하고 혼들을 내주고있었다,
경상도전국구파들과 호남전국구파들과 수원여우파들에 리본드칼과 사시미칼과 쇠파이프들을 피하며 싸움을하고있었다,
김병식보스에 앞에서 경상도전국구파1명이 리본드칼을둘고서 있었다,
김병식보스는 540도로 회전을하고 오른쪽발다리로 뒤돌려차기을하여 경상도전국구파놈을 오른쪽 얼굴 면상턱을차버렸다,
"퍽" 하고 부러지는 소리을내고 "욱" 하고 입과코에서 허공으로 피가튀기며 리본드칼을 앞으로 떨어트리고 뒤로 기절을하고 콰당하며 날아가버렸다,
김병식보스는 착지을하고 앉자서 180도로 회전을하고 오른쪽발다리로 뒤돌려차기을 하여 호남 전국구파놈을 오른쪽발다리 발목을 차버렸다,

"퍽"하고 부러지는 소리을내고 "욱" 하고 오른쪽으로 한바퀴 덤브링을 하고 돌며 사시미칼과 함께 기절을하고 콰당하며 날아가버렸다,
김병식보스는 일어나서 오른쪽 주먹팔굽치로 경상도전국구파1명을 얼굴 면상코을 처버렸다,
"빡" 하는 부러지는 소리와 "욱" 하고 코에서 허공으로피가튀기며 뒤로 기절을하고 리본드칼과 함께 콰당하고 날아가버렸다,
김병식보스는 앞에서 경상도전국구파1명이 리본드칼을 둘고서 내리치는 것을 보고 김병식보스가 오른쪽주먹으로 라이트훅으로 경상도전국구파놈의 얼굴면상코을 처버렸다,
"빡" 하고 부러지는 소리을내고 "욱" 하고 코에서 허공으로 피가튀기며 뒤로 리본드칼과 함께 기절을하고 콰당하며 날아가버렸다,
김병식 보스 두목 백호 하얀호랑이 대장은 터미널거리을 앞으로 나가고 뒤로나가고 하며 싸움을하고 있었다,
사람들은 멀리서 구경들을 하고 있었으며 박수도치고 말들도 하고 있었으며 고진오누님과 이하준누님과 강보자누님과 장한자형도 박수을치고 말들을하였다,
"김병식 보스 두목 백호 하얀호랑이 대장 힘네?"
"시내파 보스 김병식 두목 힘네!"
"대한민국 경기도 오산시 시내파 보스 두목 김병식 백호 하얀호랑이 대장 힘네!"
"오산시는 김병식 시내파 보스 두목 백호 하얀호랑이 대장이야?"
하고 차례되로 누님들과 끝으로 장한자형이 말을하였다,
김병식보스는 경상도전국구파 1명이 리본드칼을 휘두르는 것을보고 김병식보스가 몸을 오른쪽옆으로 회전을하여 낙법으로 한바퀴 넘으며 구르고 앉자서 180도로 회전을하고 오른쪽발다

리로 뒤돌려차기을하여 경상도전국구파놈의 오른쪽발다리 발목을 차버렸다,
"퍽" 하고 부러지는 소리을내고 "욱" 하며 오른쪽으로 한바퀴 덤브링을하고 360도로 돌며 넘으며 리본드칼을 앞으로 떨어트리고 기절을하고 콰당하며 날아가버렸다,김병식보스는 일어나서 360도로 회전을하고 "붕" 점프을하며 오른쪽발다리로 뒤돌려차기을하여 경상도전국구파한명을 오른쪽 얼굴 면상코을 차버렸다,
"퍽" 하고 부러지는 소리을내고 "욱" 하고 입과코에서 허공으로 피가튀기며 리본드칼을 앞으로 떨어트리고 뒤로 기절을하고 콰당하며 날아가버렸다,
김병식보스는 착지을하고 경상도전국구파 한명이 리본드칼을 내리치는 것을 보고 김병식보스가 오른쪽발다리로 상단차기을하여 경상도전국구파놈을 왼쪽 얼굴 면상턱을차버렸다,
"퍽" 하는 소리와 부러지는 소리을내고 "욱" 하고 입과코에서 피가튀기며 오른쪽으로 리본드칼과 함께 기절을하고 콰당하며 날아가 떨어졌다,
경상도전국구파들과 호남전국구파들과 수원여우파놈들이 김병식 보스 두목 백호 하얀호랑이 대장에게 쉬지 않고서 싸움을 하고서 있었다,
경상도전국구파 김호지놈이 리본칼을 둘고서 머리위에서 내리치고 있었다,
김병식보스는 리본드칼을 뒤로 피하며 리본드칼이 땅에 내려오고 김병식보스가 왼쪽발다리로 상단차기을하여 경상도전국구파 김호지놈의 오른쪽 얼굴 면상턱을 차버렸다,
"퍽" 하고 부러지는 소리을내며 "욱" 하고 리본드칼을 앞으로 떨어트리고 왼쪽으로 기절을하고 콰당하며 날아가떨어졌다,
김병식보스는 180도로 회전을하고 "붕" 점프을하여 오른쪽발다리로 뒤돌려차기을하여 경상도전국구파 부지원놈을 오른쪽

얼굴 면상턱을 차버렸다,
"퍽" 하고 부러지는 소리을내고 "욱" 하고 입과코에서 허공으로 피가튀기며 뒤로 리본드칼과 함께 기절을하며 콰당하고 날아가버렸다,
김병식보스에 연속으로 이어가는 싸움이였다,
김병식보스에게 호남전국구파 한명이 사시미칼을 둘고서들어오고있었다,
김병식 하얀호랑이 대장은 오른쪽발다리 뒷굽치로 호남전국구파놈을 오른쪽발다리 앞 무릅팍을 차버렸다,
"퍽" 하는 부러지는 소리을내고 "욱" 하고 사시미칼은 앞으로 떨어트리고 기절을하고 앞으로 꼬꾸라졌다,
김병식보스는 달려가서 "붕" 점프을하여 오른쪽발다리와왼쪽발다리와 양쪽 두다리을 벌려서 호남전국구파 2명을얼굴 면상 가운데 밑에턱을 차버렸다,
"퍽" 하고 부러지는 소리을내고 "욱" 하며 입에서 허공으로 피가튀기며 사시미칼을 앞으로 떨어트리고 기절을하고 뒤로 한바퀴 덤브링을하여 넘으며 360도로 돌며 날아가 콰당하고 떨어졌다,
김병식보스는 착지을 하였다,
호남전국구파 2명이 김병식보스에 뒤에서 사시미칼을 둘고서 찌르는 것을 김병식보스가 보며 "붕" 점프을하여 뒤로 한바퀴 덤브링으로 360도로 돌고 넘으며 착지을하고서 호남전국구파놈들이 뒤을 돌아 보는 순간에 얼굴 면상이 먼저보여서 김병식보스가 "붕" 점프을하여 오른쪽발다리와 왼쪽발다리로 오른쪽과 왼쪽에 호남전국구파놈들을 얼굴면상코을 차버렸다,
"퍽" 하고 부러지는 소리을내고 "욱" 하고 입과코에서 허공으로 피가튀기며 뒤로 사시미칼과 기절을하고 콰당하며 날아가 버렸다,
김병식보스는 착지을 땅에 두팔을 집으며 두다리을 뒤로하여

뗭기며 덤브링을하여 올라가서 착지을하였다,
김병식보스에 앞에는 수원여우파 오장효놈과 진모진놈과조오존놈이 쇠파이프을 둘고서 내리치고 있었으며 김병식보스는 쇠파이프들을 보고 몸을 회전을하고 옆을 피하며 쇠파이프가 땅에 내려오는 것을 보고 김병식보스가 달려가서 "붕" 점프을하여 왼쪽발다리로 수원여우파 오장효놈에 오른쪽발다리 무릎팍을 밟고서 올라가서 김병식보스가 오른쪽발다리로 상단차기을하여 수원여우파 오장효놈을 얼굴 면상왼쪽턱을 차버렸다,
"빡" 하는 부러지는 소리와 "욱" 하고 입과코에서 허공으로 피가튀기며 쇠파이프을 앞으로 떨어트리고 오른쪽으로 기절을하고 콰당하며 날아가버렸다,
김병식보스는 착지을하고 오른쪽팔주먹으로 라이트훅으로 수원여우파 진모진놈의 얼굴면상코을 처버렸다,
"퍽" 하는 부러지는 소리을내고 "욱" 하며 입과코에서 허공으로 피가튀기고 쇠파이프와 함께 뒤로 기절을하고 콰당하며 날아가버렸다,
김병식보스는 왼쪽발다리로 들어올려서 내리찍히로 수원여우파 조오존놈을 왼쪽어깨을 내리찍어버렸다,
"빡" 하고 부러지는 소리을내고 "욱" 하고 쇠파이프와함께 기절을하며 앞으로 꼬꾸라졌다,
김병식보스에게 경상도전국구파 오사차놈과 소라와놈과 단고장 놈 3명들이 리본드칼을 둘고서 내리치고 있었다,김병식보스는 몸을 오른쪽과 왼쪽과 뒤로 회전을하고 피하며 리본드칼이 땅에 내려오는 순간에 김병식보스가 "붕" 점프을하여 180도로 회전을하여 오른쪽발다리로 뒤돌려차기을하여 경상도전국구파 오사차놈을 오른쪽얼굴 면상턱을 차버렸다,
"퍽" 하고 부러지는 소리을내고 "욱" 하며 입과코에서 허공으로 피가튀기고 뒤로 기절을하고 콰당하며 리본드칼과 함께 날아가버렸다,

김병식보스는 착지을하고 "붕" 점프을하여 180도로 회전을하고 왼쪽발다리로 뒤돌려차기을하여 경상도전국구파 소라와놈을 왼쪽 얼굴 면상코을 차버렸다,
"퍽"하고 부러지는 소리을내고 "욱"하고 입과코에서 허공으로 피가튀기며 뒤로 콰당하고 리본드칼을 앞으로 떨어트리고 날아가버렸다,
김병식보스는 착지을하고 "붕" 점프을하여 360도로 회전을하며 오른쪽발다리로 뒤돌려차기을하여 경상도전국구파 단고장놈의 오른쪽 얼굴 면상턱을 차버렸다,
"퍽"하고 부러지는 소리을내고 "욱"하고 입과코에서 허공으로 피가튀기며 리본드칼과 함께 뒤로 기절을하고 콰당하며 360도로 한바퀴 덤브링을 하고 돌고 넘으며 날아가버렸다,
김병식보스에게 수원여우파 김본장놈이 쇠파이프을 둘고서 내리치는 순간에 김병식보스가 보며 달려가서 "붕" 점프을하여 오른쪽발다리로 상단차기을하여 수원여우파 김본장놈의 왼쪽 얼굴 면상턱을 차버렸다,
"퍽" 하는 부러지는 소리을내고 "욱" 하고 입에서 허공으로 피가튀기며 오른쪽으로 쇠파이프와 함께 기절을하고 콰당하며 날아가버렸다,
김병식보스는 착지을하여 왼쪽발다리로 들어올려서 내리찍히로 수원여우파 강상전놈의 왼쪽 어깨을 내리찍어버렸다,
"퍽" 하고 부러지는 소리와 "욱" 하고 쇠파이프와 함께 앞으로 기절을하고 꼬꾸라졌다,
수원여우파 강상보놈이 쇠파이프을 둘고서 김병식보스에게 휘두르는 것을 김병식보스가 오른쪽으로 낙법을하여 구르며 일어나서 "붕" 점프을하여 360도로 오른쪽발다리로 수원여우파 강상보놈의 머리뒷통수을 차버렸다,
"퍽" 하고 "욱" 하며 입과코에서 허공으로 피가튀기며 앞으로 기절을하고 쇠파이프와 함께 꼬꾸라졌다,

김병식보스는 착지을하고 왼쪽으로 몸을 회전을하여 빠르게 뒤로 돌아가서 두팔로 호남전국구파 한명의 목울대을 잡아서 쪼여버렸다,
"욱" 하고 입에서 피가튀기며 사시미칼을 앞을로 떨어트리고 기절을하고 앞으로 꼬꾸라졌다,
김병식보스에 앞에서 호남전국구파 3명이 사시미칼을 둘고서 "서" "서" 있었다,
뒤에는 호남전국구파 조근만대장과 이한장놈과 조장중놈과 수원여우파 조한문대장놈이 있었다,
김병식 보스 두목 하얀호랑이 대장 뒤에는 경상도전국구파 하지문대장과 주수만놈이 "서" "서" 있었다,
김병식보스는 검정 양복상위을 호남전국구파 한명에게 던지고 김병식보스가 앞으로 달려가서 "붕" 점프을하여 공중에서 걸으며 오른쪽팔주먹 수퍼라이트훅으로 호남전국구파놈의 얼굴면상코을 처버렸다,
"퍽" 하고 부러지는 소리을내고 "욱" 하고 입과코에서 허공으로 피가튀기며 사시미칼과 함께 뒤로 콰당하며 기절을하고 날아가버렸다,
김병식보스는 착지을하고 왼쪽팔주목으로 팔굽치로 호남전국구파놈을 얼굴면상코을 처버렸다,
"퍽" 하는 부러지는 소리을내고 "욱" 하고 코에서 허공으로 피가튀기며 뒤로 기절을하고 사시미칼과 함께 콰당하고 날아가버렸다,
김병식보스는 뒤을 보고 달려가서 "붕" 점프을하여 360도로 회전을하여 오른쪽발다리로 뒤돌려차기을하여 경상도전국구파 주수만놈을 오른쪽 얼굴면상턱을 차버렸다, "퍽" 하고 부러지는 소리을내고 "욱" 하고 입과코에서 허공으로 피가튀기며 기절을하고 콰당하며 뒤로 한바퀴 덤브링을하고 360도로 돌고 넘으며 날아가떨어졌다,

김병식보스는 오른쪽으로 회전을하고 오른쪽팔과 왼쪽팔과 양쪽 두팔주먹으로 경상도전국구파 하지문대장에 목울대을 잡고 쪼여버리며 걸음을 뒤에서 밀면서 호남전국구파 조근만대장쪽으로 걸어가고 있었다,
호남전국구파 한명이 앞에서 있었고 김병식보스 뒤에서 대장일수 사무실에서 동생들이 오른팔 조모차동생과 왼팔 한다보동생과 한승호동생과 김학지동생과 오한지동생 과 장보구동생과 고승국동생과 지하미동생과 장금하동생과 고방식동생과 주고용동생과 한국지동생과 고상국동생과 오방자동생과 한사마동생과 마상회동생과 우통지동생과 황시라동생과 권성수동생과 구한미동생과 김구한동생과 주성진동생과 진보상동생과 김보상동생과 이지용동생과 이용마동생과 김사랑동생과 진보상동생과 조남잔동생과 29명들이 동시에 소리을내고 달려오고 있었다,
대한민국 경기도 오산시 시내파 김병식 보스 두목 백호 하얀 호랑이 대장님?" "형님?" 싸우신다, "형님?" 하고 말을하고 달려와서 김병식보스 뒤에서 앞을 보며 동시에 90도로 고개을 숙이고 인사을 하였다,
"형님?" "편히쉬셨습니까?" "형님?"
"그래!"
"형님?" "다치신데는 없으십니까?" "형님?" 하고 동시에 90도로 고개을 숙여서 인사을 하였다,
"그래!" "뒤에들 있어라?"
"예!" "형님?" 명심하겠습니다, "형님?" 동시에 90도로 고개을 숙여서 인사을하며 대답을 하였다,
김병식보스 뒤에 옆에는 조모차동생과 옆에는 한다보동생과 동생들이 "서" "서" 있었다,
김병식보스는 경상도전국구파 하지문대장의 목울대을 잡고서 걸으며 호남전국구파 조근만대장에게 말을하였다, "오늘로서

너희들에 지역으로 가거라?" 저번에도 혼이 나고나서 오늘도 이정도로 충고로 만 해준다, 만약, 대한민국 경기도 오산시에 서 있으며는 장외와 죽음으로 해서 보낼 것이다, "명심해라?" 경상도전국구파 하지문대장은 김병식보스에게 목울대을 잡혀 서 벙어리 신세였으며 호남전국구파 조근만대장이 김병식보스 에게 말을하였다,
"하""하""하""하" "대한민국 경기도 오산시에 정통으로가 는 시내파 김병식 보스 두목 백호 하얀호랑이 대장이야?" 대한민국 전국에 어디을 같어도 오산시에서 김병식 보스두목을 본 것은 내가 처음이다, 하지만, 조근만 내가 오산시에 들어와 있는 동안에는 경우에 대한민국 경기도 오산시 정통으로가는 시내파 김병식 보스 두목 백호 하얀호랑이 대장을 데리고 가야 되겠다, "애들아?" "처라?"
"예!" "형님?" 하고 60도로 고개을 숙여서 인사을하고 대답을 하였다,
김병식보스는 경상도전국구파 하지문대장놈의 목울대을 쪼여 버렸다,
경상도전국구파 하지문대장은 소리없이 "옥" 하고 입에서 허공으로 피가튀기며 기절을하고 앞으로 꼬꾸라졌다, 김병식보스는 달려오는 놈들을 김병식보스도 달려가서 "붕" 점프을하여 양쪽 오른쪽 왼쪽발다리로 두다리로 호남전국구파놈을 얼굴 면상코을 차버렸다,
"픽" 하고 부러지는 소리을내며 "옥" 하고 입과코에서 허공으로 피가튀기며 뒤로 사시미칼과 함께 기절을하고 콰당하며 날아가버렸다,
김병식보스는 두팔로 양쪽 오른쪽과 왼쪽팔로 땅을 집고서 착지을하여 앉자서 180도로 몸을 회전을하고 오른쪽발다리로 뒤돌려차기을하여 호남전국구파 조장중놈의 오른쪽발다리 발목을 차버렸다,

"퍽"하고 부러지는 소리을내고 "욱"하고 오른쪽으로 한바퀴 덤브링을하고 360도로 돌고 넘으며 콰당하고 기절을하고 날아가떨어졌다,

김병식보스는 일어나서 "붕" 점프을하여 180도로 회전을하고 왼쪽발다리로 뒤돌려차기을하여 수원여우파 조한문대장놈의 왼쪽 얼굴면상턱을 차버렸다,

"퍽"하고 부러지는 소리을내고 "욱"하며 입과코에서 허공으로 피가튀기며 뒤로 한바퀴 덤브링을하고 360도로 돌고 넘으며 날아가 기절을하고 콰당하며 날아가떨어졌다,

김병식보스는 착지을하고 달려가서 "붕" 점프을하고 오른쪽발다리로 호남전국구파 이한장놈의 오른쪽발다리 무릅팍을 밟고서 올라가서 김병식보스가 왼쪽발다리로 상단차기을하여 호남전국구파 이한장 얼굴 면상 오른쪽턱을 차버렸다,

"퍽"하고 부러지는 소리을내며 "욱"하고 입과코에서 허공으로 피가튀기며 왼쪽으로 기절을하고 콰당하고 날아가버렸다,

김병식보스는 착지을 하였으며 호남전국구파 조근만대장에게 달려가서 "붕" 점프을하며 720도로 회전을하고 오른쪽발다리로 뒤돌려차기을하여 호남전국구파 조근만대장의 오른쪽 얼굴턱을 차버렸다,

"퍽"하고 부러지는 소리을내고 "욱"하고 입과코에서 피가튀기며 뒤로 한바퀴 덤브링을하고 360도로 돌고 넘으며 기절을하고 콰당하며 날아가떨어졌다,

김병식 보스 두목 백호 하얀호랑이 대장은 착지을 하였다,

김병식보스는 넥타이을 조금 오른쪽팔로 풀었으며 조모차동생과 한다보동생에게 명령을 내렸다,

"배신자 11명놈들을 한국병원에다 입원을 시켜라?"

"예!" "형님?" 명심하겠습니다, "형님?" 동시에 90도로 고개을 숙이고 조모차동생과 한다보동생이 인사을하였다,

경상도전국구파들과 호남전국구파들과 수원여우파들과 배신자

놈들은 김병식보스에게 맞고서 부러진곳들을 만지면서 고통을 받으며 앉자서들 있었다,
"으" "으" "으" "으"
터미널거리에서 연인들과 사람들은 박수을 치고서 있었으며 김병식보스을 지켜서 보고 있던 고진오누님과 이하준누님과 강보자누님과 장한자형이 백호 하얀호랑이 대장에게 다가와서 네분 들이 동시에 박수을치고 대답을 하였다,
"짝" "짝" "짝" "짝" "김병식 보스 두목 싸움꾼이야?" "어디에 다친데는 없어!"
"예!" 하고 김병식보스가 대답을 하였다,
고진오누님께서 말을 하였다,
"김병식 보스 두목 백호 하얀호랑이 대장에 선거 100대 1싸움 알아주는 싸움 일거야?"
그때, 이하준누님도 말을 하였다,
"대한민국 경기도 오산시 싸움꾼이고 전국에 싸움꾼일거야?"
강보자누님도 말을 하였다,
"김병식보스가 오산시에서 있는게 오산시을 지키는것이야?"
장한자형도 말을 하였다,
"예!" "맞아요!" "김병식보스 때문에 오산시가 있는 것 입니다, "아니며는 저놈들한테 모조리 빼끼 였습니다,
고진오누님과 이하준누님과 강보자누님과 동시에 말을 하였다,
"맞어!" "김병식 보스?" "만세" "만세" "만세"
동시에 사람들과 만세을 3번을 하였다,
김병식보스는 말을 하였다,
"예!" "리어컷은 동생들에게 말을 하고 고치시면됩니다,
고진오누님과 이하준누님과 강보자누님과 장한자형이 동시에 말을 하였다,
"시내파 김병식 보스 두목 백호 하얀호랑이 대장뿐이야?"
김병식보스는 양복주머니에서 지갑을 꺼내서 2천만원을 백만

원짜리 20장을 주고 조모차동생에게 말을하였다,
"모차야?" "이것으로리어컷들을고쳐주고배신자11명놈들을입원을시켜주어라?"
"예!" "형님?" 명심하겠습니다, "형님?" 하고 90도로 고개을 숙여서 인사을하였다,
김병식보스는 말을 하고 고진오누님과 이하준누님과 강보자누님과 장한자형에게 인사을하고 대답들을 동시에 하였다,
"그럼?" 저는 들어가보겠습니다, "누님들" "형"
"김병식 보스 두목 고생했어!" "들어가?" "보스 대장?" 김병식보스는 인사을하고 형은오피스텔로 들어가려고 할때에 한다보동생이 두팔로 90도로 인사을 고개을 숙여서하며 김병식보스에게 검정 양복상위을 입혀드렸다,
"형님?" 양복 상위 여기에 있습니다, "형님?"
"그래!" 김병식보스는 형은오피스텔로 걸음을 걸으며 동생들 29명들은 동시에 90도로 고개을 숙이고 인사을하였다,
"형님?" "편히 들어가십시요!" "형님?"
"그래!" 김병식 보스 두목 하얀호랑이는 형은오피스텔에 도착을하여 현관문을 열고서 들어가 엘리베이터을 타고 올라가서 3층에서 내리고 301호에 가서 문을열고서 들어가서 샤워을하고 잠을 청하였다,
한참 시간이 흘러서 형은오피스텔에 오전7시로 되어 가고 있었다,
김병식보스에 전화벨이 윈서머나잇 노래가 들려오고 있었으며 전화을 받았다,
"어머니다,
"예!"
"병식아?" "생일이고 한데 집에와서 미역국이나 먹고해라?"
"예!" "어머니 밖에서 먹겠습니다,
"그럼?" "한번 집에 시간나며는 들려라?"

"예!" "어머니!" 하고 어머니와 전화을끊었다,
김병식보스는 시간을 보았고 일어나서 냉장고로 가서 흰 우유 한잖을 따라서 마셨다,
김병식보스에게 원서머나잇 노래가 들려 오는 것이 였으며 김병식보스가 걸어가서 전화을받았다,
"오빠?" "호아예요!" "지금자요!"
"아니 일어났어!"
"예!" "형은오피스텔에 있어요!"
"그래!" "지금 이곳으로 오며는 돼?"
"예!" "오빠?" "생일축하해요!"
"그래!" "사랑하는 공주님?" "호아도 오빠에 곁에서 건강히 있기을 바래고 서울방송연예계학교에 다니길 바란다,
"예!" "오빠?" "지금 형은오피스텔로 갈게요!"
"그래!" "김호아 공주님?"
김병식보스는 김호아동생과 전화을끊었다,
김병식보스가 김호아동생하고 전화을 끊고나서 5분있다가 조모차동생에게 전화가오고 90도로 고개을 숙이고 인사을하며 말을하였다,
"형님?" "편히쉬셨습니까?" "형님?"
"그래!"
"형님?" 생신 축하드립니다, "형님?" 하며 90도로 고개을 숙여서 인사을하고 대답을하였다,
김병식보스는 말을하였다,
"그래!" "동생들에게는 전화을하지 말라고하고 저녁7시까지 이 금신누님가게 하북오리로스구이 고기집으로 나오라고들 해라?"
"예!" "형님?" 명심하겠습니다, "형님?" 하고 90도로 고개을 숙여서 인사을하고 대답을하였다,
"그래!" "배신자놈 11명들은 한국병원에 다 입원을 시켰느

냐?"
"예!" "형님?" "한국병원 501호와 502호실에 입원을 시켰습니다, "형님?" 하고 90도로 고개을 숙이고 인사을하며 대답을 하였다,
"그래!" "한번 배신한놈들은 두 번도 배신을 한다, 배신한놈들을 지켜보아라?"
"예!" "형님?" 명심하겠습니다, "형님?" 하고 90도로 고개을 숙여서 인사을하며 대답을하였다,
"그래!" "전화을 끊자?"
"예!" "형님?" 명심하겠습니다, "형님?" 90도로 고개을 숙여서 인사을하고 김병식보스가 전화을 끊을 때 조모차동생이 90도로 고개을 숙여서 인사을하며 대답을하였다, "형님?" "편히쉬십시요!" "형님?"
"그래!" 김병식보스는 전화을 끊고서 샤워을하고 검정 양복을 상위와 하의와 검정 와이셔츠을 입고 줄무늬넥타이을 차고서 쇼파에 앉자서 텔래비젼을 보고있었다,
형은오피스텔에 시간은 오전9시로 되어가고 있었으며 형은오피스텔에서 초인종의 소리가들렸다,
김병식보스는 일어나서 현관 문으로가서 문을열어 주었다,
문을열고서 김호아동생이 들어오며 말을하였다,
"오빠?"
"그래!" "호아왔어!"
"예!" "이것은 생일 선물이예요!"
"그래!" "이게 모지!"
"한번 오빠가 뜨어봐요!"
"그래!" 김병식보스와 김호아동생은 쇼파에 앉자서 김병식보스에 선물을 뜨어보았다,
"찍" "찍" "찍" "찍" "티" 였으며 앞에는 김병식보스에 얼굴몸과 김호아동생에 얼굴몸이 있었다,

"호아가?" "언제 이런것들을 준비을 했었어!"
"예!" "오빠?" "모르게 했지요!"
"그래!" 아름다운 공주님께서 해주어서 고맙다,
"예!" "오빠?"
"호아공주님?" "지금 식사 해러 갈가?"
"예!" "오빠?" "돈까스 먹고 싶어요!"
"그래!" "나가자?"
"예!"
김병식보스는 텔래비젼과 에어콘을 끄고서 김호아동생과 장미해누님네 경양식 가게집으로가고 있었다,
김호아동생은 김병식보스에 오른쪽에서 두팔로 손으로 팔짱을 끼고서 형은오피스텔에서 나와서 오산극장 1층에 도착을하여 현관 문을열고서 매표소을 보았으며 이다보누님께서 앉자서 오산극장 사람들을 받으려고 준비을 하고있었다,
앞에는 기나만형이 이야기을하고 있었다,
김병식보스는 기나만형과 이다보누님한테 인사을 하였다,
"누님?" "장사좀 되십니까?"
"시내파 보스 김병식 두목 백호 하얀호랑이 대장 오전부터 어디을 가나?"
"예!" "누님?"
그때 기나만형도 대답을하였다,
"백호 하얀호랑이 보스 두목 김병식대장 왔어!"
"그래!" "형" "호아 공주님?" "인사해!"
"안녕하세요!"
이다보누님께서 말을하였다,
"예!" "김병식 보스 대장에게 이렇게 아름다운 여자분이 있어나요!"
"예!" "누님?"
기나만형도 인사을 하였다,

"안녕하세요!"
"예!" 김호아입니다,
"예!" 기나만형은 매표소에서 이다보누님께서 볼수 있게옆으로 피켜섰다,
김병식보스는 이다보누님께 말을하였다,
"누님?" "영화프로가 어떻게 됩니까?"
"응" "영웅본색 2탄을 할거야?" "한번 보고가?"
"예!" "누님?" "식사는 하셨습니까?"
"응" "지금 먹었어!"
"예!" "누님?" "그럼?" "2층에 장미해누님네 가게가서 식사좀 하고 오겠습니다,
"그래!" "보스?"
김호아동생은 이다보누님과 기나만형에게 인사을하였다,
"안녕히 계세요!"
"예!" "또 뵙겠어요!"
"들어가세요!" 기나만형도 인사을하였다,
"즐겁게 보네세요!"
"나만이형 식사하고 올게?"
김병식보스와 김호아동생과 이다보누님과 기나만형한테 인사을하고 대답을하며 2층으로 올라같다,
김병식보스는 2층으로 가게 문을열고서 김호아동생과 들어갔으며 카운터에서 장미해누님께서 김병식보스 보고 말을하였다,
"김병식 보스 두목 백호 하얀호랑이 대장 왔어!"
"예!" "누님?"
"안녕하세요!"
"예!" "왔어요!"
김병식보스와 김호아동생이 쇼파로 걸어가는데 조미부 종업원 여자와 주방장남자 김하진 이 동시에 인사을하였다,
"어서오십시오!"

"그래!" 김병식보스는 김호아동생과 유리창쪽으로 걸어가며 김병식보스가 고개을 돌리고 장미해누님한테 말을하였다,
"누님?" "돈까스 2개만 같다가 주십시요!"
"그래!" "김병식 하얀호랑이대장?"
　김병식보스는 김호아동생과 유리창쪽으로 터미널거리가 보이는 곳으로 앉았으며 조부미여자가 물과 스프을 같다주고 돈까스2개을 같다가 주었다,
"맛있게 드십시요!"
"그래!" "수고해라?"
"예!" 김병식보스와 김호아동생과 돈까스을 먹으며 김병식보스가 김호아동생에게 말을 하였다,
"호아공주님은 볼링을 칠줄아나?"
"예!" "오빠?" "제가 선수인 것을 몰랐죠?"
"그럼?" "시내파 김병식 보스하고 돈까스을 먹고 볼링장으로 갈가?"
"예!" "오빠?" "좋아요!" "저번에도 오빠하고 포켓볼을 치다가 졌는 데요!" "이번에는 이겨야지요!"
"그래!" "이번에는 이기고 호아공주님이 좋아했으면 좋겠다,
"오빠?" "빨리먹고 가지요!"
"그래!" "호아공주님?"
김병식보스와 김호아동생은 돈까스을 먹고서 디져트 흰우유 한잦과 체리쥬스을 먹고서 한시간이 지나서 김병식보스와 김호아동생이 일어나서 장미해누님에게 있는 카운터로같다,
"백호 하얀호랑이 김병식 보스 두목 대장 가게!"
"예!" "누님?"
　김병식보스는 양복 상위주머니에서 지갑을 꺼내서 백만원짜리을 주었다,
"김병식 보스 이렇게 많이줘?"
"예!" "누님?" "동생들 오며는 식사라도 주십시요!" "그래!"

"보스?"
"예!" "누님?" "그럼? "장사 번창 하시길 바라겠습니다, "들어가?" "보스?"
"안녕히계십시요!"
"예!" "들어가세요!"
조부미 여자종업원과 주방장 김하진남자도 동시에 인사을하였다,
"안녕히가십시요!"
"그래!" "고생들 해라?"
김병식보스가 말을 하고 김호아동생과 경양식집 가게서 나와서 1층으로 내려와서 매표소을 보았으며 이다보누님께서 자리에 없었고 기나만형도 자리에 없어서 문을 열고서 아비숑퍼시팩룸나이트 가게 1층으로 걸어가고 있었다,
터미널거리에는 사람들의 연인들끼리 걷는 사람들이 많았다'
자동차 "빵" "빵" "빵" 소리와 오토바이 "띠" "띠" "띠" 소리와 자전거 "따르릉" "따르릉" '따르릉" 소리을내고 다니고있었다,
김병식보스에 오른쪽에서 김호아동생이 두팔로 팔짱을끼고서 걸음을걷고 있었으며 볼링장1층에 도착을하였다,
김호아동생이 말을하였다,
"오빠?" "이곳이 김병식보스님 가게예요!"
"그래!" "호아공주님에게 이제야 보여주네!"
"오빠?" "가파도 아비숑퍼시팩룸나이트 대한민국에서 제일 큰것같아요!"
"응" "지금도 전국에서 이곳으로 다모여서 놀고가지!" "예!"
"오빠?"
"호아공주님과 이따가 올건데 지금은 밖에서 보고해!" "예!"
"오빠?"
김병식보스와 김호아동생과 볼링장문을 열고서 들어갔다,

김호아동생은 팔짱을 풀고서 들어갔으며 1층 볼링장 카운터에서 지해미사장누님께서 앉자서 있었고 일을 하는 남자 한 장옥 과 이삼모 와 조모짐 이 볼링장을 한 개씩 맞고서 있었으며 여자들 이미종 과 지호마 와 마장온 과 한무기 와 장만수 가 한명씩 볼링장을 맞고서 있었다,
지해미누님께서 김병식보스을 보고 말을하였다,
"김병식 백호 하얀호랑이 보스 대장왔어!"
"예!" "누님?" "건강 하십니까?"
"응" "김병식 보스 때문에 건강도 하고 장사도 잘되지!" "김병식 보스 몸은 어때 선거의 싸움들 대한민국 경기도 오산시에 소문들이 짝 퍼졌어!" "김병식 보스 두목 백호 하얀호랑이 대장님 싸움꾼이라고 대한민국 경기도 오산시에는 정통으로가는 시내파 김병식 보스 두목 백호 하얀호랑이 대장이 있어야?" 오산시가 조용해지고 말야?" "나쁜놈들 어디놈들 이야?" "그냥?" "꽉"
"하" "하" "하" "하" "누님도"
"그런데 이분은 누구지!"
"예!" "누님?" "제 여자동생입니다, "호아 공주님?" "인사해!"
"안녕하세요!"
"예!" "안녕하세요!" "김병식 보스 두목 백호 하얀호랑이 대장에게 아름답고 이쁜여자가 있었어 이쁘네!" "김병식 보스 두목 백호 하얀호랑이 대장님과 어울리네!"
김호아동생이 대답을하였고 김병식보스가 말을하였다,
"예!" 고맙습니다, "누님?" "신발하고 장갑하고 흰우유 한통과 컵좀 같다가 주십시시요!"
"그럼?" "같다가 줘야지!"
 김병식보스는 김호아동생과 1번으로가서 볼링을 치려고하였다,
볼링장에는 손님들이 많이 있었으며 1번에는 이미종여자 종업

- 253 -

원이 있었다,
김병식보스와 김호아동생을 보고 인사을하였다,
"안녕하세요!"
"그래!"
이미종 여자종업원이 냉장고에가서 흰 우유 한통과 컵을 두개를 같다 놓고 볼링을 게임돌이을 보려고 앉잤다,
김병식보스와 김호아동생은 볼링을 치려고하였다,
"호아공주님부터 먼줘쳐?"
"예!" "오빠?" "스트라이크예요!"
 김병식보스는 박수을치고 환호을 해주었다,
"짝" "짝" "짝"
"김호아공주님이 이렇게 볼링을 잘추는지 몰랐는데" "예!" "기본이 예요!" "이제 오빠 차례예요!"
"그래!"
김병식보스는 일어나서 볼링공을 스핀을주며 오른팔손으로 굴렸다,
스트라이크로 볼링핀들이 쓰러졌다,
김호아동생은 박수을치었다, "짝" "짝" "짝" "오빠도 잘치네요!"
"호아 차례야?"
"예!" "오빠?"
김호아동생은 2번째 볼링핀을 8개을 쓰러트리고 김병식보스는 계속해서 스트라이크을 치었다,
손님들도 "웅성" "웅성" 하며 볼링을치고서 있었다,
김병식보스와 김호아동생과 흰우유을 마셔가며 볼링을치고 있었다,
김병식보스와 김호아동생과 볼링을 모두 치고 김호아동생이 볼링도 지고말았다,
"오빠?" "진짜 만능이네요!" "호아가 안 되겠어요!" "오빠랑

이제 게임을 하며는 반칙을 쓸거예요!"
"그래!" "호아공주님?" "이제 영화나 한편 보러 가자?" "예!"
"오빠?"
김병식보스는 김호아동생과 장갑과 신발을벗고 김병식보스와 김호아동생이 신고서 왔던 신발로 갈아 신고 지해미누님에게 카운터로 있는 곳으로 가려고 할 때 종업원 이미종 여자가 인사을 하였다,
"안녕히가세요!"
"그래!"
김병식보스는 김호아동생과 카운터로같다,
"벌써가게!" "김병식 보스 두목 백호 하얀호랑이 대장?"
"예!" "누님?"
김병식보스는 양복 상위주머니에서 지갑을 꺼내서 지해미누님에게 백만원을 주었다,
"누님?" 여기에 계산입니다,
"김병식 보스 두목 이렇게 많이줘?"
"예!" "누님?" "동생들 오며는 볼링들도 치라고 해주십시요!"
"응" "시내파 김병식 보스?"
"예!" "그럼?" 수고 하시기바랍니다,
"들어가?" "김병식 백호 하얀호랑이 보스 대장?"
"안녕히계세요!"
"예!" "공주님도 들어가세요!"
김병식보스와 김호아동생이 오산극장으로 걸어가는데 김호아동생이 말을하였다,
"오빠?" "정말 그렇게 할거예요!"
"오빠가 어떻게 했나?"
"오빠가 하는 것으로 해서는 안 되겠어요!" "호아가 지잖아요!"
"하" "하" "하" "호아공주님이지며는 다음부터는 오빠가져 줄

게!"
"아이참?"
하고 김병식보스와 김호아동생이 오산극장에 도착을하였다,
오산극장 현관 문을열고서 들어가서 매표소에 이다보누님께서 손님들에게 표을 주고있었고 기나만형이 매점에 아르바이트 여자하고 이야기을하고 있었다,
김병식보스을 보고 기나만형이 말을하였다,
"김병식보스 들어가봐?" "낮2시 프로일거야?"
"그래!" "형"
김병식보스는 김호아동생에게 말을하였다,
"호아야?" "배고프지 않아?"
"예!" "오빠?" "팝콘하고 음료수을 마시며는 되요!"
"그래!" "사같고 들어가자?""
"예!" "오빠?"
김병식보스와 김호아동생과 매점에서 팝콘과 음료수와 같은 것을 사고 있었으며 기나만형은 극장 영화관으로 들어갑다,
김병식보스가 양복주머니에서 지갑을 꺼내서 계산을 십만원짜리을 하였다,
"여기 계산있다, "이렇게 많이 주세요!"
"그래!" "집에 갈때에 차비나하고 이다보누님을 많이좀 도와줘라?"
"예!" 고맙습니다,
김병식보스는 김호아동생과 극장 영화관안으로 들어갑다,
김병식보스는 김호아동생과 뒤로가서 끝 가운데에 앉자서 영웅본색2탄을 보려고 하였다,
손님들이 많이 있었으며 김병식보스에 앞에 사람들이 없어서 김병식보스는 두다리을 앞으로 올려놓고서 영화을 보려고 하였다,
영화관이 불이꺼지고 선전이 나오고 있었다,

김병식보스에게 김호아동생이 말을하였다,
"오빠?" "정말 사람들이 봐요!"
 "괜찮아?"
"아이참?" "누가 대한민국 경기도 오산시 시내파 보스 두목 김병식 백호 하얀호랑이 대장 아니라 할가봐?"
김병식보스는 김호아동생과 영웅본색2탄을 보고 말들을 하며 낄 낄 낄 되고 웃고 있었다,
김병식보스는 영화을보며 하북오리로스구이 고기집 이금신누님가게 집으로 전화을걸고 있었다,
김병식보스에 전화을 이금신누님께서 전화을받았다,
"대한민국 경기도 오산시 시내파 김병식 보스 두목 백호 하얀호랑이 대장 잘지내고 있어!"
"예!" "누님?" "건강하십니까?"
 "응" "김병식 보스 때문에 건강하지 선거의 싸움으로 몸은 잘 피해다니고 있어!"
 "예!" "누님?" "제가 오늘 생일이고 동생들과 회식을 하려고합니다, "야외에다 오리로스구이 고기와 양념오리로스구이 고기와 오리탕과 음료수와 술좀 준비을하여 주십시요!"
"그래!" "보스?" "생일 축하해!" "몇시에 올거지!"
 "예!" "누님?" 고맙습니다, "저녁 7시까지 갈것입니다,
"응" "김병식 보스?" "그럼?" 이따보고 손님들이 있어서"" "예!" "누님?"
김병식보스와 이금신누님과 전화을끊었다,
김병식보스와 김호아동생 영웅본색2탄을 보며 김병식보스가 말을하였다,
"호아야?" 오빠가 오산시 누읍동에다 백호 하얀호랑이 김병식 극장을 3층짜리을 질거야?"
"정말요!"
 "그래!"

- 257 -

"한번 볼 거예요!"
"김병식 보스 두목 백호 하얀호랑이 대장을 지금까지 호아가 보고나서 몰르나?"
"예!" "오빠?" "하기야?" "오빠는 모든지 대기만성이 아닌가요!" "호아도 오빠을 믿어요!"
"그래!" "그럼?" "저녁때 하북오리로스구이 고기집 가게에가서 오리구이고기나 먹자?"
"예!" "오빠?" "좋아요!"
김병식보스와 김호아동생과 오산극장 영화관에서 영웅본색2탄을 모두 보고 영화관이 불이켜줬다,
사람들이 연인들끼리 "웅성" "웅성" "웅성" 재밋다고 하며 영화관을 나가고 있었다,
김병식보스도 김호아동생과 영화관에서 나가고 매표소에 이다보누님이 손님들과 이야기을하고 있어서 오산극장 문을열고서 나같다,
터미널거리에는 오후4시가 조금넘었다,
김병식보스는 김호아동생과 형은오피스텔로 가자고 하였으며 형은오피스텔 현관 문을열고서 1층에서 엘리베이터을 타고 3층으로가서 301호에 문을열고서 들어같다,
김호아동생은 하얀원피스을 하얀구두을 신고서 왔다,
김병식보스가에 에어콘을 틀고서 텔래비젼을 키고 냉장고에가서 흰 우유을 한잖 따라서 김호아동생에게 주고 쇼파에 앉자서 텔레비전을 보았다,
김병식보스는 조모차동생에게 전화을 하였으며 조모차동생은 90도로 고개을 숙이고 인사을하며 대답을하였다,
"예!" "형님?" "편히쉬셨습니까?" "형님?"
"그래!" "저녁 6시까지 형은오피스텔로 차을 가지고 와라?"
"예!" "형님?" 명심하겠습니다, "형님?" 90도로 고개을 숙이고 인사을하였다,

"그럼?" "전화을 끊자?"
"예!" "형님?" 명심하겠습니다, "형님?" 하고 90도로 고개을 숙여서 인사을하였다,
조모차동생이 말을하며 90도로 고개을 숙여서 인사을하고 대답을 하였다,
"형님?" "편히쉬십시오!" "형님?"
"그래!" 김병식보스가 전화을 끊고서 김호아동생이 말을 하였다,
"오빠?" "누구세요!"
"조모차동생이야?"
"예!" "오빠?"
김병식보스와 김호아동생과 형은오피스텔에서 있었으며 저녁 5시50분이 되었다,
밖에서 초인종소리가 들렸으며 김병식보스가 말을하였다,
"그래!" 지금 나간다,
"호아공주님?" "가자?"
"예!" "오빠?"
김병식보스와 김호아동생이 걸어서 문을열고서 나갔으며 조모차동생이 90도로 고개을 숙여서 인사을하였다,
"형님?" "편히쉬셨습니까?" "형님?"
"그래!"
"형수님?" "안녕하셨습니까?"
"예!" "삼춘?"
김병식보스와 김호아동생과 3층으로 엘리베이터로 걸어가며 조모차동생은 뒤에서 뒷짐을 짖고서 걸으며 엘리베이터에서 조모차동생이 앞으로 나와서 누르고 엘리베이터을 타고 1층으로 내려와서 조모차동생이 벤츠차을 뒷 문을 열어드리고 김병식보스가 오른쪽 쇼파에 앉으며 김호아동생은 왼쪽 쇼파에 앉으며 조모차동생이 90도로 고개을 숙이고 인사을하고 문을 닫

아드렸다,
"형님?" "편히쉬십시요!" "형님?"
"그래!"
"형수님?" "편히쉬세요!"
"예!" "삼춘?"
조모차동생은 벤츠차에 운전석에 앉잤다,
김병식보스는 김호아동생과 이야기을하고 이금신누님 하북오
리로스구이 고기 가게집에 도착을 하였다,
조모차동생이 주차장 앞도로에 세우고 90도로 고개을 숙여서
인사을하였다,
"형님?" 하북오리로스구이 고기 가게집에 도착을 하였습니다,
"형님?"
"그래!"
조모차동생은 운전석에서 내려서 김병식보스와 김호아동생에
문을 열어드렸다,
김병식 백호 하얀호랑이 대장은 김호아동생과 조모차동생은
뒤에서 뒷짐을 짚고서 걸으며 이금신누님네 가게집 현관 문을
열고서 들어가서 인사을하였다,
"안녕하십니까?"
"김병식 보스 두목 왔어!"
"예!" "누님?"
"김병식보스 선거에 싸움 해결이 잘 되며는 좋겠어!" "예!"
"누님?" "대한민국 경기도 오산시 김병식 정통으로가는 시내
파 보스 두목 백호 하얀호랑이 대장은 오상고절로 기린아처럼
태산북두로 살아갑니다,
"응" "대한민국 경기도 오산시 정통으로가는 시내파 김병식
보스 두목 백호 하얀호랑이 대장에게 전국에서 김병식 보스
두목 백호 하얀호랑이 대장을 몰라보며는 죽음이 잖아?" "하"
"하" "하" "하" "이금신누님도 참?"

"그런데 옆에 있는 경국지색 아름다운 여자분은 누구지!"
"예!" "누님?" "김병식 보스 두목 백호 하얀호랑이 여자입니다,
"안녕하세요!"
"아" "예!" "공주님?" "아름답네요!"
"김병식 보스 두목 백호 하얀호랑이 대장 여자인 김호아입니다,
미인 인데요!"
"예!" 고맙습니다, "말씀을 놓으시기 바래요!"
"그럴가?" "야외에다 모두다 차려 놓았어!" "보스대장?" "예!"
"누님?"
일을하는 여자들도 정신미와 정진화도 인사을하였다,
"안녕하세요!"
"그래!" 수고한다,
가게안에는 손님들이 많았다,
조모차동생은 김병식보스에 뒤에서 뒷짐을 짖고서 "서" "서" 있었다,
김병식보스는 이금신누님과 대화을하고 나와서 동생들이 있는 곳으로 야외로 걸어서 같다,
김병식보스을 보고 동생들이 하북오리로스구이 고기가게집 야외가 떠 나갈 것처럼 목소리들이 컸으며 동시에 90도로 고개을 숙이고 인사을 하였다,
"형님?" "편히 나오셨습니까?" "형님?"
"그래!"
"형수님?" "편히 오셨습니까?"
"예!" "삼춘들" "'
김병식보스는 걸어가서 앞에서 오른쪽에 앉았으며 김호아동생은 왼쪽에 김병식 옆에앉았다,
조모차동생은 오른쪽에 "서" "서" 있었고 한다보동생은 왼쪽

에 "서" "서" 있었으며 오른쪽과 왼쪽으로 동생들이 "서" "서" 있었다,
김병식보스가 의자에 앉자 동생들은 동시에 90도로 고개을 숙여서 인사을하였다,
"형님?" "편히쉬십시요!" "형님?"
"그래!" 동생들이 인사을하고 말을하며 90도로 동시에 고개을 숙여서 인사을하였다,
"형님?" 생신을 축하드립니다, "형님?"
"그래!"
조모차동생은 김병식보스에 앞에있는 케익에다가 초불을 키웠으며 삼페인을 땄다,
김병식보스는 동생들에게 말을하였다,
"다들 편히들 앉자라?"
"예!" "형님?" 명심하겠습니다, "형님?" 하고 90도로 동시에 인사을 고개을 숙여서하며 김병식보스에게 동생들이 앉으며 90도로 동시에 고개을 숙여서 인사을하였다,
"형님?" "편히쉬십시요!" "형님?"
"그래!" 하고 김병식보스는 초불을 입으로 불어서 김호아동생과 껐다,
김병식보스가 앉자서 케익을 잘랐고 조모차동생이 일어나서 김병식보스에게 케익을 한접시 드렸고 한다보동생도 일어나서 김호아형수님에게 케익을 한접시드렸다,
동생들도 모두다 일어나서 김병식보스에게 동시에 90도로 고개을 숙여서 인사을하고 말을하였다,
"형님?" "식사 많이드십시요!" "형님?"
"그래!" "편히 앉자서 많이들 먹어라?"
"예!" "형님?" 명심하겠습니다, "형님?" 하고 90도로 동시에 고개을 숙여서 인사을하고 대답을하였다,
"형수님?" "식사 많이드십시요!"

"예!" "삼촌들" "" "동생들은 동시에 인사을하고 김병식보스에게 90도로 동시에 고개을 숙여서 인사을하였다,
"형님?" "편히쉬십시요!" "형님?"
"그래!"
김병식보스와 김호아동생과 조모차동생과 한다보동생들은 오리로스구이 고기와 양념 오리로스구이 고기와 오리탕들을 먹었다,
시간이가고 김병식보스가 동생들에게 말을하였다,
"동생들은 다들 앉자서 들어라?"
"예!" "형님?" 명심하겠습니다, "형님?" 앉자서 90도로 고개을 숙이고 동시에 인사을하였다,
"동생들에 몸들은 다들 건강하게 나았느냐?"
"예!" "형님?" 괜찮습니다, "형님?" 하고 동시에 90도로 인사을 고개을 숙여서 하였다,
"그래!" 오산시을 전국구파 타지놈들에게 빼앗겨서는 안된다, 김병식 보스 두목 백호 하얀호랑이 대장이 대한민국 경기도 오산시 누읍동에서 태워나서 정통으로가는 시내파을 결성을 혼자서하고 동생들과 오산시에서 있었다, 타지 전국구파놈들이 절대로 오산시에 있으며는 안된다,
"예!" "형님?" 명심하겠습니다, "형님?" 90도로 동시에 인사을 하였다,
"그래!" 김병식 백호 하얀호랑이 대장이 호남 전국구파와 경상도 전국구파와 충청도 전국구파와 경기도 전국구파와 강원도 전국구파와 제주도 전국구파와 서울 전국구파와 인천 전국구파와 외국놈들이 오산시을 들어와도 김병식 보스 두목 백호 하얀호랑이 대장 내가 모두 다 없세줄 것이다, 동생들도 오산시을 김병식 보스 두목 백호 하얀호랑이 대장과 목숨을 받쳐서라도 오산시을 지켜야 된다,
"예!" "형님?" 명심하겠습니다, "형님?" 90도로 동시에 고개을

숙여서 인사을하였다,
"그래!" "경기도 오산시 주민으로부터 김병식 보스 두목 백호 하얀호랑이 대장이 혼자서 결성을하여 동생들을 데리고 결성한 시내파이다,
전국이 전국구파 타지놈들이 오산시을 들어와도 김병식 보스 두목 백호 하얀호랑이 대장이 오산시에서 태워나서 지키고 있느란 앞으로 넓은 세상을 넓혀가며 지배할 것이다, 대한민국 경기도 오산시정통으로가는 시내파을 타지놈들 전국구파들에게 보여줄것이고 김병식 보스 두목 백호 하얀호랑이 대장이 있다고 무서운것들을 보여줄 것이다,
카리스마 와 의리 로 살아가는 김병식 보스 두목 백호 하얀호랑이 대장이다, 동생들도 모두다 김병식 보스 두목 백호 하얀호랑이 대장 뒷에 있기을바란다,
"예!" "형님?" 명심하겠습니다, "형님?" 90도로 동시에 고개을 숙여서 인사을하였다,
"그래!" "김병식 보스 두목 하얀호랑이 대장 내가 모두다 헤치울 것이고 양금택목 이라고 하였다,
현명한 사람들은 현명한 사람들을 선택한다고 하였다, 곧 군의 군신 이라고 신의을 버리지 않고서 배신을 하지 않고서 현명한 보스에 길을 따른다고 판단하는 것이다, 동생들도 새겨 듣고서 대한민국 경기도 오산시을 김병식 보스 두목 백호 하얀호랑이 대장에 말을 따라라?"
"예!" "형님?" 명심하겠습니다, "형님?" 90도로 동시에 고개을 숙여서 인사을 하였다,
김병식보스가 하는 말을 김호아동생이 처음으로 듣고서 있었다,
김호아동생은 김병식보스에 말에 감탄을하였다,
김병식보스는 김호아동생과 조모차동생들과 한다보동생들과 이금신누님네 하북오리로스구이 고기 가게집에서 2시간동안

이야기을 하고 먹으며 김병식보스가 말을 하였다,
"동생들아?" "마음 편히들 먹었느냐?"
"예!" "형님?" "식사 많이드셨습니까?" "형님?" 동생들은 일어나서 90도로 동시에 고개을 숙여서 인사을 하였다,
"그래!" "다들 일어나서 아비숑퍼시팩룸나이트로 가게로 가자구나?"
"예!" "형님?" 명심하겠습니다, "형님?" 하고 90도로 동시에 고개을 숙여서 인사을 하였다,
김병식보스는 김호아동생과 일어나서 야외에서 나오고 있었으며 조모차동생이 앞으로 나와서 문을 열어드리고 동생들은 벤츠차로 가서 있었으며 김병식보스와 김호아동생은 조모차동생의 뒷에서 뒷짐을 짖고서 걸어서 오는것에 이금신누님 가게집 안으로 조모차동생에 문을 열어주는것에 들어갇다,
"누님?" 계산을 하려고 합니다,
"응" "벌써가게!"
"예!" "누님?"
김병식보스는 양복 상위주머니에서 지갑을 꺼내서 천만원짜리 한장을 주었다,
"이렇게 많이줘?"
"예!" "누님?" "장사하실 때 물건을 사시고 쓰십시요" "김병식 보스 고마워?"
"예!" "누님?" "수고하십시요!"
"그래!" "김병식 보스 들어가?"
"안녕히계세요!"
"응" "잘가?" "김호아 공주님?"
김병식보스는 김호아동생과 벤츠차앞으로 걸어와서 조모차동생이 문을 열어 주는것에 오른쪽 쇼파에 앉았으며 김호아동생도 왼쪽 뒤에앉았다,
동생들은 벤츠차에 타지않고서 김병식보스가 나올때까지 "서"

"서" 있었으며 김병식 보스 두목 백호 하얀호랑이 대장이 타고 문을 닫아드리고 동생들은 90도로 동시에 고개을 숙여서 인사을하였다,
"형님?" "편히쉬십시요!" "형님?"
"그래!"
"형수님?" "편히쉬세요!"
"예!" "삼촌들" "" "한다보동생은 벤츠차에 운전석에 앉고서 옆에는 조모차동생이 앉고서 한 대씩 고승국동생과 김구한동생과 이지용동생과 진상보동생과 조남잔동생과 김사랑동생과 구한미동생과 장금하동생과 황시라동생들이 운전석에 앉갔고 동생들이 나눠서 탔다,
김병식보스와 김호아동생과 동생들과 아비숑퍼시팩룸나이트 가게에 도착을 할때까지 이야기을 하지 않고서 김병식보스에 차가 먼저가고 차례되로 깜박이을 키고서 가고있었다,
대통령님이 가고 있는것처럼 아름다웠다,
시간이가고 조모차동생과 한다보동생은 아비숑퍼시팩룸나이트 가게에 도착을하였다,
조모차동생과 한다보동생이 동시에 앉자서 90도로 고개을 숙이고 인사을하였다,
"형님?" 아비숑퍼시팩룸나이트 가게에 도착을 하였습니다, "형님?"
"그래!"
조모차동생은 내려서 김병식보스에 문을 열어드리고 한다보동생은 내려서 김호아형수님에 문을 열어드렸다,
동생들은 1층 주차장에 벤츠차을 세워두고 벤츠차에서 내려서 김병식보스에 뒤을 따르고 있었다,
1층에서 웨이터 막내 기복하 와 한다마 와 조기미 와 마하자 가 90도로 동시에 고개을 숙이고 인사을하였다,
"사장님?" "편히 나오셨습니까?"

"그래!"
음악소리가 밖에까지 우렁차게 들리고 있었다,
김병식보스는 김호아동생이 옆에 "서" "서" 뒤에 오른쪽에는 조모차동생과 왼쪽에는 한다보동생과 뒷짐을 짖고서 올라가고 있었으며 2층에서는 대형유리가 열려져 있었다,
웨이터장 장나바 웨이터와 지하장 웨이터와 장마조 웨이터와 정하장 웨이터와 정자미 웨이터와 김장마 웨이터와 조강처 웨이터들이 90도로 동시에 인사을하였다,
"사장님?" "편히 나오셨습니까?"
"그래!" "테이블 쇼파좀 줘라?"
"예!" "사장님?" 명심하겠습니다, 90도로 동시에 고개을 숙여서 인사을하였다,
장나바 웨이터장은 김병식보스에 테이블을 40명들이 앉는곳으로 스테지앞으로 드렸다,
웨이터들이 김병식보스에게 1000평되는 곳에서 보며 인사을 90도로 하고서 있었다,
디제이 음악은 디제이장 육갑자 가 틀어주며 손님들이 많이있었다,
김병식보스는 웨이터장 장나바에게 양주을 모두 같고 오라고 하고 동생들과 춤을 원을 그리고 김호아동생과 춤을추고서 한 명씩 원 안에 들어가서 춤들을 추고 박수을치고 있었다,
김병식보스와 김호아동생은 술은 마시지 않았다,
김병식보스와 동생들은 춤을 추고서 쇼파에 앉으며는 동생들이 90도로 동시에 인사을하였다,
"형님?" "편히쉬십시요!" "형님?" 하고 김병식보스가 편히 앉자서 마셔라?" 하며는 "예!" "형님?" 명심하겠습니다, "형님?" 하고 90도로 동시에 인사을하고 앉을 때 90도로 동시에 고개을 숙여서 인사을하였다,
김병식보스는 시간이 저녁 11시가 되여서 김호아동생에게 말

을하였다,
"호아야?""이제 집에 가자?"
"예!""오빠?""조금만 더 있으며는 안되요!"
"오늘은 늦었어!"
"아이!""호아?""삐질 거예요!"
"그래도 오늘은 늦었고 나중에 오빠가 또 데리고 올게""정말 요!"
"그래!""오늘은 동생들끼리 놀으라고 하자?"
"예!""오빠?"
김병식보스는 조모차동생들에게 말을하였다,
"동생들아? "오늘은 동생들끼리 놀아라?"
"예!" "형님?" 명심하겠습니다, "형님?" 일어나서 동시에 90도로 고개을 숙여서 인사을하였다,
김병식보스는 일어나서 김호아동생과 걸어서 나오려고 할때에 동생들 29명들이 90도로 동시에 고개을 숙여서 김병식보스에게 인사을하였다,
"형님?""편히 들어가십시요!""형님?"
"그래!"
"형수님?""편히 들어가세요!"
"예!""삼촌들"""
김병식보스는 걸어가며 장나바 웨이터장에게 말을하였다,
"아비숑퍼시팩룸나이트에 문제가 있으며는 전화을 하여라?"
"예!""사장님?" 명심하겠습니다, 90도로 인사을하였다,
"사장님?""편히 들어가십시요!" 하며 90도로 고개을 숙여서 인사을하였다,
김병식보스와 김호아동생이 아비숑퍼시팩룸나이트 가게1층으로 계단으로 내려왔으며 막네 기복하 웨이터가 90도로 고개을 숙여서 인사을하였다,
"사장님?""편히 들어가십시요!"

"그래!"
김병식보스는 김호아동생과 터미널거리로 걸으며 택시에 타는 곳까지가고 있었다,
장한자형과 강보자누님과 이하준누님과 고진오누님과 손님들이 많이 뭉쳐서 있어서 김병식보스는 택시을타는 곳까지 도착을 하였다,
김병식보스을 보고 조자고형이 말을하였다,
"김병식 두목 백호 하얀호랑이 대장 어디가게?"
"그래!" "형" "공주님좀 서울집 까지 태워 주길바래!" "응" "김병식보스?"
김병식보스는 택시에 뒷문을 열어주고 김병식 양복 상위주머니에서 20십만원을 주었다,
"형" "계산 여기 있어!"
김호아동생에게 조자고형이 인사을하였다,
"안녕하세요!"
"예!" "안녕하세요!"
김병식보스도 김호아동생에게 말을하였다,
"김호아공주님?" "오늘은 집에가서 쉬고 전화할게?" "예!" "오빠?" "갈께요!"
김호아동생이 오른쪽팔손을 들어서 흔들면서 조자고에 택시는 출발을하였다,
김병식보스는 터미널거리을 걸으며 고진오누님과 이하준누님과 강보자누님과 장한자형네을 거처서 형은오피스텔로 도착을 하여 현관 문을열고서 301호로 들어가서 샤워을하고 잠을 청하였다,
하루가 지나가고 오전11시가 되어 가고 있었다,
김병식보스는 전화을하여 조모차동생에게 말을하였다,
조모차동생은 김병식보스에 전화을받자 대답을하였다,
"예!" "형님?" "편히쉬셨습니까?" "형님?"

"그래!" "지금 어디에 있느냐?"
"예!" "형님?" "대장일수 사무실에 있습니다, "형님?" 하고 90도로 고개을 숙여서 인사을하였다,
"그래!" "지금 형은오피스텔로 와라?"
"예!" "형님?" 명심하겠습니다, "형님?" 90도로 고개을 숙이고 인사을하며 김병식보스가 전화을 끊을 때 90도로 고개을 숙이며 인사을 하고 말을하였다,
"형님?" "편히쉬십시요!" "형님?" "그래!"
김병식보스와 조모차동생과 전화을 끊고서 김병식보스는 검정 줄무늬 양복을 상위와 하의을 입고서 줄무늬 와이셔츠와 줄무늬 넥타이을 차고서 입고서 강원도펜션으로 갈 준비을하고 있었다,
형은오피스텔에서 밖에서는 초인종이 울리고 있었다,
"그래!" 나간다,
김병식보스가 걸음을 걸으며 검정 줄 무늬 구두을 신고서 문을열고서 나같다,
조모차동생은 김병식보스에게 90도로 인사을 고개을숙여서 하였다,
"형님?" "편히쉬셨습니까?" "형님?"
"그래!" "강원도 펜션으로 가자?"
"예!" "형님?" 명심하겠습니다, "형님?" 90도로 고개을 숙이고 인사을하였다,
김병식보스가 엘리베이터로 걸어서가며 조모차동생이 뒤에서 나와서 엘리베이터을 눌르고 1층으로 내려와서 벤츠차에 오른쪽 뒷문을 열어드렸고 김병식보스가 쇼파에 앉으며 조모차동생이 90도로 인사을 고개을 숙여서 하였다,
"형님?" "편히쉬십시요!" "형님?"
"그래!" 김병식보스와 조모차동생과 강원도펜션으로 출발을하며 김병식보스가 조모차동생에게 말을하였다,

"모차야?"
"예!" "형님?" "명령만 내려주십시요!" "형님?" 하고 앉자서 90도로 고개을 숙여서 인사을하며 대답을하였다,
"어제 아비송퍼시팩룸나이트 가게에서는 별일들이 없었느냐?"
"예!" "형님?" 별일들이 없었습니다, "형님?" 하고 90도로 앉자서 고개을 숙이고 대답을하였다,
"그래!" "배신자들도 지켜보고 호남 전국구파 조근만대장놈에 숙소와 애들과 경상도 전국구파 하지문대장놈에 숙소와 애들이 몇 명이나 있는지 알아보아라?"
"예!" "형님?" 명심하겠습니다, "형님?" 하고 90도로 앉자서 고개을 숙여서 인사을하였다,
김병식보스와 조모차동생과 이야기을하고 조모차동생이 90도로 앉자서 고개을 숙이고 인사을하며 말을하였다,
"형님?" 강원도펜션에도착을하였습니다, "형님?"
"그래!" "오산시로 가서 일을 봐라?"
"예!" "형님?" 명심하겠습니다, "형님?" 하고 90도로 앉자서 인사을하며 조모차동생이 벤츠차에서 내려서 김병식보스에 문을 열어드렸다,
김병식보스가 강원도펜션 1층으로 현관문으로 걸어가는데 조모차동생이 90도로 인사을하였다,
"형님?" "편히쉬십시요!" "형님?"
"그래!"
김병식보스는 현관 문을열고서 들어가서 양복 상위을 벗고 쇼파에 걸어두고 넥타이을 오른쪽팔손으로 조금 풀고서 와이셔츠도 앞 단추을 풀고서 쇼파에 앉으며 잠시 눈을감았다,

아버지에 장래식

강원도에 펜션과 오산시에 거리는 조용하고 한달이라는 시간이 흘러갔고 7월30으로 들어가고 있었다,
경기도 오산시에서는 수원여우파 조하문대장이 김병식보스에 배신자놈과 전화을 통화을하고 이방언놈이 60도로 인사을하고 전화을받았다,
"예!" "형님?" "쉬셨습니까?"
"잘지내고 있지!"
"예!" "형님?" 하고 60도로 인사을하였다,
"오늘 경기도 오산시에 갈 것이다, 김병식보스에 백호 하얀호랑이 대장에 가족중에 아버지을 알아야 되겠다,
 "예!" "형님?" 오시기 바랍니다, 하고 60도로 인사을하였다,
"그럼?" "저녁 5시에 오산시 시계탑에서 보자?"
"예!" "형님?" 전화드리겠습니다, 60도로 인사을하고 전화을 끊었다,
이방언놈과 조남상놈과 진상회놈과 마해국놈과 우상짐놈과 이진마놈과 김부하놈과 김부용놈과 한국태놈과 이태미놈과 구조용놈과 집합을 하여서 수원으로 넘어가자고 하였고 배신자11명은 그렇게 하자고 하였다,
오산시 시계탑에는 수원에 여우파 조한문대장과 오장효놈과 진모진놈과 조오존놈과 김본장놈과 강상전놈과 강보성놈과 한조용놈과 용오존놈과 김자용놈들이 오산시 시계탑으로 와서 BMW한대와 봉고차2대를 끌고서 왔으며 김병식보스에 배신자

- 272 -

놈들이 저녁5시에 시계탑에서 있었다,
김병식보스에 배신자들은 수원여우파 조한문대장과 수원여우파들을 보고 60도로 인사을 하고 말을하였다,
"형님?" 쉬셨습니까?"
"가자?"
"예!" "형님?" 제가 전화을 하겠습니다,
이방언놈이 60도로 인사을하고 봉고차에 타며 김병식보스에 김기동 아버지께 전화을 하는 것이였다,
이방언놈에 전화에 김병식보스 김기동 아버지께서 전화을 받으셨다,
"안녕하셨습니까?" "아버지!"
"그래!"
"아버지께서 어디에 계십니까?"
"그래!" 지금 집에 있다,
"예!" "아버지 10분 있다가 밖으로 나오시겠습니까?" "그래!"
"어디을 갈 것이냐?" "병식이는 어디에 있느냐?"
"예!" "형님께서 제게 말씀을 하셨습니다, 아버지을 모시라고 하였습니다,
"그래!"
수원여우파 조한문 대장놈들과 김병식보스에 배신자 11명놈들과 봉고차을 타고서 누읍동까지 같고 도착을 하였다,
김병식보스에 백호 하얀호랑이대장 아버지께서 검정 양복상의와 하의와 검정 넥타이와 검정 와이셔츠을 입고서 검정 구두을 신고서 나오셨다,
이방언놈과 조남상놈이 봉고차안에서 내려서 김병식 보스 두목 백호 하얀호랑이 대장에 아버지을 오장효놈과 진모진놈에 봉고차에 태웠으며 김병식보스에 아버지께서 말을 하였고 오장효가 대답을 하였다,
"너희들모야?"

"따라와?"
"모야?" "색끼들아?"
수원에 여우파 조근만대장은 오장효에게 전화을하여 수원에 광교산 야산으로 데리고 오라고 하였다,
조한문대장놈은 수원에 광교산 사람들이 없는 곳에 다BMW와 봉고차을 세우고 김병식보스에 아버지을 내리라고 하였다,
수원여우파놈들과 배신자놈들이 내리고 김병식보스에 아버지께 배신자놈들에게 욕을 하는"것이였다,
너희들 색끼들아?" "이렇게 배신을 하고서 우리 아들에게 살아 남을 것 같으냐?"
수원여우파 조한문대장놈이 오장효놈에게 말을하였다,
"장효야?" "봉고차안에서 전기을 꼽고 돌아가는 톱니바퀴을 꺼내서 가지고 나 오너라?"
"예!" "형님?" 하고 60도로 인사을하고 가지고 나와서 조한문대장 앞에다가 두었다,
수원여우파놈들은 아버지을 뒤에서 붙잡고 있었으며 조한문대장놈이 아버지에 왼쪽 손들을 톱니바퀴속으로 집어 넣으라고 하였다,
김병식보스에 아버지께서 고통을 받으시며 말을하였다,
"너희들이 이렇게 하고도 우리 아들에게 용서가 되겠느냐?"
"영원히 너희들은 지옥에 갈 것이다, "내가 하늘에서 너희들을 처다보고 있을걸 것이다, "알았냐?"
김병식보스에 아버지는 고통을 밀려오고 있었지마는 피가 거꾸로 솟는 것처럼 그놈들이 용서가 안됐다,
김병식보스에 아버지는 정신이 살아계셨고 고통의 소리도 내지 않았으며 조한문대장놈들과 배신자놈들에게 말을 하였다,
"두고보자?" "용서가 안 될것이다, "개색끼들아?" "하늘에서도 내가 김기동 이름섯자가 처다보면서 수원놈들과 배신자놈들과 너희들을 지옥으로 데리고 갈 것이다,

왼손에 손가락들을 다섯 개를 가지고 봉고차에 탔다,
수원여우파 조한문대장이 말을하였다,
"야?""태워라?""고매리방죽으로 가자?"
"예!""형님?" 60도로 동시에 인사을 하였다,
김병식보스에 아버지을 오장효놈과 진모진놈의 봉고차에 태우고 조한문대장은 BMW에 탔으며 고매리 방죽으로 가고 도착을 하였다,
수원여우파 조한문대장놈이 내려서 오장효놈에게 말을하였으며 배신자들은 수원여우파놈들에 뒤에 11명들이 "서""서" 있었다,
조한문대장에 말에 오장효놈이 60도로 인사을하며 대답을하였고 김병식보스에 아버지께서 말을하였다,
"빠트려라?""예!""형님?""개색끼들아?""해볼 테며는 해봐라?"
"왼쪽손에서 피가흐르고 손들이 짤라져 나가셨다,
"너희들도 똑같이 지옥으로 데리고 갈 것이다
"왼쪽손을 생손가락을 톱니 바퀴안으로 집어넣고서 손가락을 짜르고 물속으로 집어 넣을 것이다 "지옥으로 오너라?" "내가 하늘에서 처다 보고 내아들이 너희들을 보내줄걸 것이다,
김병식 보스 두목 하얀호랑이 대장에 아버지께서 풍덩하고 고매리 방죽에 빠지셨다,
수원여우파 조한문놈과 배신자놈들은 아버지께서 보이지않는 것을 보고 차을타고 가자 하며 인사을하고 수원으로 출발을하였다,
시간이흘러서 김병식보스에 아버지께서 고매리 방죽에서 몸이 떠오르고 계셨으며 낚시을 하고서 있었던 사람이 김병식보스에 아버지을 꺼내서 오산시에 신고을하고 한국병원으로 모시고 갔다,
강원도펜션에서 김병식보스에게 전화가오고 있었다,

원서머나잇노래가 나오는 것으로 가서 전화을받았다,
"예!"
" 어머니다,
"일이 있습니까?"
"아버지께서 돌아가셨다, 지금 한국병원에 계시다, "예!" 지금 가겠습니다,
김병식보스는 깜작하고 놀라며 김병식보스와 최점백어머니와 전화을 끊고서 조모차동생에게 전화을 하였다,
김병식보스에 조모차동생이 전화을 받았다,
"예!" "형님?" "편히쉬셨습니까?" "형님?"
"그래!" "지금 강원도펜션으로 빨리와라?"
"예!" "형님?" 명심하겠습니다, "형님?" 하고 90도로 인사을 하고 김병식보스가 전화을 끊을 때 90도로 인사을 고개을 숙여서하며 말을하였다,
"형님?" "편히쉬십시요!" "형님?"
"그래!"
김병식보스와 조모차동생과 전화을 끊고서 검점 양복상의와 하의로 입으며 검정 와이셔츠와 검정 넥타이을 입고서 창문 유리문을 보고 있었다,
시간이가고 강원도펜션으로 벤츠차가 들어와서 조모차동생이 내려서 현관문으로 걸어오는 것을 보고 김병식보스가 검정구두을 신고서 현관 문을열고 나같다,
김병식보스을 보고 조모차동생이 90도로 인사을 고개을 숙이고 하였다,
"형님?" "편히쉬셨습니까?" "형님?"
"그래!"
김병식보스에 오른쪽 뒷문을 열어드리고 조모차동생이 90도로 고개을 숙여서 인사을하고 문을 닫아드렸다,
조모차동생은 벤츠차에 운전석으로 가서 탔다, 김병식보스가

조모차동생에게 말을하였다,
"모차야?" '한국병원으로 가자?"
"예!" "형님?" 명심하겠습니다, "형님?" 90도로 앉자서인사을 고개을 숙여서 하였다,
김병식보스와 조모차동생과 한국병원에 도착을 하였으며조모차동생이 90도로 고개을 숙이고 인사을하며 대답을 하였다,
"형님?" 한국병원에 도착을 하였습니다, "형님?"
"그래!"
조모차동생은 벤츠차에서 내려서 김병식보스에 뒷문을열어 들렸다,
김병식보스는 내려서 빠른걸음으로 한국병원 현관 문을열고서 장래식장으로 들어갔다,
조모차동생은 김병식보스에 빠른걸음을 따르지 못하고 무슨 일인가 생각을하며 뒤늦게 걸음을 따랐다,
김병식보스에 어머니께서 울고서 있었고 작은형도 있었으며 큰형도 지금 온다고 하였다,
김병식 보스 두목 백호 하얀호랑이 대장도 무릎을 끌고서 향을 피고 절을하며 울고서 있었다,
조모차동생은 뒷에서 "서" "서" 있었고 한다보동생과 우통지동생과 마상회동생과 한사마동생과 오방자동생과 고상국동생과 한국지동생과 고승국동생과 지하미동생과 장금하동생과 고방식동생과 주고용동생과 한승호동생과 김학지동생과 오한지동생과 장보구동생과 황시라동생과 권성수동생과 구한미동생과 김구한동생과 주성진동생과 진상보동생과 이지용동생과 이용마동생과 김사랑동생과 진보상동생과 조남잔동생과 전화을 하여서 한국병원으로 검정 양복을 입고서 오라고 하였다,
오산시 주민분들 의형제 누님들과 형들에게도 전화을 걸었고 형님의 아버지께서 돌아가셨다고 한국병원 장래식장 지하1층으로 오시라고 하였다,

식당은 지하2층으로 1호실 이였다,
몇분있다가 3단 화원들이 들어오고 있었고 큰형이 왔으며 동생들이 왔다,
한국병원 장래식장 지하1층과 2층을 모두다 쓰고 있었으며 동생들은 지하2층 식당과 지하1층 장래식장에서 의형제 누님들과 의형제 형들을 모시고 있었다,
벤츠차 10대도 주차장에 세워두고 있었다, 김미한 국회의원님 여자분도 보좌관 오마차형과 왔으며 아비숑퍼시팩"룸"나이트 가게에 정라다 주방 여자실장과 오상희 카운터 여자실장과 웨이터장 장나바와 막네 기복하와 한다마와 조기미와 마하자와 지하장과 장마조와 정하장과 정자미와 김장마와 조강처와 양희승과 양우마와 마수장과마하조와 조금마와 금하수와 오기자와 오마수와 기장조웨이터들이 오며 아가씨실장 이승미여자와 미하자와 지용미와 지미화와 조금제와 조미해와 김해자와 오미소와오미세와 김시원과 김지오와 김지미와 송미오와 정사라와 송오미와 김오지와 정미제와 정소언과 김언지와 김시오 아가씨들이 왔으며 디제이장 육갑자와 송덕하와 지금조와 여자 디제이 김미조 디제이들이 왔으며 양옥집 이한증 누님과 주방에서 일을하는 김고수여자와 밖에서 일을하는 이모지남자가 왔으며 오시는 분들마다 동생들이 한분씩 모시고 김병식보스에 아버지께 향을 피워드리고 절을 하고 김병식보스와 대화을 하고 어머니와 형들에게 무릅들과 양반다리을 하고 대화들을 하며 일어나서 식당으로 동생들이 모시고 있었다,
뮤직차집 양미조누님과 일을하는 오송호여자와 디제이장 이상한남자와 왔으며 하기장형과 조미보형수님과 왔으며 하북오리로스구이 고기가게집 이금신누님과 일을하는 정신미여자와 정진화여자가 왔으며 세탁소 양모수형과 이수한누님께서 왔으며 분식점 이나미누님과 일을하는 이미지여자가 왔으며 경양식 사장 장미해누님께서 왔으며 일을하는 종업원여자 조부미가

왔으며 주방장 김하진남자가 왔으며 오산극장 이다보누님께서 왔으며 일을하는 기나만형도 왔으며 형은오피스텔 김명화형과 오희민누님도 왔으며 떡복기 고진오누님과 닭꼬치 이하준누님과 옥수수 강보자누님과 호떡 장한자형과 왔으며 볼링장 지해미누님과 일을하는 남자 한 장옥과 이삼모와 조모짐과 일을하는 여자이미종과 지호마와 마장온과 한무기와 장만수가 왔으며 구두방 오범구형과 왔으며 포켓볼당구장 강하만형도 왔으며 야채가게 이보영누님도 왔으며 옷가게 한오짐누님도 왔으며 생선가게 장고미누님께서도 왔으며 편의점 이정호누님도 왔으며 통닭가게 정하미누님도 왔으며 과일가게 이금지누님도 왔으며 시장에 상인들 의형제누님과 형들과 어르신들이 왔으며 택시 조자고형과 김다진형과 택시 기사형들도 왔으며 오산시분들이 오고 있었다,

오산시 한국병원에서는 3단 화원들이 오산시 주민분들이 보내주신것들이 모두다 한국병원에 화원들이 차있는 것 같았다,

오산시 주민분들이 3단 화원들을 보내 주신것들이 더 이상 세워둘곳이 없을 만큼 많이들 보냈다,

김병식보스 백호 하얀호랑이 대장 아버지의 영전앞에서 향을 피시고 절을하시고 김병식보스와 어머니형들에게 절을하고 식당휴게실로 가서 식사들을 하고 술과 음료수들을 먹고 있었다, 김병식보스는 아버지에 영전앞에서 무릎을 끌고서 있다가 생각을 하였으며 아버지을 돌아가시게 만든 놈들은 한놈도 가만히 두지 않는다고 김병식 보스 두목 백호 하얀호랑이 대장에 가슴에서 피눈물을 흘리고 있었다,

김병식보스에게 조모차동생이 들어와서 90도로 고개을 숙이고 인사을하며 대답을 하였다,

"형님?" "편히쉬셨습니까?" "형님?"

"그래!"

"형님?" "형수님께 연락을 드립니까?" "형님?" 하고 90도로

인사을 고개을 숙이고 대답을 하였다,
"아니 하지 말아라?"
"예!" "형님?" 명심하겠습니다,"형님?" 90도로 고개을 숙이고 인사을하며 대답을 하였다,
"형님?" 배신을 하였던 애들이 또 배신을 한것같습니다, "형님?" 하고 90도로 고개을 숙여서 인사을하며 대답을하였다,
"그래!" "일봐라?"
"예!" "형님?" 명심하겠습니다, "형님?" 90도로 인사을 하고 김병식보스에게 밖으로 나가면서 90도로 고개을 숙여서 인사을하며 대답을 하였다,
"형님?" "편히쉬십시요!" "형님?"
"그래!"
조모차동생은 김병식보스에게 인사을하고 밖으로 나가서 "서" "서" 있었다,
김병식보스에 아버지에 장래식장에는 계속하여 지인분들과 손님분들이 들어오고 있었다,
야식집사장 이보장누님과 주방장 조나보남자와 일을하는 아르바이트 장희미여자가 왔으며 강원도펜션에서 청소을하는 일을 하는 여자가 들어왔으며 항제꼼장어사장 한만고형과 일을하는 여자미순자와 주방장 한보반남자가 들어왔으며 경찰서 김보한반장과 이주오형사와 오미다형사와 미한진형사와 진상만형사와 고진자형사와 이산수형사와 이상온형사와 김장미형사와 조병먼형사와 조상저형사와 이금먼형사와 지용장형사와 김하모형사와 지오만형사와 김미잠형사와 장보화형사와 장화장형사와 한다옹형사와 한 장모형사와 김모장형사와 이장임형사와 강지묘형사와 강모용형사와 강희지형사와 여자형사들 김병효여자형사와 김항장여자형사와 이한이여자형사와 김자김여자형사와 오장순여자형사들이 왔으며 김보한반장이 조모차동생이 "서" "서" 있는것에 말을하였다,

"잠간만 이리로 와라?"
"예!" "반장님?"
"김병식 보스 두목 백호 하얀호랑이 대장에게 아버지 장래식을끝나고 경찰서로 들어오라고 해라?" 기소중지가 내려오며는 나도 골란하다,
"예!" "반장님?" 형님께 말씀을 드리겠습니다,
"그래!" 오늘은 우리도 장래식을 치루고 할 것이다, "예!" "반장님?" 조모차동생과 말을하고 김병식 보스 두목 백호 하얀호랑이 대장에 아버지께 향을 피고 절을하고 김병식보스에게 앉자서 김보한 반장이 말을 하였다,
"상심이 클거라 믿는다, 힘을 내고 조모차동생에게 말을하였다, 아버지 좋은곳으로 모시고 보자?"
"예!" 고맙습니다, "반장님?" 하고 형사들은 식당휴게실로 같다,
한국병원원장 한조맘형과 정형외과 과장 미소요여자와 수술실 간호사 이미영여자와 수술실남자 화용준이 왔으며 한국병원에 5층 간호사들 김자미와 오중순과 순자중과 김자모와 이상지와 지하요와 하장미와 해바자와 바상모와 수간호사 미호자들이 왔으며 성모병원 간호사들과 의사들이 왔으며 경찰서 유치장 형사 한다몬형사와 장몬지형사와 김우장형사와 왔으며 김병식 보스 두목 백호 하얀호랑이 대장 고정 변호사 김용화여자 변호사가 왔으며 오산시에서 100000십만명이 한국병원에 넘게 왔다,
경기도 오산시에는 150000십오만명이 넘었다, 김병식 보스 두목 백호 하얀호랑이 대장은 아버지의 영전앞에서 머릿속에 생각들이 들어오고 있었으며 배신자놈들과 타지의놈들이 아버지을 헤치운게 분명하다고 들었으며 향이 꺼지지 않게 계속해서 아버지의 영전앞에서 앉자서 있었다,
지하2층에서는 오산시 주민분들이 소리을내고 식사와 술을드

시고 있었다,
김병식보스는 아버지에 영전앞에서 앉자서 있는데 조모차동생이 들어와서 90도로 고개을 숙이고 인사을하고 대답을 하였다,
"형님?" "편히쉬셨습니까?" "형님?"
"그래!" "무슨 일이 있느냐?"
"예!" "형님?" 배신자 11명들과 수원에 여우파 조한문대장들과 아버지을 이렇게 만들었다고 합니다, "형님?"
하고 90도로 고개을 숙이고 인사을하며 대답을 하였다, "그래!" "어디서 들었느냐?"
"예!" "형님?" 오늘저녁에 5시에 택시기사 한명이 오산시 시계탑에서 보았다고 합니다, "형님?" 하고 90도로 고개을 숙여서 인사을하며 대답을 하였다,
"그래!"
"예!" "형님?" 김다진형도 보았다고 합니다, "형님?" 하고 90도로 고개을 숙이고 인사을하고 대답을하였다,
"그래!" "일봐라?"
"예!" "형님?" 명심하겠습니다, "형님?" 90도로 고개을숙이고 인사을하고 대답을하며 조모차동생이 밖으로 나갈때 90도로 인사을 고개을 숙이고 대답을 하였다,
"형님?" "편히쉬십시요!" "형님?"
"그래!" 김병식보스에게 조모차동생은 인사을하고 지하2층식당으로 내려가서 오산시 주민들과 있었으며 김병식보스에 밖에서 "서" "서" 있는 한국지동생과 고상국동생이 있었다,
저녁시간이 밤12시로 되어가고 있었으며 김병식 보스 두목 백호 하얀호랑이 대장과 아버지의 장래식을 하루을 오산시 주민분들과 함께 밤을 세워드리고 있었다,
김병식보스는 아버지의 영전앞에서 일어나지 않고서 있었다,
지하2층에서는 김다진형과 조자고형과 택시기사들이 이야기들

을하며 술 들을 새벽 넘게마시고 있었다,
의형제 의누님들도 술들을 마시고 이야기들을하며 하루을 세워주고 있었다,
어머니와 큰형과 작은형도 손님들이 오며는 "서""서" 인사을 하고 식당으로가서 이야기들을하고 앉자서 있었다,
김병식보스에 어머니께서는 아직도 아버지에 영전 앞에서 울고서 있었다,
김병식보스에 동생들도 하루동안 지하2층 식당휴게실과 지하1층 장래식장과 번갈아가며 한국병원을 다니고 있었다,
김병식보스에 밖에서 "서" "서" 도 있었다,
지하2층에서는 기나만형과 오범구형과도 이야기을하고 술을마시고 대화을하고 있었다,
"범구야?" 김병식 보스 두목 백호 하얀호랑이 대장의 아버지을 이렇게 만들었던 배신자놈들과 수원여우파놈들은 이제 목숨들이 끈어지겠어!"
"맞어!" "형?"
김병식 보스 두목 백호 하얀호랑이 대장이 가만히 않들것이야?" 나만이형도 보았지!" 김병식보스에 눈을 "''
 범구야?" "맞어!" 김병식보스에 눈을 보았는데 가만히두지않을 두눈을 보았어!"
조모차동생이 말을하였다,
"형들 술들을 모자라며는 같다가 드립니까?"
"그래!" 동생들 소주와 맥주좀 같다가 줘?"
"예!" 동생들은 지하2층에서 김병식보스에 의형제 의누님들에게 술과 안주와 밥과 찌개와 화토와 카드을 같다가드렸고 성모병원에서 하루을보냈다,
성모병원에서 오전이되고 김병식보스에 아버지께서 염전이 시작이 되었으며 어머니께서 울고서 있었고 김병식 보스 두목 백호 하얀호랑이 대장은 가슴에서 피눈물이 흘러나오는 것을

참고서 있었다,
아버지께서 염전을 모두하고 나서 김병식보스는 아버지의 영전앞에서 향을 피고 무릎을 끌고서 앉자서 있었다, 오산시주민분들은 오늘도 한국병원에 김병식보스에 아버지께 들어와서 영전앞에서 향을 피고 김병식보스와 어머니들과 형들에게 인사을하고 있었으며 김병식보스와 3일 동안 아버지의 영전앞에서와 한국병원에서 오산시주민분들 의형제분들과 의누님들과 3일 오전9시까지 있었다,
김병식보스는 앞에서 아버지의 사진을 둘고서 누읍동에산소로 가려고 하였으며 벤츠차 10대와 관광차 10대을 준비을 하였다,
김병식보스와 3일 동안 오산시주민분들 의형제 형들과 의형제 누님들과 아버지의 3일동안 장래식을 해주고 함께 장지을 가려고 하였다,
아버지에 관을 동생들이 둘고서 관광차에 두고서 오산시주민분들 의형제분들은 500명들이 관광차에 타고서 함께가려고 하였다,
김병식보스는 벤츠차에 타려고 하였으며 조모차동생이 운전석 옆앞문을 열어드리고 한다보동생이 뒷문을 어머니 형들 문을 열어드리고 김병식보스와 어머니형들이 쇼파에 앉잤다,
동생들29명들은 김병식보스에게 90도로 동시에 고개을 숙여서 인사을하고 대답을하며 조모차동생이 문을 닫아드렸다,
"형님?" "편히쉬십시요!" "형님?"
"그래!" 김병식보스에 벤츠차는 조모차동생이 운전을하고 벤츠차 한대씩 운전을 한다보동생과 한국지동생과 한승호동생과 오한지동생과 진상보동생과 조남잔동생과 이용마동생과 권성수동생과 고승국동생들이 타고서 누읍동산소로 출발을 하였다,
김병식 보스 두목 백호 하얀호랑이 대장에 아버지에 장래식은 전국에서 대한민국에서 아름답게 치루워지고 있었다,

김병식보스에 벤츠차가 앞에서가고 벤츠차가 깜박이들을 키고서 뒤을따르고 있었으며 관광차 10대들이 벤츠에 뒤을 따르고 있었다,
도로에는 자가용들이 없었고 조용한 아침에 도로로 가고있었다,
누읍동 산소에 도착을 하였으며 조모차동생은 김병식보스에 90도로 앉자서 고개을 숙이며 인사을하고 대답을하였다,
"형님?" 도착을 하였습니다, "형님?"
"그래!" 조모차동생은 벤츠차에서 내려서 김병식보스에 문을 열어드리고 한다보동생은 벤츠차에서 내려서 어머니 형들에 문을 열어드리고 동생들도 내려서 김병식보스가 내리는 것을 뒤에서 뒷짐 들을 짖고서 "서" "서" 있었다,
김병식보스도 내려서 사진을 들고서 산소로 걸어서 올라가고 있었으며 어머니와 형들과 동생들은 아버지에 관을둘고서 올라가며 오산시주민분들도 올라가며 음식과 술과 돗자리들을 가지고 올라가고 있었다,
아버지에 산소에 도착을 하였으며 산소에서 포크레인 기사 요호명 형이와서 아버지에 산소을 파고서 있었다,
김병식보스와 어머니와 형들과 동생들과 아버지에 관을 산소에 앞에 두고서 돗자리을 피고서 500명의 의형제 형들과 의형제 누님들과 의형제 분들과 돗자리을 여러개피고서 앉았다,
아버지에 산소앞에는 넓어서 500명은 앉자서 있었으며 포크레인 요호명형은 김병식 보스 두목 백호 하얀호랑이대장에 아버지의 산소을 다 파고나서 동생들은 아버지의 관을 둘고서 올라가서 묻으며 머리을 고개을숙였다,
어머니는 울음을 터트리고 말았고 김병식보스는 산소에서 내려와서 500명에 의형제 형들과 의형제 누님들과 의형제분들에 있는 곳에 돗자리에 와서 돗자리가 한 개가있는 나무에 돗자리가 피어져 있어서 앉았다,

김병식보스는 돗자리에 옆에 사시미칼이 있어서 왼쪽팔손으로 들고서 위에서 오른쪽 중지손가락을 내리치며 말을하였다,
"셩" "휭" 휙" 아버지의 원수들을 용서하지 않겠다,
김병식보스는 오른쪽 중지손가락이 고통이 오고서 있었으며 사방으로 피가튀기며 오른쪽 중지손가락에서 알 같은게 나오고 있었다,
김병식보스의 왼쪽팔손으로 사시미칼을 내리쳤던 칼은 오른쪽 중지손가락에 꽂쳐서 있었으며 조모차동생이 내려와서 90도로 고개을 숙이고 인사을하며 말을하였다,
"형님?' "괜찮습니까?" "형님?" 하고 조모차동생이 두팔로 김병식보스에 몸을잡고서 있었다,
"지금 당장 수원에 여우파 조한문대장놈과 배신자놈들과 어디에 있는지 알아보아라?"
"예!" "형님?" 명심하겠습니다, "형님?" 하고 90도로 고개을 숙여서 인사을하고 대답을하였다,
김병식보스에 오른쪽 중지손가락에 사시미칼이 꽂혀있는 것을 조모차동생이 뽑아드리고 피가솟는 것을 헝겊으로 중지손가락을 둘러싸여 매여드리고 아버지의 산소위로 모시고 올라같다,
김병식보스 백호 하얀호랑이대장에 아버지의관을 산소에 다 묻어드리고 흑을 발으며 묘을 만들어 드리고 제사을 지내며 절을하고 의형제 형들과 의형제누님과 의형제분들과 아버지에 장래식을 맞히고 김병식보스에 500명들이 오신분들에게 인사을하였다,
아버지에 장지에 오시지 않는 분들은 김병식보스가 인사을 할 것이고 조모차동생이 벤츠차의 오른쪽 앞문과 뒷문을 열어드리며 김병식보스와 어머니형들이 탔다,
조모차동생들 29명들은 동시에 90도로 고개을 숙여서 인사을하고 대답을하며 조모차동생이 문을 닫아드렸다, "형님?" "편히쉬십시요!" "형님?"

"그래!" 고생들 했다,
"예!" "형님?" 고맙습니다, "형님?" 하고 동생들은 동시에 90도로 고개을 숙이고 인사을하며 운전을 하였던 동생들이 벤츠차로가서 앉잤다,
벤츠차10대와 관광차10대와 의형제 형들과 의형제 누님들과 의형제분들은 오산시집으로 같다,
김병식보스는 앞에서 출발을하여 동생들 벤츠차가 뒤을 따르고 있었다,
김병식보스는 조모차동생에게 말을하였다,
"모차야?" "어머니형들을 오산시 누읍동집에 다 내려드리고 형은오피스텔로 가자?"
"예!" "형님?" 명심하겠습니다, "형님?" 앉자서 90도로 고개을 숙이고 인사을 하였다,
오산시 누읍동집에 도착을하였다,
동생들은 29명들이 모두 내려서 동시에 어머니형들에게 인사을 하였다,
"어머니 상심 많이 하시지 마십시요!"
"그래!" 고생들했다,
"형님들 상심 많이 하시지마십시요!"
"그래!" 고생했다,
"예!" "어머니 들어가십시요!"
"형님들 들어가십시요!" 동생들 29명들은 인사을드리고 김병식보스에게 90도로 동시에 고개을 숙이고 인사을하고 벤츠차에 탔다,
"형님?" "편히쉬십시요!" "형님?"
"그래!" 김병식보스는 형은오피스텔로 가며 조모차동생에게 검정 양복주머니에서 지갑을꺼내서 3억짜리 3장을 주었다,
"모차야?" "다들 목욕비나 하여라?"
"예!" "형님?" 명심하겠습니다, "형님?" 하고 앉자서 고개을

숙이고 인사을하였다,
김병식보스와 조모차동생은 형은오피스텔에 도착을하고 90도로 고개을 숙여서 인사을하고 대답을하였다,
"형님?" 형은오피스텔에 도착을 하엿습니다, "형님?" "그래!" 조모차동생은 내려서 문을 열어드리고 김병식보스가 내려서 형은오피스텔로 현관문으로 들어갈 때 동생들29명들은 내려서 90도로 동시에 고개을 숙이고 인사을하며 대답을하였다,
"형님?" 고생하셨습니다, "형님?"
"그래!" "들어가서 일봐라?"
"예!" "형님?" 명심하겠습니다, "형님?" 하고 90도로 동시에 인사을하고 김병식보스가 형은오피스텔로 현관 문으로 걸어서 갈때에 동생들 29명들은 동시에 90도로 고개을 숙여서 인사을하였다,
"형님?" "편히쉬십시요!" "형님?"
"그래!" 김병식보스는 형은오피스텔로 301호실로 들어가서 샤워을하고 오른쪽 중지손가락을 소독을하고 붕대을 감았으며 고통이 밀려오고 있었고 쇼파에 앉자서 잠시 생각을하며 잠을 청하였다,

김병식보스 백호하얀호랑이가 수원여우파 놈과배신자놈들에 심판

저녁7시가 되어가고 있었다,
김병식 보스 두목 백호 하얀호랑이대장에 전화의 원서머나잇 노래가 흘러나오고 있었다,
김병식보스는 전화을 왼쪽팔손으로 받았으며 조모차동생이 90도로 고개을 숙이고 인사을하며 대답을하였다,
"형님?" "편히쉬셨습니까?" "형님?"
"그래!"
"형님?" 수원 여우파 조한문대장이 라요룸싸롱을 한다고 합니다, "형님?" 하고 90도로 고개을 숙이고 인사을 하였다,
"형님?" 배신자들도 지금 함께 있다고 합니다, "형님?"하고 90도로 고개을 숙이고 인사을 하였다,
"그래!" "지금 형은오피스텔로 와라?"
"예!" "형님?" 명심하겠습니다, "형님?" 하고 90도로 고개을 숙이고 인사을하며 대답을 하였다,
김병식 보스 두목 백호 하얀호랑이대장은 하얀양복으로 상위와 하의을입고 하얀와이셔츠을 입고 하얀넥타이을 차고 있었다,
5분이 지나서 형은오피스텔에 초인종이 울렸다,
"그래!" 나간다, "뚜벅" "뚜벅" "뚜벅"
김병식 보스 두목 백호 하얀호랑이대장은 걸어가서 하얀구두을 신고서 문을열고 조모차동생이 90도로 고개을 숙여서 인사을하였다,
"형님?" "편히쉬셨습니까?" "형님?"

"그래!" "가자?"
"예!" "형님?" 명심하겠습니다, "형님?" 90도로 고개을 숙이고 인사을하며 대답을하였다,
조모차동생은 뒤에서 뒷짐을 짚고서 걸으며 엘리베이터을 누을 때 앞으로 나와서 누르며 김병식보스에 뒤을 따랐다,
벤츠차에 도착을하여 조모차동생이 오른쪽 뒷문을 열어드리고 90도로 고개을 숙이고 인사을하고 말을하며 문을 닫아드렸다,
"형님?" "편히쉬십시요!" "형님?"
"그래!"
조모차동생은 벤츠차에 타고 수원으로 올라가며 조모차동생에게 말을하였다,
"이 놈들을 가만히 안둘 것이다, "모차야?" "밖에서 기다리고 있고 동생들에게는 연락하지 말아라?"
"예!" "형님?" 명심하겠습니다, "형님?" 하고 90도로 고개을 숙이고 인사을하며 대답을하였다,
김병식보스에게 조모차동생이 90도로 고개을 숙이고 인사을하며 대답을하였다,
"형님?" 수원 라요룸싸롱에 도착을 하였다, "형님?"
"그래!" "차안에서 대기을하고 있어라?"
"예!" "형님?" 명심하겠습니다, "형님?' 90도로 고개을 숙이고 인사을하고 조모차동생이 내려서 김병식보스에 문을 열어드리고 90도로 고개을 숙여서 인사을하며 대답을하였다,
"형님?" "편히 다녀오십시요!" "형님?"
"그래!"
김병식보스는 걸어가며 차선을 넘어서 걸어같다,
지하로 되여 있는 300평 라요룸싸롱에서 배신자놈들이 5섯명들 이우상짐놈과 이진마놈과 김부하놈과 김부용놈과 한국태놈들이 나오고 있었다,
김병식보스는 달려가서 "붕" 점프을하며 360도로 회전을하여

오른쪽발다리로 뒤돌려차기을하여 우상짐놈을 오른쪽턱을 차버렸다,
"퍽" 하고 부러지는 소리을내고 "욱" 하며 입과코에서 허공으로 피가튀기며 뒤로 콰당하고 기절을하며 옆에있는 벽에 부딪히고 날아가버렸다,
김병식보스는 착지을하고 아버지에 돌아가시게 만든놈들을 용서 하지 않는 몸으로 배신자놈들과 수원여우파놈들을 죽이고 장외을 시켜주고 있었다,
라요룸싸롱에 거리에는 사람들이 없었고 이진마놈과 김부하놈과 김부용놈과 한국태놈과 라요룸싸롱 지하로 내려 가는 것을 보고 김병식보스가 오른쪽팔주먹으로 라이트훅으로 이진마놈의 얼굴면상코을 처버렸다,
"퍽" 하는 부러지는 소리와 "욱" 하고 코와입에서 허공으로 피가튀기며 뒤로 기절을하고 콰당하며 벽으로 날아가버렸다,
김병식보스가 내려가면서 "붕" 점프을하며 두팔로 김부하놈을 머리을 잡아당기며 김병식보스가 오른쪽발다리 무릎으로 김부하놈 얼굴면상 가운데턱을 처버렸다,
"퍽" 하는 부러지는 소리와 "욱" 하고 입에서 허공으로 피가 튀기며 기절을하고 뒤로 날아가떨어졌다,
김병식보스는 착지을하고 "붕" 점프을하여 오른쪽발다리로 상단차기을하여 김부용놈의 왼쪽턱을 차버렸다,
"퍽" 하는 부러지는 소리을내고 "욱" 하고 입과코에서 허공으로 피가튀기며 오른쪽으로 벽으로 기절을하고 콰당하고 날아가떨어졌다,
김병식보스는 착지을하고 김병식보스가 오른쪽으로 회전을하여 두팔로 양쪽으로 한국태놈을 뒤로 돌아가서 목 울대을 잡고서 김병식보스가 두팔을 쪼여버렸다,
한국태놈은 소리없이 주져 앉잤으며 죽은 것 같았다,
김병식보스는 눈에서 피눈물을 흘리고 라요룸싸롱을 걸어서

계단으로 내려가고 있었다,
라요룸싸롱에서 아가씨와 웨이터와 직원들이 김병식 보스 두목 백호 하얀호랑이 대장님을 옆으로 피하고 있었다,
김병식 보스 두목 백호 하얀호랑이 대장은 걸어가며 백호 하얀호랑이 노래을 부르고 걸어서가고 있었다,
"으르렁" "으르렁" "하얀호랑이 호랑이대장 나가신다, 내가 가는 길 누가 막을 쇼냐, 모두다 길을 비켜라, 두 주먹 하나 믿고 두 발 하나 믿고 진짜사나이길을 가련다, 수원여우파 조한문대장놈이 배신자들과 수원여우파놈들에게 말을하였다,
"밖에서 무슨소리가 들리지 않았어!"
 "예!" "형님?" 소리가 들리는 것 같았습니다,
오장효놈이 60도로 인사을하고 말을 하였고 조한문대장이 이야기을 하였다,
"가만이 있어 봐라?" "가깝게 들리는 것이 김병식 보스 두목 백호 하얀호랑이 대장에 목소리인 것 같다,
 "예!" "형님?"
 오장효가 60도로 인사을 하였다,
"하얀호랑이 대장 나가신다, 하얀호랑이 대장 나가신다, "이태미와 구조용과 조남상과 진상회와 마해국과 이방언과 나가보아라?"
 "예!" "형님?" 60도로 인사을하고 룸 안에서 나왔으며 김병식보스는 달려가서 720도로 "붕" 점프을하고 왼쪽발다리로 뒤돌려차기을하여 이태미놈을 얼굴면상코을 차버렸다,
"퍽" 하는 부러지는 소리을내고 "욱" 하고 입과 코에서 허공으로 피가튀기며 기절을하고 뒤로 콰당하고 날아가떨어졌다,
김병식보스는 착지을하고 오른쪽발다리로 낭심차기을 하여 구조용놈을 가운데 낭심을 차버렸다,
"퍽" 하고 "욱" 하고 기절을하고 앞으로 꼬꾸라졌다,
김병식보스는 달려가서 "붕" 점프을하고 두팔로 양팔로 조남상

머리을 잡고서 앞으로 당기면서 김병식보스의 왼쪽발다리 무릎팍으로 조남상놈의 얼굴면상코을 차버렸다,
"퍽" 하고 부러지는 소리을내고 "욱" 하고 입과코에서 피가튀기며 뒤로 한바퀴 덤브링을하고 넘으며 기절을하고 날아가 떨어졌다,
김병식보스는 착지을하고 오른쪽팔로 진상회놈의 목 울대을 잡아버리고 두팔로 양팔로 쪼여버렸다.
소리없이 "욱" 하고 앞으로 꼬꾸라졌으며 죽은 것 같았다,
김병식보스는 달려가서 "붕" 점프을하여 720도로 뒤돌려차기을하여 왼쪽발다리로 마해국놈의 얼굴면상코을 차버렸으며 오른쪽발다리로 뒤돌려차기로 이방언놈의 얼굴면상코을 차버렸다,
720도을 하고 김병식보스는 착지을하며 마해국놈과 이방언놈은 "퍽" 하는 부러지는 소리을내고 "욱" 하고 입과 코에서 피가허공으로 튀기며 뒤로 한바퀴 덤브링을 하며 넘으며 기절을하고 날아가 콰당하고 떨어졌다,
김병식보스는 노래을 계속하여 부르고 들어가고 있었다,
"의리와 정의에 불타는 가슴 모두다 덤벼라, 무서울게 없다,
아가씨와 웨이터들은 김병식 보스 두목 백호 하얀호랑이 대장을 옆으로 피하고 있었다,
김병식보스는 수원여우파 조한문대장에 룸 문을열고서 들어같다,
수원여우파 조한문대장놈은 가운데 앉자서 있었고 오른쪽에는 오장효놈이 앉자서 있었으며 왼쪽에는 진모진놈이 앉자서 있었고 조오존놈과 김본장놈과 강상전놈과 강보성놈과 김자용놈과 용오존놈과 한조용놈이 왼쪽과 오른쪽에 쇼파에 앉자서 있었다,
조한문대장놈이 김병식보스에게 말을하였다,
"김병식 보스 두목 백호 하얀호랑이 대장 아버지에 장래식은

자리에 좋은쪽으로 보냈나?"
하고 조한문대장에 오른쪽팔이 손이 속 주머니로 들어가서 권총을 뽑고서 김병식보스에게 한방 발사을 하였다,
"빵"
김병식보스는 몸을 오른쪽으로 회전을하여 총알을 피하며 김병식보스가 달려가서 "붕" 점프을하고 테이블을 허공에서 걸으면서 360도로 회전을하고 오른쪽발다리로 뒤돌려차기을하여 수원여우파 조한문대장놈의 얼굴면상코을 차버렸다,
"퍽" 하고 부러지는 소리을내고 "욱" 하고 입과 코에서 허공으로 피가튀기며 뒤로 기절을하고 쇼파에 앉자서 있었고 수원여우파 놈들이 일어나서 김병식보스에게 싸움을 시작을하였다,
김병식보스는 총알보다 김병식보스에 몸들이 빨랐고 벌처럼 나비처럼 호랑이처럼 백호 하얀호랑이 김병식 보스 두목 대장처럼 착지을하고 테이블 위에서 수원여우파놈들을 헤치우고 있었다,
김병식보스는 오장효놈이 일어나서 있는 것을 보고 김병식보스가 "붕" 점프을하여 360도로 회전을하여 오른쪽발다리로 뒤돌려차기을하여 오장효놈을 오른쪽 얼굴면상턱을 차버렸다,
"퍽" 하고 부러지는 소리을내고 "욱" 하고 입과코에서 허공으로 피가튀기며 뒤로 기절을하고 벽에 부딪히고 콰당하고 날아가떨어졌다,
김병식보스는 착지을하고 수원여우파 진모진놈과 조오존놈과 김본장놈과 강상전놈과 강부성놈과 김자용놈과 용오존놈과 한조용놈들이 일어나서 테이블 앞으로 나가서 있었으며 김병식보스가 테이블에서 달려가서 "붕" 점프을하여 한바퀴 덤브링으로 넘으며 360도로 수원여우파놈들 8명들에 몸위을 넘으며 문 앞에가서 착지을하고 김병식보스가 뒤로 돌아"서""서" 수원여우파놈들을 보고 김병식보스가 "붕" 점프을하고 왼쪽발다리로 180도로 회전을하여 뒤돌려차기을하여 한조용놈을 왼

쪽 얼굴턱을 차버렸다,
"퍽"하고 부러지는 소리을내고 "욱"하고 입과코에서 허공으로 피가튀기며 뒤로 기절을하고 콰당하며 테이블 위로 날아가 버렸다,
김병식보스는 착지을하고 360도로 회전을하고 오른쪽발다리로 뒤돌려차기을하여 용오존놈을 오른쪽 얼굴면상턱을 차버렸다,
"퍽" 하고 부러지는 소리을내고 "욱" 하고 입과코에서 허공으로 피가튀기며 뒤로 테이블 위로 기절을 하고 날아가 콰당하며 떨어졌다,
김병식보스는 달려가서 "붕" 점프을하고 오른쪽 주먹 수퍼라이트훅으로 김자용놈의 얼굴면상코을 처버렸다,
"퍽"하고 부러지는 소리을내고 "욱"하고 입과코에서 허공으로 피가튀기며 뒤로 테이블 위로 기절을 하고 날아가 콰당하고 떨어졌다,
김병식보스는 오른쪽발다리로 상단차기을하여 강보성놈을 왼쪽 얼굴면상턱을 차버렸다,
"퍽" 하고 부러지는 소리을내고 "욱" 하고 입과코에서 허공으로 피가튀기며 오른쪽으로 날아가고 기절하고 벽에 부딪히고 콰당하며 쓰러졌다,
김병식보스에 아버지에 원수들 놈들에게 벌을 주고 있었으며 김병식보스에 주먹과 발은 사망과 장외로 되는 발과 주먹들이였다,
김병식보스는 오른쪽팔굽치로 강상전놈에 얼굴면상코을 처버렸다,
"퍽" 하고 부러지는 소리을내고 "욱" 하고 코에서 허공으로 피가튀기며 뒤로 기절을하고 콰당하며 테이블 위로 날아가버렸다,
김본장놈과 조오존놈과 앞에서 있었으며 김병식보스가 왼쪽발다리로 상단차기을하여 김본장놈의 오른쪽 얼굴면상턱을 차버

렸다,
"퍽"하고 부러지는 소리을내고 "욱"하고 입과코에서 허공으로 피가튀기며 왼쪽으로 기절을하며 벽에 부딪히고 콰당하고 날아가떨어졌다,
김병식보스는 왼쪽팔손으로 조오존놈의 목 울대을 휘어 감으며 울대을 잡아버리고 쪼여버렸다,
조오존놈은 소리없이 "욱"하고 앞으로 꼬꾸라지며 죽은 것 같았다,
김병식보스는 "붕"점프을하여 360도로 회전을하고 오른쪽발다리로 뒤돌려차기을하여 진모진놈의 오른쪽 얼굴턱을 차버렸다,
"퍽"하고 부러지는 소리을내고 "욱"하고 뒤로 기절을하고 테이블 위로 날아가서 콰당하고 떨어졌다,
김병식보스는 배신자놈들과 수원여우파 조한문대장놈들을 헤치우는데는 몇분도 되지 않아서 헤치웠다,
김병식 보스 두목 백호 하얀호랑이 대장은 두팔로 양쪽팔로 양복을 털고서 조한문대장놈에게 걸어가고 있었다,
김병식보스가 테이블을 왼쪽으로 걸으며 술과 안주와 음료수와 컵과 바닷에서 있었으며 김병식보스가 걸어가고 있었다,
조한문대장은 기절을하여 지금 정신이 드는것 같았다,
김병식보스는 조한문대장에 앞에가서 섰다,
고통을 소리을내고 김병식보스에게 이야기을 하였다,
"대한민국 경기도 오산시 정통으로가는 시내파 김병식 보스 두목 백호 하얀호랑이 대장이다, 죽여라?"
"그래!" "할말을 다 했으며는 지옥으로 보내 주겠다,
"나머지놈들도 지금 여기서 외국으로 떠 나거라?"
"만약?" 김병식 보스 백호 하얀호랑이 대장에 명령에 어긴다며는 이놈처럼 지옥으로 보내줄 것이다,
김병식보스는 "붕"점프을하여 테이블에 올라같으며 "붕"점

프을하고 360도로 회전을하여 오른쪽발다리로 뒤돌려차기을하여 조한문대장놈의 얼굴면상코을 차버렸다,
"퍽" 하고 부러지는 소리을내고 "욱" 하고 입과코에서 허공으로 피가튀기며 뒤로 쇼파에 기대고 죽음으로 가고 있었다,
김병식보스는 착지을하여 조한문대장놈을 일으켜 세웠으며 조한문대장놈이 죽은 목소리로 김병식보스에게 이야기을 하였다,
"김병식 보스 두목 하얀호랑이 대장 동생들을 잘 둔 것 같아?" "이방언놈을 잘됬어!"
김병식보스는 왼쪽으로 내려와서 김병식보스가 조한문대장놈을 목 울대을 잡고서 쪼여버렸다,
조한문대장놈은 소리없이 죽었다,
김병식보스가 조한문대장놈의 몸을 흔들고 팔을 들어 보고 죽은것들을 확인하고 김병식보스가 라요룸싸롱을 나가며 이방언놈에 있는 곳으로 가서 고통을 받고서 있었다,
김병식보스는 오른쪽발다리로 이방언놈을 얼굴면상왼쪽턱을 차버렸다,
"퍽" 하는 부러지는 소리와 "욱" 하고 입과 코에서 허공으로 피가튀기며 오른쪽 벽으로 날아가서 숨소리가 없이죽었다,
김병식보스는 라요룸싸롱을 나가서 조모차동생에 벤츠차에 세워둔곳으로 걸어서 같으며 오른팔 조모차동생은 벤츠차에서 내려서 김병식보스을 보고 90도로 고개을 숙여서 인사을하였다,
"형님?" "편히 다녀오셨습니까?" "형님?"
''그래!" "강원도펜션으로 가자?"
"예!" "형님?" 명심하겠습니다, "형님?" 하고 90도로 고개을 숙여서 인사을하고 대답을하였다,
조모차동생은 김병식보스에 벤츠차 오른쪽 뒷문을 열어드리고 90도로 고개을 숙여서 인사을하고 문을 닫아드렸다,
"형님?" "편히쉬십시요!" "형님?"

"그래!"
조모차동생은 벤츠차에 운전석에 앉았다,
김병식보스와 조모차동생은 강원도펜션으로 출발을하며 김병식보스가 이야기을 하였다,
"강원도펜션에서 한달 동안 있을것이다, "일이 있으며는 전화을 하여라?"
"예!" "형님?" 명심하겠습니다, "형님?" 하고 안자서 90도로 고개을 숙여서 인사을하고 대답을하였다,
김병식보스와 조모차동생이 강원도펜션에 도착을하고 조모차동생이 90도로 앉자서 고개을 숙이고 인사을하며 말을하였다,
"형님?" 강원도펜션에 도착을 하였습니다, "형님?"
"그래!"
조모차동생은 내려서 김병식보스에 뒷문을 열어드리고 김병식보스가 내려서 말을하였다,
"배신자놈들과 수원여우파놈들은 오산시에는 오지 못할 것이다, "오산시에 가서 일봐라?"
"예!" "형님?" 명심하겠습니다, "형님?" 90도로 고개을 숙이고 인사을하며 대답을하였다,
김병식보스가 현관문으로 걸어가며 조모차동생이 90도로 고개을 숙여서 인사을하고 대답을하였다,
"형님?" "편히쉬십시요!" "형님?"
"그래!"
김병식보스는 강원도펜션으로 현관 문을열고서 들어갔고 썬팅된 유리로 보았다,
조모차동생이 벤츠차에 운전석에 앉으며 오산시로 출발을 하는 것을 보았다,

강원도펜션 경찰관들과 16대1로 싸움

김병식보스는 쇼파에 기대고 앉자서 있었으며 전화벨이 울리고 있었다,
김병식보스는 전화을 받았으며 김호아동생이 말을 하였다,
"오빠?" "호아예요!"
"그래!" '공주님?"
"오빠?" "어디에 있어요!"
"그래!" "지금 강원도펜션에 있어!"
"예!" "오빠?" "저 가도 되나요!"
"호아공주님?" '오빠가 생각할게 있어서 한달만 있어 주길 바래?"
"예!" "오빠?" "일이 있어요!"
"한달있다가 호아에게 이야기을 해줄게" "오빠가 쉬었으면 해?"
"예!" "오빠?" "쉬고 전화는 받는거죠!"
"그래!" '공주님?"
"예!" "오빠?" "끊을게요!"
"그래!" "공주님?"
김병식보스와 김호아동생은 전화을 끈고서 김병식보스는 쇼파에 기대고 눈을감고서 있었다,
한참 시간이가서 강원도펜션에 하루하루가 지나가고 겨울이 돌아오고 있었다,
경찰서에서는 김병식보스에 기소 중지가 위에서 내려와서 김병식보스에 위치가 강원도펜션에서 확인된다고 김보한반장이

형사들에게 말을하고 있었다,
김보한반장과 이주오형사와 오미다형사와 미한진형사와 진상만형사와 고진자형사와 이산수형사와 이상온형사와 김장미형사와 조병면형사와 조상저형사와 이금면형사와 지용장형사와 김하모형사와 지오만형사와 김미잠형사와 장보화형사와 장화장형사와 한다옹형사와 한 장모형사와 김모장형사와 이장임형사와 강지묘형사와 강모용형사와 강희지형사와 여자들형사들 김병효 여자형사와 김항장 여자형사와 이한이 여자형사와 김자김 여자형사와 오장순 여자형사들이 형사들 30명들이 강원도펜션으로 봉고차 1대와 시쓰리4대을 가지고 경찰서에서 강원도펜션으로 출발을했다,
김병식보스는 오전10시에 강원도펜션에서 TY이을 틀었으며 쇼파에 기대고 있었으며 검정 양복바지을 입고서 상의을 벗고서 있었으며 검정 와이셔츠와 검정 줄무늬넥타이을 차고서 있었다,
강원도펜션에서 경찰서 쌰이렌소리가 들려서오고 있었으며 김병식보스는 이상한생각이 들었다,
김병식보스는 쇼파에있는 검정 양복상의을 입고서 핸드폰을 들었다,
강원도펜션을 두눈으로 둘러서 보고서 김병식보스가 조모차동생에게 전화을걸었다,
조모차동생은 90도로 고개을 숙여서 인사을하고 대답을 하였다,
"예!" "형님?" "편히쉬셨습니까?" '형님?"
"그래!" "강원도 펜션입구까지 와서 다리있는 곳에다 벤츠차을 대기을 시켜놓아라?"
"예!" "형님?" 명심하겠습니다, "형님?' 하고 90도로 고개을 숙여서 인사을하고 대답을하였다,
"그래!" "전화을끊자?"

"예!" "형님?" 명심하겠습니다, "형님?" 하고 90도로 인사을 하고 김병식보스가 전화을 끊을 때 조모차동생이 90도로 고개을 숙이고 인사을하며 대답을하였다,
"예!" "형님?" "편히쉬십시요!" "형님?"
"그래!"
김병식보스와 조모차동생은 전화을끊고서 오산시에서는 강원도펜션까지 차들이 막히지 않아서 1시간이며는 강원도펜션까지 올수가 있었다,
강원도펜션에서는 경찰차에 싸이렌소리가 들리지 않았다,
김병식보스는 일어나서 썬팅되여 있는 유리로 강원도펜션에 정원을 보았으며 경찰차 씨스리 한 대가 들어오고 있었다,
김병식보스에 생각이 많았으며 김병식보스는 강원도펜션을 둘러보며 현관문쪽으로 걸어가려고 하였다,
씨스리 경찰차 한 대에서 이장임형사와 강지묘형사와 강모용형사와 강희지형사가 4명들이 내리는 것이 였고 김병식보스가 현관문으로 걸어서가는데 씨스리 한 대가 더 들어오는 것이였다,
경찰관4명들이 초인종을 누르는 것이 였으며 권총을 옆구리에 차고서 있었다,
김병식보스는 1층 펜션 현관 문을열어 주었다,
그때, 강희지형사가 오른쪽팔로 뻿어서 김병식보스에 얼굴에 다 권총을 되는 것이였다,
김병식보스는 강희지형사와 강지묘형사와 강모용형사와 이장임형사에게 이야기을 하였다,
"김병식 보스 두목 백호 하얀호랑이 대장 나잡으로 왔느냐?' 하며 김병식보스가 두팔로 양쪽으로 오른쪽으로 몸을 비틀면서 뻿으며 강희지형사가 오른쪽팔손으로 뻿고 있는 권총을 김병식보스가 두팔로 빼앗았고 강희지형사에 머리에 다 되고 몸을 앞으로 밀면서 김병식보스가 뒤에서 강희지형사을 목을잡

고서 밀면서 앞으로 나갔다,
강원도펜션에 정원에 앞마당에는 씨스리 경찰관차들이 4대가 와서 있었다,
김병식보스가 강희지형사 뒤에서 권총과 머리에 되고서 앞으로 밀면서 나가는데 강지묘형사와 강모용형사와 이장임형사는 펜션에 현관 문옆에서 김병식보스을 지켜보고서 있었다,
김병식보스는 경찰관들이 조병면형사와 조상저형사와 이금면형사와 지용장형사와 김하모형사와 지오만형사와 김미잠형사와 장보화형사와 장화장형사와 한다옹형사와 한 장모형사와 김모장형사가 강원도펜션에 정원에 앞마당에 씨스리 4대을 가지고 들어왔다,
김병식보스에 앞에는 김보한반장이 보이지가 않았다,
김병식보스와 의형제로 있었고 위에서 기소 중지가 내려와서 위치 추적이 된 것 같았다,
김병식보스가 앞마당을 보면서 생각을하고 강희지형사을 머리 위에다 권총을 되고서 밀고서 나가는데 뒤에서 있던강지묘형사가 권총을빼서 김병식보스에게 몸에다 쇼려고 하는 것이였다,
김병식보스는 강희지형사을 앞으로 밀어버리고 강희지형사는 "억"하고 소리을내고 앞으로 꼬꾸라지고 말았다,
김병식보스가 180도로 회전을하고 오른쪽발다리로 뒤돌려차기 을하여 뒤에있는 강지묘형사을 얼굴 면상코을 차버렸다,
"퍽"하고 소리을내고 "욱"하고 코에서 허공으로 피가튀기며 뒤로 날아가버렸다,
이장임형사가 옆에서 지켜보고서 있는 것을 보고 김병식보스가 가볍게 왼쪽팔주먹으로 쨉을 쳐버렸다,
이장임형사는 얼굴 면상코을 맞고서 "퍽"하고 "욱"하며 코에서 허공으로 피가튀기며 뒤로 날아가버렸다,
김병식보스는 "붕" 점프을하여 360도로 회전을하며 오른쪽발

다리로 뒤돌려차기을하여 강모용형사을 얼굴 면상오른쪽턱을 차버렸다,
"퍽" 하고 "욱" 하며 입과코에서 허공으로 피가튀기고 뒤로 날아가버렸다,
김병식보스가 빠르게 발과 주먹으로 경찰관들과 싸움을 해주며 경찰관들도 김병식보스을 잡을 수가 없었다,
김병식보스는 달려가서 "붕" 점프를하며 360도로 회전을하고 한바퀴 돌면서 덤브링을하고 넘으며 경찰서 씨스리 한 대에 차위로 올라가서 착지을 하였다,
김병식보스을 지켜보고서 있던 승용차 씨스리차 왼쪽에는 김모장형사와 한 장모형사와 한다웅형사와 장화장형사와 장보화형사와 김미잠형사가 있었다,
김병식보스에 씨스리 오른쪽에는 지오만형사와 김하모형사와 지용장형사와 이금면형사와 조상저형사와 조병면형사가 있었다,
김병식보스는 씨스리 지붕위에서 달려가서 "붕" 점프을하고 한 대를 밟고서 넘고 두대을 밟고서 왼쪽에서 김모장형사가 권총을빼며 김병식보스에게 말을하고 있었다,
"서라?" "서라?"
김병식보스는 씨스리 두 대에서 "서" "서" 오른쪽발다리로 앞차기로 김모장형사을 얼굴 면상 가운데턱을 차버렸다,
"퍽" 하고 "욱" 하며 입에서 허공으로 피가튀기고 뒤로 날아가버렸다,
오른쪽에 있는 지오만형사을 김병식보스는 앞자서 180도로 회전을하고 오른쪽발다리로 뒤돌려차기을하여 지오만형사의 얼굴면상 오른쪽턱을 차버렸다,
"퍽" 하고 "욱" 하며 입에서 허공으로 피가튀기며 왼쪽으로 날아가버렸다,
김병식보스는 일어나서 왼쪽에있는 한 장모형사을 김병식보스

가 왼쪽발다리로 앞차기로 한 장모형사의 얼굴면상 가운데턱을 차버렸다,
"퍽" 하고 "욱" 하며 입에서 허공으로 피가튀기며 뒤로 날아가버렸다,
김병식보스는 왼쪽에있는 한다옹형사와 장화장형사와 장보화형사와 김미잠형사을 보고 김병식보스가 몸을 "붕" 점프을하며 날렸다,
한다옹형사와 장화장형사와 장보화형사와 김미잠형사는 김병식보스에 몸이 오는 것에 형사들 4명들은 뒤로 함께 쓰러졌다,
김병식보스는 오른쪽팔굽치로 한다옹형사을 몸위로 올라있는 것에 얼굴면상 코을 처버렸다,
"퍽" 하고 "욱" 하며 코에서 허공으로 피가튀기며 고개을 돌렸다,
김병식보스는 몸을 돌리며 장화장형사을 넘어져 있는 것에 김병식보스가 왼쪽팔굽치로 장화장 얼굴면상 코을 처버렸다,
"퍽" 하고 "욱" 하고 코에서 허공으로 피가튀기며 고개을 돌렸다,
김병식보스는 두팔로 머리을 옆에다 두고서 두팔을 밀면서 두다리을 뒤로하며 앞으로 땡기면서 덤브링으로 일어났다,
김병식보스는 "붕" 점프을하고 360도로 회전을하고 오른쪽발다리로 뒤돌려차기을하고 장보화형사을 오른쪽 얼굴턱을 차버렸다,
"퍽" 하고 "욱" 하며 입과코에서 허공으로 피가튀기며 뒤로 날아가버렸다,
김병식보스는 착지을하고 앉자서 180도로 회전을하고 오른쪽발다리로 뒤돌려차기을하여 김미잠형사을 오른쪽발다리 발목을 차렸다,
"퍽" 하고 "욱" 하고 오른쪽으로 날아가버렸다,
김병식보스는 일어나서 "붕" 점프을하고 한바퀴돌며 덤브링으

로 넘으며 씨스리 위로 지붕으로 올라가서 착지을 하며 앞으로 구르면서 오른쪽에 있는 경찰관들에게 넘어갔다,
김하모형사와 지용장형사와 이금면형사와 조상저형사와 조병면형사는 김병식보스에 빠르게 구르며 오는 것을 잡을수가 없었다,
김하모형사가 앞에서 김병식보스에게 총을 겨루고 있었다,
김병식보스는 착지을하고 오른쪽발다리로 상단차기을 하여 김하모형사을 왼쪽 얼굴면상턱을 차버렸다,
"퍽" 하고 "윽" 하며 입과코에서 피가튀기며 뒤로 총과 함께 날아가버렸다,
김병식보스는 달려가서 "붕" 점프을하고 두팔로 양쪽팔로 지용장형사을 머리을 앞으로 당기며 김병식보스가 오른쪽발 무릅으로 지용장형사을 얼굴면상코을 처버렸다, "퍽" 하고 "윽" 하고 코에서 피가허공으로 튀기며 뒤로 날아가버렸다,
김병식보스가 착지을하고 540도로 회전을하고 오른쪽발다리로 뒤돌려차기을하여 이금면형사의 얼굴면상 오른쪽턱을 차버렸다,
"퍽" 하고 "윽" 하며 입과코에서 허공으로 피가튀기며 뒤로 날아가버렸다,
김병식보스가 오른쪽발다리로 무릅팍으로 앞에있는 조상저형사을 왼쪽발 허벅지을 차버렸다,
"퍽" 하는 소리와 "윽" 하고 두팔로 손으로 허벅지을 잡고서 고통을 받고서 앞으로 꼬꾸라졌다,
김병식보스는 "붕" 점프을 하고서 360도로 회전을하고 왼쪽발다리로 뒤돌려차기을하여 조병면형사을 왼쪽 얼굴면상 턱을 차버렸다,
"퍽" 하고 "윽" 하며 입과코에서 허공으로 피가튀기며 뒤로 날아가버렸다,
김병식보스는 빠르게 발과 주먹으로 형사들에게 부러지지 않

는 싸움을 해주었다,
김병식보스는 몸을 입구쪽으로 달리고 있었다,
강원도펜션으로 들어오는 입구 도로쪽에는 큰다리가 하나 있었다,
산속에서 내려가는 계울가였다,
형사들은 정신이 들고서 있는지 일어나서 이장임형사가 김병식보스에게 말을하였다,
"서라?' "서라?" 안쓰며는 권총을 발사한다,
김병식보스는 빠르게 움직이고 있었고 날아다녔다,
형사들이 김병식보스을 잡을 수가 없었다,
김병식보스는 강원도펜션에서 정문에서 달려서 입구 도로쪽으로 달려서 내려 가고 있었으며 경찰관 이장임형사가 강원도펜션 입구쪽으로 나와서 권총을 "빵" 한 대 발사을 하였다,
김병식보스에 앞에서는 경찰차 봉고차가 오고 있었으며 김병식보스에 왼쪽발다리 종아리에서 고통을 느끼고 피가 흐르는 것을 느끼며 왼쪽으로 가볍게 낙법으로 구르면서 앞으로 "데" "구" "르" "르" "르" 계울가로 아래로 구르고 있었다,
김보한반장이 봉고차에서 김병식보스을 보았으며 김병식보스는 옆으로 개울가로 몸을 날았다,
강원도펜션에는 입구에는 계울가가 높이가 있었으며 강원도펜션에서 내려오는 입구에는 펜션위에서 산속에서 흐르는 개울가 입구에는 옆높이가 있었으며 김병식보스는 개울가로 구르며 떨어져서 풍덩하고 일어나서 걷는 순간에 왼쪽발다리 종아리에서 고통과 피가흐르고 있었다,
개울가는 얼음이 얼지 않고 차갑기만 하였으며 김병식보스에 무릎까지 오는 계울가 물이였다,
이장임형사가 발사한 권총 한발이 김병식보스에 왼쪽발다리에 종아리에 맞았다,
김병식보스는 흐르는 물속에서 걸음을 걸으며 입구쪽 다리을

보았으며 검정색 벤츠차 한 대가 보였다,
조모차동생이 와서 있는 것 같았고 김병식보스는 빠르게 걸음을 걸으며 다리입구로 와서 계단을 올라가려고 하였다,
조모차동생은 강원도펜션에 입구쪽에서 총소리가 들려서 벤츠차에서 시동을 걸어놓고서 내려서 강원도펜션쪽으로 보았다,
김병식보스가 다리위로 계단으로 올라 오려는 것을 보며 조모차동생은 지나가던 강원도 택시을 잡고서 백만원짜리을 주고 말을 하였다,
"강원도펜션쪽으로 들어가서 봉고차와 씨스리차들을 나오지 못하게 막아 주시고 시간을 조금 끌어 주시기 바랍니다,
"예!" 하고 강원도택시는 강원도펜션으로 들어갔다,
김병식보스는 계단으로 올라 오는 것을 보고 조모차동생이 90도로 고개을 숙여서 인사을하고 대답을하였다,
"형님?" "편히쉬셨습니까?" "형님?"
"그래!"
"형님?" "괜찮습니까?" "형님?" 하며 90도로 인사을 하고 고개을 숙이며 인사을하고 대답을 하였다,
"그래!"
김병식보스가 계단으로 올라 오는 것을 조모차동생이 두팔로 양손으로 김병식보스의 오른쪽팔손을 잡고서 김병식보스을 왼쪽에서 감싸안으면서 걸음을 벤츠차로 걸었다,
조모차동생은 뒷문을 열어드리고 90도로 고개을 숙이고 인사을하며 대답을하고 문을 닫아드렸다,
"형님?" "편히쉬십시요!" "형님?"
"그래!"
조모차동생은 운전석으로 가서 쇼파에 앉았고 김병식보스는 강원도펜션 입구쪽을 보았다,
경찰관들과 강원도 택시 기사분이 싸움을하고 있었다,
김병식보스가 조모차동생에게 말을하였다,

"모차아?" "터미널 이한증누님네로 가자?"
"예!" "형님?" 명심하겠습니다, "형님?" 하고 90도로 앉자서 고개을 숙이고 인사을하며 대답을 하였다,
"형님?'' 여기에 물 티시가 있습니다, "형님?" 하고 90도로 고개을 숙이고 인사을하며 두손으로 드렸다,
"그래!"
강원도펜션다리 입구도로에서 오산시로 출발을하였다,
김병식보스에 왼쪽발다리 종아리에서 피가 많이 흐르고 고통을 심하게 느끼고 있었다,
김병식보스는 물티시로 종아리을 닥으며 오산시로 출발을하고 조모차동생에게 말을하였다,
"강원도펜션을 정리을 하여라?"
"예!" "형님?" 명심하겠습니다, "형님?" 하고 90도로 고개을 숙이고 인사을하며 대답을 하였다,
"그래!"
김병식보스에 핸드폰은 계울가에 빠져서 져져 있었다,
"형님?" "괜찮습니까?" "형님?" 하고 90도로 고개을 숙이고 인사을하고 대답을 하였다,
"그래!" 괜찮다,
김병식보스는 양복 상의주머니에서 지갑을 꺼내서 십만원짜리 한 장을 주었고 조모차동생은 두손으로 받으며 90도로 고개을 숙여서 인사을하고 대답을 하였다,
"예!" "형님?" "명령 만 내려주십시요!" "형님?"
"오산시로 가다 보며는 약국이 있으며는 소독약과 붕대와 핀과 솜과 후시딘과 마데카솔연고와 마시는 비타민좀 사 같고 와라?"
"예!" "형님?" 명심하겠습니다, "형님?" 하고 90도로 인사을 하며 대답을 하였다,
김병식보스와 조모차동생은 오산시로 벤츠차을 가고 있었으며

강원도펜션에 중간쯤에 도로에서 약국이 하나 보여서 조모차동생이 차을세우고 90도로 고개을 숙이고 인사을하고 김병식보스에게 대답을 하였다,
"형님?" 약국에 도착을 하였습니다, "형님?"
"그래!"
김병식보스는 뒤에서 쇼파에서 기대 있다 조모차동생에 대답에 조모차동생은 벤츠차에서 내려서 90도로 고개을 숙여서 인사을하고 대답을 하였다,
"형님?" 다녀오겠습니다, "형님?"
"그래!"
조모차동생은 약국으로 걸음을 걸으며 문을 열고서 들어가서 여자 약사와 말을 하고 조모차동생이 대답을 하였다,
"어서오세요!"
"예!" "소독약과 붕대와 핀과 솜과 후시딘과 마데카솔연고와 마시는 비타민 2개좀 주십시시요!"
"예!" 3만원입니다,
"예!" 여기에 있습니다,
"잔돈은 여기에 있어요!"
"예!" "수고하십시요!"
"예!" "안녕히가세요!"
조모차동생은 약국 문을열고서 벤츠차로 걸음을걷고 김병식보스에게 조모차동생이 90도로 고개을 숙여서 인사을하고 대답을 하였다,
"형님?" 다녀왔습니다, "형님?"
"그래!"
김병식보스는 뒷문을 열고서 조모차동생이 사가지고 온것들을 받았으며 조모차동생이 90도로 고개을 숙이고 인사을하며 비타민을 한 개를 따서 드렸다,
"형님?" 비타민 여기에있습니다, "형님?"

"그래!" "모차도 마셔라?"
"예!" "형님?" 명심하겠습니다, "형님?" 하고 90도로 고개을 숙이고 인사을 하였다,
김병식보스는 비타민을 마시고 소독약과 솜으로 왼쪽 종아리을 밖에다 내밀고서 소독약으로 소독을하고 솜과 후시딘연고로 소독을하고 붕대로 감싸고 핀으로 집었으며 조모차동생에게 말을 하였다,
"가자?"
"예!" "형님?" 명심하겠습니다, "형님?' 90도로 고개을 숙여서 인사을하고 김병식보스에게 90도로 고개을 숙여서 인사을 하고 벤츠차 운전석에 앉잤다,
"형님?" "편히쉬십시요!" "형님?"
"그래!"
김병식보스와 조모차동생과 1시간 30분 동안 김병식보스는 뒤에서 쇼파에서 눈을 감고서 기대며 오산시 터미널 이한증누님네에 도착을하여 조모차동생이 90도로 고개을 숙여서 인사을 하며 대답을 하였다,
"형님?" 도착을 하였습니다, "형님?"
"그래!"
조모차동생은 벤츠차에서 내려서 김병식보스을 왼쪽에서 옆에서 잡아드리고 약국에서 산것들을 가지고 벤츠차을 문을닫고서 걸어가고 있었다,
김병식보스는 이한증누님과 누읍동에서 자라오면서 의형제누님으로 있었고 오산시에서 돈이 많고 갑부로 오산시로 있었다,

- 310 -

백호 하얀호랑이 보스 두목에 경찰서

김병식보스는 조모차동생에게 초인종을 누르라고 하였으며 조모차동생이 오른쪽팔손으로 초인종을 눌렀고 안에서는 이한증누님께서 목소리가 들렸다,
김병식보스가 이한증누님께 말을 하였다,
"대한민국 경기도 오산시 시내파 김병식 보스 두목 백호 하얀호랑이 대장입니다,
이한증누님께서 문을 열어 주었으며 김병식보스와 조모차동생은 걸어서 현관 문으로가고 있었다,
 이한증누님께서는 일을하는 가정주부 김고수 여자와 일을 하는 이모지 남자가 살고서 있었다,
밖에는 조그만 집이 하나더 있고 정원은 나무들이 많았다,
김병식보스가 양옥집 현관문으로 조모차동생이 열어주며 들어같다,
이한증누님께서 말을하였다,
"김병식 보스 두목 어떻게 된것이야?"
"별 것 아닙니다, 몇일 이곳에 있겠습니다,
"그래!" "김병식 보스 3층에 방에 있으며는 돼?"
김병식보스와 조모차동생은 쇼파로 걸어가서 이한증누님과 앉았다,
조모차동생은 이한증누님께 인사을하고 김병식보스에게 90도로 고개을 숙여서 인사을하고 대답을 하였다,
"형님?" "편히쉬십시요!" "형님?"
 "그래!" "편히 있어라?"

"예!" "형님?" 명심하겠습니다, "형님?" 하고 90도로 고개을 숙이고 인사을하며 대답을하고 김병식보스에 옆에서 "서" "서" 있었다,
이한중누님께서 가정 주부 김고수 여자에게 말을 하였다,
"고수야?"
 "여기에 흰 우유2잔 하고 커피 1잔만 같다 주어라?'
 "예!" 김고수여자는 주방에서 대답을 하였다,
김병식보스는 조모차동생에게 말을 하였다,
"모차야?" '편히 앉자라?"
"예!" "형님?" 명심하겠습니다, "형님?" 하고 90도로 인사을하고 김병식보스에게 90도로 고개을 숙여서 인사을 하며 대답을 하고 쇼파에 앉잤다,
"형님?" "편히쉬십시요!" "형님?"
 "그래!"
이한중누님께서 김병식보스에게 말을 하고 김병식보스가 대답을 하였다,
"몇 일전에 아버지 장래식을 하여 놓고서 어떻게 된 것이지!"
"김병식 백호 하얀호랑이 대장 두목?"
"예!" "누님?" "사건이 있어서 사건이 끝날때까지 이곳에 있겠습니다,
"응" "그런데 선거에 100대1로 싸움을 한것들은 아는데 다리에는 왜 그래는거야?"
"예!" "누님?" "강원도 펜션에서 경찰관하고 싸움을하며 종아리에 총알을 맞은 것 같습니다,
 "그럼?" "그놈들이 총을 쏘았어!"
"예!" "누님?
 "나쁜놈들 총알은 빼야지!"
"예!" "누님?" 전화을 하려고 합니다,
그때, 주방에서 김고수여자가 우유2잔과 커피을 탁자위에 놓고

같다,
이한증누님께서 말을 하고 김병식보스가 대답을 하였다,
"김병식 보스 마셔?"
"예!" "누님?"
"모차야?" "앉자서 편히 마셔라?"
"예!" "형님?" 명심하겠습니다, "형님?" 하고 90도로 고개을 숙여서 인사을하였다,
조모차동생은 김병식보스에게 앉자서 90도로 고개을 숙여서 인사을 하고 마셨다,
"형님?" "편히쉬십시요!" "형님?"
"그래!"
김병식보스는 조모차동생에게 말을 하였다,
"모차야?" "전화기을 줘 봐라?"
"예!" "형님?" 여기에 있습니다, "형님?" 하고 90도로 고개을 숙여서 인사을하고 대답을하며 전화기을 드렸다, "그래!" 김병식보스는 전화을 받으며 한국병원 한조맘 원장형에게 전화을 하였다,
김병식보스에 전화을 한조맘형이 받았다,
"김병식 보스 두목 백호 하얀호랑이 대장 일이 있어!"
"형" 경찰관하고 싸움을하여 경찰관이 총을 쏘아서 왼쪽발다리 종아리 안쪽에 총알을 맞았어!"
"그래서 이곳으로 터미널로 101010으로 정형외과 과장 미소요 여자을 보내줬으면 해?"
"김병식 보스 두목 괜찮아?"
"그래!" "형"
"나쁜놈들 같으니 경찰관들이란 나쁜놈들이야?"
"그래!" "김병식 보스 두목 백호 하얀호랑이 대장 지금 말을 해서 금방 보낼게?"
"그래!" "형"

김병식보스와 한국병원 한조맘 원장형과 전화을 끊었다, 김병식보스는 전화을 끈고 나서 김호아동생에게 전화을 하였다,
김호아동생이 전화을 받았고 말을 하였다,
"예!"
"오빠야?""공주님?"
"예!""오빠?""무슨 일이 있어요!""오빠한테 전화을 하였는데 전화가꺼져 있어서요!""걱정 했어요!"
"그래!""호아공주님?""오빠의 동생 조모차동생 것으로 하는 것이야?"
"예!" 오빠?" "지금 오빠가있는 곳을 가르켜 주세요!"
"그래!" "101010으로 오며는 돼?"
"예!" "오빠?" "지금 서울집에서 택시을 타고서 갈게요!"
"그래!"
김병식보스와 김호아동생과 전화을 끊었다,
김병식보스는 조모차동생에게 전화을주며 조모차동생은 90도로 고개을 숙여서 인사을하며 두손으로 전화을 받으며 대답을 하였다,
"여기에 있다,
"예!" "형님?" 명심하겠습니다, "형님?"
김병식보스는 이한증누님과 말을 끝내고 조모차동생에게 말을 하였다,
"모차야?""올라가자?"
"예!" ''형님?" 명심하겠습니다, "형님?" 하고 90도로 고개을 숙이고 인사을하며 대답을 하였다,
김병식보스는 이한증누님께 3층으로 올라가서 쉰다고 하며 이한증누님도 그렇게 하라고 하며 3층으로 김병식보스을 조모차동생이 왼쪽에서 부축하고 걸어서 올라같다,
김병식보스가 3층으로 올라가서 조모차동생이 문을 열어주고 김병식보스가 양복 상위을 벗어서 조모차동생에게 주며 쇼파

에 기대며 앉았다,
조모차동생은 90도로 고개을 숙이고 인사을하고 대답을 하였다,
"형님?" "편히쉬십시요!" "형님?"
"그래!" "편히 있어라?"
"예!" '형님?" 명심하겠습니다, "형님?" 하고 90도로 고개을 숙이고 인사을하며 대답을 하였다,
김병식보스에 옷들은 저져 있었다,
김병식보스는 조모차동생에게 말을 하였다,
"모차야?" "양복을 옷들을 치료가 끝나며는 세탁소에 가서 양복들을 옷들을 가지고 오너라?"
"예!" '형님?" 명심하겠습니다, "형님?" 하고 90도로 고개을 숙이고 인사을하며 대답을 하였다,
김병식보스와 조모차동생과 이야기을하고 있을 때 이한중누님 양옥집에서 초인종이 울렸다,
김병식보스는 3층에 있는 카메라을 보았으며 한국병원 미소요과장과 간호사 이미영 이였다,
이한중누님께서 1층에 밖에에 있는 현관 문을 열어주고 걸어서 들어와 현관 문을열고서 이한중누님께 인사을하고 걸어서 들어와 3층으로 들어와서 김병식보스에게 인사을 하였다,
"안녕하세요!" 한조맘 원장님께 말씀을 들었습니다, "예!" "그래요!"
김병식보스는 미소요과장에게 왼쪽발다리 종아리을 안쪽을 보여줬고 미소요과장은 수술을 시작하기로 하였다,
미소요과장이 김병식보스에게 말을 하였다,
"마취제을 놓을가 해요!"
"예!" "마취제 없이 해 주시고 총알을 빼주셨으면 합니다,
"예!" "많이 아프실텐데요!"
괜찮습니다,

"예!" "그럼?" 이미영간호사님?" "세수대야 와 수술을 하게 준비을 해주세요!"
"예!" "과장님?"
김병식보스는 왼쪽종아리을 세수대야에다 넣고서 수술을 시작했다,
고통이 밀려오고 있었으며 피가흐르고 있었다,
김병식보스에 이마에서 땀이 흐르고 있었으며 5분이 되어서 왼쪽발다리에 밖혀 있는 총알을 뺏다,
김병식보스는 미소요과장이 수술을 끝내고 이미영간호사에게 소독과 붕대을 감으라고 말을하였다,
김병식보스가 조모차동생에게 말을 하였다,
"모차야?"
"예!" "형님?" "명령만 내려주십시요!" "형님?" 하고 90도로 고개을 숙여서 인사을하고 대답을 하였다,
"양복상의에서 지갑을 꺼내서 천만원을 미소요과장님께 드려라?"
"예!" "형님?" 명심하겠습니다, "형님?' 하고 90도로 고개을 숙이고 인사을하고 대답을하였다,
"그래!"
"괜찮아요!"
"아닙니다, "받으시고 한국병원에 동생들이 자주 갈것입니다, 동생들 좀 부탁드리겠습니다,
"예!" 조모차동생에 돈을 두손으로 받으며 미소요과장과 이미영간호사는 김병식보스와 조모차동생과 인사을하고 1층으로 내려가서 이한증누님과 인사을하고 한국병원으로 차을 타고 출발을하였다,
김병식보스는 조모차동생에게 말을 하였다,
"지금 세탁소로 양복과 옷가지들을 가지고 가서 양복과 옷가지들을 맞기고 새것으로 양복들과 옷가지들을 가지고 와라?"

"예!" "형님?" 명심하겠습니다, "형님?" 하고 90도로 고개을 숙여서 인사을하며 대답을 하였으며 세탁소 양모수형네로 걸음을 옴길 때 김병식보스에게 90도로 고개을 숙이고 인사을하며 대답을하였다,
"형님?" 다녀오겠습니다, "형님?"
"그래!"
조모차동생은 세탁소로가고 김병식보스는 왼쪽발다리을 총알을 빼고 고통과 잠이 오는것에 두눈을 감고 쇼파에 기댔다,
김병식보스에게 초인종 소리가밖에서 들려서 두눈을 뜨고 카메라을 보았으며 김호아동생이 보이는 것이였다,
이한중누님과 김호아동생은 말을하고 문을 열어주며 1층으로 들어와서 이한중누님과 대화을하고 3층으로 걸어서 계단으로 올라오고 있었다,
김병식보스을 김호아동생이 보는 순간 두눈에서 눈물을 흘리는 것을 보았다,
김병식보스는 김호아동생에게 말을하였다,
"밥은 먹었어!"
"예!" "오빠?" "먹었어요!" '괜찮아요!"
"그래!" 괜찮다, "호아공주님?"
"양복 상의주머니에서 지갑을 꺼내서 택시비 20십만원을 같다가 줘?"
"예!" "오빠?"
김호아동생은 택시비을 꺼내서 이한중누님네 양옥집에서 내려 같다,
택시비을주고 김병식보스에게 올라왔다,
김병식보스에게 김호아동생이 침대에 걸쳐서 앉았으며 김병식보스가 말을 할때에 밖에서 초인종이 울려서 카메라을 보았으며 조모차동생이 양복과 옷가지들을 가지고 왔다,
이한중누님께서 문을 열어주고 김병식보스에 3층으로 올라와

서 김병식보스에게 90도로 고개을 숙이고 인사을 하며 대답을 하고 김호아형수에게 인사을 하였다,
"형님?" 다녀왔습니다, "형님?"
''그래!"
"형수님?" "편히 오셨습니까?"
"예!" "삼춘!"
"그래!" "이곳에 다 걸어 놓아라?"
"예!" "형님?" 명심하겠습니다, "형님?" 하고 90도로 고개을 숙이고 인사을하며 대답을 하였다,
김병식보스는 조모차동생이 양복과 옷가지들을 걸어 놓은 것을보고 김병식보스가 조모차동생에게 말을하였다,
"오산시에서 일을 보아라?"
"예!" "형님?" 명심하겠습니다, "형님?" 하고 90도로 고개을 숙여서 인사을하고 걸어서 나갈 때 김병식보스에게 조모차동생은 90도로 고개을 숙이고 인사을하며 대답을하였다,
"형님?" ''편히쉬십시요!" "형님?"
''그래!"
"형수님?" "편히쉬세요!"
"예!" "삼춘!" "들어가세요!"
조모차동생은 이한증누님과 이야기을하고 오산시 대장일수로 벤츠차을 출발을 하였다,
김병식보스는 검정 양복바지와 검정 와이셔츠을 가지고 들어가서 3층 화장실에서 갈아서입고 나와서 침대에 누웠다,
김호아동생은 침대에 쇼파에 앉으며 김병식보스와 대화을하고 저녁시간이 되어서 1층에서 이한증누님께서 말을하였다,
"대한민국 경기도 시내파 김병식 보스 두목 백호 하얀호랑이 대장 식사해?" "김호아공주님도 식사해요!"
"예!" "누님?"
김병식보스는 김호아동생과 1층으로 내려가서 식사을 하려고

하였다,
"호아공주님?" "식사 하러 가자?"
''예!" "오빠?"
김호아동생이 왼쪽에서 김병식보스을 잡아주고 1층으로 내려 같다,
김병식보스는 김호아동생과 1층으로 내려가서 이한증누님께 김호아동생을 소개을 시켜주었다,
"누님?' 제 여자입니다,
"그래!" "시내파 김병식보스 집에 왔을 때 인사을했어!" " 예!" "누님?"
김병식보스와 김호아동생은 이한증누님한테 잘 먹는 다고 하고 인사을하며 식사을 하였다,
일을하는 주방여자 김고수 는 식사가 끝날때까지 주방에서 "서" "서" 있었다,
김병식보스와 김호아동생과 이한증누님과 식사을 모두 끝나고 김병식보스가 이한증누님께 말을하였다,
"누님?" 많이 먹었습니다, 차는 3층가서 먹겠습니다, "그래!" 김병식 보스 두목?"
" 식사 맛있게 먹었습니다,
"그래요!"
"예!" "말씀 놓으세요!"
"그랠가?"
"예!" "누님?" 말씀 놓으셔도 됩니다,
"그래!" "그럼?" "차는 여기서 가지고 올라가?"
"예!" "누님?" 하고 김병식보스와 김호아동생은 인사을 하고 주방에서 김호아동생이 김고수여자가 우유 두잔을 주는 것을 받고서 들고서 3층으로 올라같다,
2층도 방이 있었다,
김병식보스는 김호아동생과 3층으로 올라가서 쇼파에 앉으며

흰 우유한잖씩 마시면서 김병식보스가 말을하였다,
"호아공주님?" "서울연예계방송학교에는 안가도 돼?" "예!"
"오빠?" "지금 서울연예계방송학교에는 방학을 하고 있어요!"
"그래서 학교에 안가도 돼요!"
"그래도 밤이 늦었는데 서울에서 아버지와 어머니께서 기다리고 계실텐데 가야지 되는 것이 아닌지!"
"예!" "오빠?" "오빠한테 오기전에 친구집에서 자고 지낸다고 하였어요!" "그래서 전화을하지 않아도 되요!"
김병식보스는 김호아동생을 말릴수가 없었으며 김병식보스가 김호아동생에게 말을하였다,
"호아공주님은 2층으로 내려가서 잠을자고 해?"
"예!" "오빠?"
김병식보스와 김호아동생과 하루하루을 이한증누님네서 지냈으며 하루하루을 오른팔 조모차동생과 왼팔 한다보동생들이 이한증누님네 양옥집으로 와서 인사을하고 같다,
이한증누님네에서 2주라는 시간이 흘러가고 있었다,
김병식보스에 왼쪽발다리도 종아리도 아물어가고 있었으며 김호아동생은 2층에서 자고 있었으며 이한증누님도 1층에 방에서 잠을자고 있었다,
김병식보스는 양옥집에서 1층 문을열고서 걸어서 나가며 밖에 있는 문을열고서 나같다,
편의점 문을열고서 들어가서 여자1명이 김병식보스을 보고 인사을 하였다,
"어서오세요!"
"그래!" 김병식보스는 이한증누님과 김호아동생이 좋아 하는 것들을 고르는데 편의점 문이 열리는 것이였다,
김보한반장과 이주오형사와 오미다형사와 미한진형사와 진상만형사가 들어 오는 것이였다,
김병식보스는 편의점을 빠져 나갈수가 없었으며 김보한반장이

김병식보스을 보고 걸어서 오며 말을하였다,
"시내파 김병식 보스 두목 백호 하얀호랑이 대장 이제 가자?"
"형" "이제 할게 너무 많은데 조금있다가 구치소에 가며는 안돼?"
하고 대답을하는 순간 김병식보스에 옆구리 왼쪽에서 삼단봉 전기충전기을 이주오형사가 충격을하고 되었다,
"찌" "찌" "찍" 김병식보스는 김보한반장과 이주오형사와 오미다형사와 미한진형사와 진상만형사을 헤치울수도 있었는데 김보한반장형과 김병식보스와 의형제 형이기 때문에 남자답게 말을 하는데 이주오형사가 비열하게 삼단전기봉을 되었다,
김병식보스는 정신이 없었으며 두눈이 감켰다,
김보한반장과 형사들은 편의점 여자와 인사을하였다,
김보한반장은 편의점 밖에 세워둔 봉고차에 다 김병식보스을 태우고 경찰서로 들어같다,
김병식보스는 경찰서에서 정신이 들어와서 두눈을 뜨고서 보았으며 앞에서는 형사들이 있었으며 조사을받는 여자1명과 남자1명이 있었다,
김병식보스는 머리가 어지러웠고 왼쪽 옆구리가 쓰렸다,
김병식보스는 경찰서 보호실에서 일어나서 김보한 반장 탁자을 보았으며 김보한반장은 김병식보스에게 걸어와서 말을하였다,
"김병식 보스 두목 정신이 들어!"
"형" 전화을 하게 문좀 따줘?"
"그래!" "고진자형사?" "김병식 보스 두목 보호실 문을 따줘?"
"예!" "반장님?"
김병식보스는 뒤로 꺽여서 수갑을 두 개를 차고서 있었고 김보한반장님에 탁자에 가서 김병식보스는 앉잤다,
김보한반장님은 김병식 보스 두목 백호 하얀호랑이 대장에게 음료수을 따라 주며 말을하였다,

"김병식 보스 두목 도망을 가지 않을것이라 믿고 있어!" "수갑을 풀어 주는 동안 나하고 조사에 수락하게?"
  김병식보스는 김보한반장에게 말을하였다,
"형" "부탁을 들어 줄게?"
김보한반장은 고진자형사에게 말을 하였다,
"고진자형사?" "이리로와서 김병식 보스 두목 수갑을 풀어줘?"
"예!" "반장님?"
김병식보스는 수갑을 풀고서 조모차동생에게 전화을 하였고 조모차동생은 90도로 고개을 숙이고 인사을하며 대답을 하였다,
"예!" "형님?" "편히쉬셨습니까?" "형님?"
"그래!" 지금 하얀양복과 와이셔츠와 하얀구두와 속옷들과 이한중누님네에 가서 김호아동생에게 경찰서에 있다고 하고 이한중누님과 김미한 국회의원님과 오마차형과 고정 변호사 김용화여자에게 전화을해서 경찰서로 들어오라고 하여라?"
"예!" "형님?" 명심하겠습니다, "형님?" 하고 90도로 고개을 숙여서 인사을하고 대답을 하였다,
"그래!" "전화을 끊자?"
"예!" "형님?" 명심하겠습니다, "형님?" 하고 90도로 고개을 숙이고 인사을하며 김병식보스가 전화을 끊을 때 조모차동생은 90도로 고개을 숙이고 인사을하며 대답을 하였다,
"형님?" "펴히쉬십시요!" "형님?"
"그래!"
김병식보스는 전화을 끊고서 김보한반장과 김병식보스는 강원도펜션에 사건들을 이야기을하고 있었다,
김병식보스가 김보한반장에게 말을하였다,
"대한민국 경기도 오산시 정통으로가는 시내파 김병식 보스 두목 백호 하얀호랑이 대장인데 경찰관들에게 당해서야 되겠

어!" "한명에게 십시일반으로 강원도펜션으로 들어와서 경찰관들이 총을 들고서 겨루었는데 정당방위로 싸움을 하였던거지 안" "그래!" "형"
"그래!" "김병식 보스 두목?" "그럼?" "형이 강원도펜션에 사건들은 막아주고 없었던거로 해줄거고 선거에 싸움들은 형도 막아줄수가 없어!" "그래서 선거에 사건들만 조사을 해줄게"
"그래!" "형"
김병식보스와 김보한반장은 음료수을 마시며 이야기들을 하고 김보한반장이 고진자형사을 불렀다,
"고진자형사?" "김병식 보스 두목 수갑을 채우고 보호실에다 들여 보내?"
"예!" "반장님?"
김병식보스는 두팔을 뒤로 꺽이고 수갑을 뒤로 채워 보호실로 걸어가는데 김병식보스에게 강모용형사가 말을하였다,
"김병식 보스 두목 하얀호랑이 대장 이리로 와서 앉자봐?"
"변호사님?" 입해 위해 조사을 받겠습니다,
김보한반장님은 사무실에서 나갈며 강모용형사가 일어나서 김병식보스에게 걸어와서 오른쪽발다리로 앞차기로 김병식보스에 가슴명치을 걸어찼다,
김병식보스는 뒤로 물러나서 피하고 김병식보스가 오른쪽발다리로 상단차기로 하여 강모용형사의 얼굴 면상왼쪽턱을 차버렸다,
"퍽" 하고 "욱" 하고 입과코에서 허공으로 피가튀기며 오른쪽으로 책상과 의자와 컴퓨터들이 부서지며 있는 곳으로 콰당하고 쓰러졌다,
김병식보스에게 형사들이 모두다 일어나서 걸어오고 있었으며 조사을 받고서 있는 남자1명과 여자1명들이 김병식보스을 보고서 있었다,
강희지형사와 강지묘형사와 이장임형사와 김모장형사와 한 장

모형사와 한다웅형사와 장화장형사와 장보화형사와 김미잠형사와 지오만형사와 김하모형사와 지용장형사와 이금면형사와 조상저형사와 조병면형사와 걸어서오며 고진자형사은 김병식보스에 뒤에 있었으며 김병식보스에게 강원도펜션에서 모두다 맞았던 형사들이다,
김병식보스에게 형사들이 권총을 뽑고서 걸어서오며 강지묘형사가 말을하였다,
"김병식 보스 두목 조사에 수락을 하여 야지!"
"그래!""변호사님?"오며는 조사을 받겠습니다,
김병식보스가 말을 하는데 뒤에서 고진자형사가 말을 하였다,
"오산시에 정통으로가는 시내파 김병식 보스 두목 백호 하얀호랑이 대장 답다,"보호실에서 변호사님 입해 위해 조사을 받아?"
김병식보스을 뒤에서 고진자형사가 보호실 안으로 들여보냈다,
경찰서에서 문이열리고 사무실로 변호사님 김용화여자분이 들어와서 형사들에게 말을하였다,
"김병식보스님?"변호사입니다,
"예!""변호사님?""이곳으로 와서 앉으십시요!"
고진자형사가 김병식보스을 조사을 받는다고 하였다,
김병식보스는 변호사에게 인사을 하였다,
"오셨습니까?"
"예!"
김용화변호사님은 고진자형사에 자리에 앉고서 김병식보스을 보호실에서 문을 따고 수갑을 2개을 풀어주고 고진자형사에 자리에 앉았다,
김병식보스에 옆에는 김용화변호사님이 앉고서 고진자형사가 음료수을 따라주며 조사을 하였다,
고진자형사는 김병식 보스 두목 백호 하얀호랑이 대장에게 말을하였다,

"이름"
"김병식입니다,
"주소"
"대한민국경기도오산시누읍동000000번지입니다,
"키"
"177입니다,
"몸무게"
"000입니다,
"혈액형"
"AB형입니다,
"종교"
"불교입니다,
"사건내용을 육하원칙으로 해?"
"예!" 하고 고진자형사는 김병식보스와 김용화변호사님에 말들을 들어 주었으며 몇분뒤에 경찰서 사무실에는 김미한 국회의원님과 보좌관 오마차형이 경찰서에 문을 열고서 들어왔다,
경찰서형사들은 동시에 60도로 모두다 일어나서 김미한 국회의원님한테 인사을 하였다,
"국회의원님?" "오셨습니까?"
"예!" 고생들하십니다,
김병식보스는 일어나서 김미한 국회의원님과 오마차형에게 말을 하였고 김미한 국회의원님과 오마차형이 대답을 하였다,
"국회의원님?" "오셨습까?"
"형" "왔어!"
"예!" "김병식 보스 두목 백호 하얀호랑이 대장님?"
"그래!" "김병식보스?"
김병식보스는 자리에 앉았으며 김미한 국회의원님께서 고진자형사에게 말을 하였다,
"김병식 보스님에 사건들을 있었던것들 만 받으시기 바랍니다,

"예!" "국회의원님?"
형사들은 모두다 일어나서 있었으며 김미한 국회의원님이 형사들과 김병식보스에게 말을 하였다,
"그럼?" "형사님분들 고생들하세요!"
"예!" "국회의원님?"
"들어가십시요!"
"김병식보스님?" "조금만 기다리고 계세요!"
"예!" "국회의원님?" "들어가십시요!"
"마차?" "형" "들어가십시요!"
"그래!" "김병식 보스 조금 참고 있어!"
"형사님들 고생하세요!"
"예!" 하고 김미한 국회의원님과 오마차형이 경찰서에서 나가고 형사들은 자리에 앉자서 일들을 보았으며 고진자형사가 김병식보스에 사건들을 선거에 사건들 만 받아서 금방 끝났다, 이장임형사와 한 장모형사에게 남자1명과 여자1명이 조사을 받고서 있었으며 김병식보스가 고진자형사에게 조사을 모두다 받고서 김병식보스을 수갑을 채우지 않고서 보호실로 들여보냈다,
김병식보스에게 철창밖에서 김용화변호사님이 말을 하였다,
"김병식보스님?" "검사실에서 보아요!"
"예!" "변호사님?"
김병식보스와 김용화변호사님과 말을하고 형사들에게 인사을 하고 김용화변호사님은 경찰서에서 문을열고서 변호사 사무실로 같다,
한참뒤 경찰서 보호실에서 고진자형사가 김병식보스을 빼서 수갑을 앞으로 두팔손목을 채우고 경찰서 안 옆으로 되있는 문으로 김병식보스와 걸어가며 고진자형사가 오른팔주먹으로 두두르며 말을 하였다,
"똑" "똑" "똑" 문 열어 한명 들어 간다,

"오산시 시내파 정통으로가는 김병식 보스 두목 백호 하얀호랑이 대장이다,
 "충성" 겨수경래을 하고 대답을 하였다,
"예!" "형사님?"
고진자형사에 말을 듣고서 의경 병장 김보조 가 얼굴을 조그만 철창 문을열고서 보고 대답을하고 문을 열어주었다,
김병식보스와 고진자형사가 유치장안으로 들어가며 병장 김보조 의경과 상병 이호이 의경과 일병 장미초 의경과 이병 한미웅 의경과 형사 한다몬 형사가 이야기을 하고서 있었다,
고진자형사는 한다몬형사에게 말을 하였다,
"한다몬형사님?" "방 하나만 주세요!" "신체검사는 하지 않아도 됩니다,
"예!" "고진자형사님?"
 경찰서 유치장 방은 넓고서 방이5개가 있었으며 1방은 여자들 방이고 2방부터 5방까지는 남자들 방이였고 2방과 3방에는 1명씩 들어가서 있었으며 김병식보스에 방은 5방을 주었다,
면회을 할 수 있는 옆 방이였고 김병식보스는 허리띠 만 풀으고 지갑만 봉투에 넣고서 이름과 확인만하고 5방에 들어 같다,
유치장방에는 화장실과 세면다이들이 모두 있었고 고진자형사가 김병식보스에게 말을 하였다,
"김병식 보스 두목 부탁을 할 것이 있으며는 유치장 형사님들 한다몬 형사님과 장몬지 형사님과 김우장 형사님과 그리고 나한테 말을 하며는 돼?" "그럼?" "쉬어!" "예!"
김병식보스와 고진자형사는 말을 하고 고진자형사가 유치장에서 나같다,
경찰서 유치장은 한다몬형사와 장몬지형사와 김우장형사들은 3교대을 하고 있었으며 김병식보스는 철창 앞에서 TY이을 틀어 주는 것을 앉자서 보고 있었다,
유치장밖에서 김병식보스에게 면회가 왔다고 이병 한미웅 의

경이 한다몬 형사에게 말을 하였다,
"한다몬형사님?"
"김병식보스?" "형님?" "면회 오셨습니다,
"그래!" "김병식 보스 면회 왔어!" 동생들과 여자 재수씨인 것 같아?"
"예!"
한다몬형사가 문을 열어주고 김병식보스는 밖에 있는 쓰리 퍼 을 신고서 면회장으로 걸어서 같다,
오른팔 조모차동생과 왼팔 한다보동생과 김호아동생이 면회을 왔고 김병식보스을 보고 조모차동생과 한다보동생이 90도로 고개을 숙이고 인사을하고 대답을 하였다,
"형님?" "편히쉬셨습니까?" "형님?"
"그래!"
"오빠?" "티 와 칫솔 과 치약 하고 속옷 과 양말 과 수건 과 하얀양복 과 와이셔츠 와 하얀구두을 넣었어요!"
"그래!" "호아공주님?" "수고했어!" "걱정을 하지 않아도 돼?" "금방 출소을 할거이야?"
"예!" "오빠?"
김호아동생은 김병식보스을 보며 두눈에서 눈물을 흘리고 있었다,
김병식보스가 조모차동생과 한다보동생에게 말을 하였다,
"모차 와 다보 는 아비숑퍼시팩룸나이트 가게와 대장일수을 지키고 구치소로 넘어가며는 형수와 면회을 함께 와라?"
"예!" "형님?" 명심하겠습니다, "형님?" 90도로 동시에 고개을 숙여서 인사을하며 대답을 하였다,
"경찰서에 형사계에 가며는 지갑과 허리띠을 찾아가고 영치금 5000000오백만원만 넣고서 가며 경찰서 식당에가서 9일 저녁 동안 있을 것을 쌀밥과 고기와 음식과 먹을 과자와 빵 음료수 우유 같은것들을 넣고 가거라?" "예!" "형님?" 명심하겠습니

다, "형님?" 하고 90도로 동시에 고개을 숙여서 인사을하며 대답을 하였다,
"형수님을 구치소에서 출소을 할 때까지 보필들을 잘 하거라?"
"예!" "형님?" 명심하겠습니다, "형님?" 하고 90도로 동시에 고개을 숙여서 인사을하고 대답을 하였다,
"강원도펜션은 정리을하고 형은오피스텔도 동생들이 다니면서 지내고 있어라?"
"예!" "형님?" 명심하겠습니다, "형님?" 하고 동시에 고개을 숙이고 인사을하며 대답을 하였고 김호아동생이 말을하였다,
"오빠?" "형은오피스텔은 오빠가 사회로 나올때까지 제가 가끔있으며는 안될가요!"
"그래!" "호아공주님이 있어도 돼?"
"예!" "오빠?"
"그래!" 형수하고 동생들은 오산시에서 일들을 보아라?"
"예!" "형님?" 명심하겠습니다, "형님?" 하고 90도로 동시에 고개을 숙여서 인사을하며 대답을하고 90도로 동시에 고개을 숙여서 인사을하였다,
"형님?" "편히쉬십시요!" "형님?"
"그래!"
"오빠?" "건강히 식사하세요!"
"그래!" "호아공주님?"
김병식보스는 뒤을 돌아보며 유치장으로 5방으로 들어 갈 때 뒤에서 앉자서 이병 한다웅의경이 면회을 하는 것을 적고서 일어나서 김병식보스와 함께 들어같다,
김병식보스가 들어가고 김호아동생과 조모차동생과 한다보동생이 면회장에서 나같으며 면회시간은 오전9시부터 저녁8시이였으며 하루에 오는 만큼 계속해서 면회을 시켜주었고 TY시간도 오전9시부터 저녁9시까지 틀어주었다,

김병식보스에게 한다몬형사가 말을하였다,
"김병식보스 지갑하고 허리디와 물건을 밖에다가 내보낼게"
"예!"
"일병 장미초의경 이리로 와봐?"
"예!" "한다몬형사님?"
"이것 물품을 경찰서 밖에다가 내줘라?"
"예!" 일병 장미초의경은 들고서 경찰서로 밖으로 내주고 한다몬형사가 김병식보스에게 말을하였다,
"그리고 물건들 들어 왔어!"
"예!" 김병식보스는 5방으로 한다몬형사가 따주어서 들어가서 앉자서 TY이을 보았다,
경찰서에 유치장에 저녁시간이 되어서 저녁밥을 식당에서 한 지엉여자가 같고서 들어왔으며 경찰서에 유치장문은 열어줘 있었다,
그리고 경찰서에서 조사을 받았던 여자한명과 남자한명이 들어왔으며 여자는 신체검사을 여자가 하는곳으로 잠간 들어가 있었고 남자1명은 병장 김보조의경이 신체검사을 하고 신체검사가 끝나서 4방으로 병장 김보조의경이 문을따고 넣었다,
10분뒤에 경찰관 한명이 들어와서 여자1명을 신체검사을 하였으며 신체검사가 다 끝나고 병장 김보조의경이 1방으로 넣었다,
한다몬형사와 병장 김보조의경과 상병 이호지의경과 일병 장미초의경과 이병 한미옹의경과 1방부터 식사을나누어 주었고 쌀밥을 시키지않는 사람들은 보리밥과 단무지을 주었으며 김병식보스는 삼겹살과 빵과 쌀밥과 과자와 우유 음료수와 많은 것들이 들어와서 병장 김보조의경에게 말을하였다,
"병장아?" "이리로 와 봐라?"
"예!" "형님?" 하고 90도로 인사을하였다,
"이것들을 같다가 먹고 방에다 나누어 주어라?"

"예!" "형님?" 90도로 인사을하고 같다가 먹으며 방마다 나누어 주었다,
김병식보스에 아침과 점심과 저녁과 식사는 먹을것들이다 다르게 들어왔으며 유치장 사람들과 방사람들과 먹을수있게 들어왔다,
경찰서 유치장으로 면회도 김호아동생과 조모차동생과 한다보 동생들이 번갈아가면서 수시로 왔으며 오산사람들이 의형제 형들과 의형제 누님들이 유치장면회을 왔다, 유치장에서 9일밤이 되가고 내일 아침이며는 검사실 비둘기장으로 가는날이 였다,
김병식보스는 잠을자려고 하였고 김보한반장형이 경찰서에서 유치장으로 오른주먹팔로 문을 두두르고 문을 따라고 하였다, 상병 이호이의경이 문을따고 김보한반장님께 충성하고 겨수경래을 하였다,
김우장형사가 유치장을 근무을하는 날이였고 김보한반장이 김병식보스에 방을따라고 하였고 김우장형사는 대답을하였다,
"예!" "반장님?"
"김병식보스 경찰서에 가서 이야기좀 하자?"
"예!" 김병식보스는 김우장형사가 문을 따주는것에 김보한반장님을 따라서 경찰서로 나같으며 뒤에는 상병 이호이의경이 따라와서 충성하고 유치장문을 잠같다,
경찰서 유치장의경들도 상사끼리와 형사들에게 겨수경래을하고 유치장과 경찰서에서 지냈다,
경찰서에서 김보한반장과 김병식보스는 이야기을하고 회을 먹었으며 김보한반장이 김병식보스에게 말을하였다,
"대한민국 경기도 오산시 시내파 김병식 보스 두목 백호 하얀호랑이대장 구치소에서 조금 참고 있어!"
"예!" "반장님?" "김병식보스 때문에 오산시 국회의원님도 선거을 도와 주고 이기게 하였는데 김병식보스을 조금만있게 만

들게 할것같아?" 조금 참고 우리도 조사을 좋게 해서 검사실에 올렸으니 잘 될거야?"
"예!"
"김병식 보스 두목 먹자?"
"예!" 김병식보스와 김보한반장은 회을 모두 먹고서 유치장에 들어와 5방으로 들어가서 양치을하고 잠을 청하였다.
경찰서 유치장에서 새벽5시로 되어 가고 있었으며 유치장에 밖에서는 의경들이 구룡에 맞쳐서 노래을 부르고 달리기을 뛰고서 있었으며 김병식보스에 귀에 들리고 있었고 조금 있다가 유치장에 기상나팔 소리와 김우장형사가 말을 하고 있었다.
"기상 일어나?"
김병식보스는 일어나서 구치소에 갈수있게 준비을하고 김우장형사에게 말을하였다,
"김우장형사님?" "문을 따 주십시요!" "구두와 양복을 갈아 입겠습니다,
"그래!" "김병식보스"
김우장형사가 5방을 문을따주고 김병식보스가 문으로 나와서 양복을 검정거로 상의와 하의와 검정와이셔츠을 입고서 5방으로 들어왔다,
유치장에 아침식사을 하는 식당 한지영 여자가 들어와서 아침밥을 가지고 왔으며 병장 김보조의경과 상병 이호이의경과 일병 장미초의경과 이병 한미웅의경과 아침밥을 나눠주고 김병식보스는 아침밥을 먹고서 양치질을 하고 10분동안 유치장방에서 있었다,
장몬지형사가 와서 김우장형사와 교대을하고 의경들은 충성하고 인사을하며 김우장형사가 김병식보스에게 말을 하였으며 퇴근을 하였다,

"김병식 보스 두목 백호 하얀호랑이대장 9일동안 유치장에 있으려고 수고했어!"
"예!" 고맙습니다, "들어가십시요!"
"그래!"
경찰서 형사계에서 김보한반장과 고진자형사가 들어와서 김병식보스에게 말을하였다,
"김병식 보스 두목 백호 하얀호랑이대장 잘잤어!" "검사실로 가자?" "예!"
김보한반장이 장몬지형사가 말을하였다,
"장몬지형사 김병식보스두목 5방 문을 따줘?"
"예!" "반장님?"
김병식보스의 장몬지형사가 문을따고 김병식보스가 밖으로 나와서 고진자형사가 김병식보스에 두팔손을 수갑을 체웠다,
장몬지형사가 김병식보스에게 말을하였다,
"김병식보스 9일 동안 유치장에 있는 동안에 고생했어!" "예!" 고맙습니다,
병장 김보조의경과 상병 이호이의경과 일병 장미초의경과 이병 한미옹의경과 동시에 90도로 인사을하며 김병식보스에게 대답을하였다,
"형님?" 고생하셨습니다,
"그래!" "고생들해라?"
김병식보스는 포승줄을 묵지 않고서 김보한반장과 고진자형사와 경찰서 유치장에서 나와 경찰서 형사들에게 인사을 받고 김보한반장님에게 인사을 하였다,
"반장님?" "다녀오십시요!"
"그래!"
"고진자형사님?" "수고하세요!"
"예!"
"김병식보스 고생했어!"

"예!" 하고 경찰서 밖으로 나와서 씨스리 봉고차에 탈때에 동생들 29명들이 경찰서로 와서 검정양복을 입고 조모차동생과 한다보동생과 한승호동생과 김학지동생과 오한지동생과 장보구동생과 고승국동생과 지하미동생과 장금하동생과 고방식동생과 주고용동생과 한국지동생과 고상국동생과 오방자동생과 한사마동생과 마상회동생과 우통지동생과 황시라동생과 권성수동생과 구한미동생과 주성진동생과 진상보동생과 김보상동생과 이지용동생과 이용마동생과 김사랑동생과 진보상동생과 조남잔동생들이 아침에 경찰서로 와서 절을 하였다,
"형님?" 고생하셨습니다, "형님?"
"그래!" "일들을 보아라?"
"예!" "형님?" 명심하겠습니다, "형님?" 하고 90도로 고개을 숙여서 인사을하며 대답을하였다,
김병식보스와 김보한반장님과 고진자형사는 앞 오른쪽에 타고서 기사한명이 운전을하고 검사실 비둘기장으로 출발을 하였다,

구치소의 독방

김병식보스와 김보한반장과 고진자형사와 검사실 비둘기장으로 가면서 고진자형사가 말을하였다,
"김병식 보스 두목 몇일 있으며는 출소을 할것이야?" "조금 참고 있어!"
"예!"
김보한반장도 김병식보스에게 말을하였다,
"대한민국 경기도 오산시에는 정통으로가는 김병식 시내파 보스 두목 백호 하얀호랑이대장이 있어야 한다,
"예!" "반장님?" 고진자형사가 대답을하였다,
김병식보스와 김보한반장과 고진자형사가 검사실 비둘기장에 도착을하였다,
김병식보스와 김보한반장과 고진자형사가 봉고차 씨스리에서 내려서 검사실 비둘기장으로 올라같다,
김보한반장은 올라가서 계장에게 "오산 어디서 왔습니다, 하고 말을하고 고진자형사가 김병식보스에 수갑을 풀으고 있었다,
김병식보스는 고진자형사가 수갑을 풀어주고 경찰서로 가지고 가며 김보한반장이 말을하였다,
"김병식보스두목 몇일 고생해!"
"예!" "반장님?" "들어 가십시요!"
　고진자형사도 말을하였다,
"김병식 보스 두목 백호 하얀호랑이대장 고생해!"
　"예!" "들어 가십시요!"
김병식보스는 김보한반장과 고진자형사와 이야기을하고 비둘

기장에서 경찰서로 출발을 하였다,
검사실 비둘기장은 넓었으며 오늘 따라 사람들이 없었고 경찰관들이 2명씩 5섯군데에서 5명씩 사람들이 경찰서에서 검사실 비둘기장으로 왔다,
비둘기장은 10방으로 되어있었고 한평 만한게 3개 있었으며 김병식보스의 방은 넓은방으로 1방으로 김호짐주임님께서 주었다,
김병식보스는 1방으로 들어가서 철창에 창문앞에 앉았으며 수갑을 풀른 상태로 벽에기대고 앉았으며 검사실에서 부을때까지 기다리고 있었다,
경찰서 다른지역에서 25명씩 와서 2방에서부터 10방까지 2명씩 들어가서 있었다,
김병식 보스 두목 백호 하얀호랑이 대장은 일어나서 비둘기장 유치장 철창으로 보았을 때 이상어계장님과 최목잔계장님과 김호짐주임님과 한진바주임님과 조금한주임님과 이상요부장님과 조한자부장님과 이장민부장님과 장이온담당님과 김만효담당님과 김호미담당님과 경기대 이오장계장님과 경기대 이오석부장님이 있었고 경기대병장 이한잠의경과 병장 조오종의경과 상병 잠이한의경과 상병 오조만의경과 일병 이긴맘의경과 일병 긴장만의경과 이병 이용모의경과 이병 김주몬의경과 이병 김강덕의경과 있었다,
재소자로 보이는 옷을입고서 2명이 있었으며 김병식보스는 검사님이 붉을때까지 재소자 한명을 불렀다,
"이리로 와 봐라?"
"예!" "형님?" 90도로 인사을하고 김병식보스에 1방으로 와서 "서" "서" 대답을하였다,
"이름이모냐?"
"예!" "형님?" 김이용입니다, 90도로 인사을하고 "형님?" 저 친구는 조금이입니다,

"보안과 사소들 이냐?"
"예!" "형님?" 90도로 인사을하였다,
"대한민국 경기도 정통으로가는 시내파 김병식 보스 두목 백호 하얀호랑이 대장이다, "물 한잔을 가지고 와라?" "예!" "형님?" 김호짐주임님께 말씀을 드려서 같다가 드리겠습니다,
"형님?" 하고 90도로 인사을하고 김이용보안과 사소는 교도관들이 있는 사무실로 들어가서 김호짐주임님한테 말을하였다,
사무실안에는 이상어계장님과 최목잔계장님과 경기대 이오장계장님과 김호짐주임님과 한진바주임님과 조금한주임님이 있었다,
비둘기장 유치장 사동에는 이상요부장님과 조한자부장님과 이장민부장님과 장이온담당님과 김만효담당님과 김호미담당님과 경기대병장 이한잠의경과 병장 조오종의경과 상병 잠이한의경과 상병 오조만의경과 일병 이긴맘의경과 일병 긴장만의경과 이병 이용모의경과 이병 김주몬의경과 이병 김강덕의경과 비둘기장을 돌면서 검사실에 올라갈 준비들 해라 했다,
경기대의경들은 상사들과 교도관들에게 겨수경래을 하며 충성하고 검사실을 다니고 교도관들도 상시들끼리 충성하고 검사실을 다니고 있었다,
비둘기 유치장에서는 계장님들과 주임님들과 부장님들과 담당님들의 말들만 들리고 사소들과 경기대들과 재소자들의 목소리들은 조용했다,
김병식보스에게 김호짐주임님께서 물을 가지고와서 김병식보스에게 말을하였다,
"건달이냐?"
"예!" "대한민국 경기도 오산시 정통으로가는 시내파 김병식 보스 두목 백호 하얀호랑이 대장입니다,
"씩씩하고 두눈이 살아있어!"
김병식보스와 김호짐주임님과 1방에서 이야기을하고 검사

실 비둘기장에 시간은 오전10시로 되어가고 있었다,
김병식보스와 김호짐주임님과 이야기을하고 있는데 비둘기장 사무실에서 한진바주임께서 김병식보스에 1방을 부르고 이름과 검사의 501호 한구미검사 이름을 불렀으며 칠판에 다 이름을적었다,
장이온담당님이 김병식보스의 문을 열어주려고 할때에 김호짐주임님께서 말을하였다,
"장이온담당 내가 문을따고 김병식보스 501호실 한구미검사실에 데리고 갔다 올게"
"예!" "주임님?" 김호짐주임님은 김병식보스에 문을따고 수갑을 앞으로 채우고 경기대이병 이용모의경이 포승줄을 노란색으로 김병식보스의 몸을 묶었다,
김호짐주임님께서 김병식보스에게 말을하였다,
"김병식 보스 두목 가자?"
"예!" 김호짐주임님과 김병식보스와 이병 이용모의경이 뒤에서 따르며 비둘기장 사무실로 들어가서 김호짐주임님께서 이상어계장님께 말을하였다,
"501호 한구미여자 검사님한테 한명 데리고 올라갔다 오겠습니다,
"응" 이상어계장님은 칠판에다 적으며 김호짐주임님께서 이상어계장님에게 겨수경래을 충성하고 경기대이병 이용모의경도 충성하고 김병식보스을 데리고 올라같다,
검사들과 판사들과 재판을 받는 곳이라 직원들이 많이 있었다, 건물은 7층 건물들 이였으며 김호짐주임님이 김병식보스에게 말을하였다,
"김병식보스두목 사건들이 금방 해결될것같아?"
"예!" "몇일있다가 자유자재로 출소을 할것같습니다,
"금방 나가며는 출소을 하면 검사 기소 아니며는 보석으로 출소을 할 것같은데 말야?"

"예!" "주임님?" 김병식보스와 김호짐주임님과 이야기을하고 검사실 사무실에 도착을하였다,
김호짐주임님께서 한구미검사실에서 노크을하고 문을두두렸다,
"똑" "똑" "똑" 구한미 검사실에서 조우고 사무장님과 여자 라난미 경리에 목소리가 들였다,
"예!" "들어오세요!"
김병식보스와 김호짐주임님과 이병 이용모의경이 들어같다,
앞에서 한구미검사가 앉자서 있었고 옆에는 사무장 조우고 남자와 경리 라난미 여자가 있었다,
김병식보스을 보고 한구미검사 여자가 말을하였다,
"김병식 보스 두목님 되십니까?"
"예!" "검사님?"
"이리로 와서 앉으세요!"
"예!"
"교도관님과 내려가셔도 됩니다, "조사을다하고 전화을 드리겠습니다,
"예!" 하고 김호짐주임님과 이병 이용모의경은 인사을하고 내려 같다,
한구미검사님이 사무장 조고우 남자한데 말을하였다,
"조고우 사무장님?" 김병식보스에 사건들을 제가 직접 조사을 받겠습니다, 나가셔서 쉬셔도 됩니다,
"예!" "검사님?" 사무장 조고우남자는 501호실에서 문을열고 서 밖으로 나갔다,
김병식보스는 한구미검사님 자리에가서 앉잤다,
김병식보스에게 한구미검사가 말을하였다,
"대한민국 경기도 오산시 김병식 시내파 보스 두목 백호 하얀 호랑이 대장 건달입니다, 소문에 듣던데로입니다,
"예!" 고맙습니다,
"마실거라도 드리겠습니다, "어떤거로 드릴가요!"

"예!" 괜찮습니다,
"예!" "그럼?" 조사을 시작 하겠습니다,
오산시에 조직에 명칭이 어떻게 되십니까?"
"예!" " 시내파 제 별명 백호 하얀호랑이입니다,
"동생들은 몇 명이 있습니까?"
"예!" 제가 혼자서 이끌고 있는 동생들 29명이 있습니다,
"예!" "눈이 살아계세요!" 남자 다우십니다,
"예!" 고맙습니다, 제 동생들은 구치소나 교도소을 보내지 말아주십시요!" 대한민국 경기도 오산시 정통으로가는 시내파 김병식 보스 두목 백호 하얀호랑이 대장이니 제가 들어가며는 됩니다,
"예!" 제가 경기도 오산시도 10년 동안 검사담당으로 있습니다,
"예!" 한구미검사님도 김병식보스을 사귀고 싶을 정도로 마음에 들고서 있었다,
김병식보스와 한구미검사와 20분동안 이야기을하고 있었으며 501호실에 밖에서 노크소리가 들리고 있었다,
"똑" "똑" "똑" "예!" "들어오세요!"
"오셨어요!" "변호사님?"
"예!" 경리 라난미여자가 말을하였다,
밖에서 김용화 여자변호사가 들어와서 한구미검사에게 말을하고 한구미검사가 대답을하는 것이였다,
"늦었지!"
"아니 왔어!" 김용화변호사와 한구미검사와 친구도있는 것 같았다,
김용화변호사님이 김병식보스에게 와서 옆에 앉으며 인사을하고 김병식보스가 말를 하였다,
"두분들이 아십니까?" 한구미검사님이 김병식보스에게 말을하였다,

"예!" 우리는 대학교 동기로 졸업도 함께해서 친구로있어요!"
"예!" 김병식보스는 김용화변호사님께 말을하였다,
"변호사님 두분이 아십니까?"
"친구 맞아요!" "대학교 동기예요!"
"예!" 김용화변호사님이 한구미검사에게 말을하였다,
"김병식보스님 사건을 상부에 말을 해주어서 기소 아니며는 보석으로해서 10일안으로 구치소에서 출소을 시켰으면 해?" 상대방들도 100명이고 김병식보스가 혼자서 정당방위로 싸움을 한것이며 상대방들은 연장들도 둘고서 있어서 친구가조사을 잘좀해줘?"
김병식보스님는 조사을 받을게 없어!" 김병식보스님은 혼자서 때렸다고해도 상부에 조사을 올려도 보석으로 할것같아?" 경찰서에서 사건들을 한권으로 해서 나에게 와서 상부에 올려도 9일안으로 보석으로 금방 출소을 할것같아?" "그런데 친구?" 이번에 한번 보석으로 출소을 하고 한번더 들어오며는 시내파 보스 두목으로 살아야될것이야?"
"그래!" "그럼?" 상부에다 이야기을하여 9일있다가 출소을 하는 것으로 하고 이번에 한번 힘을써줘?" "친구?" "응" 상부에다 이야기해서 힘써줄께!"
김용화변호사은 한구미검사에게 말을하였다、
"오늘저녁에 식사나하지!"
"응" 김용화변호사님과 한구미검사님과 이야기을하고 김병식보스에 간단한 조사을 받았다,
한구미검사가 김병식보스에게 말을하였다,
"이름이 어떻게 되십니까?"
"예!" 김병식입니다,
"키는 어떻게 되십니까?"
"예!" 177입니다,
"몸무게는 어떻게 되십니까?"

"예!" 0000입니다,
"혈액형은 어떻게 되십니까?"
"예!" AB형입니다,
"주소는 어떻게 되십니까?"
"예!" 대한민국 경기도 오산시 누읍동 0000입니다,
"나이는 어떻게 되십니까?"
"예!"17살입니다,
"예!" 종교는 어떻게 되십니까?"
"예!" 불교입니다,
"그럼?" 김병식보스에 별명 백호 하얀호랑이로 명찰을 거로 붙이겠습니다,
"예!"
오산은 공동마크가 노란색으로 거 입니다, 김병식 보스 두목 백호 하얀호랑이 대장 클 거 로 강할 거 로 거 로 붙이겠습니다, 눈이 살아계셔서 대한민국을 정복을 하실 것 같습니다, 강하게 높고 큰분이 되실 것입니다, 대한민국에는 김병식 보스 두목 하얀호랑이 대장님께서 있으셔야 됩니다,
"예!" "검사님?"
"예!" 김병식보스님 조사을 다 받았습니다,
"김병식보스님?" 조사을 받으시나고 고생했어요!" 읽어보시고 지장을 찍으십시요!"
"예!" 김병식보스와 한구미검사와 김용화변호사는 조사을 끝내고 사무실에서 음료수을 라난미 경리여자가 컵에다 한잔씩 주었으며 득의만만하게 웃으면서 마셨다,
김병식보스에게 김용화변호사님이 일어나며 말을하였다, "몇일 만 고생하세요!"
"예!"
"들어가세요!"
김용화변호사님이 말을하였으며 한구미검사도 대답을하고 인

사을하였다,
"재판이 있어서 일어나고 저녁에 보자?"
"그래!" "저녁에 보자?"
라난미 경리도 인사을하였다,
"들어가세요!" "변호사님?"
"예!" "수고하세요!"
　김용화변호사님은 501호실에서 문을열고서 재판을받는 법원으로 나갇다,
한구미검사님도 비둘기장 사무실에다 전화을하여 이상어계장이 전화을받어 김병식보스을 모시고 가라고 하였다,
501호실 밖에서 조우고사무장님이 들어와서 자리에 앉갔으며 한구미검사님이 김병식보스에게 말을하였다,
"김병식 보스 두목님 한번만 더 오시며는 저도 상부에다힘을 못서드립니다, 시내파 보스 두목으로 김병식보스님께서 살으셔야 됩니다, 이번에도 조직대 조직으로 싸움을하셔서 김병식보스님이 혼자서 혼을 내주었어도 상부에다 올리며는 조직보스로 올라가서 이번이 한번일것입니다,
"예!" 고맙습니다, "동생들을 보내지 마시고 제가 혼자가서 시내파 보스 두목으로 살고서 나오겠습니다, 대한민국 경기도 오산시는 정통으로가는 시내파 한 개가 있습니다, 이름섯자 김병식 보스 두목 제가 이끌어가고 있습니다, 제가 죽는 날까지 혼자서 이끌어가고 대한민국 경기도 오산시 한 개에 건달조직입니다, 김병식 보스 두목 백호 하얀호랑이 대장 저입니다, 건달은 술 담배와 하지도 않고 의리와 의지와 카리스마로 남자로 한여자을 일편단심으로 지켜주고 살아갑니다, 김병식 보스 두목 백호 하얀호랑이 대장 저입니다, 이런게 건달 조직이라 합니다,
"안 그렇습니까?" "한구미 검사님?"
"예!" 김병식보스님 의리와 카리스마와 의지 소문대로 대한민

국 경기도 오산시 정통으로가는 시내파 김병식 보스 두목 백호 하얀호랑이 대장님 이십니다, "예!" 김병식보스님에 동생들은 구치소와 교도소을 보내지 않겠습니다, "김병식보스님?" "보스님?" "두목님?" 은 하나로 하겠습니다, 김병식보스님이 만드신 대한민국 경기도 오산시 시내파이니 김병식보스님만 보내드리겠습니다,
"그렇지만," "김병식보스님?" 그래도 이번에 한번만 구치소에서 고생하셨으면 합니다,
"예!"
김병식보스와 한구미검사님과 대화을하고 있을 때 501호 사무실밖에서 노크소리가 들렸다,
조우고 사무장과 경리 라난미 여자가 동시에 말을하였다,
"예!" "들어오세요!"
 김호짐주임님과 이병 이용모의경이 들어와서 김호짐주임님이 한구미검사님에게 말을하였다,
"검사님?" 전화을 받고 왔습니다,
"예!" "김병식보스님을 모시고 가세요!"
"예!" 하고 김호짐주임님께서 김병식보스을 데리고 갈때에 김병식보스가 한구미검사에게 인사을하였다,
"고생 하십시요!"
"예!"
"몇일만 고생하세요!"
김호짐주임님도 한구미검사에게 인사을 하였다,
"고생하십시요!"
"예!"
"교도관님 지금 김병식보스님을 구치소로 모시고 들어가세요!"
"예!" "검사님?"
김병식보스와 김호짐주임님과 이병 이용모의경과 501호실 검

사실에서 나와서 비둘기장으로 걸어가며 이야기을 하였다,
김호짐주임님께서 김병식보스에게 말을 하였다,
"김병식보스 몇일 있다가 출소을 하여 다행이야?"
"예!" 감사합니다, "주임님?"
김병식보스와 김호짐주임님과 이병 이용모의경과 비둘기장 사무실에 도착을 하였다,
김호짐주임님과 이병 이용모의경이 이상어계장에게 충성하고 김호짐주임님이 말을 하였으며 계장님이 대답을 하였다,
"계장님?" 501호 한구미검사에게 1명 같다왔습니다,
"이름이"
"김병식입니다,
김병식보스가 대답을 하였다,
김호짐주임님은 이상어계장님께 말을 하였다,
"한구미검사님께서 지금 김병식보스을 구치소로 들여 보내랍니다,
"그래!" "그럼?" 잔감 방에다 넣고 차을 대기을 시키라고 해야지!"
"예!" "계장님?"
김병식보스는 김호짐주임님과 1방으로 걸어서가서 이병 이용모의경은 비둘기장에 있으며 김호짐주임님이 김병식보스에게 말을 하였다,
"김병식보스 고생스럽지만 구치소로 들어갈때까지 1방에서 포승줄을 매고서 수갑을 차고서 잠간있어!"
"예!"
김병식보스는 1방으로 들어가서 비둘기장 철문앞에서 있었다, 재소자 사람들도 한명씩 검사들에게 올라가고 있었으며 하얀 포승줄과 노란색 포승줄로 하여 일반 사람들과 5대 강력범들은 노란포승줄을 차고서 올라가고 있었다,
김병식보스을 보고서 보안과사소들이 김이용과 조금이동생들

이 동시에 90도로 1방 창틀 앞으로 와서 인사을하고 대답을하였다,
"형님?" 다녀오셨습니까?" "형님?"
"그래!" "어떻게 구치소에 들어 왔느냐?"
김이용 보안사소 동생이 말을하였다,
"예!" "형님?" 저희는 군대을 가기 싫어서 총을 잡기 싫어서 구치소에 생활을 3년6개월을 합니다, "형님?" 90도로 인사을 하였다,
"그래!" 살아가는 동안에 가석방은 있겠구나?"
"예!" "형님?" 가석방은 있습니다, "형님?" 90도로 인사을 하였다,
"그래!" 김이용동생은 어디에살고 있느냐?"
"예!" "형님?" 수원에살고 있습니다, "형님?" 90도로 인사을 하였다,
"그래!" 조금이동생은 어디에 살고서 있느냐?"
"예!"   "형님?" 서울에 삽니다, "형님?" 90도로 인사을하였다,
"그래!" "형기는 얼마정도 남았느냐?"
"예!" "형님?" 저희 둘이 2년6개월을 남았습니다, "형님?" 90도로 인사을 하였다,
"그래!" 김병식보스 보다 두명은 나이가 3살 많았다、김병식보스와 김이용동생 사소와 조금이동생 사소와 이야기을하고 있는데 이상효부장님 교도관이 말을하였다、
"이용아?" "금이야?" "창틀에서 떨어져라?"
"예!" "교도관님?" 김이용동생 사소와 조금이동생 사소가 동시에 대답을하고 90도로 인사을하였다,
"형님?" 구치소에서 인사을 드리겠습니다, "형님?"
"그래!" "출소을 하며는 오산시 아비숑퍼시팩룸나이트가게로 와라?"

"예!" "형님?" "편히쉬십시요!" "형님?" 하고 동시에 90도로 인사을하였다,
김병식보스와 이야기을하고 김이용동생과 조금이동생은 비둘기장 사무실로같다,
김병식보스는 노란포승줄과 수갑을차고서 넓은방을 걷고서 있었으며 김병식보스을 김호짐주임님께서 불르고 1방문을 땄다,
"김병식보스 구치소로 들어가자?"
"예!" 김병식보스는 1방으로 나같으며 비둘기장 사무실로가서 김호짐주임님과 이상요부장님과 병장 이한잠의경과 이병 김강덕의경과 김호짐주임님께서 이상어계장님께 말을하였다,
"김병식보스 한명 구치소로 들어갑니다,
이상어계장님은 칠판에다 체크을 하고서 이상어계장님과 최목잔계장님과 경기대 이오장계장님한테 동시에 말을하였다,
"수고들하십시요!" 하고 "충성" 겨수경래을하며 계장님들은 교도관들과 의경들에게 "수고들했어!" 하고 김호짐주임님과 이상요부장님과 병장 이한잠의경과 이병 김강덕의경과 김병식보스와 3층에서 지하1층으로 내려와서 지하로 걸으며 1층으로 올라와서 사람들이 안보이는 곳에서 재소자들이 재판을 받는곳으로 와서 구치소의 봉고차을탔다,
봉고차 법무부는 기사한명이 타고서 있었으며 김병식보스가 처음으로 타고 맨 끝에 자리에앉갔다,
김호짐주임님은 김병식보스와 마주보고서 있었고 이상요부장은 운전기사 옆에앉갔다,
병장 이한잠의경과 이병 김강덕의경은 김병식보스의 옆자리에 앉갔으며 김호짐주임님께서 운전자 기사에게 말을하였다,
"기사님?" 구치소로 들어갑시다,
"예!" "주임님?" 김병식보스는 법무부 봉고차가 구치소로 들어가는것을보고 김호짐주임님께 말을하였다,
"김호짐주임님께서는 어디에 사십니까?"

"김병식보스 나는 서울에 살고 있어!"
"예!" "주임님?" 김병식보스와 김호짐주임님과 이야기을 하고 신호등이 2번이 걸려서 신호에 맞쳐서 구치소에 들어같다,
재판을받는 법원과 검사실은 한곳에 붙어서 있어서 20분이면 법무부 버스와 봉고차을 타고같다,
김병식보스와 김호짐주임님과 이상요부장님과 병장 이한잠의경과 이병 김강덕의경이 구치소에 정문에 도착을하였다,
구치소정문 입구에는 교도관 김호미부장님이 "서" "서" 있었고 이병 오이하의경이 옆총을 오른쪽에 매고 들고서 있었으며 법무부 봉고차안에 김호짐주임님과 이상요부장님과 병장 이한잠의경한테 거수경래을 충성하고 입구에있던 김호미부장님께서 김호짐주임님한테 거수경래을 충성하고 법무부 봉고차안에서 병장 이한잠의경과 이병 김강덕의경이 김호미부장님에게 거수경래을 충성하였으며 김호짐주임님이 김호미부장에게 말을하였다,
"남자한명"
"예!" 거수경래을 충성하였으며 이병 오이하의경도 거수경래을 충성하였다,
봉고차안에서도 병장 이한잠의경과 이병 김강덕의경이 김호미부장님에게 거수경래을 충성하고 교도관들과 의경들과 상사들에게 거수경래을 충성하며 인사을하고 법무부 봉고차는 구치소 정문으로 들어가고 있을 때 구치소에 면회장으로 올라가는 사람들 남자들과 여자들이 많았으며 면회장에서 교도관 여자에 목소리가 들렸다,
"000번 면회을 오신분은 8호실로 들어 가십시요!"
하고 계속하여 나오고 있었으며 법무부 봉고차가 구치소에 철문으로 도착을 하였을 때 구치소에 탑 같은 높은곳에 위에서는 이병 경기대 의경들이 오른쪽에 총을 매고서 거수경래을 충성하고 돌고서 있었다,

여기서 탑에서 충성을 하며는 저기서 탑에서 충성을 하고서 보초을쓰고 있었다,
구치소는 3층으로 되어 있었으며 법무부 봉고차가 한 대가 들어와서 구치소에 철문으로 조그만 철문을 들어올려서 두눈으로 한명이 볼수있게해 놓았다,
구치소문이 철문이 열리고 김병식보스에 법무부 봉고차을 구치소안으로 들여 보냈으며 법무부 봉고차가 멈추었으며 김호짐주임님한테 이용지부장님이 거수경래을 하였다,
"충성"
"그래!" "남자한명"
"예!" "주임님?" 법무부 봉고차안에서는 병장 이한잠의경과 이병 김강덕의경이 동시에 거수경래을 하였다,
이용지부장은 김호짐주임님께 거구경래을하고 충성하고 경기대의경들도 봉고차안에서 이용지부장에게 충성하고 구치소안으로 들어가서 법무부 봉고차을 세우고 법무부 봉고차에서 김호짐주임님께서 문을 열고서 내렸으며 이상요부장님과 병장 이한잠의경과 이병 김강덕의경도 내렸으며 김병식보스도 내렸다,
김호짐주임님께서 구치소문을 열으라고 하였다,
구치소안에서는 철창과 입구 사동에서 경기대의경들이 오른쪽 허리에 박달나무을 차고서 보초을쓰고 상사들끼리 거수경래을 충성하고 교도관들한테도 거수경래을 하고 교도관들 상사들도 거수경래을 충성하였다,
경기대이병 한명이 거수경래을 충성하고 구치소 문을 열어드려서 김호짐주임님과 이상요부장님과 병장 이한잠의경과 이병 김강덕의경이 신체검사실 하는곳으로 걸어가고 있었으며 경기대들과 교도관들에게 상사들끼리 거수경래을 충성하고 김호짐주임님한테도 거수경래을 충성하고 신체검사실로 들어갇다,
김호짐주임님은 김병식보스에게 말을하였다,

"김병식 보스 두목 이곳에서 신체검사을 하고 구치소 방으로 들어갈거야?"
"예!" "김호짐주임님?"
 이곳에 있으며는 계장님과 주임님과 부장님과 담당님과 경기대들과 사소들이 올것이야?" "의무과도 올것이야?" "예!" "김호짐주임님?" "어디에서 근무을 하십니까?"
"사동근무을 하고 있어!"
 "예!" "주임님?"
김호짐주임님은 이상요부장에게 말을하였다,
"이상요부장?"
"예!" "주임님?"
"교도관님들이 오며는 인계식을 해주고들어가?"
"예!" "주임님?" 수고하셨습니다, 동시에 이상요부장과 경기대들이 말을하였다,
"그래!" "수고해!"
"예!" 이상요부장님과 경기대들은 거수경래을 충성하고 김호짐주임님께서 김병식보스에게 말을하였다,
"김병식보스있는 동안에 또 만나자 나가는 날까지 고생해!"
"예!" 김호짐주임님 고생하십시요!"
김병식보스는 김호짐주임님과 이야기을하고 김호짐주임님은 구치소안으로 들어갑다,
이상요부장이 김병식보스에게 앉자서 기다리자고 하였다,
경기대들과 앉자서 기다리고 있는데5분도 되지않아서 신체검사주임님께서 오셨다,
이상요부장님과 병장 이한잠의경과 이병 김강덕의경은 동시에 영치주임 오상모주임님에게 일어나서 거수경래을하였다,
충성,
"그래!"
경기대 이병 이오짐의경도 이상요부장님과 병장 이한잠의경에

게 거수경래을 하였다,
충성,
이상요부장도 인사을받았다,
"그래!"
영치사소 지오망동생도 이상요부장님에게 인사을하였다, "안녕하세요!" "부장님?"
"그래!"
오상모주임님이 말을하였다,
"이상요부장 수고했어. 들어가봐?"
"예!" 주임님?" 충성, 하고 거수경래을 경기대들과 동시에 하고 인사을 하였다,
"수고하십시요!"
"그래!" 오상모주임님께서 인사을받았다,
 구치소안으로 들어가며 경기대 이병 이오짐의경이 거수경래을 충성하고 이상요부장님과 병장 이한잠의경에게 인사을하였다,
영치사소 지오망은 이상요부장님에게 인사을하였다,
"수고하세요!"
"그래!" 이상요부장님은 인사을 받고서 구치소안으로 경기대들과 들어갔다,
영치주임 오상모주임님께서 김병식보스에게 말을하였다, "이리로와서 앉으세요!"
"예!" 김병식보스는 자리에가서 앉았다,
"주머니에 있는 것들을 다빼서 앞에다 놓으세요!"
"예!" 김병식보스는 영치주임 오상모주임과 이야기을 하고있었다,
"어디에서 왔어요!"
"예!" 대한민국 경기도 오산시 시내파 김병식보스입니다,
"예!" "김병식보스님?"

"예!" "주임님?" "말씀놓으십시요!"
"그래!" "그럼?" 영치금은 봉투에 넣을게?"
"예!"
 5000000오백만원이고 김병식보스가 일어나서오른쪽 엄지로 도장을찍으며는돼?"
"예!" "주임님?"
오상모주임님과 김병식보스와 영치을 모두 끝나고 보안과 이상효부장이 와서 오상모주임님께 충성하며 이병 이오짐의경도 이상효부장에게 거수경래을 충성하고 지오망 사소동생도 인사을 하였다,
"안녕하십니까?"
"그래!"
인사을하고 영치사무실로 걸어서 갈때에 이상효부장에게 오상모주임님께서 말을하였다,
"이상효부장 수고해!"
"예!" "주임님?" "들어 가세요!"
하며 거수경래을 충성하고 하였다,
"그래!"
경기대이병 이오짐의경도 거수경래을 충성하고 인사을하였다, 지오망 사소 동생도 인사을 하였다,
"수고하세요!"
"그래!"
 영치 오상모주임님과 경기대이병 이오짐의경과 영치사소 지오망동생도 영치사무실로 걸어서 같다,
김병식보스는 이상효부장과 앉자서 대화을하고 있었다,
"어디서 왔어!"
"예!" 대한민국 경기도 오산시 시내파 김병식 보스 두목 백호 하얀호랑이대장 건달입니다,
"그래!" 김병식보스와 이야기을 하고서 있는데 의무과 남자 이

생한과장과 여자 이상지간호사와 김함중부장과 경기대이병 덕수망의경과 사소 이호몽동생이 왔다,
보안과 이상효부장에게 의무과경기대 이병 덕수망의경이 거수경래을하고 충성 하였으며 의무과사소 이호망동생이 인사을하였다,
"안녕하세요!"
"그래!" 김병식보스는 이상효부장과 대화을 하고 있다가 의무과 이생한과장이 불러서 자리에가서 앉았다,
이생한과장이 김병식보스에게 말을하였다,
"주소가 어떻게 되세요!"
"대한민국 경기도 오산시 누읍동 000입니다,
"혈액형이 어떻게 되세요!"
"예!" AB형 입니다,
"몸무게을 가서 재고 오세요!"
"예!" 김병식보스는 몸무게을 재고 옆에는 사소 이호몽이보고 있었다,
이생한과장이 말을하였다,
"몸무게가 몇입니까?"
"예!" 000입니다,
키을 가서 제고 오세요!"
"예!"
"몇이세요!"
"예!" 177입니다,
"시력을가서 하고 오세요!"
"예!"
"몇이세요!"
"예!" 2,0입니다,
"종교는 어디세요!"
"예!" 불교입니다,

"예!" 이름은 어떻게 되세요!"
"예!"김병식입니다,
오른쪽팔을 겉고서 피을뽑고 오세요!"
"예!" 김병식보스는 이상지 여자간호사에게 가서 피을뽑고서 왔다,
"어디에 아프신곳이 있나요!"
"아니건강합니다,
"예!" 조직보스님으로 계시나봐요!"
 "예!" "그럼?" 의무과는 모두 끝났습니다,
 "예!" 수고하셨습니다,
"예!" "출소을하는 날까지 건강하세요!"
김병식보스는 의무과가 끝나고 이상효부장님한테 이병 덕수망의경이 거수경래을 충성하고 이호몽사소가 인사을 하였다,
"수고하세요!"
"그래!" 이생한과장과 이상지간호사와 김함중부장님이 동시에 말을하고 이상효부장님이 대답을하였다,
"이상효부장님 수고하십시요!"
"예!" 수고들 하셨습니다,
하고 의무과들은 병동으로 사무실로같다,
의무과 이생한과장과 의무과 이상지간호사는 사회에서 들어오는 사회사람들이 였다,
김병식보스는 이상효부장님과 말을하였다,
"김병식보스 이제 나만하며는 신체검사가 끝나네!"
 이름 주소 사진을 찍었다,
"김병식 보스 건달이네!"
"예!"
"그래!" 가서 목욕을 하고와서 이것들을 신고 옷을 입어!"
"예!" 김병식보스는 하얀양복을 벗고 구두와 와이셔츠을 벗으며 목욕을하고 조선 나이키 하얀고무신을 신고 재소자복을 입

고 티와 양말을 가지고 들어가도 된다고 하였다,
이상효부장님이 노란수번을 1111을 주었으며 김병식보스가 받으며 구치소방으로 대방으로 들어가려고 하였다, 김병식보스가 구치소 1층 신체검사실에서 구치소 사동방으로 들어가려고 하였으며 구치소안에는 철창으로 된곳에서 경기대의경들이 오른쪽에 박달나무을 차고서 지키고 있었다,
교도관들과 경기대 상사들이 갈때마다 충성하고 거수경래을 하고 문을 열어주고 있었으며 구치소 담장위로 둘러서있는 탑 4개에서는 시간마다 교대을하면서 경기대이병 의경들이 옆총을 둘고서 충성하고 있었다,
김병식보스와 이상효부장은 구치소사동으로 복도로 걸어가며 철창문을 경기대이병들이 충성하고 문을 열어주고 다니는 교도관들과 경기대들이 상사들에게 거수경래을 충성하며 다니는 사람들이 많았다,
김병식보스가 사동으로가며 이상효부장님에게 말을하였다,
"부장님?" "방이 어디입니까?"
"5동하 1방이야?"
"예!"
김병식보스와 이상효부장과 5동하 1방으로 걸어가며 상사들에게 거수경래을 하고 이상효부장님이 걸어서 같으며 경기대이병들도 철창문을 따주며 이상효부장님에게 거수경래을 충성하였다,
김병식보스는 이상효부장님과 5동하 1층에 도착을 하였으며 이상효부장님이 5동하 1층에 철창문에 "서" "서" 말을하였다,
"주임님?" 신입왔습니다,
조인자주임님은 철창문으로 걸어와서 이상효부장에 문을열어 주었다,
이상효부장은 조인자주임님한테 거수경래을 충성하고 인사을 하였다,

"주임님?" 수고하십니다,
"그래!"
"주임님?" "그럼?" 보안과가 바빠서 들어가겠습니다,
"그래!" "수고해!"
"예!" "수고하십시요!" 이상효부장님은 거수경래을 충성하고 보안과로 갔다,
사소실안에서 사소 이오망과 김지망동생들은 얼굴만 삐죽내밀고 있었다,
5동 하층들은 사동에서 말들을 하고서 있었고 장기와 바둑들과 이야기하며 놀고서 있었다,
김병식보스을 보고 조인자주임님께서 말을하였다,
"건달인것같은데 어디에서 왔어!"
"예!" "주임님?" 대한민국 경기도 오산시 정통으로가는 시내파 김병식 보스 두목 백호 하얀호랑이 대장 입니다,
"그래!" "잠간 사소실에 들어가있어!"
관고실가서 종이좀 가지고 오게!"
"예!" "주임님?"
김병식보스는 사소실에 걸어서 같으며 조인자주임님은 관고실로 갔다,
김병식보스는 사소실에 들어가서 앉잤으며 사소들에게 말을하였다,
"너희들 이름들이 모냐?"
"예!" "형님?" 이오용입니다, "형님?" 일어나서 90도로 인사을 하였다,
"너는 이름이 어떻게되냐?"
"예!" "형님?" 김지망입니다, "형님?" 일어나서 90도로 인사을하였다,
"그래!" 대한민국 경기도 오산시 정통으로가는 시내파 김병식 보스 두목 백호 하얀호랑이대장이다,

"예!" "형님?" 말씀 많이들었습니다, "형님?" 하고 동시에 90도로 인사을하였다,
"그래!" "너희들 오용이와 지망이는 어떻게 들어왔냐?" "예!" "형님?" 절도로 들어왔습니다,"형님?" 하고 동시에 90도로 인사을하였다,
"그래!" "출소을하며는 아비숑퍼시팩룸나이트가게로 찾아와라?"
"예!" "형님?" 하고 동시에 인사을 90도로 하였다,
김병식보스와 사소들과 이야기을하다 조인자주임님께서 김병식보스에게 들어와서 말을하였다,
"김병식보스 많이 기다렸지!"
"주임님?" 아닙니다,
김병식보스는 일어나서 조인자주임님 사무실로 걸어서 같다,
김병식보스는 조인자주임님과 자리에앉고서 조인자주임님이 종이을 앞에다 두고서 볼펜으로 쓰며 말을 하였다,
"간단하게 식구들과 물어볼께!"
"예!" "주임님?"
"집 식구가 어떻게되지!"
"예!" 어머니하고 큰형과 작은형이 있습니다,
"그래!" 종교는 어떻게되지!"
"예!" 불교입니다,
키와 몸무게와 혈액형과 어머니형들 성함과 주소을 되고 하는 사업을 되었다,
김병식보스는 조인자주임님한테 말을하였다,
"대한민국 경기도 오산시 정통으로가는 시내파 김병식 보스 두목 백호 하얀호랑이대장이고 동생들을 혼자서 29명들을 데리고 있습니다,
별명은 백호 하얀호랑이 입니다,
"그래!" 말을해도 대장답게 말을하고 눈도 살아있어!" 그래서

마크와 오산시을 거로 해줬구나?"
"예!"
"김병식보스가 처음이야?"
"예!" 대한민국 경기도 오산시는 제가 죽는한 한 개에 건달 조직이 있습니다,
"그래!" 김병식보스 시간있을 때 하루에 한번씩 이야기하고 선거에 싸움을 해줘서 100대1로 싸워서 들어왔다 며 대단해!"
"싸움꾼이야?"
"예!" "주임님?" 고맙습니다,
김병식보스와 조인자주임님은 이야기을하고 김병식보스에 1방으로 들어가자고 하였다,
조인자주임님은 1방의 문을열고서 김병식보스을 들여보냈다, 1방안에는 이한김 재소자와 주김용 재소자와 이최이 재소자와 최이김 재소자와 김용몽 재소자와 이한종 재소자들이 있었다,
조인자주임님께서 1방 재소자6명들에게 말을하였다,
"방에 한 사람 들어가니 방 생활들 잘해라?" 건달이다,
"예!" "주임님?"
이한김 재소자와 동시에 놈들이 대답을하였다,
김병식보스가 1방으로 들어가며 조인자주임님은 문을닫고서 조인자주임님실로 걸어서 들어같다,
김병식보스는 이한김놈에 앞창으로 걸어가서 말을 하였다,
"비켜라?"
"건달이냐?"
"대한민국 경기도 오산시 정통으로가는 시내파 김병식 보스 두목 백호 하얀호랑이 대장이다,
"그럼?" 신입식을 하여야 돼?"
"꼬마야?" "다치기전에 비켜라?"
"뭐야?" 하며 이한김놈이 일어나서 오른쪽팔주먹으로 라이트 혹으로 김병식보스에 얼굴에 뻣었다,

김병식보스는 이한김놈에 주먹을보고 오른쪽으로 몸을 회전을 하고 피하며 이한김놈은 오른쪽주먹이 앞으로 날아가며 꼬꾸라졌다,
"꼬마야?" 다친다고 했다,
이한김놈은 일어나서 왼쪽팔주먹으로 김병식보스에게 얼굴에 뻧었다,
김병식보스는 두눈으로 보고서 빠르게 이한김놈의 왼쪽팔주먹보다 먼저 김병식보스에 오른쪽발다리로 상단차기을하여 왼쪽얼굴면상턱을 차버렸다,
"퍽" 하고 "욱" 하며 입과코에서 허공으로 피가튀기며 오른쪽으로 날아가 콰당하고 쓰러졌다,
김병식보스을 지켜보고 있는 주김용놈과 이최이놈과 최이김놈과 김용몽놈과 이한종놈이 화장실쪽에서 벌벌떨고서 있었다,
김병식보스보다 나이가 6명들은 4살들이 많았다,
이한김놈은 5명들에게 날아가서 쓰러졌다,
주김용놈이 일어나서 비상벨을 눌렀다,
김병식보스는 보안과에서 교도관들과 경기대들이 오기전까지 기다리는데 관고실에서 교도관들과 경기대들이 오른쪽옆에다 박달나무을 차고서 계장님과 조인자주임님께서 5동하 1방 창문으로 왔다,
5동하 김상이계장님과 조인자주임님께서 왔으며 경기대한석기주임님과 경기대 한미서담당님과 경기대병장 장종용의경과 상병 용기장의경과 일병 장한오의경과 일병 장지민의경과 이병 강김덕의경과 이병 덕수망의경과 교도관님 김지무주임님과 김인지부장님과 이어장담당님과 김병식보스에 5동하 1방으로 13명들이 왔다,
김상이계장과 조인자주임님은 뒤에서 "서""서" 수수방관지켜보고 있었으며 김이용사소동생과 조금이사소동생들이 조인자주임님 뒤에서 있었다,

경기대 한석기주임에 말들만 경기대들이 듣고서 있었다, 김병식보스에게 경기대 한석기주임이 말을하였다, "야?' "색끼 너 어디서 왔어!"
"지금이 어누 시대인데 교도관들이 재소자들에게 욕을 하고 있어!" "색끼야?"
경기대 한미서담당과 경기대의경놈들도 동시에 김병식보스에게 대응을하고 말을하였다,
"어디서 왔서 색끼야?"
김병식보스는 1방으로 창문밖에다 가래침을 뺏고서 말을하였다,
"까악?" "뗍" "십색끼들이 말 갖지가 않나?" 너희들 다1방으로 모두다 들어올 색끼들 있으며는 들어와 색끼들아?"
김병식보스는 1방 철창문앞에서 720도로 오른쪽발다리로 뒤돌려차기을하여 철창앞을 차버렸다,
"꽝" 하고 김병식보스는 착지을 하였다,
교도관들과 경기대의경들은 놀라며 뒤로 한걸음 물러났으며 경기대 한석기주임이 1방문을 따서 경기대들에게 말을하였다,
"한명식 들어가?"
"예!" "주임님?" 경기대 의경들은 동시에 대답을하고 경기대이병 덕수망이 박달나무을 둘고서 1방으로 들어오고 있었다,
김병식보스는 "붕" 점프을하고 왼쪽발다리로하여 앞차기로 이병 덕수망의경놈을 가슴명치을 밀어버렸다,
"퍽" 하는 소리와 "욱" 하고 입에서 허공으로 피가튀기고 뒤로 복도로 쾅당하고 박달나무을 눌고서 날아가쓰러졌다,
김병식보스는 착지을하고 일병 장지민의경놈이 박달나무을 둘고서 들어오는것을 보고 김병식보스가 오른쪽발다리로 무릅팍으로 일병 장지민의경놈의 왼쪽발다리 허벅지을 차버렸다,
"퍽" 하고 "욱" 하며 앞으로 박달나무을 놓고서 두팔로 왼쪽발다리을 잡고서 꼬꾸라졌다,

경기대 한석기주임은 김병식보스을 막을수가 없었다,
교도관들과 경기대들은 "웅성" "웅성" 되고 있었다,
1방안에 있는 구치소 재소자들은 이한김놈과 주김용놈과 이최이놈과 최이김놈과 김용몽놈과 이한종놈은 화장실쪽에서 김병식보스을 보고서 깜작 놀라며 동시에 말을하였다,
"오산시 정통으로가는 시내파 김병식 보스 두목님 멋있습니다,
"웅성" "웅성" 하고 지켜보고 있었다,
오른쪽에서 경기대병장 장종용의경놈과 왼쪽에서 상병 용기장의경놈이 박달나무을 둘고서 들어오고 있었으며 김병식보스는 "붕" 점프을하고 오른쪽발다리로 앞차기로 왼쪽발다리로 앞차기로 두발로 밀면서 경기대 의경놈들을 가슴팍명치을 차버렸다,
"퍽" 하고 "욱" 하고 입에서 허공으로 피가튀기며 뒤로 박달나무와 함께 날아가 콰당하고 쓰러졌다,
김병식보스는 착지을 마루바닥에 뒤로 두팔을 짚고서 다리을 뒤로 넘기며 덤브링으로 하며 앞을 땡기면서 일어났다,
경기대 한석기주임님은 1방으로 들어오는 것을 김병식보스가 540도로 회전을하고 왼쪽발다리로 뒤돌려차기을하여 한석기주임에 왼쪽 얼굴면상턱을 차버렸다,
"퍽" 하고 "욱" 하고 입과코에서 허공으로 피가튀기고 뒤로 콰당하고 기절을하고 날아갔다,
5동 하층 김상이계장과 조인자주임과 사소 이오용동생과 김지망동생들도 김병식보스에 싸움실력에 깜작 놀라고 있었다,
경기대 한미서담당이 한석기주임을 앉자서 붙들고 있었으며 김지무주임과 김인지부장과 이어장담당들이 동시에 욕을하면서 들어오고 김병식보스가 욕을하며 들어오라고 하였다,
"이놈의 정말 색객끼가?"
"들어와라?" "깐토들아?" "색끼들아?"
김병식보스는 왼쪽팔주먹으로 쨉으로 김인지부장의 가슴팍명

치을 처버렸다,
"퍽" 하고 "욱" 하고 입에서 허공으로 피가튀기고 뒤로 콰당 하고 날아가버렸다,
김병식보스는 빠르게 교도관들과 경기대들을 보이지 않게 처 버렸다,
김지무주임과 이어장담당과 들어오며 벌벌떨고서 있을 때 한 석기주임이 정신이 들어와서 뒤에서 지켜보고 있었다,
5동 하층 밖에서 "웅성" "웅성" 하고 철창문이 열리고 경기대 들이 "충성" "충성"하며 소리을내고서 5동 하1방으로 오고 있었다,
김병식보스는 5동하 1방에서 싸움자세을 하고서 있었으며 5동 하 1방에는 교도관들과 경기대들이 더 들어와서 있었다,
교도관 3명과 경기대 한명이 들어와서 있었으며 김병식보스에게 맞아서 정신들이 돌아와서 말을하고 있었다,
이진요주임과 김삼우부장과 이무지담당과 경기대일병 조한좀 의경이 파란색 법무부 목포와 이무지담당이 오른쪽 옆구리에 가스총을 차고서 수갑과 투구와 삼단 보호장치을 가져왔다,
교도관 3명은 상사들에게 거수경래을 충성하고 경기대1명도 상사들에게 충성하고 있었다,
이진요주임이 맞아서 있는 교도관과 경기대들에게 말을하였다,
"괜찮아?'
"예!" "주임님?" 하고 말들을 동시에 하였다,
이무지담당이 삼단 보호장치을 가져와서 1방 옆에다 두었다,
삼단보호장치는 복싱할 때 얼굴에 쓰는 조그만것이고 더작아 서 쪼이는 것이였으며 몸에 입는 가죽으로 입는 옷이였고 혁 수갑이였다,
김병식보스는 1방에서 싸움을 자세을 잡고서 있는데 김지무주임과 이어장담당이 김병식보스에게 들어오는것이였다,
김병식보스는 달려가 "붕" 점프을하고 두팔로 양팔로 이어장

담당 머리을 잡고서 앞으로 당기며 오른쪽발다리로 무릅팍으로 이어장 얼굴 면상가운데턱을 처버렸다,
"퍽"하고 "욱"하고 입에서 허공으로 피가튀기며 뒤로 콰당하고 날아가버렸다,
김병식보스가 내려 오며 착지을하는 순간에 이무지담당이 오른쪽에 옆구리에 가스총을 차고서 온 것을 한석기주임이 가로채서 김병식 보스 두목 백호 하얀호랑이 대장에 얼굴에다 5섯발을 발사을하였다,
"빵" "빵" "빵" "빵" "빵"
한석기주임에 가스총을 날아오는 것을 김병식보스는 다섯발을 피하고 "붕" 점프을하고 몇미터 걸어서 오른쪽발다리와 왼쪽발다리로 두발로 이무지담당의 얼굴 면상코을 차버렸다,
"퍽"하고 "욱"하고 부러지는 소리을내고 입과 코에서허공으로 피가튀기며 뒤로 콰당하고 기절을하고 쓰러졌다,
김병식보스는 착지을하고 "붕" 점프을하며 오른쪽으로 180도로 회전을하며 오른쪽발다리로 뒤돌려차기을하여 한석기주임의 오른쪽 얼굴턱을 차버렸다,
"퍽"하고 부러지는 소리와 "욱"하고 입과 코에서 허공으로 피가튀기며 뒤로 콰당하고 날아가 기절을하였다,
김병식보스는 착지을하고 두눈이 희미한 것을 느꼈고 힘이 빠지는 것을 느꼈으며 김병식보스는 일어나서 싸움자세을 잡고 서있었다,
1방에서 나와서 5동하 사동에서 교도관들과 싸움자세을 잡고서 있었으며 경기대들을 상대을 해주고 있었다,
김상이계장과 조인자주임은 5동하 옆 사소실 옆에 있었으며 김지무주임과 이진요주임과 김인지부장과 김삼우부장과 이어장담당과 한미서담당과 경기대병장 장종용의경과 상병 용기장의경과 일병 장한오의경과 일병 장지민의경과 이병 강김덕의경과 이병 덕수망의경과 김병식보스에 앞에서 싸움들 자세을

잡고서 있었다,
5동하 밖에서는 경기대의경들이 철창문을 열어주며 거수경래을 하고 충성하며 교도관들과 경기대들이 소리을내고 발자국소리와 문을 열어주는 소리을내며 오고 있었다,
5동하 사동에서는 재소자들이 방에서 갖혀 있어서 소리을내고 있었다,
"오산시 시내파 김병식 보스님 교도관들과 경기대들을 모두다 혼을 내주시길 바랍니다,
하고 소리을내고 "형님?" 교도관들과 경기대들을 모두다혼을 내주시기을 바랍니다, "형님?" 하고 소리을내는 사동방도 있었다,
이오용동생과 김지망동생은 13방에서 있었으며 김병식보스는 1방 맨끝에서 2방으로 보이는 곳에서 싸움자세을 잡고서 있었다,
2방에서는 김병식보스을 보지는 않았으며 김병식보스는 교도관들과 대화을하고 있었다,
이진요주임이 김병식보스에게 말을하였다,
"야" "야" "야" "말로하자?" 오산시 시내파 김병식 보스 두목 백호 하얀호랑이 대장?"
"내가 너희들한테 말을하였는데 사람들에게 가스총을 발사을 하고 교도관들이 공권력을 내세워서 싸우고 여러명들이 갖혀서 있는 공간에서 십시일반으로!",,,,,,,
하며 말을하는데 김병식보스에 입에서 몸이 움직이지 않았고 말이 나오지가 않았다,
가스총을 1방에서 피하는것에 가스총알이 날아오며 곧바로 퍼지며 나오는 것을 김병식보스는 두눈으로보며 김병식보스에 얼굴에 코와입으로 흡입이 된 것 같았다,
김병식보스는 1방에서 있는 이한김과 주김용과 이최이와 최이김과 김용몽과 이한종은 가스총알이 날아오는 것을 보고 화장

실끝에서 6섯명들이 서로 부등겨안으며 고개을 숙이고 있었다,
김병식보스는 교도관들과 말과 싸움을하고 있었으며 5동하 철창문을 열고서 1방쪽으로 소장 김부여 와 보안과장 김여준 과 보안계장 이행지 와 경기대 5명들과 교도관들이 주임 1명과 교도관 이호주 담당과 이보고 담당과 경기대일병 고소조 의경과 다보종 의경과 장고터 의경과 오너소 의경과 파토소 의경이 들어오는 것이였다,
이호주 담당이 오른쪽 옆구리에 가스총을 한 대더 차고서 들어왔다,
경기대 의경들은 오른쪽 옆구리에 박달나무을 차고서 들어왔으며 소장 김부여 에게 교도관들과 경기대들이 거수경래을하며 충성하고 상사들에게 거수경래을 하였다,
소장 김부여가 김병식보스에게 말을하였다,
"무슨 일 때문에 소란을 하는 것인지!"
"나는 소란을 하는 것이 아니다, 교도관들이 가스총을 다섯발을 발사을하고 공권력으로 사람들을 대응하며는 되겠냐?" 사람들이 사는곳인데 안그런가?" "소장?"
"어디서 왔지!"
고향인 구치소에서 교도관들이 이렇게 대우을 해주어서 되겠어!"
이곳은 구치소이고 재판을 받는곳인데 이곳에서 소란과 교도관들하고 싸움을하며 공무집행을 하며는 추가을받아?"
"그런것이나 교도관들에 공권력을 앞세워 먼저 한사람을 싸움을 만들고 살인까지가는 가스총까지 쏘는게 살인미수 아닌가?" "소장?"
김병식보스는 교도관 김부여소장과 말을하고 있는데 교도관들이 소리을내며 앞으로 들어오는 것이였다,
김병식보스는 "붕" 점프을하여 360도로 회전을하고 오른쪽발다리로 뒤돌려차기을하여 이보고담당을 오른쪽 얼굴

면상코을 차렸다,
"퍽" 하고 부러지는 소리을내고 "욱" 하며 입과코에서 허공으로 피가튀기며 뒤로 콰당하고 날아가버렸다,
김병식보스는 착지을하고 달려서 소장에있는 곳까지가서 "붕" 점프을하고 720도로 회전을하고 오른쪽발다리로 뒤돌려차기을 하여 김부여소장에 오른쪽 얼굴면상턱을 차버렸다,
"퍽" 하고 "욱" 하고 입에서 허공으로 피가튀기고 왼쪽으로 넘어지는 것을 보안과장 김여진이 잡았으며 김병식보스가 착지을하는 순간에 이호지담당이 오른쪽 옆구리에 차고있던 가스총으로 김병식보스의 얼굴에 5섯발을 발사을 하였다,
"뺑-" "뺑-" "뺑-" "뺑-" "뺑-"
김병식보스는 한석기주임에 쏜까스총 5섯발에 피하며 얼굴 입과 코에 퍼지며 이호지담당에 쏜까스총에 입과 코에서 피하며 퍼지며 김병식보스는 힘이 빠지는 것을 느끼고 쓰러지고 말았다,
이호지담당이 가지고 온 것은 마취제가 썩인 것 같았다, 김병식보스는 잠이 들어오고 있었으며 교도관 김삼우부장과 교도관들이 파란법무부 이불을 둘고와서 김병식보스에게 덮고서 김삼우부장과 김인지부장과 이진요주임과 김지무주임과 이어장담당과 동시에 말을하고 김병식보스을 워커로 밟는 것이였다,
"밟아?" "밟아?"
 이무지담당과 한미서담당과 한석기주임과 김상이계장과 조인자주임과 소장 김부여와 보안과장 김여준과 보안계장 이행지와 담당 이호주와 담당 이보고와 경기대병장 장종용의경과 상병 용기장의경과 일병 장한오의경과 일병 장지민의경과 일병 고소조의경과 일병 다보종의경과 일병 장고터의경과 일병 오너소의경과 일병 파토소의경과 이병 강김덕의경과 이병 덕수망의경과 있었으며 김병식보스가 두눈이 감겼어도 김병식보스

에 두귀에서 소리가 들렸다, 김병식보스을 한참 밟고 나서 교도관들에게 소장 김부여교도관이 말을하였다,
"묶어서 경기대독방으로 데리고가서 넣어라?"
"예!" "소장님?" 하고 교도관들은 김병식보스을 둘고 가서 경기대 독방으로 같고 교도관 김부여소장에게 거수경래을 충성하고 상사들에게 인사을하고 보안과로 소장과 과장과 계장과 같으며 철창을 열어주는 경기대의경들이 거수경래을 하고 충성하고 들어같다,
교도관들은 보안과 옆에 있는 경기대독방으로 교도관들이 5명들이 둘고서 같으며 5동하 김상이계장은 조인자주임과 5동하 1방에 있었으며 김병식보스는 몸을 움직일수가 없었다,
경기대독방에 도착을하고 경기대이병 덕수망의경이 교도관 한미서담당에게 열세을 받고서 경기대독방의 문을열었다,
경기대독방에 이병 덕수망의경이 전구을 돌려서켰다,
김지무주임이 이병 덕수망의경에게 말을하였다,
"야?" 3방 문좀따봐?"
"예!" "주임님?"
"묶어서 넣어야 돼?"
"예!" 김병식보스을 수갑을 2개을 두팔을 뒤로꺽이고 채우며 얼굴에다 투구을 쓰우고 두발목을 쇠사슬로 묶었으며 갑옷을 입고서 채웠다, 김병식보스을 3방에다 넣고서 김지무주임이 문을 닫아버렸다,
"꽝" "꽝" "나가자?" "나가자?" 문을 열어 주지마?" 김병식보스 두목 백호 하얀호랑이대장에 두귀가에 흐미하게 들리고 김병식보스는 두눈을 감았다,

끝
2권으로